Persephone Haasis

Küsse im Aprikosenhain

Roman

PENGUIN VERLAG

Verlagsgruppe Random House FSC® N001967

PENGUIN und das Penguin Logo sind Markenzeichen
von Penguin Books Limited und werden
hier unter Lizenz benutzt.

2. Auflage 2020
© 2020 Persephone Haasis
Dieses Werk wurde vermittelt durch die Literarische Agentur Michael Gaeb
Copyright © 2020 by Penguin Verlag, München,
in der Verlagsgruppe Random House GmbH,
Neumarkter Straße 28, 81673 München
Umschlag: Favoritbüro
Umschlagmotiv: © Shutterstock / Lesya Dolyuk, Shutterstock / Nataly Studio,
Shutterstock / Shutova Elena, Shutterstock / little birdie
Redaktion: Lisa Wolf
Satz: Greiner & Reichel GmbH, Köln
Druck und Bindung: GGP Media GmbH, Pößneck
Printed in Germany
ISBN 978-3-328-10569-5
www.penguin-verlag.de

Dieses Buch ist auch als E-Book erhältlich.

PROLOG

Nathalie,

es ist vorbei. Seit ich hier mit unserem Camper an der Côte d'Azur angekommen bin, wird mir mit jedem Tag klarer, wie wenig wir zusammenpassen. Wenn wir ehrlich sind, war in unserer Beziehung ja schon lange die Luft raus, und mit Jana ist alles ganz anders und so viel schöner. Eine Postkarte ist vielleicht nicht der beste Weg, um eine Beziehung zu beenden, aber ich will zumindest ehrlich sein und dich nicht hinhalten. Außerdem hast du so wenigstens Zeit, in Ruhe aus unserer Wohnung auszuziehen, bis ich wieder zurück bin.

Es tut mir leid.

Elias

I.

Nathalie machte einen letzten Strich und betrachtete zufrieden ihr Werk. Die Entwürfe für den Kunden mit dem Hundezubehör waren fertig. Auch wenn sie sich fragte, wozu man ein Chihuahua-Tragegeschirr brauchte, das den Hund durch den Tragegriff am Rücken in eine Handtasche verwandelte, mochte Nathalie die putzigen Vierbeiner, die sie gezeichnet hatte. In einer einfachen Schreibschrift, die sie beim Lettern ein wenig nach rechts geneigt hatte, stand darüber der Slogan »Wau! So viel Zubehör für Hund und Herrchen gibt's nur bei Ottmar Langenhagen«. Die Schrift verlieh dem Werbeplakat etwas Nostalgisches und zugleich Seriöses, und das war dem Kunden, der auf seine langjährige Erfahrung als Hunde-Ausstatter setzte, besonders wichtig. Trotzdem schwor sich Nathalie, dass sie weder Hundepfotenschuhe zum Schutz gegen den heißen Asphalt noch Regencapes passend zu Herrchens oder Frauchens Lieblingsjacke kaufen würde, sollte sie sich jemals einen Hund anschaffen. Als ob man so etwas bräuchte. Wenn sie einen Hund hätte, würde sie sicher auch auf das Fitnesslaufband zum Abspecken verzichten können und mit ihm stattdessen lieber im Stadtpark spazieren gehen. Sie würden gemeinsam die einigermaßen frische Luft – so frisch sie in Frankfurt eben sein konnte – einatmen und die Sonnenstrahlen genießen. Sie würde ihm beibringen, Stöckchen zu apportieren, oder einen Wochenendausflug zum See machen, wo sie dann gemeinsam im Wasser herumtollten oder ein tiefes Loch im Sand buddeln würden. Aber ein Hund war in der kleinen Frankfurter Stadtwohnung ebenso ausgeschlossen wie das Gemüsebeet, von dem sie schon so lange träumte.

Nathalie tippte noch rasch ein »Mit freundlichen Grüßen« unter ihre E-Mail und drückte dann auf »Senden«. Den letzten Auftrag für heute hatte sie erledigt. Es war kurz vor eins. Sie hatte also noch genug Zeit, um ihren Schreibtisch aufzuräumen, und dann würde sie sich ins Wochenende verabschieden. Das war einer der schönen Vorzüge ihrer Arbeit, freitags früher gehen zu können. Ordentlich stapelte sie die Papiere zusammen und stellte die jeweiligen Ordner in den Schrank zurück. Am Montag würde sie im Teammeeting der Marketingagentur ihre Probeskizzen für die Nahrungsergänzungsmittel präsentieren, die sie heute Vormittag gezeichnet hatte. Sie fand die glücklich dreinblickenden Obst- und Gemüsesorten grauenhaft, aber wenn der Kunde eben solche Vorgaben machte, fügte sie sich. Unter ihren Skizzen lag das Buch mit ihren Lettering-Entwürfen, das sie während Telefonaten oder in ihren Pausen für eigene Ideen nutzte. Nathalie liebte ihren Job als Kommunikationsdesignerin, aber manchmal wünschte sie sich, Projekte zu betreuen, für die sie wirklich brannte. Sie blätterte durch ihre Skizzen und blieb an dem schmelzenden Eis in der Waffel hängen, dessen Tropfen die Ü-Pünktchen von »Süße Sommergrüße« bildeten. Zu Hause würde sie das Eis mit Aquarellfarben illustrieren und ihrer Mutter als Postkarte schicken.

Nathalie schlug das Buch zu und steckte es in die Handtasche. Hoffentlich zeigte sich dieses Wochenende noch die Sonne. Sie letterte nämlich viel lieber draußen auf ihrem kleinen Balkon zwischen den Blumen und Kräutern. Ob ihre Paprika wohl mittlerweile Farbe bekommen hatten? Nathalie erinnerte sich noch gut daran, wie glücklich sie war, als sich letztes Jahr um diese Zeit die Farbe der ersten Paprikaschote von einem unreifen Grün in ein vielversprechendes Gelb verwandelt hatte. Aber das würde dieses Jahr vermutlich nicht so schnell passieren. Die Sonne schien einfach viel zu wenig in den letzten Wochen. Sie fuhr ihren Computer herunter, zog sich ihre leichte Sommerjacke über und nahm ihren Schirm aus dem Ständer.

»Bis Montag!«, rief sie in Miriams Büro, wo ihre Kollegin und beste Freundin gerade am Telefon hing und herzlich lachte.

»Einen Moment, Lena.« Miriam verdeckte mit der Hand die Sprechmuschel des Hörers. »Unsere kleine Grillparty müssen wir verschieben, oder?«

Nathalie nickte. »Sieht so aus, als ob sie schon wieder ins Wasser fällt.«

»Buchstäblich«, stimmte Miriam nach einem kurzen Blick nach draußen, drehte sich dann wieder zu Nathalie und formte mit den Lippen ein lautloses »Schönes Wochenende«, bevor sie die Hand vom Hörer nahm, um weiterzutelefonieren.

Frankfurt versank in einem milchigen Nebel aus grauen Wolken, Häuserfassaden, Wasserpfützen und durch den Regen eilenden Passanten, die sich unter ihren Schirmen versteckten, um nicht nass zu werden. Einzig die orangefarbene Leuchtschrift auf der Anzeigetafel der Straßenbahnhaltestelle brachte ein bisschen Farbe in diesen grauen regnerischen Tag. Nathalie hatte den Kragen ihrer Jacke hochgeschlagen und den Schirm aufgespannt, während sie an der Haltestelle wartete. Das Wetter passte zu ihrer Stimmung, seit Elias ohne sie an die Côte d'Azur gefahren war. Die Grillparty wäre zumindest eine willkommene Ablenkung gewesen, um sie von den marternden Gedanken abzulenken, die sie seitdem quälten.

Als die nächste Straßenbahn kam, drängte sich Nathalie, zusammen mit den anderen Wartenden, in das dampfende Abteil, in dem man vor Regenschirmen, triefenden Mänteln und beschlagenen Scheiben kaum etwas sehen konnte. Es war stickig und warm, und sie kam sich trotz des trüben, eher kühlen Junitages vor wie in einer Sauna. Zum Glück hatte sie nur ein paar Haltestellen zu fahren. Sie stellte sich nah an die Tür, öffnete den obersten Knopf ihrer Jacke und genoss den kühlen Windhauch, der ihr bei jedem Halt entgegenschlug, wenn sich die Türen öffneten. Während sie mit halbem Ohr ein paar Gesprächsfetzen folgte, überlegte sie, was sie nun mit ihrem freien Wochenende anstellen sollte. Sie hatte sich zwar auf das Grillen am See mit Miriam gefreut, aber so würde sie sich zumindest mal wieder um ihren geliebten und zum Glück überdachten Balkon kümmern können. Ihre Margerite wollte sie ohnehin schon seit einer Woche umtopfen, und jetzt konnte sie ein bisschen Zeit draußen verbringen, ohne nass zu werden.

An der Haltestelle Lindenbaum stieg Nathalie aus und lief die Straße entlang zu ihrer Wohnung. Zuallererst würde sie sich einen Tee machen, um sich etwas aufzuwärmen, dann würde sie die Post durchsehen, ein bisschen lesen – und möglicherweise würde sich dann der Himmel gnädig erweisen und eine kurze Regenpause einlegen, damit sie sich in Ruhe um ihre Balkonpflanzen kümmern oder noch ein bisschen zeichnen konnte. Nach einem kurzen Halt am Briefkasten nahm sie die Steinstufen hinauf in den zweiten Stock und schloss die Tür zu ihrer gemütlichen Zwei-Zimmer-Altbauwohnung auf, in der sie seit drei Jahren mit Elias lebte. Die Wohnung war zwar nicht besonders groß, aber durch die hohen Decken des Altbaus wirkte sie trotzdem sehr geräumig. Nathalie hatte sich sofort bei der ersten Besichtigung in den Charme der Wohnung verliebt, und der kleine Balkon hatte ihr neues Zuhause perfekt gemacht.

Die meisten Möbel hatten Elias und sie aus Secondhandläden zusammengesammelt, und so sah die Einrichtung kunterbunt, aber auch sehr gemütlich aus. Besonders liebte Nathalie die kleine Kommode im Flur, bei der jeder Schubladenknauf eine andere Farbe hatte, und ihr Bücherregal, das sie gemeinsam mit Elias aus alten Kartoffelkisten zusammengeschraubt hatte. Sie mochte das blassgrüne Siebzigerjahre-Sofa und den Geruch des dunkelbraunen Leders ihres Lesesessels, der direkt am Fenster stand und über dessen Lehne immer die alte Patchworkdecke lag, falls ihr beim Lesen kalt wurde. Gut, über den Couchtisch, der aus der Glasplatte eines alten Aquariums und zwei gebrauchten, übereinandergestapelten Europaletten bestand, ließ sich streiten, aber er war Elias' ganzer Stolz, denn es war sein erstes selbst entworfenes Möbelstück.

Nathalie hängte ihre Jacke an die Garderobe, zog ihre

Schuhe aus und tauschte ihre nassen Strümpfe gegen ein paar flauschig-warme Wollsocken, die sie schon im Flur bereitgelegt hatte. Als sie in die Küche ging und der Dielenboden behaglich unter ihren Füßen knarzte, fühlte sie, wie sie sich langsam entspannte. Jetzt noch eine warme Tasse Tee, und das Wochenende war, so gut es bei diesem Wetter eben ging, eingeläutet. Nathalie setzte Wasser auf, hängte einen Beutel Hagebuttentee in einen Becher und übergoss ihn mit dem sprudelnden Wasser. Hagebuttentee mochte sie bei so einem Wetter am liebsten, weil er nach Sommer und Sonne schmeckte – egal, wie sehr es draußen regnete oder stürmte. Dann stellte sie den dampfenden Becher auf ihren Holztisch in der Küche und setzte sich.

Während der Tee zog und sich ein fruchtiger Geruch in der Küche verbreitete, sah sie die Post durch. Es waren hauptsächlich Rechnungen – Strom, Internet und Telefon, die Heizkostenabrechnung –, ein Werbeheft für Schuhe, das sie ungelesen direkt in die Schachtel fürs Altpapier legte, und dazwischen eine Postkarte, mit Blick vom Meer auf einen von der Sonne geküssten Strand, hinter dem sich im Hintergrund eine Stadt erhob. »Viele Grüße von der Côte d'Azur« stand in bunter Schrift auf dem wolkenlosen blauen Himmel. Nathalie fand, dass die Schrift ein bisschen altbacken wirkte, trotzdem freute sie sich, dass Elias an sie gedacht und ihr geschrieben hatte. Vielleicht hatte sie ihm vor dem Urlaub doch unrecht getan, als sie ihm vorgeworfen hatte, ihre Beziehung sei ihm egal.

Nathalie drehte die Karte um und erkannte sofort Elias' gleichmäßige Handschrift. Aber schon beim ersten Satz stutzte sie, überflog dann die restlichen Zeilen, las die Karte ein zweites und schließlich noch ein drittes Mal, doch es dauerte, bis sie den Inhalt der Worte begriff.

Das konnte nur ein schlechter Scherz sein. Machte Elias allen Ernstes auf einer Postkarte mit ihr Schluss? Das Blut rauschte in ihren Ohren, Gedanken und Erinnerungen wirbelten durch ihren Kopf wie bei einem Tornado, um wenige Augenblicke später absolute Leere darin zurückzulassen. Nathalie ließ die Karte sinken und sah zu dem gerahmten Foto über dem Küchentisch, das sie und Elias letztes Jahr in ihrem Urlaub in den Alpen gemacht hatten. Sie beide lächelten in die Kamera, während hinter ihnen die verschneiten Bergspitzen wie Haifischzähne in den Himmel ragten.

Nathalie starrte wieder auf die Postkarte. Das durfte doch alles nicht wahr sein. Mit einem Mal wurde ihr so kalt, als hätte Elias einen Eimer Eiswasser über ihr ausgegossen. Er hatte sie nicht nur einfach abserviert, nein, er war mit Jana, seiner neuen Kollegin, an der Côte d'Azur! Ein tiefer Stich bohrte sich in Nathalies Herz und ließ sie wütend aufschluchzen. Mit einem Mal zerriss sie die Karte und warf sie zum restlichen Altpapier. Wie konnte er nur! Er hatte über ihre Beziehung nachdenken und ein bisschen Abstand haben wollen – und sie war auch noch so dumm und damit einverstanden gewesen, in der Hoffnung, dass sie sich vielleicht doch noch mal zusammenraufen würden. Klar, wenn Nathalie ehrlich zu sich selbst war, lief ihre Beziehung schon seit einigen Monaten nicht mehr so richtig rund. Aber dass Elias bereits mit Jana zusammen war und mit ihr in den Urlaub fuhr, war die Höhe. Das konnte er nicht ernst meinen! Schluchzend vergrub sie ihr Gesicht in den Händen. Es war aus. Elias hatte mit ihr Schluss gemacht. Auf einer Postkarte! Nathalie konnte es kaum begreifen. Sie war gleichzeitig wütend und traurig – so eine Abfuhr hatte wirklich niemand verdient. Am liebsten hätte sie laut aufgeschrien, aber in ihr war alles wie betäubt. Wahrscheinlich, weil sie insgeheim schon länger damit gerechnet hatte, dass sie keine gemeinsame Zukunft hatten. Trotzdem tat dieser endgültige Schlussstrich so unfassbar weh und machte sie so wütend, dass sie diesen hässlichen, dämlichen Couchtisch nur zu gerne durch die Wohnung geworfen hätte. Doch das würde auch nichts ändern, das wusste sie.

Schniefend stützte Nathalie ihre Ellbogen auf den Küchentisch und ließ ihr Kinn in die Hände sinken. Ihr Blick wanderte wieder nach draußen, doch mittlerweile konnte sie nicht einmal mehr die Hausfassade von gegenüber erkennen, denn der Regen war so stark geworden, dass dicke Tropfen gegen die Scheibe prasselten und in kleinen Bächen am Fensterglas hinunterrannen. Das Orangenbäumchen war mittlerweile fast ertrunken, und das Basilikum, das sie erst letzten Montag gesetzt hatte, ließ deutlich seine Blätter hängen. Doch auch die Sorge um ihre Pflanzen konnte Nathalie nicht von den Gedanken an Elias ablenken. Und während hier die Welt unterging, lag er an einem Sandstrand der Côte d'Azur und ließ sich die Sonne auf den Bauch scheinen – zusammen mit dieser Jana.

Nathalie spürte, wie ihre Kehle schon wieder eng wurde, und das machte sie noch wütender. Es war ja nicht so, dass sie nicht selbst schon über eine Trennung nachgedacht hätte. Aber sie hatte Elias nicht einfach kampflos aufgeben wollen. Sie hatte es nicht über sich gebracht, ihre letzten vier gemeinsamen Jahre einfach so wegzuwerfen. Im Gegensatz zu ihm. Es war unfassbar. Nathalie schnaubte aufgebracht und schlug mit der flachen Hand auf den Tisch.

Dass Jana nicht nur eine Arbeitskollegin war, hatte sie ja schon seit Längerem befürchtet. Sie hatte viel zu oft nach Feierabend bei Elias angerufen, und der hatte immer den Raum verlassen, um mit Jana über Projekte mit dringenden Deadlines zu sprechen. Eigentlich hätte sie es längst wissen müssen. Vor allem, als er dann plötzlich für zwei Wochen allein mit dem Camper verreisen wollte, um sich über ihre Beziehung klar zu werden. Sie war einfach zu naiv.

Als es draußen jetzt hell aufblitzte und kurz darauf ein lautes Donnern ertönte, zuckte Nathalie unwillkürlich zusammen. Sie hätten damals auch einen tollen Urlaub am Meer haben können, wenn Elias nicht auf die Schnapsidee gekommen wäre, einen Abenteuertrip mit Rucksack auf dem Rücken, fünfzig Euro in der Tasche und einem mickrigen Zelt im Gepäck zu unternehmen. Nathalie verdrehte schon allein bei dem Gedanken daran die Augen. Sie spürte, wie es in ihr brodelte. So gerne hätte sie mit Elias im letzten Sommer einfach nur am Strand gelegen und ihre Auszeit genossen, aber er hatte ja unbedingt Action und Abenteuer haben wollen.

Das Picknick neben einem Ameisenhaufen hatte zu fiesen Ameisenbissen geführt, anstatt zu romantischen Küssen unter dem Sternenhimmel. Dazu war das Zelt nicht wasserdicht gewesen, und die fünfzig Euro hatte Elias schon in der ersten Woche für Medikamente ausgegeben, da er sich leider eine Lebensmittelvergiftung zugezogen hatte. So viel also zu ihrem romantischen Urlaub in der Natur.

Und jetzt war er mit ihrem Camper unterwegs, genoss

die Côte d' Azur mit dem glitzernden Meer, das gute Essen und den Rotwein von einem regionalen Winzer, unternahm Spaziergänge in der herrlichen Natur oder am Strand bei Sonnenuntergang, während sie damals auf steinigem Boden im Zelt geschlafen hatten. Pah, das könnte ihm so passen! Nathalie schob mit einer energischen Bewegung den Stuhl zurück. Sie ging zum Telefon und wählte Elias' Nummer. Jetzt würde sie ihm erst einmal gehörig die Meinung sagen. Genau genommen war das nämlich gar nicht ihr gemeinsamer Camper, mit dem er da gerade unterwegs war, sondern ganz allein ihrer! Elias hatte ihr die fünftausend Euro dafür schließlich immer noch nicht zurückgezahlt, die sie damals vorgestreckt hatte.

Nathalie lauschte dem regelmäßigen Tuten, während das Telefon die Verbindung aufbaute. Elias konnte sich auf etwas gefasst machen, sie würde … Die Mailbox sprang an. Es war nicht zu fassen! Elias ging doch tatsächlich nicht ans Handy. Anscheinend wollte er in seinem Liebesurlaub nicht gestört werden. Nathalie presste mit einem finsteren Gesichtsausdruck die Lippen zusammen. Sie konnte sich schon denken, was das hieß. Vermutlich alberte er gerade mit Jana im herrlich türkisblauen Meer herum, oder die beiden lagen Händchen haltend auf den Sonnenliegen, die sich Nathalie und Elias extra für ihren Camper gekauft hatten.

Nathalie konnte den Gedanken daran kaum ertragen! Nein, das alles würde sie Elias in keinem Fall gönnen. So konnte er nicht mit ihr umspringen. Sie würde ihn nicht so einfach mit einer Postkarte davonkommen lassen. Während sie tief durchatmete, um sich zu beruhigen, kam ihr plötzlich eine Idee. Innerhalb von Sekunden war sie voller Energie, sie fühlte sich ganz schwindelig, als der Plan in ihrem Kopf Gestalt annahm und sie eine Entscheidung traf. Aber bevor sie diese in die Tat umsetzte, brauchte sie erst einmal Unterstützung. Und in so einem Fall konnte ihr nur ihre beste Freundin helfen: Miriam.

»Nathalie, was ist los? Willst du doch im Regen grillen?«, meldete Miriam sich bereits nach dem zweiten Klingeln fröhlich.

»Auf gar keinen Fall. Ich rufe an, weil Elias sich gemeldet hat.«

»Aha. Wie ist sein Urlaub denn so – allein?«

»Umwerfend, wie es scheint«, gab Nathalie mit zusammengebissenen Zähnen zurück.

»Dann hat er seine Auszeit also genutzt, um sich über seine Gefühle klar zu werden?«

»So kann man das auch sagen«, antwortete Nathalie trocken. »Er hat mir eine Postkarte geschrieben.«

»Ach, das ist aber süß!«, rief Miriam. »Ich habe mich immer gefragt, wer so etwas heute noch macht!«

»Süß? Von wegen. Warte, ich zeig sie dir.« Nathalie nahm ihr Smartphone vom Ohr, machte ein Foto von der Postkarte und schickte es über WhatsApp an Miriam.

»Sekunde …«, sagte Miriam, und Nathalie hörte Papier rascheln. Bestimmt musste ihre Freundin das Smartphone wieder unter einem Berg von Ordnern suchen. »Ah, ich hab's gefunden …« Dann kam nur noch ein empörtes Schnauben. »Was? Ist das sein Ernst?«

»Anscheinend.« Nathalie spürte, dass sie am ganzen Körper bebte.

»Ich habe doch gleich gesagt, dass das mit seiner Arbeitskollegin seltsam ist.«

»Ich weiß«, gab Nathalie zu und betrachtete die Regentropfen, die am Küchenfenster herunterrannen.

»Mensch, Süße, das ist echt unglaublich, aber im Grunde hast du doch schon länger damit gerechnet.«

»Ja, schon, aber die Art und Weise, wie er es beendet hat, macht mich so unfassbar wütend! Ich meine, mal ehrlich – mit einer Postkarte?!«

»Das ist nicht nur gemein, sondern feige. Als ob er echt keinen Arsch in der Hose hätte, um dir das ins Gesicht zu sagen!« Miriam überlegte einen Moment. »Soll ich vorbeikommen? Wir machen eine Flasche Sekt auf, hören Gute-Laune-Musik, und ich lenk dich ein bisschen ab?«

Nathalie lächelte matt. »Du, das ist echt lieb, aber ich glaube, ich brauche jetzt erst mal ein bisschen Zeit für mich.«

»Kann ich verstehen.« Miriam seufzte leicht. »Aber du gibst jetzt nicht klein bei, oder?«

»Was?« Nathalie riss sich von dem Schauspiel der Wassertropfen an der Fensterscheibe los.

»Na, du wirst doch hoffentlich jetzt nicht aus der schönen Wohnung ausziehen. Du hast ewig gesucht, bis du den tollen Altbau mit dem kleinen Balkon gefunden hast. Da lässt du dich doch jetzt von Elias nicht so einfach vor die Tür setzen, oder?«

»Nein, den Gefallen tue ich ihm ganz sicher nicht! Immerhin zahle ich seit mehreren Monaten die Miete. Irgendwann ziehe ich definitiv aus und suche mir was Hübsches mit einem kleinen Garten, aber nicht heute und nicht, bevor Elias nicht zuerst ausgezogen ist. Aber packen werde ich definitiv.«

»Sekunde …« Miriam schien irritiert zu sein. »Wie meinst du das? Willst du jetzt seine Sachen zusammensuchen?«

Nathalie dachte kurz nach. »Ja, das wäre natürlich auch eine Möglichkeit, aber das kann er mal schön selber machen. Nein, ich nehme mir jetzt einen Koffer und packe.«

»Und dann?«, fragte Miriam, noch immer verwirrt.

»Dann fahre ich an die Côte d'Azur.«

»Aber was soll das bringen?«

»Ich stelle ihn zur Rede«, sagte Nathalie entschieden. »Den Gefallen, dass er sich gerade den besten Urlaub aller Zeiten macht, während ich hier mit gebrochenem Herzen sitze und ausziehen soll, tue ich ihm ganz sicher nicht!«

Am anderen Ende herrschte einen Augenblick Stille. »Bist du dir sicher, dass das eine gute Idee ist?«, fragte Miriam dann.

»Absolut.« Nathalies Stimme klang bitter. »Meinetwegen kann er sich trennen, meinetwegen kann er auch seine Arbeitskollegin flachlegen – auch wenn es fairer gewesen wäre, wenn er damit bis nach unserer Trennung gewartet hätte –, aber sich an der Côte d'Azur zu vergnügen und mich mit einer Postkarte abzuspeisen, das ist einfach nur albern und kindisch.«

»Aber ist es dieser Vollidiot wirklich wert, ihm hinterherzufahren?«

Nathalie zögerte einen kurzen Moment, sagte dann aber mit fester Stimme: »Nein, aber ich muss das klären, und zwar jetzt. Ich habe es satt, immer darauf zu warten, dass Elias die wichtigen Entscheidungen trifft und ich mich nach ihm richten muss. Immerhin ist das unsere gemeinsame Wohnung, und es ist *mein* Camper, mit dem er da gerade durch die Gegend gurkt!«

»Nathalie ... jetzt warte doch mal.« Miriam raschelte wieder mit irgendwelchen Unterlagen. »Wie willst du ihn denn überhaupt finden? Du hast doch keinen blassen Schimmer, wo er sich gerade aufhält, also abgesehen von der Postkarte natürlich.«

»Das finde ich schon raus.« Nathalie stand auf. Ein ungewohnter Tatendrang hatte sie erfasst, ihre Wut auf Elias war wie ein Motor, der sie antrieb. Sie wollte jetzt nicht nachdenken oder vernünftig sein. Alles, was sie wollte, war, Elias ein für alle Mal ihre Meinung zu sagen! All das, was da in ihrem Inneren brodelte, musste einfach raus. Mit dem Handy am Ohr ging sie in den Flur, um dort ihren Koffer vom Schrank zu holen.

»Und wie?«, fragte Miriam.

»Internet«, entgegnete Nathalie knapp, während sie auf Zehenspitzen nach dem Koffer angelte.

»Was meinst du mit Internet?«, hörte sie Miriam noch sagen, ehe das Telefon herunterfiel.

Nathalie fluchte und hob das Smartphone vom Boden auf.

»Nathalie? Alles okay bei dir?«

»Alles bestens«, versicherte Nathalie und schwang den Koffer aufs Bett. »Mir ist nur gerade mein Handy runtergefallen. Also, ich werde mal grob in die Richtung fahren, und so, wie ich Elias kenne, wird er früher oder später schon posten, wo er sich befindet. Dafür liebt er seinen Reiseblog einfach viel zu sehr, als dass er darauf verzichten würde.«

»Nathalie, das ist das Bescheuertste, was du bisher in deinem ganzen Leben getan hast!«, sagte Miriam. »Aber auch das Mutigste«, fügte sie dann hinzu.

»Und genau deshalb ziehe ich das jetzt durch!«, sagte Nathalie entschlossen, während sie wahllos ein paar Sommerkleider in den Koffer warf.

»Jedenfalls finde ich es gut, dass du Elias die Meinung sagen willst! Du hast dich viel zu lange von ihm herumschubsen lassen! Auch wenn ich es ein bisschen übertrieben finde, ihm deswegen hinterherzufahren.« Sie machte eine kurze Pause. »Kann ich denn irgendwas für dich tun?«

»Ja, eine Sache gibt es da. Das Wochenende wird sicher nicht ausreichen, um an die Côte d'Azur zu fahren. Und ich müsste noch reichlich Urlaubstage übrig haben. Könntest du Clausen bitten …«

»Also, ich sehe gerade, dass du heute Nachmittag ja einen Urlaubsantrag für zwei Wochen eingereicht hast. Und …« Nathalie hörte, wie ihre Freundin auf der Tastatur herumtippte. »Na, so ein Zufall. Den hat unser Chef gerade bestätigt.«

»Miriam, das könnte dich deinen Job kosten, oder?«, flüsterte Nathalie, auch wenn sie wusste, dass Jens Clausen sie nicht hören konnte.

»Quatsch, das geht schon klar. Wozu sonst hat man seine beste Freundin in der Personalabteilung sitzen? Und abgesehen davon tut es dir bestimmt gut, wenn du dir danach noch eine kleine Auszeit gönnst. Du hast es wirklich nötig.«

»Danke«, flüsterte Nathalie, und jetzt stiegen ihr doch die Tränen in die Augen. Dass Miriam das für sie tat, obwohl sie von ihrem Vorhaben nicht ganz überzeugt war, bedeutete ihr viel.

»Nathalie?«, kam noch einmal leise die Stimme aus dem Telefon.

»Ja?«

»Viel Glück. Und fahr vorsichtig!«

Nathalie musste lächeln. »Mach ich«, versprach sie und legte auf. Dann ließ sie sich rückwärts aufs Bett fallen, schloss die Augen und atmete tief durch.

»Reiß dich zusammen, Nathalie«, murmelte sie nach einer Weile und setzte sich wieder auf. Jetzt bloß nicht nachdenken, sonst warf sie womöglich alles wieder über den Haufen und würde es nie nach Frankreich schaffen. Entschlossen stemmte sie die Hände in die Hüften und versuchte, einen klaren Kopf zu bekommen. Sie blinzelte die aufsteigenden Tränen weg, stand vom Bett auf und begann, weiter ihren Koffer zu packen. Neben den Sommerkleidern schmiss sie eine Jeans, eine kurzärmlige Bluse, zwei Tops, zwei Röcke und eine Hotpants hinein. Wenn sie Elias schon gegenübertrat, wollte sie sich dieses Mal wenigstens begehrenswert und sexy fühlen. Er sollte wissen, was er da gerade aufgab, und abgesehen davon brauchte sie das jetzt für ihr angeknackstes Ego. Danach warf sie noch ein Paar Flipflops in den Koffer, ging ins Badezimmer und packte ihre Zahnbürste und ein bisschen Schminke in ihre Kosmetiktasche, klappte den Koffer zu und rollte ihn in den Flur. Innerlich schwankte sie zwischen Wut und Traurigkeit, aber sie wollte sich auf keinen Fall im Bett verkriechen, so wie bei ihrer letzten Trennung. An diese Zeit dachte sie wirklich nicht gerne zurück.

Nachdem sie ihren Koffer im Flur abgestellt hatte, ging Nathalie zurück ins Schlafzimmer. Was zog man auf einer Fahrt an die Côte d' Azur an? Sie entschied sich für ein bequemes Kleid mit Blumenprint und ihre geliebten Riemchensandalen mit Absatz, in denen sie sich unwiderstehlich fühlte. Nach einem prüfenden Blick in den Spiegel und mehreren Drehungen um sich selbst war sie zufrieden. Sie fühlte sich hübsch und feminin, wenigstens ein kleines Trostpflaster nach dem Fiasko heute. Sie band ihre hellbraunen Haare zu einem lockeren Zopf, nahm ihren Koffer und die Handtasche und angelte ihren Autoschlüssel von der Ablage im Flur. Mit einem Ruck zog sie die Wohnungstür hinter sich zu und schloss ab, bevor ihr Verstand wieder einsetzte und sie sich das alles doch noch einmal anders überlegte. Nein, sie würde das jetzt durchziehen.

Nathalie verstaute ihr Gepäck in ihrem uralten silberfarbenen Polo, den sie liebevoll Luise nannte, und ließ sich auf den Fahrersitz fallen. Sie schloss kurz die Augen, atmete tief durch und tippte dann einfach »Côte d'Azur« in ihr Smartphone ein, um sich von der Navigations-App eine geeignete Route berechnen zu lassen. Ihr erstes Ziel lag irgendwo zwischen Cannes und Toulon, dort würde sie dann überlegen, wie sie Elias am besten aufspüren könnte. Nathalie ließ den Motor an und fragte mehr sich selbst als das silberfarbene Auto: »Bereit für einen Ausflug?«

Dann gab sie Gas.

Aus dem Pflanzen- und Kräutertagebuch
der Adeline Legrand

23. Februar 1951

Als Henni heute nach Hause gekommen ist, war er ganz aufgeregt. Er hat ein Häuschen für uns gefunden, einen alten Hof, um genau zu sein. Früher wurden dort Aprikosen angebaut, aber die Haine sind verwildert und alt. Henni sagt, es gäbe einiges zu tun, wenn man den Hof wieder auf Vordermann bringen will. Wir überlegen, ob diese Aufgabe etwas für uns ist. Eigentlich hatten wir ja vor, in die Stadt zu ziehen. Ich wollte dort meine Ausbildung zur Krankenschwester fortsetzen, aber jetzt zögern wir.

Man soll eine Chance ja bekanntlich ergreifen, wenn sie sich einem bietet, aber ich bin unsicher. Was, wenn wir uns verkalkulieren? Andererseits wäre so ein Leben auf dem Land, inmitten von grünen Wiesen und den Bäumen, sicherlich etwas ganz Wunderbares, und jedes Mal wenn ich Hennis leuchtende Augen sehe, wenn er mir von dem Hof erzählt, frage ich mich, ob wir diesen Schritt nicht doch wagen sollten. Vielleicht frage ich Henni, ob wir uns den Hof demnächst einmal zusammen ansehen können.

2.

Nathalie donnerte mit Luise über die Autobahn. Es regnete zwar immer noch, aber das machte die Fahrt im Wageninneren zumindest einigermaßen erträglich. Denn aufgrund seines Alters verfügte der Polo über keine Klimaanlage, und Nathalie hatte schon mehrere Fahrten schwitzend und im Durchzug in ihrem Auto verbracht. Jetzt fuhren die Scheibenwischer wieder gleichmäßig über die Windschutzscheibe und ließen die gewohnten Schlieren darauf zurück. Im Radio lief gerade Mark Forsters »Sowieso«, und Nathalie versuchte, nicht an die guten Zeiten zu denken, die sie mit Elias erlebt hatte. Doch irgendwie wollte das nicht klappen. Ständig kamen ihr die schönen Momente in den Sinn, wie etwa als sie bei lauter Musik in ihrer kleinen Küche gesungen und gekocht hatten, als sie gemeinsam ein Möbelstück für ihre Wohnung restauriert oder aneinandergeschmiegt auf dem Sofa gelegen und über irgendeine alberne Fernsehserie gelacht hatten. Nathalie schluckte und wechselte den Sender. Trauer konnte sie jetzt nicht gebrauchen, sonst würde sie sich an einer Tankstelle auf der Rückbank zusammenrollen und weinen, bis keine Tränen mehr kamen. Nein, dazu würde sie es nicht kommen lassen. Entschlossen stellte sie einen Rocksender im Radio ein. Doch sie konnte es nicht verhindern, dass ihre Gedanken immer wieder zu Elias abschweiften.

Wann war das mit ihnen eigentlich so schiefgelaufen? Anfangs hatten sie sich doch geliebt. Nathalie war von seiner Spontaneität fasziniert gewesen und hatte es gemocht, dass er sie immer wieder überrascht hatte. Aber dann hatte sie irgendwann angefangen, sich nach etwas Festem zu sehnen, nach etwas Beständigem, doch da hatte Elias bereits sein halbes Leben umgekrempelt. Er hatte seinen Job in der Bank gekündigt, weil ihn ein Anzug mit Krawatte und feste Arbeitszeiten einengten und er, wie er sagte, keine Luft mehr bekam. Er wollte noch einmal neu anfangen, aber je freier er sein wollte, desto mehr hatte Nathalie gemerkt, wie sehr sie sich nach Sicherheit in ihrer Beziehung sehnte. Sie wünschte sich vielleicht sogar, irgendwann einmal zu heiraten und eine Familie zu gründen, ganz spießig, ganz altmodisch. Aber mit Elias hatte sie sich das irgendwie nicht so richtig vorstellen können. Wie sollte aus jemandem, der so unbeständig war wie er, je ein fürsorgender Vater werden? Elias wollte reisen und die Welt entdecken. Er wollte mit seinem Reiseblog Karriere machen. Und das – wie es schien – ohne sie.

Nathalie schluckte schwer und drehte die Musik noch etwas lauter auf. Jetzt bloß nicht heulen, dachte sie und überholte schwungvoll den Lkw, der vor ihr durch die Landschaft zuckelte und reichlich Wasser aufwirbelte.

Vielleicht war sie ihm einfach nicht spontan genug gewesen, überlegte Nathalie. Das war ein weiterer Streitpunkt der letzten Monate gewesen. Ha, jetzt sollte Elias sie mal sehen –

diese Reise bewies eindeutig, dass sie durchaus spontan sein konnte! Und sie war nicht spießig, nur weil sie sich geweigert hatte, ihren Job ebenfalls zu kündigen und mit ihm auf Weltreise zu gehen. Sie hatte nur ein bisschen mehr Zeit gebraucht, um darüber nachzudenken, ob sie das auch wirklich wollte.

Anfangs war sie ja selbst vom Reisen ganz fasziniert gewesen. Sie war naturbegeistert, liebte das Gärtnern und hatte nie nur ihre Karriere im Kopf gehabt, aber gleichzeitig mochte sie es auch, ein Zuhause zu haben, einen Ort, zu dem man immer wieder zurückkehrte. Einfach von heute auf morgen alles aufgeben und ins kalte Wasser springen konnte sie nicht. Und vielleicht hatte sie Elias genau deshalb jetzt verloren.

Mittlerweile hatte Nathalie Freiburg im Breisgau hinter sich gelassen und nur auf dem ersten Teil der Strecke eine kleine Pause eingelegt. Sie fuhr nun schon seit einiger Zeit am Rhein entlang und würde bald den Grenzübergang erreichen. Nathalie sah auf die Uhr. Sie hatte nun fast die Hälfte der Strecke hinter sich gebracht, aber die Fahrt zog sich. Wenigstens hatte der Regen nachgelassen, und ganz langsam spitzten sogar die ersten Sonnenstrahlen wieder hinter den Wolken hervor. Das war doch ein gutes Zeichen, sagte sie sich.

Nathalie warf einen kurzen Blick aus dem Fenster und sah die vorbeifliegenden Felder und Wiesen, die nur selten von einer Stadt unterbrochen wurden. Sie spürte, wie sich die Ruhe der Natur auf sie übertrug. In Frankfurt war alles dicht an dicht gebaut, aber hier schien sie endlich wieder Luft zum Atmen zu haben und einen freien Kopf zu bekommen.

Sie kurbelte das Fenster ihres Polos herunter und ließ frische Luft ins Auto. Die Sonnenstrahlen und der Luftzug zauberten ihr zumindest ein kleines Lächeln ins Gesicht.

Als es langsam dunkler wurde und Nathalie die Scheinwerfer einschalten musste, warf sie einen kurzen Blick auf die Navigations-App. Bis Dijon war es noch eine gute Dreiviertelstunde. Hier würde sie sich ein Motel oder einen Rasthof zum Übernachten suchen. Es wurde endlich Zeit, irgendwo einzukehren. Nathalie spürte, dass sie Kopfschmerzen bekam. Sie brauchte dringend ein Bett, um sich vom heutigen Tag zu erholen. Das letzte Stück der Strecke jagte sie ihr Auto über die Autobahn und nahm dann die Ausfahrt zum Rastplatz, der kurz vor Dijon endlich angeschrieben stand.

Als Nathalie am nächsten Morgen die Augen aufschlug, musste sie sich erst einmal orientieren. Das Zimmer, in dem sie lag, war in ein fahles Licht gehüllt, und die Vorhänge hielten das Tageslicht von draußen nur dürftig ab. Nathalie brauchte einen Moment, bis ihr alles wieder einfiel und die Erinnerungen mit einem dumpfen Schlag zurückkamen: Elias hatte ihr diese schreckliche Postkarte geschrieben, und sie war daraufhin Hals über Kopf losgefahren, um ihn zur Rede zu stellen. Abends war sie dann irgendwo in Frankreich in einem kleinen Motel eingekehrt, auf dem Weg an die Côte d'Azur, wo sie dann Elias suchen wollte …

Sie warf einen Blick auf ihr Smartphone. Es war kurz nach acht Uhr morgens. Miriam hatte ihr gestern Abend noch auf ihre kurze Nachricht geantwortet. Nathalie öffnete den Messenger und las die Nachricht ihrer Freundin: *Die Hälfte der Strecke hast du schon! Schlaf dich aus. Und wenn was ist, melde dich!!!*

Nathalie richtete sich auf und fuhr sich mit den Händen übers Gesicht, das sich vom Weinen ganz geschwollen anfühlte. Höchstwahrscheinlich sah sie aus wie Hulk – nur eben in Rot, statt in Grün.

Ob Elias mittlerweile etwas gepostet hatte? Sie nahm ihr Smartphone wieder in die Hand und öffnete seinen Reiseblog. Tatsächlich, da war ein neuer Beitrag. Er war in Antibes gewesen und beschrieb in seinem Blogeintrag die Schönheit der Altstadt und die Leuchtturmgruppe am Cap. Das Foto dazu trug Janas Namen im Copyright. Das reichte, um wieder all die Wut des Vortages in Nathalie wachzurufen. Sie sprang auf, um sich frisch zu machen und dann schnellstmöglich weiterzufahren. Jetzt wusste sie immerhin, wo sie Elias suchen musste. Während des Zähneputzens schickte sie Miriam den Link, recherchierte anschließend nach Campingplätzen in der Nähe und stellte fest, dass es davon nicht sonderlich viele gab. Sie konnte sie also problemlos abfahren.

Nathalie nahm eine schnelle Dusche, entschied sich für einen Rock kombiniert mit einem Sommertop, denn die Fahrt heute Richtung Süden würde sicherlich warm werden. Sie legte etwas Make-up und Wimperntusche auf, damit ihre Augen nicht ganz so verquollen aussahen, packte ihre Sachen zusammen und schlüpfte wieder in die Riemchensandalen. Dann checkte sie aus, kaufte sich ein kleines Frühstück, bestehend aus einem Café au Lait und einem Pain au Chocolat, und ein Frikadellenbrötchen und eine Wasserflasche für unterwegs und ging zu ihrem Auto. Nathalie legte ihre Brötchentüten und den Geldbeutel auf das Wagendach, stellte den Café au Lait und die Wasserflasche daneben und kramte in ihrer Handtasche nach dem Autoschlüssel.

Gerade als sie dabei war, ihren Koffer zu verstauen, hörte sie ein eigenartiges Geräusch. Es klang wie ein Fiepen. Verwundert sah sie sich um. Dann schloss sie den Kofferraum und bückte sich, um unter ihrem Auto nachzusehen. Nichts. Da hörte sie das Fiepen erneut. Nathalie ging vorsichtig ein paar Schritte von ihrem Auto weg, als sie neben einem Laternenpfahl eine Decke im Gras entdeckte. Sie lief darauf zu und sah, dass um den Laternenpfahl eine Hundeleine gewickelt war. Als sie sich hinkniete, wurde das Fiepen deutlich lauter.

»Hallo?«, wisperte sie, und dann entdeckte sie ein kleines Fellknäuel, das sich im Gebüsch versteckte. Nathalies Herz setzte einen Schlag aus. Hoffentlich war das Tier nicht verletzt. »Hey«, flüsterte sie wieder, und jetzt rührte sich das Fellhäufchen, das so flauschig war, dass es sie fast an ein Lämmchen erinnerte. Es hob seinen Kopf und schnupperte in die Luft.

Nathalie streckte vorsichtig eine Hand aus. Der Hund mit dem zottelig weißen Teddyfell hob seine Nase, schnüffelte kurz und tapste dann unsicher auf sie zu. Nathalie brach es fast das Herz, dass der Hund offenbar einfach hier auf dem Parkplatz zurückgelassen worden war. Dabei sah er eigentlich ganz niedlich aus. Kopf und Rücken waren hellbraun gefleckt, und auch sein linkes Ohr war braun gefärbt. Die ehemals schwarzen Knopfaugen waren milchig trüb, und Nathalie vermutete, dass er nicht mehr gut sah. Der Hund schnupperte an ihrer Hand, bis er mit seiner trockenen Nase dagegenstieß und ein bisschen irritiert den Kopf zurückzog.

Mit lautem Getöse brauste in diesem Moment ein weißer Lieferwagen auf dem Parkplatz an ihnen vorbei. Nathalie zuckte zusammen, und auch der Hund verkroch sich wieder im Unterholz. Das arme Tier! Nathalie schenkte dem Lieferwagen, der mit quietschenden Reifen zum Stehen kam, keine Beachtung. Rücksichtslose Idioten gab es überall. Ihre ganze Aufmerksamkeit galt dem kleinen Hund, der sich da im Gestrüpp versteckt hatte.

»Salut, mon petit poussin!«, murmelte Nathalie sanft. »Ist schon gut. Du musst keine Angst haben. Ich tu dir nichts. Hat dich jemand etwa einfach so ausgesetzt?« Sie streckte wieder die Hand nach dem Hund aus und streichelte ihn behutsam.

Das Tier wich erschrocken zur Seite, schnupperte erneut, und als es ihren Geruch witterte, ließ es ihre Berührung zu. Der Hund war völlig verängstigt. Während Nathalie ihn behutsam kraulte, bemerkte sie sein rotes Halsband, an dem ein goldenes Plättchen hing. »Gustave« stand darauf eingraviert. Sie drehte es um, aber die Rückseite war leer. Auch sonst hatte der Hund keine Adresskapsel oder Hundemarke am Halsband. Nathalie sah sich um. Wer war denn bitte so herzlos und setzte heute noch einen Hund hier an einer Autobahnraststätte aus? Es gab doch inzwischen überall Tierheime!

Einer der Lastwagenfahrer, die nicht weit entfernt von ihr parkten, war auf sie aufmerksam geworden und beobachtete sie.

»Gehört der zu Ihnen?«, rief Nathalie auf Französisch in seine Richtung.

»Nee, der sitzt schon seit ein paar Tagen hier«, entgegnete der Fahrer.

»Das arme Tier!« Nathalie streichelte dem Hund mitleidig über den Kopf. »Haben Sie bei einem Tierheim angerufen oder hier im Motel Bescheid gegeben?«

»Beim Tierheim?« Der Lastwagenfahrer lachte, und jetzt sahen auch zwei seiner Kollegen in ihre Richtung.

»Was meinen Sie, was die mit dem machen?«, fragte ein anderer höhnisch. »Jetzt, in der Ferienzeit, ist er nicht der Einzige.«

»Genau«, bestätigte der erste. »Da ist das Tierheim doch völlig überfüllt. Und so einen will doch sowieso keiner mehr.«

Nathalie sah die beiden Männer entsetzt an und wandte sich dann wieder dem Hund zu, der sie erwartungsvoll anschaute.

»Du brauchst jetzt erst mal etwas zu trinken, Gustave«, sagte sie, stand auf und ging in Richtung ihres Autos. Dort stand eine Gruppe Jugendlicher an einem dunklen Kombi und rauchte. »Gehört der Hund vielleicht zu euch?«, fragte sie die vier Jungs, doch die schüttelten nur ihre Köpfe und verzogen sich dann schnell in ihren Kombi, um davonzubrausen. Nathalie zuckte mit den Schultern. Dann eben nicht, dachte sie sich.

Sie nahm ihre Wasserflasche und die Papiertüte mit dem Frikadellenbrötchen vom Autodach und ging damit wieder zu dem Hund zurück. Irgendwie fühlte sie sich dem armen Tier, das hier so einsam saß, seltsam verbunden. Sie schraubte den Deckel von der Flasche ab und ließ vor der Hundeschnauze etwas Wasser in ihre hohle Hand rinnen. Aber Gustave rührte sich nicht. Nathalie setzte sich auf den Asphalt am Straßenrand und stupste seine Schnauze vorsichtig mit ihrer feuchten Hand an. Jetzt reagierte das Tier und schnüffelte ihre Hand ab. Nathalie lächelte, und das hilflose Suchen des Hundes zog ihr das Herz zusammen.

»Hier, schau«, murmelte sie und ließ noch einmal etwas Wasser in ihre hohle Hand rinnen.

Dieses Mal trank er, und Nathalie musste kichern, als seine raue Zunge über ihre Hand kitzelte. Sie goss noch einmal etwas Wasser nach, und Gustave schlabberte so gierig danach, dass sie es in einem kleinen Rinnsal laufen lassen konnte. Erst nachdem er fast die halbe Flasche ausgetrunken hatte, schleckte er sich zufrieden über sein feuchtes Maul. »Das hat gutgetan, was?«, lobte sie ihn und streichelte ihm über den Kopf.

Gustave winselte zufrieden. Doch dann kam Leben in das Tier, und der Hund schnüffelte mit seiner pelzigen Schnauze über den Boden zielsicher auf die Tüte mit dem Frikadellenbrötchen zu. Sein Schwanz wedelte dabei freudig im Takt.

»Ja, das dachte ich mir.« Nathalie packte das Brötchen aus der Tüte.

Gustave schnupperte wieder, und als sie ihm ein Stückchen von der Frikadelle abriss und hinwarf, zuckte er zurück, weil das Fleischstück auf seine Schnauze gefallen war. Dann suchte er gierig den Boden ab, wobei er sich nicht sonderlich geschickt anstellte.

»Hier«, sagte Nathalie und wackelte mit ihrem Finger neben dem Frikadellenstück im Gras. Gustave brauchte eine Weile, bis er sich traute, es zu nehmen. Sein Vertrauen in Menschen schien nicht besonders groß zu sein, und Nathalie wollte gar nicht darüber nachdenken, was man dem armen

Kerl womöglich schon alles angetan hatte. Sie riss das nächste Stück Fleisch ab und hielt es ihm unter die Nase. Es ihm direkt zu geben, klappte deutlich besser, auch wenn der Hund zuerst sehr vorsichtig und dann zunehmend immer gieriger fraß. Er setzte sich vor sie und stibitzte jedes Fleischstück ganz behutsam aus ihren Fingern, konnte es jedoch kaum erwarten, das nächste zu bekommen. Als er die Frikadelle komplett verspeist hatte, riss Nathalie auch das Brötchen in kleine Stücke, die er sich ebenfalls schmecken ließ.

»So, jetzt hab ich nichts mehr«, sagte sie.

Einer der Lkw-Fahrer, der sie von Weitem beobachtet hatte, rief ihr zu: »Jetzt werden Sie den kleinen Racker bestimmt nicht mehr los! Aber so einer hätte es wahrscheinlich verdient, dass sich endlich mal jemand um ihn kümmert.«

Nathalie sah erst Gustave und dann wieder den Lkw-Fahrer an. »Wahrscheinlich haben Sie recht. Ich muss ihn jetzt wohl mitnehmen!«

Bevor sie ihre Entscheidung rückgängig machen konnte, stand Nathalie auf, band die Leine vom Laternenpfahl und packte die Decke zusammen. »Komm, Gustave, wir fahren zusammen an die Côte d'Azur.« Ganz selbstverständlich tappte der Hund neben ihr her, und als er zu ihr hochsah und ein bisschen mit dem Schwanz wedelte, wurde es Nathalie ganz warm ums Herz.

Sie ging mit Gustave zum Auto, öffnete die Beifahrerseite und legte seine Decke in den Fußraum. Gustave hatte sich neben die Tür gesetzt und wartete brav. »Na, was ist? Steigst du ein?«, fragte sie, doch der Hund legte nur wieder den Kopf schräg und schaute Nathalie an. Anscheinend verstand er sie nicht. Wie auch? Nathalie presste die Lippen zusammen. Tat sie wirklich das Richtige? Vielleicht entführte sie ja gerade einen wildfremden Hund. Andererseits … Sie konnte ihn ja auch nicht einfach hier sitzen lassen. »Also, mein Angebot steht«, sagte sie entschieden und klopfte mit ihrer Handfläche zweimal auf die Decke im Fußraum.

Das ließ sich Gustave nicht zweimal sagen. Er erhob sich und sprang in den Wagen.

»Alles klar.« Nathalie nickte bestätigend. Irgendwie fühlte sie sich sofort ein bisschen besser. »Ab jetzt also eine Reise zu zweit.« Sie ging um ihr Auto herum und wollte gerade einsteigen, als ihr noch etwas einfiel. »Du musst allerdings kurz auf mich warten«, sagte sie dann zu dem Hund, der es sich mittlerweile im Fußraum gemütlich gemacht hatte. »Ich muss noch etwas erledigen.«

Mit raschen Schritten lief Nathalie zum Motel zurück. Sie wollte wenigstens ihre Handynummer hinterlassen, falls es sich der Besitzer doch anders überlegte und Gustave zurückwollte. Dann stieg sie in ihren Wagen und sah lächelnd zu ihrem neuen Reisegefährten, der wedelnd im Fußraum des Beifahrersitzes stand und sie so begrüßte, als sei sie stundenlang weg gewesen.

»Ist ja gut.« Nathalie tätschelte ihm zur Beruhigung den Kopf, doch Gustave bekam sich vor Freude kaum in den Griff. Er war sichtlich begeistert, dass er jetzt nicht mehr allein war. Und Nathalie musste zugeben: sie auch. Sie startete den Motor und lenkte ihren Wagen wieder auf die Autobahn zurück.

Mittlerweile hatte Nathalie Mâcon, Lyon und Valence hinter sich gelassen. Die Sonne stand hoch am Himmel und heizte das Wageninnere auf. Nathalie ließ das Fenster der Fahrerseite herunter, und ein paar ihrer Haarsträhnen flogen im Wind. An einer Péage-Station reihte sie sich in die Autoschlange ein und suchte in ihrer Handtasche nach ihrem Geldbeutel. Wo war er nur? Nathalie zuckte zusammen. Hatte sie ihn in der Aufregung etwa auf dem Autodach vergessen? Beim nächsten Rastplatz würde sie rausfahren und noch einmal alles gründlich absuchen. Sie nahm ein paar Münzen vorne aus der Ablage hinter dem Schaltknüppel, zahlte und fuhr weiter.

Angespannt trat sie das Gaspedal durch. Jetzt war sie doch etwas unruhig. Normalerweise packte sie ihren Geldbeutel doch immer direkt wieder in die Handtasche zurück, um ihn stets griffbereit zu haben, aber Gustaves Fiepen hatte sie vorhin wohl aus dem Konzept gebracht. Die Autobahnschilder flogen an ihr vorbei, und Nathalie wurde beinahe wahnsinnig, weil keines davon einen Rastplatz ankündigte. Erst nach einer gefühlten Ewigkeit war eine kleine Möglichkeit zum Halten ausgeschildert. Sie setzte den Blinker und nahm die Ausfahrt. Es war ein kleiner Parkplatz mit zwei Bänken und einem silbernen Toilettenhäuschen, das sie lieber nicht von innen sehen wollte, aber hier wollte sie ja ohnehin nicht lange bleiben. Sie brachte ihren Wagen auf dem gepflasterten Seitenstreifen zum Stehen, suchte den Fußraum der Beifahrerseite ab, doch da stupste sie nur eine feuchte Hundeschnauze an. Nathalie stieg aus und lief mit eiligen Schritten zum Kofferraum. Doch auch da war kein Geldbeutel!

In Gedanken ging sie noch einmal die Situation durch: Sie hatte ihr Frühstück auf dem Autodach abgelegt. Hatte

sie da etwa auch ihren Geldbeutel …? Sie durchsuchte noch
einmal gründlich ihre Handtasche, doch das Ergebnis blieb
dasselbe. Der Geldbeutel war weg.

»So ein Mist«, murmelte sie tonlos, und ein eisiger Schauer
überlief sie wie bei einer kalten Dusche. Was sollte sie jetzt
nur tun? Verzweifelt biss sie sich auf die Unterlippe und ließ
in Gedanken noch einmal die Situation Revue passieren. Da
war dieser Lastwagenfahrer, aber den hatte sie doch eigentlich fast die ganze Zeit im Blick gehabt. Dann war da noch
der weiße Lieferwagen gewesen, der an ihr vorbeigeprescht
und unweit von ihr geparkt hatte. Und was war mit diesen
Jugendlichen aus dem dunklen Kombi, die sich so eigenartig verhalten hatten? Nathalie rieb sich mit den Fingerspitzen ihre pochenden Schläfen. Hatte sie ihr Auto abgeschlossen, als sie dem Fiepen nachgegangen war? … Nein,
schoss es ihr durch den Kopf. Sie hatte ihr Frühstück auf das
Autodach gelegt, den Geldbeutel daneben, und dann war sie
weggegangen. Nathalie schloss die Augen und ließ sich auf
den Randstein sinken, der die gepflasterte Parkbucht von
der angrenzenden Wiese trennte. Hatte sie womöglich ihr
Portemonnaie einfach auf dem Autodach vergessen und war
losgefahren? Das war ihr noch nie passiert. Und das gerade
jetzt!

Vielleicht hatten die Jugendlichen das auch gesehen und
ihre Chance genutzt. Ganz bestimmt sogar! Sie hatte gleich
so ein eigenartiges Gefühl gehabt, als sie die Jungs in der
Nähe ihres Autos gesehen hatte. O Gott, am Ende hätte die
Bande noch ihren Wagen geklaut, wenn sie den Zündschlüssel auch noch stecken gelassen hätte. Hatte sie? Nathalie
konnte sich beim besten Willen nicht daran erinnern. Alles

war so eigenartig und ungewöhnlich gewesen. Rasch suchte sie auf ihrem Smartphone die Telefonnummer des Rastplatzes heraus, aber natürlich hatte niemand ein gefundenes Portemonnaie abgegeben. Nathalie fuhr sich mit der Hand über die Stirn und atmete tief durch. Das fehlte ihr jetzt wirklich noch zu ihrem Unglück, dass das Geld weg war, ihr Personalausweis, ihre Bankkarte – einfach alles, was sie dringend brauchte.

Sie ballte die Hände zu Fäusten und versuchte verzweifelt, die Tränen zurückzuhalten, die sich unerbittlich in ihr nach oben kämpfen wollten, seit sie Elias' Postkarte gelesen hatte. Sie durfte jetzt nicht nachgeben, denn wenn sie erst einmal so richtig mit dem Weinen anfangen würde, dann würde sie vermutlich nie wieder aufhören können. Sie musste sich zusammenreißen und versuchen, einen klaren Kopf zu behalten. Zuallererst musste sie die Polizei anrufen und melden, dass … Ach, verdammt, was sollte sie denen denn erzählen? Dass sie von ein paar Jugendlichen ausgeraubt worden war, wo es doch viel wahrscheinlicher schien, dass sie ihren Geldbeutel einfach auf dem Autodach vergessen hatte?

Sie musste ihre Bankkarte sperren lassen! Nathalie recherchierte die Banknummer und erklärte in wenigen Sätzen ihre Misere, doch das angebotene Notfallpaket konnte sie sich nirgendwohin schicken lassen. Sie hatte ja keine Bleibe, und noch mal ein paar Nächte irgendwo verbringen und darauf warten, wollte sie nicht. Aber welche Möglichkeit hatte sie sonst?

Ohne dass sie es verhindern konnte, traten ihr jetzt doch Tränen in die Augen. Sie legte den Kopf in den Nacken, atmete mehrmals tief durch und versuchte, sich zu beruhigen.

In was für einen Schlamassel hatte sie sich da nur hineingeritten? Miriam hatte von Anfang an gesagt, dass sie es lieber bleiben lassen sollte. Aber das half ihr jetzt auch nicht weiter. Mit zitternden Fingern wählte sie die Nummer ihrer Freundin.

Als Miriam das Gespräch entgegennahm, fiel Nathalie ein Stein vom Herzen.

»Ich hab meinen Geldbeutel verloren!«, schluchzte sie ohne Begrüßung ins Telefon.

»Guten Morgen … Was?« Miriam, die eben noch verschlafen geklungen hatte, war sofort hellwach. »Wie kann ich dir helfen? Soll ich dir Geld in ein Hotel schicken?«

Nathalie lächelte schniefend. Auf ihre Freundin war wirklich immer Verlass. »Das ist lieb, aber ich bin irgendwo hinter Valence und überlege jetzt, was ich machen soll. Das alles war eine ganz blöde Idee. Ich hätte einfach zu Hause bleiben sollen.«

»So ein Quatsch!«, sagte Miriam sofort. »Jetzt bist du schon so weit gekommen. Wenn du weißt, wo du erst mal bleiben wirst, dann ruf mich an, und ich überweise dir etwas.«

»Das ist echt lieb von dir«, sagte Nathalie gerührt.

»Hast du denn deine Karte schon sperren lassen?«

»Ja, das habe ich gerade gemacht.« Nathalie seufzte. »Ich war so dumm, Miriam. Ich hab den Geldbeutel einfach aufs Autodach gelegt und dort wohl vergessen …«

»O nein, wie ärgerlich!«, sagte Miriam mitfühlend. »Aber es ist auch kein Wunder, dass du wegen Elias so neben der Spur bist.«

»Ehrlich gesagt, ist es dieses Mal gar nicht wegen Elias, sondern wegen Gustave«, gab Nathalie halblaut zu.

»Gustave?«, fragte Miriam überrascht. »Wer ist Gustave? Hast du etwa schon jemand Neuen?«

Im selben Moment war ein Fiepen aus dem Auto zu hören.

Nathalie stützte sich mit einer Hand auf dem Oberschenkel ab und stand auf. Oje, der arme Hund. Er hatte die ganze Zeit geduldig im Auto gewartet, während sie ihrer Freundin ihr Herz ausgeschüttet hatte. Rasch öffnete sie die Beifahrertür und ließ Gustave aus dem Auto, der sofort schnüffelnd die Gegend erkundete.

»Ja, und ich fürchte, es ist was Ernstes. Warte …« Nathalie machte rasch ein Foto von ihm.

Wie erwartet, brach Miriam am anderen Ende der Leitung sofort in Entzücken aus: »Ist der niedlich! Wo hast du den denn her?«

»Den habe ich an der Raststätte gefunden. Wahrscheinlich hat ihn dort jemand ausgesetzt.«

»Wie herzlos! Wer macht denn so was?«

Nathalie seufzte. »Ich weiß es nicht, aber ich konnte ihn jedenfalls nicht dort sitzen lassen. In der ganzen Aufregung hab ich dann wohl meinen Geldbeutel vergessen.«

»Ist ja nur verständlich. Aber sag mal, was machst du jetzt?«

Das war eine gute Frage. Hier konnte sie auf keinen Fall bleiben.

»Ich weiß es nicht«, sagte Nathalie ehrlich. »Aber viele Möglichkeiten habe ich nicht. Entweder ich drehe um und blase die ganze Aktion ab, oder ich fahre weiter und schlage mich durch.«

»Ich finde, du solltest weiterfahren«, antwortete Miriam. »Und wenn du was brauchst, dann melde dich.«

»Danke«, sagte Nathalie lächelnd. »Ich überlege es mir.«

»Okay, aber schreib mir unbedingt, wie du dich entschieden hast, ja?«

»Mache ich.« Nathalie legte auf und sah zu Gustave, der gewissenhaft jeden Zentimeter des Wiesenstücks inspizierte. Der Tank ihres Autos war noch recht voll, aber ob das bis Antibes reichen würde? Sie gab den ersten Campingplatz dort in ihr Handy ein. Noch knapp dreihundert Kilometer. Sie könnte es drauf ankommen lassen, einfach nach Antibes fahren, und vielleicht hatte sie Glück und würde Elias dort finden. Dann könnte sie zu ihm gehen, die fünftausend Euro zurückfordern, ihm all ihre angestaute Wut entgegenschleudern und mit dem Geld locker wieder zurückfahren.

Aber was, wenn sie schon vorher irgendwo stecken blieb? Dann stand sie möglicherweise mitten auf der Autobahn und musste hoffen, dass jemand ein Herz hatte und anhielt, um ihr zu helfen. Oder sie fuhr die nächste Ausfahrt ab, suchte sich dort eine Bleibe und erklärte ihre Situation. Vielleicht könnte sie dort unterkommen, bis Miriam ihr das nötige Geld für die Heimreise überwiesen hatte, für Sprit oder ein Zugticket vielleicht, nachdem sie selbst den netten Pensionsbesitzern erklärt hatte, dass sie kein Leben als Landstreicherin führte. Aber wollte sie jetzt einfach so aufgeben? Wollte sie Elias wirklich gewinnen lassen?

Gustave trottete zu ihr zurück, legte sich neben sie und beobachtete sie mit seinem Hundeblick.

»Was meinst du, was sollen wir machen?«, fragte sie und hörte zu ihrem Erschrecken, wie verzweifelt sie klang.

Als er ihre Stimme hörte, hob der Hund seinen Kopf von den Vorderpfoten und schnupperte interessiert in ihre Richtung. Nathalie nahm den zotteligen Kopf in beide Hände und kraulte das Tier hinter den Ohren. Das weiche, warme Fell unter ihren Fingern tröstete sie ein wenig. Gustave blinzelte mehrmals, dann sah er sie wieder aus großen Augen an.

Nathalie schmolz dahin wie Butter, und es wurde ihr gleich ein klitzekleines bisschen leichter ums Herz. Dann stupste Gustave sie aufmunternd an und bellte zweimal.

»Du hast recht«, sagte sie entschieden. »Ich gebe nicht auf! Wir zwei lassen uns nicht unterkriegen! Wir fahren weiter, und dann rechne ich mit diesem Idioten ein für alle Mal ab! Und falls wir doch irgendwo stranden, werden wir bestimmt jemanden finden, der uns hilft. Und vielleicht haben wir Glück, und wir können irgendwo auf Kredit tanken oder übernachten oder finden eine Streuobstwiese oder ein Restaurant, das es gut mit uns meint.« So wie damals in ihrem Urlaub mit Elias … schoss es Nathalie durch den Kopf, und der Stich in ihrer Brust ließ ihr Herz einen Moment stolpern. Aber darauf wollte sie jetzt nicht hören.

Wir fahren weiter!, schrieb sie Miriam. Dann ließ sie Gustave wieder auf der Beifahrerseite einsteigen und klemmte sich selbst hinters Lenkrad. Sie wählte in ihrem Smartphone eine Route nach Antibes aus, drehte den Zündschlüssel und fuhr wieder auf die Autobahn.

Zwischen Montélimar und Avignon entschied Nathalie, von der Autobahn zu fahren, um die Mautgebühren zu sparen. Sie wollte lieber über Land fahren und das bisschen Geld, das sie noch in der Mittelkonsole hatte, für etwas zu trinken aufheben. So würde sie wenigstens auch etwas von der Landschaft sehen. Das konnte doch bestimmt nicht schaden, wenn sie schon unterwegs war.

Sie setzte ihren Blinker bei der Ausfahrt von Avignon, und schon beim Herunterfahren wurde sie von der überwältigenden Umgebung der Provence in Empfang genommen. Vor ihr lag eine hügelige Landschaft, durchzogen von grünen Waldstücken, kargen Felsen und bewirtschafteten Feldern. Unter einem leuchtend blauen Himmel, über den einige wenige Wolken träge dahinzogen, spannte sich die malerische Natur, die sich aus Bäumen, Weinbergen und Olivenhainen zusammensetzte. Dazwischen erstreckte sich, einer Patchworkdecke gleich, das berühmte lilafarbene Meer blühender Lavendelfelder. Eine Ruine aus einem früheren Jahrhundert thronte inmitten der sommerlichen Farbenpracht und erinnerte an ein längst vergessenes Märchen. Immer wieder sah Nathalie auch kleine Ansammlungen alter Steinhäuser, deren schwarzer Name auf einem weißen, rot umrahmten Ortsschild der einzige Hinweis darauf war, dass dies ein Dorf war, und die so aussahen, als hätte ein Riese seine Würfel gerade über die Äcker geworfen. Am Wegesrand fanden sich Kräuter, und zwischen den Feldern ragten Zypressen wie spitze Nadeln in den Himmel. Nathalie ließ jetzt auch die andere Fensterscheibe auf Gustaves Seite herunter, und der betörend süße Geruch des Lavendels stieg ihr in die Nase, dazu der Rosmarin und ein Duft, den Nathalie nicht zuordnen konnte. Zum ersten Mal seit ihrer spontanen Wahnsinnsaktion hatte sie das Gefühl, ein klein wenig aufzuatmen.

Nathalie war von den kräftigen Farben und der schier endlosen Weite der Natur überwältigt. Alles wirkte so schön, so friedlich und rein, dass sie ganz vergaß, warum sie eigentlich hier war. Sie ließ die Landschaft, die an ihr vorbeizog, auf sich wirken und merkte, wie sich mit jedem Kilometer ihre Gedanken ein wenig beruhigten und sich ihr Geist ein bisschen mehr öffnete. Das sorgte zwar dafür, dass die Wut weniger und der Schmerz etwas mehr wurde, aber so war das nun einmal nach dem Ende einer so langen Beziehung. Sie konnte sich nicht ewig etwas vormachen und so tun, als würde ihr die Trennung nicht wehtun. Trotzdem hatte sie das Gefühl, während der Fahrt durch die wunderbare Landschaft etwas zur Ruhe zu kommen. Vielleicht konnte sie nach dem Gespräch mit Elias hier in der Nähe ihre Akkus wieder etwas aufladen und vielleicht auch herausfinden, was sie jetzt mit ihrem Leben anfangen wollte. Ja, es war eine gute Entscheidung gewesen, weiterzufahren – und diese Fahrt überhaupt anzutreten. Manchmal konnte man einfach nicht absehen, wofür manche Dinge gut waren.

Auf Nathalies Gesicht breitete sich ein kleines Lächeln aus. Es war hier einfach wunderschön, so wunderschön, dass sie all ihren Schmerz und die Wut für einen Moment vergessen konnte.

Die Landschaft veränderte sich und wurde hügeliger, und Nathalies Polo kämpfte sich eine kurvige Straße hinauf. Der Wagen schnaufte und ächzte dabei, und Nathalie hatte den Eindruck, dass es ihrem Auto womöglich auch zu warm war. Sie würde ihm bald eine Pause gönnen, aber hier, im Hinterland der Provence, gab es, abgesehen von der malerischen Natur, absolut nichts. An der letzten Häuseransammlung war sie bestimmt schon vor über zwanzig Minuten vorbeigekommen, und die vereinzelten Häuschen, die vor ihr immer mal wieder auftauchten, sahen inmitten der flirrenden Lavendelfelder und Olivenplantagen eher aus wie kleine Gartenlauben oder Ferienhäuschen. Nathalie trat behutsam die Kupplung und schaltete einen Gang runter. Es galt, ihr Auto zu schonen, während sie sich Kurve für Kurve bergauf kämpfte.

Der Wagen begann zu rattern, das Schnaufen wurde lauter, und dann gab es plötzlich einen Knall, und das Tempo des Autos verlangsamte sich so rasch, dass Nathalie nur wenige Meter später am Straßenrand zum Stehen kam. Aus der Motorhaube quoll weißer Rauch empor. Das durfte doch nicht wahr sein! Mit einer energischen Handbewegung zog sie die Handbremse, denn der Polo machte Anstalten, den Hügel rückwärts wieder hinunterzurollen.

»O nein«, murmelte Nathalie, der nichts Gutes schwante. Panik machte sich in ihr breit.

Sie stieg aus und versuchte, die Motorhaube zu öffnen, aber die strahlte so eine Hitze aus, dass sie sie unmöglich mit bloßen Händen anfassen konnte. Ihr fiel nichts Besseres ein, als mit einem Zipfel ihres Rocks die Motorhaube zu öffnen, und anschließend musste sie erst einmal kräftig husten, als ihr noch mehr Rauch ins Gesicht schlug. Nathalie stemmte die Hände in die Hüften und sah ratlos auf das Innere des Wagens. So schwer konnte das doch nicht sein. Mit einem prüfenden Blick begutachtete sie die einzelnen Teile, doch alles, was sie ausmachen konnte, war die Einfüllöffnung für Scheibenwischwasser und die Abdeckung der Autobatterie, mit der sie Miriams Wagen im Winter einmal überbrückt hatte. Vorsichtig beugte sie sich über die unterschiedlichen Schläu-

45

che und Kabel, aber alles war viel zu heiß, um auch nur irgendetwas anzufassen, und, ehrlich gesagt, hatte sie auch keine Ahnung, wo der Fehler liegen könnte. Nathalie musste sich eine Sache ganz dringend eingestehen: Im Gegensatz zu Elias hatte sie vom Inneren eines Autos nicht die geringste Ahnung. Das Einzige, was er ihr einmal gezeigt hatte, war, wie man den Ölstand maß, und da sie keine andere Idee hatte, zog sie schließlich den Ölmessstab an seinem gelben Plastikring heraus und wischte ihn an einem Taschentuch ab. Dann tauchte sie ihn wieder ein und las den Stand ab. Zumindest der war in Ordnung. Nathalie wischte sich nachdenklich eine Haarsträhne aus dem Gesicht.

Der Polo stieß noch immer kleine Rauchwölkchen hervor, wohl der stille Versuch einer Entschuldigung. Aber das half ihr jetzt auch nicht weiter. Sie zog ihr Smartphone heraus und versuchte, im Internet die Nummer eines Abschleppdienstes herauszufinden, aber jedes Mal wenn die Seite gerade im Aufbau war, brach der Ladevorgang ab. Das durfte doch nicht wahr sein. Hier war sogar das Handynetz schlecht! Nathalie seufzte tief und sah sich um, während Verzweiflung in ihr hochstieg. Sie stand irgendwo auf einer französischen Landstraße, mitten im Nirgendwo, und weit und breit war kein Mensch zu sehen. Am liebsten hätte sie laut geschrien. Wie schlimm konnte es eigentlich noch kommen?

Sie lehnte sich gegen die Karosserie des Wagens und sah sich um. Die Landschaft, die ihr eben noch so malerisch-idyllisch vorgekommen war, hatte plötzlich etwas Bedrohliches an sich. Ja, das Lila, Grün und Himmelblau waren an sich wirklich nett anzusehen, aber aktuell wünschte sich Nathalie nichts sehnlicher als ein paar rote Ziegeldächer oder zumindest irgendein Zeichen menschlicher Zivilisation. Was sollte sie jetzt nur machen? Sie fühlte sich wie in einem schlechten Film. Hier stand sie nun, ohne Handyempfang und ohne Geld, mit einem ausgesetzten Hund und einem kaputten Auto – mitten in der idyllischsten Pampa aller Zeiten.

Als sie Gustaves Winseln aus dem Inneren des Wagens hörte, gab sie sich einen Ruck. Es hatte keinen Zweck, sich in Selbstmitleid zu suhlen. Sie musste irgendetwas tun. Und hier zu stehen und zu warten, bis jemand vorbeikam, erschien ihr als die schlechteste aller Optionen. Ihr blieb also nichts anderes übrig, als sich auf den Weg zu machen und selbst Hilfe zu holen. Entweder würde sie irgendwann in ein Dorf kommen oder aber zumindest Handyempfang haben.

Sie lief um den Wagen herum und öffnete die Beifahrerseite, damit Gustave ins Freie springen konnte. Freudig beschnupperte er die Umgebung. Nathalie überlegte, ob sie sich eine frische Bluse aus dem Koffer holen sollte, aber mit den dreckigen Händen würde sie nur ihre Kleidung beschmutzen.

Nathalie atmete tief durch. Bleib ganz ruhig, sagte sie sich. Jetzt kannst du sowieso nichts ändern. Sie ging wieder zur Beifahrerseite, nahm Gustaves Leine und ihre Sonnenbrille aus dem Fach der Mittelkonsole, griff nach ihrer halb vollen Wasserflasche im Wageninneren, schlug dann die Autotür zu und schloss ab. Einen kurzen Moment überlegte Nathalie, in welche Richtung sie gehen wollte, und entschied sich dann dafür, den Schildern zu vertrauen, die ihr vor ein paar Kilometern angekündigt hatten, dass die nächste Ortschaft nicht mehr weit war. Mit Gustave im Schlepptau marschierte sie entschlossen los.

3.

Seit einer Dreiviertelstunde war Nathalie bereits gelaufen, ohne auch nur ansatzweise in die Nähe eines Dorfs gelangt zu sein. Mittlerweile humpelte sie auf ihren Riemchensandalen am Straßenrand entlang, während Gustave brav an ihrer Seite trottete. So, wie sich ihre Zehen anfühlten, hatte sie sich mit Sicherheit eine Blase gelaufen. Und auf der anderen Seite scheuerte es an ihrer Ferse. Wenigstens waren das Schmerzen, die schnell vorbeigehen würden, ganz im Gegensatz zu ihren Gefühlen für Elias.

Die Landschaft veränderte sich kaum. Auf die endlos wirkenden Lavendelfelder folgten Obstplantagen, abgelöst von Weinreben, die nur durch eine halbhohe Steinmauer von den Nachbarfeldern abgetrennt waren. Aber weit und breit gab es keine Siedlung, nur die einzelnen typischen Steinhäuser, die mit ihren schiefen Fensterläden und halb abgedeckten Dächern so verlassen aussahen, wie Nathalie sich im Moment fühlte. Sie ging noch ein paar Schritte weiter, aber ihre Füße schmerzten so sehr, dass sie stehen bleiben musste. Gustave sah erwartungsvoll zu ihr hoch und blickte sie aus seinen milchig schwarzen Knopfaugen an.

»Es geht nicht mehr«, klagte Nathalie. »Ich kann einfach nicht mehr.«

Sie bückte sich und zog erst den linken, dann den rechten Schuh von ihren geschwollenen Füßen. Sie hatte recht gehabt. Auf zwei ihrer Zehen hatten sich unschöne rote Druckstellen gebildet, und ihre Ferse war wund gerieben und spannte schrecklich, wenn sie ihren Fuß auf und ab bewegte. Die nächsten Tage konnte sie wohl maximal auf Flipflops durch die Gegend humpeln. Nathalie schlug sich gegen die Stirn. Die Flipflops! Sie hatte doch Flipflops in ihrem Koffer – wieso hatte sie denn daran nicht gedacht? Stattdessen war sie kopflos auf ihren schönen, aber doch ziemlich unbequemen Sandalen losmarschiert. Typisch. Das Glück war einfach nicht auf ihrer Seite. Nathalies Füße fühlten sich genauso heiß an wie der Asphalt, auf den die Mittagssonne erbarmungslos brannte. Allein der Gedanke, wieder in ihre Schuhe zu schlüpfen, ließ sie schmerzerfüllt das Gesicht verziehen. Aber barfuß weiterzugehen, war ebenfalls unmöglich. Sie humpelte zu dem schmalen Grasstreifen neben der Straße. Vielleicht konnte sie hier ja barfuß laufen? Doch dort piksten sie die Stoppeln der Halme, und die spitzen Steinchen bohrten sich schmerzhaft in ihre Fußsohlen.

Nathalie spürte, dass sie schon wieder den Tränen nahe war. Das hier war wirklich die blödeste aller Ideen, die sie jemals gehabt hatte. Und jetzt auch noch diese fiesen Schmerzen! Sie hatte einfach nicht nachgedacht, und wenn sie ehrlich war, musste so etwas ja passieren, nachdem sie so Hals über Kopf Elias hinterhergereist war.

Gustave setzte sich ins Gras und wartete geduldig. Er ließ die Zunge aus dem Maul hängen und hechelte. Bestimmt war ihm unter seinem weiß-braunen Fell mächtig warm. Aber die Wasserflasche war mittlerweile leer, und hier gab es keinen Fluss, nicht einmal einen Bach. Es half nichts, sie mussten weiter.

Prüfend warf Nathalie einen Blick auf ihr Smartphone, kurz vor sechzehn Uhr – und immer noch kein Netz. Das war doch zum Verrücktwerden! Es konnte doch nicht sein, dass halb Frankreich plötzlich ausgestorben war!

»Komm, Gustave, hier können wir nicht bleiben«, murmelte sie und spürte, dass ihre Kehle genauso trocken war wie der Staub am Straßenrand. Schwer und rau klebte ihre Zunge am Gaumen, und ihre Lippen waren spröde und spannten. Aber darüber durfte sie jetzt nicht weiter nachdenken.

Sie nahm ihre Sandalen in die eine, Gustaves Leine in die andere Hand und wappnete sich innerlich für den ihr noch bevorstehenden Weg.

Gustave schien sich nicht wirklich für Nathalies Dilemma zu interessieren. Er schnupperte stattdessen an einem Strauch, der für ihn wohl deutlich interessanter war. Nathalie blieb stehen und gab ihm die Zeit. Als jetzt ein Schmetterling erschrocken das Weite suchte, musste sie lächeln, aber dann kreisten ihre Gedanken urplötzlich wieder um Elias, und Wut machte sich in ihr breit:

»So hat er es immer gemacht. *Immer!* Elias hat mich immer dazu gebracht, etwas zu tun, was ich eigentlich gar nicht wollte. Sogar jetzt, wo wir … wo er …«

Sie schluchzte. Es war nicht auszuhalten. Am liebsten hätte sie sich an den Straßenrand gesetzt, doch dann hielt sie plötzlich die Luft an und horchte auf. Von irgendwoher hörte sie das Rattern eines Motors. Nathalie drehte sich um und erkannte an der Biegung der Landstraße einen Traktor. Das war ihre Rettung!

»He!«, rief sie und schwang die Arme über dem Kopf. »He, hallo!«

Mit einem gleichmäßigen Rattern, das immer lauter wurde, kam der Traktor auf sie zugefahren. Hinter dem Steuer saß ein Mann mit dunkelblondem Haar. Nathalie winkte überschwänglich, und Gustave fing wegen des Lärms laut zu bellen an. Jetzt hatte der Traktor ihre Höhe erreicht und kam neben ihr zum Stehen. Gleich darauf erstarb der ohrenbetäubende Lärm, und der Mann hinter dem Steuer sah sie mit einem etwas grimmigen Blick an.

»Äh … bonjour, monsieur, können Sie mir helfen?«, begann Nathalie zögernd.

Der Mann sah sie noch immer grimmig an, warf einen kurzen Blick auf ihre zerschundenen Füße und den Hund, der sich mittlerweile wieder beruhigt und sich neben sie gesetzt hatte. Nathalie nahm all ihren Mut zusammen.

»Mein Wagen ist liegen geblieben. Ich möchte ins nächste Dorf. Ich brauche eine … äh …« Was hieß noch mal Werkstatt? Verflixt, sie konnte sich beim besten Willen nicht daran erinnern. Autoteile und Handwerkszeug hatten sie beim Lernen damals herzlich wenig interessiert. »Also, mein Auto hat eine Panne«, setzte sie noch einmal zu einer Erklärung an. »Und da war überall Qualm und Rauch … Können Sie mich bitte mitnehmen?«

Mit großen Augen sah sie zu dem blonden Mann auf dem Traktor hoch, der sich anscheinend gerade ein amüsiertes Grinsen verkniff, indem er sich auf die Unterlippe biss. Erneut musterte er sie mit einer hochgezogenen Augenbraue von oben bis unten, sagte aber immer noch nichts. Verlegen versuchte Nathalie, einen Fuß hinter ihrem Bein zu verstecken, obwohl sie wusste, dass das nicht sonderlich von Erfolg gekrönt war.

Dann nickte er zu ihrer Überraschung. »Allez, steigen Sie schon auf«, sagte er und deutete mit einer Kopfbewegung auf den Notsitz über dem Rad.

Nathalies Herzschlag beschleunigte sich. Einerseits war sie fürchterlich erleichtert, andererseits: Sollte sie jetzt wirklich zu einem Fremden auf den Traktor steigen? Jetzt war es an ihr, ihr Gegenüber in Augenschein zu nehmen. Er war etwa in ihrem Alter, vielleicht ein bisschen älter, hatte ein kantiges Gesicht und schön geschwungene Lippen, die den sonst eher harten Gesichtszügen etwas Weiches, Freundliches verliehen. Eigentlich sah er doch ganz vertrauenswürdig aus, entschied sie, und es war ja auch nicht so, dass sie eine Wahl gehabt hätte. Sie sah sich noch einmal kurz um, aber weit und breit war niemand zu sehen.

»Also, was ist jetzt?«, brummte er.

»Ja, äh … merci.« Nathalie sah auf Gustave. »Und was ist mit meinem Hund?«, fragte sie.

»Das ist ein Traktor, kein Taxi«, murrte der Mann, aber er musste wohl Nathalies entsetztes Gesicht gesehen haben, denn er schob beschwichtigend nach: »Na, wenn Sie ihn auf den Schoß nehmen, kriegen wir ihn schon noch unter.«

Da hatte ihr der Himmel aber einen charismatischen Retter geschickt. Er hatte ja noch schlechtere Laune als sie. Aber Nathalie wollte sich nicht beschweren – immerhin hatte er Erbarmen mit ihr und dem Hund. Sie hob Gustave hoch und gab ihn dem Traktorfahrer, dann griff sie nach den beiden Stangen außen am Traktor, stieg mit einem Fuß auf den Tritt und schwang sich, so geschickt sie konnte, nach oben.

Sie quetschte sich an ihrem Retter vorbei, konnte allerdings nicht vermeiden, dass sie ihn mit ihrem Becken an seiner Schulter streifte, und setzte sich.

Der Fremde gab ihr den Hund zurück, und Nathalie nahm ihn auf ihren Schoß. Wirklich viel Platz hatte sie nicht, und als der Mann jetzt den Motor wieder anließ, konnte sie nicht verhindern, dass ihre Knie gegen seinen Arm stießen. Das konnte ja heiter werden. Unauffällig atmete sie tief durch.

»Ich bin Nathalie!«, rief sie gegen den Lärm des Motors an. »Und das ist Gustave.«

»Felix!«, brummte der Traktorfahrer in ihre Richtung, konzentrierte sich dann aber wieder auf die Straße.

Nathalie sah ein, dass eine Unterhaltung bei der Geräuschkulisse nicht gerade einfach war. Es ist nur bis ins nächste Dorf, sagte sie sich, während sie ihre Beine so fest anspannte, wie sie nur konnte. Doch mit Gustave auf ihren Oberschenkeln war das recht anstrengend, denn sie musste zusätzlich noch darauf achten, dass der Hund nicht herunterrutschte und ihren Fahrer womöglich behinderte.

Also stieß sie mit den Knien mehrfach gegen ihn, während der Traktor gemütlich die Landstraße entlangzuckelte. Wenigstens war es besser als laufen. Nathalie schielte auf ihre wunden Füße. Sie brauchte dringend ihre Flipflops. Sobald sie wieder Netz hatte, würde sie sich um das Abschleppen des Wagens kümmern. Dann käme sie auch an ihren Koffer und bequemere Schuhe. Als Nächstes würde sie Miriam anrufen. Sie musste ihr unbedingt etwas Geld schicken. Und das Gespräch mit Elias würde auch noch länger auf sich warten lassen, dabei hätte Nathalie es so gerne endlich hinter sich. Doch langsam überkamen sie Zweifel an ihrem Vorhaben. Vielleicht würde sie sich mit ihrer Aktion auch komplett lächerlich machen. Und ihr Herz spielte mittlerweile auch verrückt, das ständige Hin und Her zwischen Wut und Trauer, Schmerz und Verzweiflung brachte sie ganz durcheinander.

Nathalie überlegte, ob sie vielleicht doch noch einmal ein Gespräch mit dem Mann neben ihr beginnen sollte. Verstohlen musterte sie ihn aus den Augenwinkeln. Seine blonden Haare waren etwas zu lang und seine Haut von der Sonne gebräunt. Vermutlich arbeitete er irgendwo im Freien. Kein Wunder, in dieser ländlichen Gegend lebte man wahrscheinlich vor allem vom Weinanbau oder der Landwirtschaft. Der Traktor sprach ja auch dafür. Und unter seinem weißen T-Shirt konnte Nathalie erkennen, dass der Fremde harte körperliche Arbeit wohl gewohnt war. Wenn er den Traktor geschickt kurbelnd um eine der Kurven lenkte, sah man deutlich seine Muskeln. Je länger Nathalie ihn betrachtete, umso mehr musste sie zugeben, dass er ziemlich gut aussah. Aber das war wahrscheinlich nur ein komisches Symptom ihres Liebeskummers.

Die Lavendelfelder wurden nun immer öfter von Mauern und vereinzelten Häusern abgelöst, einmal stand dazwischen auf einer eingezäunten Wiese eine Eselherde, die mit trägem Blick dem Traktor folgte, sich dann aber wieder dem Gras widmete. Als sie um die nächste Kurve bogen, lag plötzlich ein malerisches französisches Bergdorf vor ihnen. Nathalie atmete erleichtert auf. Gleich hatten sie es geschafft. Obwohl ihre Situation so vertrackt war, wurde sie beim Anblick des Bergdorfes fast euphorisch. Die Häuser schmiegten sich in die schroffen Kalksteinfelsen, an der einen Seite umsäumt von einem grünen Zedernwald. Auf der anderen Seite erstreckten sich weitere Obst- und Weinplantagen, eingebettet zwischen den sanft ansteigenden Hügeln. Nathalie musste zugeben, dass sie dieses Bild jetzt, wo ihre Situation nicht mehr ganz so ausweglos erschien, doch wieder sehr schön fand, einladend und irgendwie friedlich.

Nachdem sie die gemauerte Steinbrücke überquert hatten, die direkt in das kleine Dorf hineinführte, lenkte ihr Retter den Traktor in eine Seitenstraße. Vor einem Haus mit einem etwas größeren gepflasterten Hof davor, auf dem mehrere Autos geparkt hatten, hielt er an. An einem Zaun war ein schlichtes Schild angebracht, auf dem »Garage« stand. Nathalie fiel ein Stein vom Herzen. Eine Autowerkstatt. Das bedeutete, es gab hier jemanden, der ihren Polo reparieren konnte.

»Et voilà«, unterbrach ihr Retter ihre sich überschlagenden Gedanken, machte aber keine Anstalten, ihr zu helfen.

Nathalie zögerte. »Ehm …«, begann sie, aber da hatte der Fremde schon den Motor abgestellt. Er drehte sich zu ihr um und nahm Gustave entgegen, der das Herumreichen widerstandslos über sich ergehen ließ. Nathalie kletterte vom Traktor, nahm dann ihren Hund entgegen und bedankte sich knapp.

Im selben Moment trat ein Mann in einem blauen Overall aus der Werkstatt. »Ah, bonjour, Felix. Ça va?«, sprudelte er gleich los und reichte dem Man auf dem Traktor seine ölverschmierte Hand. »Oh, là, là. Heute in Begleitung?«

»Hab ich am Straßenrand gefunden«, gab Felix zurück, und dann unterhielten sich die beiden plötzlich so schnell, dass Nathalie kaum ein Wort verstand. Nur die Begriffe »allemand« und »voiture« hörte sie heraus, und an dem Blick, mit dem sie der Mann im blauen Overall musterte, erkannte Nathalie, dass es um sie gehen musste.

Jetzt kam er einen Schritt auf sie zu. »Bonjour, madame.« Er wischte sich kurz seine schmutzige Hand an seinem ebenso schmutzigen Overall ab, ehe er sie Nathalie reichte. »Ich bin Maurice Bernard. Mir gehört die Werkstatt. Wie kann ich Ihnen helfen?«

»Mein Auto ist kaputtgegangen«, erklärte Nathalie in ihrem noch etwas holprigen Französisch, merkte jedoch, dass es mit jedem Satz besser wurde. »Da war plötzlich überall Rauch. Und dann ist Luise nicht mehr gefahren.«

»Also, Luise, wo steht Ihr Wagen denn?«

»Nein, nein. Ich heiße Nathalie. Luise ist mein Auto«, stellte Nathalie rasch richtig. »Das steht irgendwo an einer Straße, einer Landstraße, um genau zu sein. Ich bin ein ganzes Stück gelaufen, bis Ihr Freund mich gefunden und mitgenommen hat.«

»Dann sind Sie bestimmt sehr erschöpft«, sagte Maurice mitfühlend. »Wie wäre es denn mit einer kleinen Pause und einer Limonade im Garten?«

»Das wäre toll.« Nathalie lächelte dankbar. »Die letzten zwei Tage ist bei mir einfach der Wurm drin. Alles, was schiefgehen kann, geht auch schief.«

»Na, dann kommen Sie.« Maurice ging voran, und Nathalie folgte ihm in die Werkstatt. Auch Felix war von seinem Traktor abgestiegen und lief hinter ihnen her. Mit wenigen Handgriffen hatte Maurice drei Gläser mit frischer, kühler Limonade gefüllt und ein Schälchen mit Gebäck bereitgestellt. Mit einer Handbewegung bedeutete er Nathalie, auf die Terrasse zu gehen.

Zu ihrer Überraschung erwartete sie hinter dem Haus ein gepflegter Garten. Um einen Holztisch standen vier Klappstühle mit gemütlichen Polstern darauf, es gab einen kleinen Gemüsegarten mit Gurken, Salat und Tomaten, die rot und schwer an ihren Rispen hingen, und jemand hatte mit großer Hingabe ein Blumenbeet mit gelben und orangefarbenen Tagetes bepflanzt. Auf einem Fenstersims hatte eine schwarzweiß gefleckte Katze ihre Pfoten untergeschlagen und döste in der Sonne. Als sie die Menschen bemerkte, blinzelte sie unter halb geöffneten Augen hervor, folgte Gustave mit dem Blick, aber da der Hund keine Notiz von ihr nahm, sondern ganz dicht bei Nathalie blieb, schien sie ihn nicht als Gefahr einzustufen, gähnte herzhaft und schloss die Augen wieder.

»So, und jetzt noch mal ganz von vorne«, sagte Maurice, nachdem sie Platz genommen und sich einander vorgestellt hatten.

»Also eigentlich hat alles mit einer Postkarte angefangen«, begann Nathalie, und dann erzählte sie von Elias und seinem Urlaub an der Côte d'Azur, von ihrer Trennung, der überstürzten Idee, ihm hinterherzufahren, dem Stopp auf dem Rastplatz, auf dem sie Gustave gefunden, aber ihren Geldbeutel verloren hatte, und schließlich von ihrer Idee, die Autobahn zu verlassen, und ihrem Wagenschaden.

»Da ist ja wirklich alles schiefgelaufen, was schieflaufen kann«, stellte Felix fest, und als Nathalie ihn jetzt ansah, lächelte er mitfühlend.

»Tja, und jetzt bin ich hier, und mein Auto steht an irgendeiner Straße mit Obstplantagen.«

»Hm, das ist nicht sehr präzise.« Maurice kratzte sich am Kopf. »Bestimmt haben Sie schon festgestellt, dass wir hier mehrere davon haben.«

Nathalie warf Felix einen Blick zu. »Könnten Sie Ihrem Freund bitte sagen, wie diese Landstraße mit den Birnen heißt?«

»Rue de Poiriers«, antwortete Felix.

»Sehr witzig.« Sie verzog den Mund.

»Die Straße heißt wirklich so«, sagte Maurice, und Nathalie spürte, wie ihr die Röte ins Gesicht schoss. Am liebsten wäre sie in einem Loch im Boden versunken. Sie hatte wirklich Talent, in ein Fettnäpfchen zu treten.

»Also«, nahm sie schließlich den Faden wieder auf. »Können Sie mir helfen?«

Jetzt schien etwas in den Augen des Werkstattbesitzers aufzublitzen, doch Nathalie konnte das nicht zuordnen.

»Es ist Samstagnachmittag, eigentlich habe ich schon Feierabend«, erklärte Maurice mit einem tiefen, bedauernden Seufzer.

»Den kannst du doch bestimmt verschieben«, sagte Felix eindringlich.

Nathalie war überrascht. Damit, dass ausgerechnet Felix für sie in die Bresche springen würde, hatte sie nun wirklich nicht gerechnet, und irgendwie freute das ihr wundes Herz. Vielleicht gab es sie ja doch noch, die wahren Helden.

»Du hast recht«, lenkte Maurice jetzt mit einem komischen Unterton in der Stimme ein, und Nathalie kam das ganze Gespräch auf einmal höchst eigenartig vor, aber vielleicht ließ sich Maurice einfach gerne bitten.

»Eine so schöne Madame kann man doch nicht im Stich

lassen, nicht wahr, Felix?«, sagte Maurice jetzt mit süffisantem Grinsen.

»Schwing keine zu großen Worte«, brummte Felix. »Lass uns lieber überlegen, wie wir ihr helfen können. Sie will doch bestimmt bald weiterfahren.«

»Also schön, ich schleppe das Auto ab und sehe es mir einmal genauer an«, ließ sich Maurice erweichen.

»Merci beaucoup.« Nathalie atmete erleichtert auf und schenkte dem Werkstattbesitzer ihr reizendstes Lächeln. »Was meinen Sie, wann kann ich weiterfahren? Klappt es heute Abend noch?«

Maurice lachte nur ein dunkles, dröhnendes Lachen, das Nathalie deutlich irritierte. »Dienstag oder Mittwoch wird das mindestens werden, bis die Teile da sind«, verkündete er.

»So lange?« Nathalie war entsetzt.

»Zuerst muss ich den Wagen ja abholen und mir einmal genauer ansehen.«

»Aber bei deinem fachmännischen Blick findest du doch sicherlich schnell den Fehler«, sagte Felix.

»Das kann schon sein«, entgegnete Maurice gelassen. »Aber angenommen, ich bestelle heute noch die Teile, dann werden diese per Express trotzdem nicht vor Montag verschickt. Und einbauen muss ich sie ja auch noch irgendwann. Je suis désolé.« Er hob bedauernd die Schultern.

»Wenn Sie sich Sorgen wegen der Bezahlung machen: Ich kann meine Freundin bitten, die Rechnung für mich zu überweisen«, sagte Nathalie.

Maurice winkte ab. »Daran liegt es nicht, da finden wir schon eine Lösung. Aber wenn ich die Teile nicht habe, kann ich wirklich nichts machen.«

Nathalie knirschte mit den Zähnen. Enttäuscht warf sie einen Blick auf Gustave und streichelte ihm über den Kopf. »Wo sollen wir denn so lange hin?«, murmelte sie, und jetzt klang sie eindeutig verzweifelter, als sie wollte.

»Was meinst du, Felix?«, fragte Maurice, verschränkte die Arme und sah seinen Bekannten herausfordernd an. Nathalie wunderte sich über diese seltsame Frage. Worauf spielte er an?

»Am Marktplatz gibt es ein Gasthaus. Die vermieten auch Zimmer. Versuchen Sie es doch dort einmal«, sagte Felix und rieb sich über den Nacken. Irgendwie klang er ausweichend, aber das kümmerte Nathalie jetzt nicht, denn eine große Auswahl hatte sie in diesem Örtchen sicher nicht.

»Und was ist mit meinen Sachen?«, fragte sie. »Ich habe im Auto einen Koffer, kann ich den nachher hier abholen?«

»Ja, das ist kein Problem. Ich wohne direkt über der Werkstatt«, sagte Maurice. »Sie können einfach klingeln.«

Nathalie nickte. »Also schön. Und wo finde ich dieses Gasthaus?« Jetzt, nachdem alles geklärt war, sehnte sie sich nach einer Dusche, einem Bett und nach ein wenig Ruhe. Sie hatte die beiden Männer schließlich schon lange genug behelligt.

»Auf dieser Straße immer geradeaus«, erklärte Maurice und deutete mit der Hand in eine Richtung. »In etwa fünf bis zehn Minuten sind Sie dort.«

»Gut, danke. Dann bis später.« Sie trank ihre Limonade aus, lächelte Maurice und Felix noch einmal an und humpelte dann zusammen mit Gustave aus dem Garten der Autowerkstatt.

4.

Nathalie lief die Straße zum Wirtshaus entlang, die Maurice ihr gezeigt hatte, und dachte über das Gespräch mit den beiden Männern nach. Sie wusste nicht, was sie davon halten sollte. Es war ja sehr nett, dass sich Felix, der zuerst etwas abweisend gewirkt hatte, so für sie eingesetzt hatte. Na ja, wenigstens hatte er ihr eine Möglichkeit zur Übernachtung genannt, im Gegensatz zu Maurice, der irgendetwas Komisches angedeutet hatte. Nach ihrem kurzen Stopp hier wollte sie jedenfalls so schnell wie möglich weiter.

Sie hatte Miriam eine Nachricht geschrieben, dass sie dank einer Autopanne in einem winzigen Bergdorf irgendwo in der Provence gestrandet war, aber ihre Freundin hatte ihr noch nicht geantwortet. Wahrscheinlich nahm sie den Frankfurter Regen als Anlass, um durch irgendeine Shoppingmall zu bummeln.

Mache mich jetzt auf die Suche nach einer Übernachtungsmöglichkeit, schrieb Nathalie ihr ein Update. *Drück mir die Daumen.*

Sie packte das Handy wieder weg und ging weiter. Gustave lief ihr gleichmütig hinterher. Auf dem Gehweg standen einzelne Pflanzenkübel, in denen rote Geranien blühten, und die Fahrbahn war so schmal, dass höchstens ein Auto darauf Platz hatte. Trotzdem parkten mehrere Wagen vor den zwei- bis dreistöckigen Häusern mit den schmiedeeisernen Balkonen, erbaut aus dem hier typischen Kalkstein. Die eleganten Fassaden schmiegten sich eng aneinander und boten nur selten einen Durchschlupf zu einem Hinterhof. In einem der Häuser war eine Käserei untergebracht, ein cremeweißes ovales Eisenschild mit verschlungenen Ornamenten an der Haltestange verkündete, dass es sich um die »Fromagerie de Sophie« handelte. Es strahlte ein so schönes Ambiente aus, ganz anders als die herkömmlichen Reklametafeln mit ihren grellbunten Schriften, die Nathalie aus Frankfurt kannte und die ihre Aufmerksamkeit durch Blinken oder eine Neonröhrenbeleuchtung auf sich zogen. Das hier war so natürlich, so unaufdringlich und deshalb so besonders. Wie der kleine Ort strahlte auch das Geschäft selbst das typisch entspannte französische Lebensgefühl aus, sodass Nathalie Lust bekam, in den Laden hineinzugehen. Sie drückte die Klinke der blau gestrichenen Tür herunter, doch die Käserei hatte leider geschlossen. So blieb Nathalie nichts anderes übrig, als sehnsüchtig einen Blick durch das Schaufenster zu werfen. In der gekühlten Ladentheke erkannte sie alle möglichen Käsesorten. Es gab runde Laibe in kräftigem Gelb bis hin zu eckigen Käseklötzen in leichtem Orange. In runden Holzgefäßen entdeckte sie einen weißen cremigen Käse. Auf Schieferschildern mit Kreide beschriftet las Nathalie lecker klingende Namen wie »Camembert au Calvados« und »Lingot de Brebis«. Manche der Laibe waren ganz mit Kräutern überzogen, auf anderen sah sie Feigen oben auf der Rinde. Ihr lief das Wasser im Mund zusammen, aber es half nichts, sie musste weiter.

Schräg gegenüber entdeckte sie eine Boulangerie, deren

pinke Markise mit der goldenen Schrift auf der Umrandung eingeholt war, und an den dunklen Schaufenstern erkannte sie schnell, dass auch diese geschlossen hatte.

Zwischen den Häusern unterbrach lediglich eine Garage oder ein in eine Mauer eingelassenes Tor die hohen Fassaden, aber trotzdem war es in der Straße nicht dunkel, denn sie war breiter als eine Dorfstraße in Deutschland, und daher fiel mehr Sonnenlicht auf die Pflastersteine. Auch das war ganz anders als in Frankfurt, wo man sich in den grauen Straßen zwischen den Häuserfronten oft etwas verloren fühlte.

Auf der anderen Straßenseite sah Nathalie eine Rose mit dicken gelben und rosafarbenen Blüten, die in einem Kübel neben einer einladenden Holzbank wuchs und sich die Dachrinne empor der Sonne entgegenrankte. Aus dem dazugehörigen Hauseingang trat ein Mann mit Polohemd und heller Baskenmütze, unter der seine weißen Haare wirr hervorstanden. Er hatte eine Drahtgestellbrille und einen Oberlippenschnauzer. Als er Nathalie sah, nickte er ihr zum Gruß zu, dann zupfte er ein paar gelbe Blätter aus dem Rosenbusch und goss ihn anschließend mit seiner Gießkanne.

Obwohl es schon recht spät am Nachmittag war, war es hier immer noch warm. Der Boden war staubig und trocken, vermutlich lag das am Mistralwind und an den unzähligen Sonnenstunden, mit denen dieser Ort gesegnet war. Nathalie war daher froh um den Schatten, den die Häuser warfen, denn heute hatte sie bereits genug unter der Hitze gelitten. Die Straße machte eine Biegung, und Nathalie sah, dass sie sich dahinter leicht erhob und über eine winzige Brücke führte. Jetzt plätscherte ein Bach neben ihr her, und Gustave sah sehnsüchtig in das klare Wasser hinunter.

»Ich weiß, mein Guter«, murmelte Nathalie und streichelte ihm über den Kopf. »Aber gleich sind wir da, gedulde dich noch ein wenig. Bestimmt bekommst du dann etwas zu trinken.«

Sie ging weiter, während die Gasse immer enger wurde. Nathalie fragte sich, ob ein Auto hier überhaupt durchkam, selbst mit eingeklappten Seitenspiegeln dürfte es schwierig werden, doch bis auf die parkenden Fahrzeuge hatte sie hier sowieso noch kein einziges Auto gesehen. Auch das war ganz anders als in Frankfurt, wo man sich beinahe nur Stoßstange an Stoßstange fortbewegte. Ob sie hier wirklich richtig war? Aber eine Möglichkeit zum Abbiegen hatte sie nicht gehabt, also musste es wohl stimmen. Über die Straße spannte sich jetzt eine Wäscheleine, und die darauf befindlichen Kleidungsstücke hingen träge zwischen den beiden Häuserfronten. Bestimmt waren sie bis zum Ende des Tages trocken, und Nathalie erkannte auch schon den geflochtenen Wäschekorb, der zum Abnehmen auf einem der kleinen Balkone bereitstand. Sie mochte dieses Bild des einfachen, gemütlichen Lebens, und sie musste lächeln, als sie sich überlegte, was die Leute wohl sagen würden, wenn man in Frankfurt zwischen den Wolkenkratzern eine solche Wäscheleine spannen wollte.

Hinter der nächsten Kurve endete die Gasse, und Nathalie stand plötzlich auf einem offenen sandigen Platz. Das musste der Marktplatz sein, von dem der Mechaniker gesprochen hatte. Sie sah das Hôtel de ville, das Rathaus, dessen zweiseitige Steintreppe mit Blumenkübeln geschmückt war und über dessen Tür in gedruckten Buchstaben »liberté, égalité, fraternité« stand. Eine französische Flagge, die darüber angebracht war, flatterte träge in dem leichten Windstoß. Es war so französisch, wie es französischer nicht sein konnte. Nathalie staunte, denn sie kam sich vor, als wäre sie in der Zeit zurückgereist und hätte ein geheimes Dorf entdeckt, das sich nicht für die Hektik oder den modernen Wandel der Zeit interessierte. Hier schien alles so ursprünglich, so besonders zu sein, dass sie für einen Moment den Gedanken zuließ und sich ausmalte, wie es wohl wäre, hier zu leben. All die Ruhe, die Gemeinschaft, das Savoir-vivre … Vielleicht sollte sie ihren Urlaub einfach hier verbringen, weit weg von all ihren Problemen, inmitten dieses malerischen Dörfchens, eingebettet in eine naturbelassene Landschaft, die einen zum Träumen einlud und die eignen Sinne mit Düften und intensiven Farben verwöhnte. Sie wurde fast ein bisschen wehmütig, wenn sie daran dachte, dass sie in zwei Wochen schon wieder im hektischen Frankfurt war, ihrem eng getakteten Büroalltag nachging und all die Ruhe mit einem Mal wieder vergessen war.

Nicht weit vom Rathaus entfernt war ein altes Karussell mit Holzpferden und gedrehten goldenen Stangen aufgestellt, auf dem mehrere weiße Pferde paarweise im Kreis herumfuhren. Ein paar kleinere Kinder ritten auf ihnen und winkten bei jeder Runde stolz ihren Eltern zu, die danebenstanden und in einen Plausch vertieft waren. Die größeren Kinder, die vermutlich schon zu alt für eine Karussellfahrt waren oder denen die Lust daran vergangen war, tobten über den Platz und spielten Fangen. Ein älterer Mann mit weißem Vollbart beobachtete sie dabei, während er seine Drehleier spielte. Nathalie erkannte an den wenigen Tönen, die zu ihr herüberwehten, das Lied »La Mer«. Sofort wurde sie wieder wehmütig, weil sie an den Film *French Kiss* mit Meg Ryan und Kevin Kline denken musste und daran, wie sie überglücklich Elias geküsst hatte, nachdem sich Kate und Luc im Film doch noch bekommen hatten.

Auf dem staubigen Gelände, das von mehreren Häusern gesäumt wurde, die ebenfalls dicht an dicht standen und teils winzige Balkone hatten, auf denen gerade mal ein Buchstopf oder zwei rote Stühle und ein runder Metallklapptisch Platz hatten, hielten sich deutlich mehr Menschen auf. Ein paar Leute spielten vor einer Mauer Boule und wurden dabei von mehreren älteren Herrn beobachtet, die vor einem Weinladen mit ihren gefüllten Gläsern im Schatten einer riesigen Ulme saßen, plauderten und ihren Nachmittag genossen. Es gab eine kleine Kirche, die gerade so mit ihrem Kreuz auf der Turmspitze die umstehenden Häuser überragte. Die Tore der Pforte waren geöffnet, und eine Frau mit Kopftuch und Faltenrock kam mit beschwerlichen Schritten heraus. Rechts trug sie einen Weidenkorb, und links war sie mit einer dicken Einkaufstasche behängt. Vermutlich hatte sie schon für das Abendessen eingekauft, denn Lauchstangen ragten aus dem Beutel, und in ihrem Korb lag weiteres frisches Gemüse und gebündelte Kräutersträußchen. Vielleicht würde sie heute Abend eine Quiche auf den Tisch zaubern. Nathalie konnte den Duft geradezu riechen und hätte nur zu gerne mitgegessen ...

Ein Fahrradfahrer klingelte und riss Nathalie aus ihren Gedanken. Sie sah ihm kurz nach und beobachtete ihn dabei, wie er sein Rad ein paar Meter weiter vor einem Buchladen abstellte, vor dem auf Tischen mehrere Kisten mit reduzierten Büchern standen. Sobald sie eine Bleibe hatte, würde sie dort ein wenig stöbern und anschließend noch ein bisschen über den Marktplatz und durch die verwinkelten Gassen schlendern, sich einfach treiben lassen, den Kopf ausschalten und sich ganz der bezaubernden Atmosphäre dieses Dorfes hingeben.

Doch jetzt galt es, erst einmal etwas zu essen aufzutreiben, denn sie spürte wieder, wie ihr Magen grummelte. Die paar Kekse, die Maurice hingestellt hatte, hatten ihren Hunger nicht gestillt, im Gegenteil, wie sehr sehnte sie sich nach einem leckeren selbst gekochten Essen, zubereitet aus dem Gemüse der Region. Wahrscheinlich war hier jede Hausmannsküche ein Geheimtipp. Trotzdem war Nathalies Hoffnung auch ein wenig gedämpft. Sie würde zwar Miriam bitten, ihr etwas Geld zu schicken, aber dennoch musste sie erst einmal jemanden finden, der sich darauf einließ, wenn sie erst später bezahlte. Sie beschloss, ihr Glück im Wirtshaus zu versuchen. Wenn sie ihre Situation erklärte, für ein paar Tage ein Zimmer mietete und dort auf das Geld von Miriam und das Notfallpaket ihrer Bank wartete, hätte sie vielleicht eine Möglichkeit, die paar Tage zu überbrücken.

Jetzt zog Gustave an der Leine, denn er hatte zwei Jungs entdeckt, die auf dem Marktplatz die rostige Brunnenpumpe bedienten, und gleich darauf fiel plätschernd das Wasser in ein großes eckiges Steinbecken.

Nathalie folgte ihm, und Gustave legte die Vorderpfoten auf den Steinrand und begann, gierig zu trinken. Die Jungs beobachteten ihn dabei, doch dann spritzten sie sich gegenseitig kichernd mit Wasser nass. Nathalie setzte sich zu ihrem Hund auf den Rand des Steinbeckens und hielt die Hände in das kühle Nass. Es war angenehm, endlich ein wenig Ab-

kühlung nach dieser Horrortour zu haben. Für einen kurzen Moment schloss sie die Augen, während sie mit ihren Fingerspitzen durch das Wasser glitt. Am liebsten hätte sie auch ihre wunden Füße in das Becken gesteckt, aber sie traute sich nicht. Was würden die Leute von ihr denken, wenn sie mitten auf dem Marktplatz badete? Diese kleine Abkühlung musste also vorerst reichen. Doch als sie wieder einen Blick auf die spiegelnde Wasseroberfläche warf, erkannte sie den schwarzen Fleck auf ihrer Wange. Oje, auch das noch …
Kein Wunder, dass sie dieser Felix für seltsam gehalten hatte. Nathalie stand auf, pumpte noch einmal etwas Wasser mit dem quietschenden Hebel, hielt die Hände unter den Strahl und wusch sich mit dem aufgefangenen Wasser das Gesicht. Das tat gut, endlich den ganzen Staub und den Schweiß des Nachmittags loszuwerden.

Zufrieden sah jetzt auch Gustave zu ihr auf, und Nathalie lächelte ihn an. »Das war gut, was?«, fragte sie und streichelte ihm über den Kopf.

Gustave wedelte mit dem Schwanz und stupste mit seiner feuchten Nase ihre Beine an.

Nathalie lachte. »Ja, ich fühl mich jetzt auch wieder besser. Komm, wir gucken mal, ob sie in diesem Gasthaus ein Zimmer für uns haben.« Sie ließ ihren Blick über den Platz schweifen. Hier irgendwo musste es doch sein.

Jetzt entdeckte Nathalie ein Bistro, an das offenbar eine Pension angeschlossen war. Vor dem Lokal standen mehrere Holzstühle unter aufgeklappten Sonnenschirmen im Freien. Seltsam, dass ihr das nicht gleich aufgefallen war, wo es doch so gut besucht war. Rot-weiß karierte Tischdecken lagen auf den Holztischen, in deren Mitte Nathalie Zuckerdosen in allerlei Formen und Ausführungen erkannte. Es sah fast ein bisschen so aus, als hätte sie jemand auf einem Flohmarkt oder einem Antiquitätenladen zusammengesammelt. Daneben standen in geflochtenen Bastübertöpfen unterschiedliche Kräuter, vermutlich vom Wochenmarkt, die alle mit einer roten Schleife verziert waren und einen herrlichen Duft verströmten.

Nathalie überlegte, ob sie draußen Platz nehmen sollte, aber um ihr Anliegen zu klären, waren es ihr doch zu viele Leute. Die Vorstellung, dass der Kellner sich darauf nicht einlassen würde und sie durch eine mögliche Erklärung nur die Aufmerksamkeit der anderen Gäste auf sich zog, behagte ihr nicht. Also ging sie die zwei Steinstufen nach oben, die von der ausgefahrenen Markise beschattet wurden, und warf einen kurzen Blick auf die schwarze Tafel, auf der mit weißen Buchstaben die Tagesgerichte angeschrieben waren. Zum Glück waren noch nicht alle Gerichte durchgestrichen.

Drinnen musste sie erst einmal gegen die Dunkelheit anblinzeln, denn durch die Butzenfenster war der Raum ziemlich dunkel. Das Gebäude hatte alte Holzbalken an der Decke, die fast das ganze Tageslicht zu schlucken schienen, und die zusammengewürfelten Tische und Stühle, bei denen kaum ein Teil zum anderen passte, waren ebenfalls überwiegend dunkelbraun. Über dem Tresen hatte jemand aus Eisen den Schriftzug »Brasserie Provençal« angebracht, darunter begann die aus Holz gezimmerte Theke. Es brauchte einen Augenblick, bis sich Nathalies Augen an die Lichtverhältnisse gewöhnt hatten.

»Ah, bonjour!«, grüßte sie eine raue Frauenstimme. »Un moment, s'il vous plaît! Ich bin gleich bei Ihnen.« Eine rundliche, sympathisch aussehende Frau in den Fünfzigern stellte mehrere Pastisgläser auf ein Tablett und brachte es nach draußen.

Nathalie wartete am Tresen und konnte einen Blick in die Küche erhaschen, die durch eine Seitentür angeschlossen war. Doch, wie es aussah, war dort niemand. Hoffentlich bekam sie trotzdem noch etwas zu essen.

Jetzt kam die Wirtin mit den dunklen kurzen Locken zurück, wischte sich ihre Hände an einem karierten Küchentuch ab und musterte Nathalie, die noch immer ohne Schuhe und mit Hund am Tresen stand. Sie blickte zwar kurz irritiert auf ihre schmutzigen Füße, ließ sich davon aber nicht weiter beeindrucken. »Was kann ich für Sie tun?«

Nathalie spürte, wie die Aufregung durch ihren Körper floss. »Ich habe ein Problem …«, begann sie zögernd. »Mein Auto ist kaputt, und mir wurde der Geldbeutel geklaut.« Sie hielt inne und überlegte, ob es strategisch klug war, die Geschichte so herum zu beginnen. Vielleicht hätte sie sich besser erst vorgestellt. Das schien ihr auch der Blick der Wirtin aus ihren dunklen Augen zu bestätigen, die sie jetzt mit hochgezogenen Brauen musterte. »Also, ich bin Nathalie Friedrichs. Ich komme aus Deutschland und fahre meinem Ex-Freund hinterher …« Mist. Das hatte sie doch überhaupt nicht erzählen wollen, und als jetzt noch ihr Magen knurrte, wäre sie am liebstem im Boden versunken. »Haben Sie vielleicht noch etwas zu essen?«, fragte sie dann mit dünner Stimme, wobei sie spürte, dass ihr die Aufregung und die Angst vor einer möglichen Ablehnung die Kehle abdrückten wie eine kalte Hand. »Ich bezahle Sie in jedem Fall, sobald ich Geld von meiner Bank geschickt bekommen habe.«

»Hmm«, brummte die Wirtin. »Setzen Sie sich erst mal.«
Und da sie anscheinend keinen Widerspruch zuließ, folgte
Nathalie ihr an den ersten Tisch direkt neben dem Tresen
und setzte sich gehorsam. Die Wirtin wischte mit der Hand
ein paar Krümel vom Tischtuch, dann verschwand sie hinter
dem Tresen und stellte Nathalie gleich darauf einen riesigen
Wasserkrug und ein großes Glas, das zu einem Drittel mit
einer blassorangenen Flüssigkeit gefüllt war, vor die Nase.

»Das ist Aprikosensirup«, erklärte sie auf Nathalies fragenden Blick. »Mit Wasser verdünnt der beste Durstlöscher!«

»Danke«, murmelte Nathalie und goss sich etwas Wasser
in das Glas.

»Kommt hier aus dem Ort.«

Nathalie nahm einen Schluck, und als sich der süßlich-
fruchtige Geschmack der Aprikosen in ihrem Mund ausbreitete, glaubte sie sofort, sich im Schatten der Aprikosenbäume sitzen zu sehen. Sie hörte den Wind in den Baumkronen
rauschen und das Zwitschern der Vögel, die weit oben an
einem wolkenlosen blauen Himmel flogen. Und es stimmte,
der süße milde Saft löschte herrlich ihren Durst, viel besser,
als es das Brunnenwasser getan hatte.

»So, Raphaël hat zwar Pause, aber irgendetwas Essbares
werde ich in der Küche schon auftreiben. Sie sind leider ein
bisschen außer der Zeit so zwischen Mittag- und Abendessen.« Damit verschwand sie hinter der Küchentür, und
gleich darauf hörte Nathalie Töpfe und Geschirr klappern.
Gustave, der unter dem Tisch Platz genommen hatte, sah
Nathalie mit einem treuen Blick an. Wahrscheinlich hoffte er
darauf, dass etwas für ihn abfiel, doch Nathalie hatte nichts,
was sie ihm geben konnte, nicht einmal ein Stück Baguette,

und so bettete Gustave mit erwartungsvoll großen Augen seinen Kopf auf ihrem Schoß.

Es dauerte nicht lange, da zog ein intensiver Duft aus der Küche. Es roch ein bisschen wie Fleisch und Kartoffeln, aber doch nicht so vertraut und irgendwie unangenehm. Nathalie schnupperte noch einmal, aber sie konnte es nicht zuordnen.

Auch Gustave hob jetzt den Kopf und schnüffelte, wobei sein Hinterteil aufgeregt zu wackeln begann. Anders als Nathalie schien ihm der Geruch sehr wohl zu gefallen.

Während sie wartete, ließ Nathalie ihren Blick durch den Raum schweifen, der zwar etwas dunkel, aber doch sehr gemütlich war. Wieder fiel ihr die schwarze Tafel mit den Tagesgerichten ins Auge, und sofort hatte sie eine Idee, wie sie die Überschrift »Plate du jour« kunstvoller gestalten konnte, vielleicht mit ein paar Miniserifen oder einer Art-déco-Schrift als Blickfang. Sie suchte in ihrer Handtasche nach ihrem Skizzenbuch und einem Bleistift und begann zu zeichnen. Dabei teilte sie sich das Blatt erst einmal grob ein, warf mit wenigen Strichen die Tafel aufs Papier und zog sich dann ein paar Hilfslinien. Dann begann sie mit der schlichten eleganten Schrift, die sie immer ein wenig an die Zwanzigerjahre erinnerte. Nathalie fand, dass das sehr gut zu dem Bistro passte, das ebenfalls ein wenig aussah, als wäre es aus der Zeit gefallen. Doch das tat der Gemütlichkeit keinen Abbruch. Im Gegenteil, sie konnte sich gut vorstellen, dass man sich hier abends zu einem schönen Essen oder mittags auf einen Café au Lait nach einem entspannten Bummel durch den Ort traf. Sie konzentrierte sich darauf, die Kreisbogen bei den runden Buchstaben gleichmäßig zu gestalten. Natürlich wäre es mit einem Zirkel noch einfacher gewesen, die unterschiedlichen Durchmesser akkurat hinzubekommen, aber fürs Erste würde es so gehen. Mit wenigen Strichen hatte sie die Überschrift gestaltet, doch sie war noch nicht zufrieden. Um dem Ganzen noch etwas mehr Eleganz zu verleihen, radierte sie die Senkrechten noch einmal aus und betonte die starken Linien durch eine zusätzliche dünne parallele Linie. Hier und da ging sie noch einmal mit dem Bleistift ran, zog einzelne Striche nach und deutete mit einer schwachen Linienführung ein offenes Banner an, das die Überschrift einrahmte. Damit die Tafel auch im unteren Rand nicht zu leer war, zeichnete sie einen Krug und ein Weinglas in die eine Ecke, und in die andere malte sie ein dreieckiges Sandwich, das auf einer karierten Serviette lag, passend zu den Tischdecken draußen, und von einem Spieß zusammengehalten wurde.

Die Tür zur Küche schwang auf, und die Wirtin kam mit einem dampfenden gut gefüllten Teller zurück. Als sie Nathalies Zeichnung sah, konnte sie ihre Begeisterung nicht verstecken: »C'est gentil!«, rief sie und beugte sich interessiert ein wenig zu Nathalie. »Haben Sie das eben gestaltet?«

Nathalie nickte.

»Das ist perfekt! Woher können Sie so gut zeichnen?«

»Ich habe Kommunikationsdesign studiert«, erklärte Nathalie. »Aber Lettering ist mein Hobby. Manchmal, wenn mir langweilig ist, entwerfe ich Grußkarten oder kleine Bilder. Und als ich Ihre Tafel gesehen habe, hatte ich gleich eine Idee.« Sie lächelte verlegen und zuckte mit den Schultern. »Ich liebe es einfach, Dinge kunstvoll zu gestalten. Das war nur eine kleine Spielerei …« Sie wollte ihr Skizzenbuch gerade wieder zuklappen, doch die Wirtin hielt sie mit einer Handbewegung zurück.

»Nein, bitte, kann ich das haben? Ich kaufe es Ihnen selbstverständlich auch ab.«

Nathalie lachte. »Das brauchen Sie nicht. Wenn Sie wollen, kann ich es Ihnen auch direkt auf die Tafel malen. Die Rundungen sind bei größeren Ausführungen manchmal etwas tückisch.«

»Ja, sehr gerne.« Die Wirtin strahlte, und auch ihre dunklen Augen leuchteten jetzt voller Begeisterung. »Aber zuerst müssen Sie etwas essen.« Stolz stellte sie den Teller vor Nathalie ab. »Hier, bitte, das wird Ihnen schmecken. Das ist meine Spezialität: Andouillette sauce moutarde und dazu Pommes de terre sarladaises.«

Nathalie sah auf den Teller, auf dem sich etwas undefinierbar Braunes befand. Daneben lagen herrlich knusprige Bratkartoffeln, eine große Portion Bohnen und etwas Blattsalat. Das Gericht war mit einer gelblichen intensiv riechenden Soße angerichtet.

. »Danke«, sagte Nathalie lächelnd. Sie war sich zwar nicht sicher, was das Braune war, doch sie war fest entschlossen, es zu versuchen. Die Kartoffeln und die Bohnen dufteten jedenfalls herrlich.

»Bon Appetit! Ich muss wieder nach draußen zu den anderen Gästen.«

Nathalie sah der Wirtin kurz hinterher, dann wandte sie ihren Blick wieder auf den Teller. Sie nahm die Gabel, schob sich ein paar Bohnen darauf, und schon beim ersten Bissen stellte sie fest, dass sie unglaublich lecker waren. Man konnte die Sonne und die Wärme förmlich schmecken, mit der das

Gemüse gewachsen war, und zusammen mit dem Bohnenkraut und einer Prise Pfeffer waren sie perfekt abgeschmeckt. Auch der Salat war sehr köstlich, mit einem leichten weißen Dressing angerichtet. Dann probierte Nathalie von den Bratkartoffeln, die mit frischer Petersilie verfeinert waren, und die Senfsoße schmeckte sehr kräftig, aber dennoch gut. Nur bei dieser braunen Wurst konnte Nathalie nicht ganz sicher sagen, was das war, aber sie beschloss, sie mutig zu probieren. Die Spezialität der Wirtin konnte sie schließlich nicht einfach liegen lassen. Vorsichtig spießte sie die Gabel hinein und schnitt mit dem Messer ein Stück von dem braunen Etwas ab. Es erinnerte sie ein bisschen an Bratwurst, doch es roch streng und eigentümlich, und die Konsistenz war irgendwie gummiartig und mit einem interessanten Muster versehen, fast wie Baumringe mit groben Stückchen versetzt. Als Nathalie die Gabel zum Mund führte und daran roch, drehte sich ihr beinahe der Magen um.

»Das kann ich nicht essen«, murmelte sie schwach, doch Gustave schien das nur zu freuen. Sein Schwanz schlug jetzt so schnell auf den Holzboden, dass es einen eigenwilligen Takt gab, und mit großen Augen lugte er unter dem Tischtuch hervor.

Nathalie zog das wurstartige Etwas mit spitzen Fingern von der Gabel und hielt es Gustave hin, der es mit einem Happs, ohne zu kauen, schluckte. Begeistert leckte er sich über das Maul und sah Nathalie mit seinen dunklen Augen bettelnd an. »Lecker, bitte mehr!«, schien sein Blick zu sagen.

»Meinetwegen kannst du das ganze Ding haben«, flüsterte sie und zerkleinerte den wurstähnlichen Gummiklumpen. »Aber den Rest bekommst du nicht. Der ist nämlich wunderbar! Und sag ja nichts davon der Wirtin, wo sie doch so nett ist und extra etwas Besonderes für uns gekocht hat.«

Gustave freute sich und verschlang die Andouillette, ohne mit der Wimper zu zucken. Ihm schien es wirklich zu schmecken. Nathalie aß währenddessen den Salat, die Bohnen und die Bratkartoffeln und legte das Besteck gerade in dem Augenblick zusammen, als die Wirtin wieder zu ihr trat, um den Teller abzuräumen.

»Hat es geschmeckt?«, fragte sie.

Nathalie nickte und brachte ein leichtes Lächeln zustande. »Danke, ja. Haben Sie vielleicht auch noch ein Zimmer für mich frei?«, fragte sie hoffnungsvoll. Jetzt, nachdem mit dem Essen alles so glattgegangen war, schöpfte sie neue Hoffnung.

»Ein Zimmer? Oje, nein. Je suis désolé. Die sind im Moment alle ausgebucht.« Sie holte unter dem Tresen einen dicken Kalender hervor und schlug ihn mithilfe des Lesebändchens auf. Dann setzte sie sich eine randlose Brille auf und fuhr mit dem Finger über die Zeilen. Nathalies Herz klopfte ihr bis zum Hals, doch die Wirtin schüttelte den Kopf. »Erst übermorgen wird wieder eines frei. Das könnte ich Ihnen reservieren, wenn Sie wollen.« Sie sah Nathalie über ihre Brille hinweg an.

»Übermorgen?«, wiederholte Nathalie, der das Herz schwer wurde. »Aber wo bleibe ich denn bis dahin? Ich kann ja nicht mal im Auto schlafen … Das ist nämlich in der Werkstatt.« Ein Kloß bildete sich in ihrem Hals.

Die Wirtin setzte die Brille ab und legte sie auf den Terminkalender. »Sie könnten mal beim Aprikosenhof nachfragen. Der hatte früher Ferienzimmer, aber ob sie aktuell noch vermieten, weiß ich nicht.«

Nathalie nickte kaum merklich. Viele andere Möglichkeiten hatte sie in diesem Dorf vermutlich nicht, also war dieser Aprikosenhof ihre einzige Hoffnung.

»Gut, das mache ich«, sagte sie mit schwacher Stimme. »Kann ich denn … Also, darf ich das Mittagessen bei Ihnen anschreiben?«

Die Wirtin winkte ab. »Das geht aufs Haus«, sagte sie mit einem Lächeln. »Man hilft doch, wo man kann. Und Sie haben mir ja auch den Entwurf für die neue Tafel geschenkt!«

Jetzt huschte auch über Nathalies Gesicht ein kleines Lächeln. »Merci beaucoup – und sehr gerne. Aber dann dürfen Sie mir meinen Wunsch nicht abschlagen, dass ich Ihnen die Tafel gleich noch gestalte.«

Nathalie kniete sich davor und teilte sich dann auch hier ihren Platz mit ein paar feinen Kreidelinien und Punkten ein. Die Wirtin sah ihr dabei gespannt über die Schulter, und wie eben in ihrem Notizbuch hatte Nathalie mit ein paar geschickten Strichen ihr Kunstwerk auf den schwarzen Untergrund übertragen.

»Wunderbar!«, rief die Wirtin und schlug entzückt die Hände vor der Brust zusammen. »Ich danke Ihnen.«

Nathalie lächelte glücklich. »Sehr gerne.« Das war das Schönste an ihrer Arbeit, wenn den Kunden ihre Entwürfe gefielen. Sie packte ihre Sachen zusammen, ließ sich von der Wirtin den Weg beschreiben und machte sich dann zum Aprikosenhof auf, der etwas außerhalb des kleinen Dorfes lag.

5.

»Ins Gasthaus, Felix, wirklich?« Maurice sah seinen Freund abschätzend an, als sie zwei Stunden später, kurz vor dem Abendessen, mit Nathalies Auto im Schlepptau auf den Hof fuhren.

»Wohin hätte ich sie denn sonst schicken sollen?«, murrte Felix, während er Maurice dabei half, das rostige silberne Auto vom Anhänger zu laden.

»Soweit ich weiß, gibt es auf eurem Hof auch Gästezimmer.«

Felix biss die Zähne zusammen, zum einen wegen der Anstrengung, den Wagen zu bremsen, damit er nicht zu viel Fahrt aufnahm, zum anderen weil er sich über Maurice' Kommentar ärgerte. »Die sind alle von den Erntehelfern belegt.«

»Die Saisonzimmer«, gab Maurice zu bedenken. »Aber was ist mit den Gästezimmern?«

»Du weißt, dass wir die erst renovieren müssen. Und wegen der Ernteeinbuße letztes Jahr fehlt uns dafür momentan das Geld. Außerdem wirkte sie ein bisschen schräg, n'est-ce pas? Sie hatte nicht mal Schuhe an.«

Maurice zuckte nur mit den Schultern und lenkt den Wagen durch die geöffnete Windschutzscheibe in die Werkstatt, während er mit der anderen Hand die Karosserie voranschob. »Sieh es positiv, vielleicht ist sie die erste Frau, die sich nicht für Schuhe interessiert.«

»Das glaube ich kaum«, sagte Felix. »Sie war schon eher schicker unterwegs … unter der Dreckschicht.«

»Aha, hast du sie dir also doch genau angesehen!« Mittlerweile hatten sie den Wagen auf die Hebebühne geschoben. »Ich muss sagen, ich fand sie schon ziemlich hübsch.«

»Lass das bloß nicht Sylvie wissen«, brummte Felix, der sich seine schmutzigen Hände an einem Lappen abwischte.

»Um Gottes willen! Die würde mir aufs Dach steigen. Aber ich dachte auch eher, dass sie gut zu dir passen würde, Felix, meinst du nicht?«

Im nächsten Moment hatte Maurice den schmutzigen Lappen im Gesicht. Mit einem amüsierten Schmunzeln legte er ihn beiseite und öffnete die Motorhaube. »Wusst ich's doch, dass du sie gut findest. Na schön, dann wollen wir uns das Problem doch mal genauer ansehen. Vielleicht lässt sich da ja etwas machen …«

»Wieso werde ich das Gefühl nicht los, dass du gerade nicht von dem Auto sprichst?«

»Alles eine Frage der Interpretation«, entgegnete Maurice gleichgültig und verschwand nun kopfüber beinahe im Inneren des Motorblocks.

Felix seufzte. »Falls das einer deiner Verkupplungsversuche werden soll, lass es.«

»Wieso?«, kam es gedämpft aus der Motorhaube. »Ich finde, du bist schon wieder viel zu lange allein.«

»Mir hat die Zeit mit Yvette völlig ausgereicht. Ich genieße es, Single zu sein.«

Maurice richtete sich wieder auf und warf Felix einen prüfenden Blick zu. »Ich wusste nicht, dass sie kein Interesse an dem Hof haben würde. Ich dachte, sie liebt die Natur.«

»Das hat sie ja auch«, gab Felix knapp zur Antwort. »Aber sie hat schon recht. Der Hof ist nicht mehr wirtschaftlich, und die Ernteeinbußen der letzten Jahre machen es nicht besser. Eigentlich müssten wir die abgestorbenen Bäume in den hinteren Gärten ersetzen, aber aktuell fehlt es uns an Zeit und Geld dafür.«

»Ihr habt eben gerade eine Pechsträhne«, entgegnete Maurice.

»Das ist keine Pechsträhne«, sagte Felix. »Das geht schon seit mehreren Jahren so. Die Preise am Markt sind gefallen, von der Ernte allein können wir nicht mehr leben. Ich denke wirklich ernsthaft darüber nach, einen Käufer für den Hof zu suchen. Wenn ihn überhaupt jemand in dem Zustand nimmt.«

»Felix, du siehst das viel zu negativ. Wenn ihr ein bisschen investiert, habt ihr gute Chancen, wieder auf die Beine zu kommen. Der Boden hat eine sehr gute Qualität. Mach nicht den Fehler und verkauf euer Land.« Maurice schlug prüfend gegen ein Teil im Inneren des Motorblocks. »Gibst du mir bitte mal den 17er-Ringschlüssel?«

Felix drehte sich zum Werkzeugschrank und reichte ihm den Schlüssel. »Woher soll ich denn das Geld zum Investieren nehmen? Die Bank gibt mir bei dem Zustand doch keinen Kredit. Und eine Rücklage haben wir nicht. Ich könnte bestenfalls einen Teil des Hofes verkaufen und damit den Rest retten.«

»Das wäre zumindest eine Überlegung. Du könntest das

Gut restaurieren und wieder Feriengäste dort wohnen lassen. Die erste Interessentin hättet ihr schon gehabt.«

»Geht das jetzt schon wieder los?«, fragte Felix genervt.

»Na ja, jedenfalls solltest du nicht einfach überstürzt verkaufen. Auf diesem Hof bist du groß geworden, Felix. Und ihn zu erhalten und zu bewirtschaften, war immer dein Traum.«

Felix sah auf die Uhr. »Ich muss los, Maurice, ich habe gleich noch einen Termin mit dem Obsthändler vom Großmarkt.«

»Sollen wir uns heute Abend auf einen Roten bei Odilie treffen?«

»Besser nicht. Wenn sich Nathalie da wirklich ein Zimmer genommen hat und wir dort auftauchen, denkt sie noch, wir spionieren ihr hinterher.«

»Na ja, es schadet nie, einer Frau sein Interesse zu zeigen.«

»Bis morgen«, sagte Felix, der den Kommentar seines Freundes großzügig überhörte. Er wusste, dass Maurice ihn verkuppeln wollte, aber Felix hatte kein Interesse an einer festen Beziehung. Er hatte in seiner Familie nur zu gut gesehen, wohin so etwas führte. Da blieb er lieber allein.

Das Gespräch mit dem Obsthändler verlief alles andere als zufriedenstellend. Antoine wollte für die Ernte deutlich weniger zahlen als im letzten Jahr und drückte ihn wieder im Kistenpreis.

Frustriert fuhr Felix nach Hause, nicht ohne vorher einen Abstecher in die zum Hof gehörenden Aprikosenhaine zu machen. Hier war er für sich und konnte in Ruhe nachdenken. Felix ließ seinen Blick über das Anwesen schweifen.

Maurice hatte recht, es wäre wirklich schade, den Hof zu verkaufen, und Felix musste sich eingestehen, dass ihm der Gedanke daran tatsächlich auch ein bisschen wehtat. Aber er musste pragmatisch denken. Als Landwirt konnte er keine Obstplantage betreiben, die sich nicht rechnete. Er ging zwischen den Bäumen hindurch und genoss den Schatten der runden Baumkronen, die die Abendsonne einfingen und ein besonderes Muster auf das Gras zeichneten. Besorgt prüfte er die circa einen Meter zwanzig hohen Stämme, die sich in ausladende Äste teilten. Was hatten die Bäume nur? Wieso trugen sie nicht mehr so viele Früchte wie früher? Felix blieb stehen und fuhr mit der Hand prüfend über einen der rauen Stämme. In diesem Hain war noch alles in Ordnung, die Rinde war rötlich und glänzend, und es trat kein Harz aus. Aus dem Lederetui, das er an seinem Gürtel befestigt hatte, zog er ein Messer, das ihm sein Großvater geschenkt hatte, als er noch ein Junge gewesen war. Es war ein wertvolles japanisches Pflanzmesser mit einer spitzen, leicht gewölbten breiten Klinge, das sich dadurch auch zum Graben eignete. Mit ihm hatte er schon in seiner Kindheit die Erde gelockert und kleine Setzlinge eingepflanzt sowie die etwas größeren mit der gezahnten Schneide zurechtgeschnitten und sie dann gebunden, damit sie gerade wuchsen. In den Griff aus Buchenholz hatte sein Großvater Henni mit ihm damals seine Initialen eingeritzt, und Felix war als kleiner Junge mächtig stolz darauf gewesen. Er fuhr mit dem Daumen prüfend über die Schneide. Er musste sie dringend wieder schärfen.

Vorsichtig sägte er einen kleinen Ast im unteren Bereich weg und betrachtete die Blätter. Sie waren alle saftig grün und von einer rundlich ovalen Form, die plötzlich spitz zulief. Dieser Baum war gesund – zum Glück. In den anderen Hainen sah es ganz anders aus, und Felix' Gedanken verfinsterten sich, wenn er daran dachte. Er pflückte eine reife Aprikose vom Baum, und die fast rundliche Frucht wog schwer in seiner Hand. Mit dem Messer teilte er die leuchtend gelborangene Aprikose in zwei Hälften, und auch an dem Fruchtfleisch im Inneren war nichts auszusetzen. Es war weich und saftig und lange nicht so trocken und faserig wie die Früchte in den anderen Gärten. Auch die Farbe war intensiv und kräftig. Zufrieden entsteinte er die andere Hälfte, ließ den Kern in seine Hosentasche wandern, schnitt einen Schnitz ab und steckte sich das Fruchtfleisch in den Mund. Es schmeckte wunderbar süß und saftig, und für einen winzigen Augenblick vergaß er seine Sorgen.

Felix setzte sich ins Gras und biss wieder in die Aprikose. Das war eine seltsame Begegnung heute mit Nathalie. Wie sie da so Hilfe suchend am Straßenrand gestanden hatte, ohne Schuhe, die Haare leicht zerzaust vom Wind, schmutzig im Gesicht. Die Arme hatte wirklich Pech gehabt – und trotzdem musste Felix schmunzeln, wenn er daran dachte. Gut, es hatte niemand verdient, auf einer Postkarte verlassen zu werden, aber was ihr dann noch alles zugestoßen war, das war schon fast filmreif. Er hatte es sich beinahe bildlich vorstellen können, als sie Maurice und ihm davon berichtet hatte, und er verstand, wie wütend sie auf ihren Ex-Freund sein musste.

Da war er wieder: der Beweis, dass Beziehungen nicht funktionierten. Felix steckte sich grimmig das letzte Aprikosenstückchen in den Mund. Egal, wohin er kam, ständig hatten die Leute Beziehungsprobleme oder Liebeskummer.

Nein, das wollte er nicht noch einmal erleben, auch wenn er zugeben musste, dass Nathalie durchaus sein Interesse geweckt hatte. Sie sah sehr hübsch aus, hatte ein süßes Lächeln, eine offene, freundliche Art, und ihre dunkelbraunen Augen hatten aufgeregt gefunkelt, als sie von ihrer Misere erzählt hatte.

Vielleicht hatte Maurice doch recht, und es lohnte sich, Nathalie näher kennenzulernen. Einen netten Eindruck machte sie jedenfalls – aber wohin sollte das führen? In eine Fernbeziehung, die dann doch nur wieder Leid und Schmerz mit sich brachte? Und außerdem hatte Nathalie noch eine Rechnung mit ihrem Ex-Freund offen, also würde sie sich bestimmt nicht so schnell etwas Neues suchen. Also, was sollte er länger darüber nachdenken, wenn er doch selbst auch nicht auf der Suche war? Nathalie wirkte ihm jedenfalls nicht wie jemand, der sich auf einen One-Night-Stand einließ und dabei keine Gefühle entwickelte, und sie zu verletzen, lag ganz bestimmt nicht in seinem Sinn.

Felix hörte das Läuten der Kirchturmuhr aus dem Dorf, das der Wind leise zu ihm herübertrug. Es war Zeit, zu Camille und Henni auf den Hof zurückzugehen. Bestimmt stand das Abendessen schon bereit.

Er erhob sich und machte sich zu Fuß durch die Aprikosenhaine auf den Rückweg. Besser, er vergaß all die vielen Gedanken um Nathalie lieber wieder. Wahrscheinlich fand er sie auch nur so interessant, weil nicht alle Tage irgendjemand bei ihnen in ihrem Bergdorf strandete. Aber das war auch ganz gut so. Besser, es brachte niemand die geregelte Ordnung ins Wanken.

Aus dem Pflanzen- und Kräutertagebuch
der Adeline Legrand

18. Juli 1951

Heute haben wir den ersten Hain aufgeforstet. Zu unserer Über-
raschung kamen uns sogar einige Dorfbewohner zu Hilfe. Einer hat
mit einem Pferdekarren die Bäume vom Markt abgeholt, während
Henni mit einem unserer Nachbarn unzählige Löcher gespatet und
die Pflanzen dann mit ihren schmalen Stämmchen hineingesetzt
hat. Ich hoffe so sehr, dass sie anwachsen und wir schon bald gute
Erträge haben. Zum Glück sehen einige Haine noch gut aus. Die
Bäume dort tragen Früchte, und wir werden sehen, ob wir sie ver-
kauft bekommen. Hier leben viele Bauern vom Obstanbau, aber
Henni hat vor, die Bäume nicht künstlich zu düngen. Er meint,
dass wir dadurch einen deutlich höheren Preis auf dem Markt er-
zielen können.

Zusammen mit ein paar Frauen aus dem Dorf habe ich dann
einige Kisten Aprikosen geerntet und in das alte Lagerhaus getra-
gen. Meine Finger sind wund, denn die Holzkisten waren schwer.
Jetzt habe ich ganz schwielige Hände, aber hinter dem Haus wach-
sen unzählige Wiesenkräuter. Aus Kamille habe ich mir einen Auf-
guss zubereitet, der ein bisschen gegen die geröteten Stellen wirkt,
doch am besten wäre es, man könnte daraus eine Creme herstellen,
die man besser auftragen kann. Auch Hennis Hände sind von der
täglichen harten Arbeit stark angegriffen. Vielleicht finde ich eine

Möglichkeit, die Kamille zu verarbeiten, dass wir sie als Kräutersalbe nutzen können, wenn wir sie brauchen. Jetzt hoffe ich jedenfalls, dass die Kamille bei uns ihre heilende Wirkung entfaltet.

6.

Nathalie folgte einer asphaltierten Straße, bis sie die Abzweigung mit dem geschotterten Weg erreichte. Ein Holzpfeiler, etwas schief in die Erde gerammt, wies mit einem Pfeil und der Aufschrift »Fermes des abricots« die Richtung.

Das Lavendelfeld, ein endlos wirkendes lilafarbenes Meer, das sich neben ihr am Straßenrand erstreckte, duftete auf eine eigene Weise herb und blumig zugleich, und die Luft wurde vom Brummen der Bienenflügel erfüllt. Nathalie spürte, wie die Anspannung von ihr wich. Mit einem Mal fühlte sich alles leichter an, und sie wusste nicht, woher sie die Gewissheit nahm, aber sie war sich jetzt ganz sicher, dass auf dem Aprikosenhof alles gut werden würde. Das Lavendelfeld endete, einzelne Büsche säumten den Rand ab, und als der Weg eine Biegung machte, sah sie das Anwesen. Wie ein verwunschenes Schloss aus einem Märchen lag es da, geschützt zwischen zwei sanft ansteigenden Hügeln, den letzten Ausläufern des nahen Gebirges. Auch hier schien die Zeit auf eine magische Weise stillzustehen, und die Moderne und die Hektik des Alltags schienen hier ebenfalls keinen Einzug gehalten zu haben. Nathalie blieb stehen und betrachtete aus der Ferne das alte Natursteinhaus, das in dem typischen orangeockerfarbenen Ton gestrichen war. Bestimmt war es früher einmal ein ehemaliger Gutshof gewesen oder ein Landgut, das einer Adelsfamilie gehört hatte, oder vielleicht war das Anwesen auch einmal Teil eines Klosters gewesen und von Mönchen oder Nonnen bewirtschaftet worden. Der malerische Hof, erbaut aus beigefarbenem Kalkstein, bestand aus einem dreistöckigen Haupthaus und einem etwas kleineren Nebengebäude rechts davon. Dieses war nicht ganz so imposant wie das Wohnhaus, das mit seinen bodentiefen weißen Sprossenfenstern und den hölzernen Klappläden in Türkisgrün die Aufmerksamkeit auf sich zog. Vor dem Haus stand eine Bank mit Blick in den Vorgarten, der von einer alten halbhohen Mauer quadratisch eingesäumt war. Nathalie träumte davon, wie sie hier auf der kleinen Holzbank vor dem Haus saß, das Gesicht der Sonne zugewandt, in ein Buch vertieft oder einfach nur ihren Gedanken nachhängend. Sie würde die unendliche Weite genießen, den Duft der Lavendelfelder tief in ihre Lungen einsaugen und sich hier, an diesem lauschigen Plätzchen, von der Weite und der Natur zu neuen Lettering-Ideen inspirieren lassen. Hier würde sie sich nicht so begrenzt fühlen wie in ihrer Stadtwohnung in Frankfurt, in der sie bei jedem Blick aus dem Fenster die graue Hauswand von gegenüber sah.

Links neben dem Haus erstreckten sich, den Hang hinauf, die Aprikosenhaine, auf denen unzählige Bäume im halbhohen Gras standen, auf der rechten Seite war der Hügel erst mit Wiese, dann zunehmend mit Wald bedeckt. Die einzelnen Ebenen der Aprikosenplantage waren mit Kalksteinen abgefangen und wie Plateaus angeordnet, die sich wie eine Stufe den Hügel hinaufzogen und immer wieder durch vereinzelte größere Kalksteine unterbrochen wurden. Nathalie

konnte sich gut vorstellen, wie hier die Arbeiter die Aprikosen ernteten, und es überkam sie das Gefühl, ebenfalls einer
so naturverbundenen Arbeit nachgehen zu wollen, ganz im
Einklang mit dem Lauf der Jahreszeiten zu stehen, die Welt
einen Herzschlag langsamer zu erleben, weg von dem hektischen Alltag und den vielen Terminen, von denen einer
den nächsten jagte. Für einen Moment überkam sie die Idee,
einfach alles hinter sich zu lassen und hier ein neues Leben
zu beginnen. Hier würde ihr die Arbeit sicher nicht über
den Kopf wachsen, sie würde sich nicht dem andauernden
Druck ausgesetzt fühlen, das Adrenalin ständig durch ihre
Adern pulsierend und von einem Meeting zum nächsten
hetzend. Nein, hier wäre sie frei, sie könnte durchatmen, auf-
atmen, sich einen neuen Lebensmittelpunkt suchen, eine Arbeit mit Sinn, sich neu verankern, stabilisieren, denn allein
der Blick auf dieses unberührte Fleckchen Erde beruhigte
sie, glich sie aus und schenkte ihr Frieden. Ja, bei der Vorstellung, einfach alle Zelte in Frankfurt abzubrechen und sich
hier einen neuen Lebensmittelpunkt zu errichten, ging Nathalie das Herz auf. Aber sie wusste natürlich, dass das nicht
so einfach möglich war …

Als Nathalie weiterging, hörte sie aus der Ferne die Kir-
chenglocken, die zu ihr herwehten. Sie schätzte, dass sie vom
Dorf aus ungefähr zwei Kilometer die sich windende Straße
bis zum Hof hinaufgelaufen war und man von der Rückseite des Hauses einen herrlichen Blick über die restliche Ebe-
ne und die dahinterliegenden Felsformationen haben musste.

Die flache mit Steinen aufgesetzte Mauer, die das gesam-
te Grundstück umsäumte, wurde in der Mitte von einem
grünen Metalltürchen unterbrochen. Es war angelehnt, und

weil Nathalie keine Klingel an der Mauer fand, öffnete sie es. Das Türchen quietschte, aber auf dem Anwesen rührte sich nichts. Seltsam, vielleicht waren die Besitzer ja auch unterwegs. Das war gut möglich. Nathalie lief den Weg durch den Vorgarten, in dessen Mitte ein Mandelbaum stand, der reichlich Schatten spendete. Der Stamm verschwand im kniehohen Gras, und es machte den Eindruck, als ob sich wohl seit einigen Jahren niemand mehr so richtig darum gekümmert hatte. Trotzdem wuchsen hier Kräuter und Blumen, und mit ein bisschen Geschick könnte man den Vorgarten sicherlich wieder schön bepflanzen und anlegen, dachte Nathalie. Im Halbschatten des Mandelbaumes gedieh so ein Garten sicher gut. In Frankfurt wäre schon allein dieses winzige Stückchen Wiese ein kleines Paradies. Sie schritt durch einen Torbogen aus Rosen, deren betörender Duft ihren Sinnen schmeichelte, und an der Tür des Haupthauses angekommen, über der sich eine Weinrebe rankte, an der die ersten Früchte bereits eine zarte lila Farbe trugen, blieb Nathalie stehen. Eine Klingel hing leicht schräg von der Hauswand. »Legrand« hatte jemand von Hand auf das Papier geschrieben, eine schöne Schrift, wie Nathalie fand, eine alte Schreibschrift mit gleichmäßigen Buchstaben. Sie drückte auf den weißen Emailleknopf, und da auf das Surren der Klingel im Haus alles ruhig blieb, befürchtete sie schon, dass vielleicht tatsächlich niemand da war. Sie klingelte erneut, und da sich wenige Augenblicke später noch immer nichts tat, schirmte sie mit ihren Händen einen kleinen Bereich der Scheiben zwischen den Sprossen in der Tür ab und sah hindurch. Nathalie konnte nicht viel erkennen, eine mit Blumen bemalte Bodenvase, die als Schirmständer diente, ein Holzschrank an einer Wand, ein Flickenteppich auf dem Boden, neben dem ein paar Filzpantoffeln standen, und eine Kommode, auf der eine Tageszeitung und Briefe lagen.

Nathalie beschloss, um das Haus herumzugehen. Vielleicht waren die Bewohner ja im Garten. »Hallo?«, rief sie unsicher.

»Oui?«, ertönte eine dünne Männerstimme, und dann etwas lauter: »Ich bin auf der Terrasse, kommen Sie einfach ums Haus herum!«

Nathalie folgte der Aufforderung und sah einen hageren älteren Mann auf einer Holzbank sitzen. Er war braun gebrannt, trug trotz der Wärme eine lange beigefarbene Stoffhose mit Bügelfalte, ein kariertes kurzärmliges Hemd, Hosenträger und eine Schiebermütze. Als er Nathalie sah, hob er seine buschigen Augenbrauen und nahm die Pfeife aus dem Mund. »Bonjour, Mademoiselle, kennen wir uns?«

»Äh nein.« Nathalie blieb stehen, und Gustave setzte sich neben sie. »Mein Name ist Nathalie Friedrichs, und ich bin auf der Suche nach einer Übernachtungsmöglichkeit. Die Wirtin der Brasserie Provençal hat mich hergeschickt. Sie sagte mir, dass Sie Zimmer vermieten.«

»Mon Dieu!«, rief der Mann. »Feriengäste hatten wir seit mehreren Jahren schon nicht mehr.«

Nathalies Hoffnung auf eine Bleibe löste sich nun endgültig in Luft auf, und sie fühlte sich so niedergeschlagen wie heute Mittag auf der Landstraße. Dabei war sie sich so sicher gewesen, dass sie hierbleiben konnte.

»Mit wem redest du denn, papi?«, fragte eine Frau, die jetzt ebenfalls die Terrasse betrat. Sie kam aus dem Wohnhaus, trug ein Tablett, auf dem sich eine Weinkaraffe und zwei

Gläser befanden, und stellte alles auf dem Gartentisch ab, der im Schatten einer dicken Platane stand, die die Mitte der Terrasse bildete. »Oh, bonjour.« Sie lächelte Nathalie zu.

»Das ist Nathalie«, erklärte der Mann. »Sie ist unser Gast.«

»Ah, hallo, ich bin Camille.« Die schlanke Frau reichte Nathalie die Hand. Sie war recht groß, hatte lange, glatte weizenblonde Haare, die sie zu einem lockeren Pferdeschwanz gebunden hatte, und trug ein luftiges Sommerkleid. Ihre wachen grünbraunen Augen musterten Nathalie freundlich, und auf ihren gleichmäßigen Lippen lag ein herzliches Lächeln. Nathalie fand sie sofort sympathisch.

»Und wer bist du?«, fragte sie entzückt, ging vor dem Hund in die Knie und zerzauste ihm mit beiden Händen das Fell. Gustave rollte sich sofort auf den Rücken, streckte alle vier Pfoten in die Luft, sodass Camille seinen Bauch kraulen konnte, und brummte begeistert.

»Das ist Gustave«, sagte Nathalie.

»Du bist ja süß! Warten Sie, ich hole Ihnen beiden etwas zu trinken.« Sie stand auf und drehte sich schwungvoll um, sodass der Rock ihres Sommerkleides schwang, und verschwand mit beinahe schwebenden Schritten wieder im Haus.

Der ältere Herr stützte sich auf seinen Gehstock, stand mit einem Ächzen schwerfällig von der Holzbank auf und ging auf Nathalie zu. »Und ich bin Henni, der Großvater«, sagte er, und als er mit beschwerlichen Schritten auf sie zuging, erhob sich Gustave und lief ihm schwanzwedelnd entgegen. Nathalie hatte Mühe, ihn zurückzuhalten, aber als sie sah, dass Gustave begeistert Hennis Bundfaltenhose beschnupperte und nicht plante, an dem älteren Herrn hochzuspringen, und Henni sich seinerseits bückte, um dem Hund den Kopf zu tätscheln, ließ sie ihn gewähren.

»So ein lieber Kerl«, stellte Henni fest, als die beiden ihr ausgiebiges Begrüßungsritual beendet hatten. »Da haben Sie einen Begleiter fürs Leben.«

»Ehrlich gesagt, kennen wir uns erst seit heute Morgen, und ich weiß noch nicht so genau, was aus uns beiden wird«, gab Nathalie zu. Sie konnte auch nicht sagen, wieso sie so offen von sich erzählte, aber bei Henni und Camille fühlte sie sich direkt wohl. »Ich habe ihn an einer Autobahnraststätte gefunden. Er wurde dort ausgesetzt.«

»Das arme Ding!«, sagte Camille mitleidig, die mit einer Wasserschale für Gustave und einem Kissen wieder auf die Terrasse kam. Sie stellte die Schale vor dem Hund ab, das Kissen, das sie sich unter den Arm geklemmt hatte, legte sie auf einen der Stühle, dann verschwand sie wieder im Haus.

Als Nathalie den Hund jetzt ansah und Gustave sie seinerseits aus großen dunklen Augen musterte, durchspülte ein warmes Gefühl ihr Herz. Nein, sie würde es ganz sicher nicht über sich bringen, das arme Tier abzugeben. Sie beide, die niemand mehr wollte, mussten doch zusammenhalten! Nathalie kraulte Gustave hinter den Ohren, und der Hund schloss die Augen und schmiegte sich ihrer Hand entgegen. Dort liebkost zu werden, schien er besonders zu mögen.

»Na los, nicht so schüchtern … Setzen Sie sich!« Henni humpelte mit seinem Gehstock auf die Sitzgruppe zu und rückte Nathalie, ganz Kavalier der alten Schule, einen der Holzstühle zurecht. »Mögen Sie ein Glas Rosé?«

Nathalie nickte. Sie war sich unsicher, wie es jetzt mit ihr weiterging. Ob sie vielleicht doch hierbleiben konnte? Nett schienen die beiden ja zu sein.

Henni griff nach einem der Gläser und schenkte den Wein ein. Camille brachte das dritte Glas und auch ein paar Nüsschen zum Knabbern mit nach draußen.

»Und machen Sie hier Urlaub?«, fragte sie, als sie sich zwischen Nathalie und Henni setzte.

»Gezwungenermaßen sozusagen«, entgegnete Nathalie und verzog den Mund. »Eigentlich bin ich auf dem Weg an die Côte d' Azur.«

»Das ist natürlich etwas ganz anderes als unsere Hinterland-Provence.« Henni zwinkerte. »Weiße Strände, türkisblaues Wasser, pulsierendes Leben …«

»Verstehen Sie mich nicht falsch, es ist wirklich schön hier«, beeilte sich Nathalie zu sagen, und es stimmte, sie hatte sich schon auf der Fahrt in dieses malerische Fleckchen Erde mit all seinen duftenden Lavendelfeldern, blassgrünen Wiesen, Steinhäuschen und Zypressen verliebt. Und jetzt der Aprikosenhof, der so verwunschen über dem Dorf thronte und der Zeit standgehalten hatte. »Es ist nur … Mein Auto ist kaputtgegangen. Und eigentlich bin ich gerade auf dem Weg zu meinem Ex-Freund, um ihm gehörig die Meinung zu sagen. Er hat nämlich mit mir Schluss gemacht. Auf einer *Postkarte*!«

Camille schlug eine Hand vor den Mund. »Quel blaireau!«

»Ja, und als ob das nicht schon schlimm genug wäre, wurde ich an einer Raststätte auch noch ausgeraubt! Oder ich war so bescheuert und habe mein Portemonnaie auf dem Autodach liegen lassen … So genau weiß ich das nicht mehr, aber ich könnte mich dafür ohrfeigen! Da war plötzlich Gustave …

und diese Jugendlichen … und dann auch noch dieses ganze Chaos mit dem kaputten Auto und diesem mürrischen Traktorfahrer …« Nathalie stützte ihren Kopf in die Hand und schloss die Augen. Sie hörte, wie jemand ein Glas zu ihr über den Tisch schob. Als sie ihren Blick wieder hob, sah sie Hennis faltige Hand, und ein lächelndes, von Falten durchzogenes braun gebranntes Gesicht.

»Trinken Sie erst einmal einen Schluck. Danach wird alles besser.«

Nathalie presste die Lippen zusammen, um nicht zu schluchzen. Diese warme Geste rührte sie so sehr, dass ihr Herz ganz weich wurde. Dankbar nahm sie das Glas entgegen und hob es mit den anderen an.

»A votre santé!«, sagte Henni, und sie stießen miteinander an.

Der kühle Rosé schmeckte fruchtig und frisch, er lief Nathalies Kehle herunter wie ein Schluck flüssiges, kühles Sonnenlicht, und ein warmes Gefühl breitete sich in ihrem Magen aus.

»Wo ist denn Ihr Auto jetzt?«, fragte Camille.

»Ich denke in der Werkstatt. Ich bin auf der Landstraße stehen geblieben, wo mich irgendwann jemand mit seinem Traktor mitgenommen hat. Das war vielleicht ein schräger Typ, aber egal. Bei der Werkstatt hier im Ort hat er mich dann abgesetzt. Der Besitzer wollte mein Auto abschleppen und es sich ansehen, wobei er schon meinte, dass ich nicht vor Dienstag oder Mittwoch weiterkann.«

»Wenn der Junge seine Arbeit nicht richtig macht, sagen Sie mir Bescheid«, sagte Henni. »Dann ziehe ich diesem Filou die Ohren lang!«

Nathalie lächelte, und zum ersten Mal, seit sie hier war, war es ein echtes Lächeln, das tief aus dem Herzen kam.

»Sie können selbstverständlich erst einmal hier bei uns bleiben«, entschied Camille.

»Aber ich habe im Moment kein Geld«, sagte Nathalie, um das klarzustellen. Obwohl sie sich im Moment nichts sehnlicher wünschte, als bei diesen netten Leuten bleiben zu können, hatte sie ein schlechtes Gewissen. Sie wollte die Gastfreundschaft der beiden nicht ausnutzen. »Ich kann mir allerdings ein Notfallpaket von meiner Bank schicken lassen, wenn ich Ihre Adresse dafür angeben darf. Das sollte dann in ein paar Tagen da sein. Und meine Freundin könnte Ihnen bis dahin auch etwas überweisen.«

»Das ist doch kein Problem. Ich helfe Ihnen dabei, alles Notwendige zu beantragen. Und wenn Ihre Bank Ihnen das Geld geschickt hat, können Sie uns etwas geben – aber machen Sie sich keine Sorgen, so wichtig ist das erst mal nicht.«

»Das ist wirklich sehr nett.« Nathalie spürte, wie ihr ein Stein vom Herzen fiel. Heute Nacht musste sie nicht im Freien schlafen. »Und selbstverständlich helfe ich Ihnen, wenn es etwas auf dem Hof zu tun gibt.«

Camille winkte ab. »Das geht schon in Ordnung. Nur eines muss ich Ihnen sagen: Wir hatten schon seit Längerem keine Gäste mehr hier im Haus, und unsere Zimmer sind nicht auf dem neuesten Stand. Aber ich werde selbstverständlich eines, so gut es eben geht, für Sie herrichten.«

»Nein, bitte machen Sie sich keine Umstände! Das kann ich auch selbst übernehmen.«

Camille lächelte, und Nathalie hatte das Gefühl, dass diese junge Französin sie ganz sicher nicht beim Wort nehmen würde, aber dann nickte diese und sagte: »Wir schauen einfach zusammen mal, was es zu tun gibt, einverstanden?«

Nathalie stimmte zu. Zu dritt plauderten sie noch eine Weile, während der kühle Wein in ihren Gläsern weniger wurde und die Sonne sich immer mehr dem Horizont näherte. Nathalie genoss die Gesellschaft von Henni und Camille, und der Alkohol brachte ihre Wangen schnell zum Glühen. Ihr Blick schweifte über die Terrasse, über den großen Schatten spendenden Baum und den Hof, und der Gedanke schoss ihr durch den Kopf, was für ein wunderbares Glück man hatte, wenn man dies hier sein Zuhause nennen konnte.

Nachdem sie den Wein ausgetrunken, viel gelacht und die Erdnüsse verspeist hatten, machten sich die beiden Frauen über eine knarzende Holztreppe in den ersten Stock auf. Camille hatte Nathalie die Bettwäsche in die Hand gedrückt und ging selbst mit Wischmopp und Eimer voran. Sie schloss eine der Türen auf, hinter der sich ein gemütliches Gästezimmer befand. Es lag nach hintenraus und bot einen herrlichen Blick auf die Aprikosenwiesen, über den verwilderten Garten und von dort weiter über die flachen Dächer von einem Teil des Dorfes. Das milde Licht, das schräg einfiel, tauchte alles in ein goldorangenes Abendrot und brachte die apricotfarbene Tapete mit den kleinen Streublumen zum Leuchten. Das Fenster war von luftigen weißen Chiffonvorhängen eingerahmt, über denen naturweiße Leinenvorhänge mit einem grün-orangenen Muster hingen, ein Aprikosenblätter-Print, wie Nathalie bei genauerem Hinsehen erkannte.

In der Mitte des Raumes stand ein großes Doppelbett aus einem rötlichen Holz mit geschwungenem Kopfteil, das mit einer hellgrünen Kassettensteppdecke abgedeckt war, auf der mehrere Kissen und zwei Nackenrollen drapiert waren und das sehr einladend aussah. Es gab einen zweitürigen Kleiderschrank, zwischen den Fenstern stand ein quadratischer Tisch, davor ein Stuhl mit Armlehnen und einem Kissen mit Blumenmuster, passend zur Tapete. Neben dem Kleiderschrank in der Ecke stand ein ovaler Standspiegel, der mit kunstvollen Holzornamenten verziert war. Zwischen den beiden Fenstern über dem Tisch hing ein in Öl gemaltes Bild von einem Lavendelfeld, und gegenüber des Bettes gab es einen offenen Kamin.

Als Nathalie das Zimmer betrat, wusste sie sofort, dass sie sich hier wohlfühlen würde. Wie schade, dass sie nur für ein paar Tage blieb. Dieses Zimmer strahlte eine solche Ruhe und Behaglichkeit aus, dass sie gut und gerne ihren ganzen Urlaub hier verbracht hätte.

»Es ist nichts Besonderes.« Entschuldigend sah Camille sie an.

»Es ist perfekt«, entgegnete Nathalie. Sie half Camille dabei, die Zierkissen vom Bett zu nehmen und die Tagesdecke, die das Bett abgedeckt hatte, zusammenzufalten. Darunter kamen zwei große Federkissen und eine leichte Daunendecke zum Vorschein. Nathalie legte die Bettwäsche auf die Matratze und begann damit, das Bett zu beziehen. Währenddessen wischte Camille über die Oberflächen, putzte die Fenster und reinigte den Spiegel.

»Zut! Das Fenster schließt nicht mehr richtig.« Camille versuchte mehrmals, den Griff zu bewegen, aber das Fenster spurte nicht mehr ein. »Darum muss sich mein Bruder nachher kümmern.«

Nathalie hob kurz den Kopf, als sie den Kissenbezug zuknöpfte. »Das macht nichts. Es wird sicherlich nicht so kalt, und ich schlafe sowieso gern bei offenem Fenster«, sagte sie mit einem Lächeln.

»So.« Camille blickte sich zufrieden um. »Morgen bringe ich noch ein paar Blumen, und dann ist es gleich viel hübscher hier.«

»Es ist jetzt schon wunderbar«, sagte Nathalie, und es stimmte. Überraschenderweise fühlte sie sich richtig geborgen.

Nachher würde sie ihren Koffer bei Maurice holen, aber jetzt wollte sie Camille erst einmal beim Kochen des Abendessens helfen, das hatte sie vorhin auf der Terrasse beschlossen. Sie blickte sich noch einmal im Zimmer um und war sich sicher, dass dies ein guter Ort war, um später zur Ruhe zu kommen.

»Ich zeige Ihnen noch schnell das Bad«, sagte Camille, als sie aus dem Zimmer gingen. »Dann können Sie sich vor dem Abendessen noch einmal frisch machen.«

Nebeneinander gingen sie den Flur entlang, dessen Holzpaneelen bei jedem Schritt behaglich knarzten. Auch der dicke Teppich, der in der Mitte des Gangs lag, konnte dies nicht verhindern. Camille öffnete am Ende des Flurs eine Seitentür, und ein hübsches kleines Badezimmer mit Wanne, Toilette und Waschbecken kam dahinter zum Vorschein. Die Keramik war weiß, ebenfalls mit einem zarten Blumenprint, und die grünen Vorhänge waren farblich darauf abgestimmt. Ein Regal, das sicherlich für Handtücher vorgesehen war, stand leer in einer Ecke, und auf der Rückseite der Holztür befanden sich mehrere Haken für die Badetücher.

»Ich hole Ihnen selbstverständlich gleich noch ein paar Handtücher«, sagte Camille, der Nathalies Blick zum leeren Badezimmerregal anscheinend nicht entgangen war. »Und einen Bademantel lege ich Ihnen noch aufs Zimmer.«

Nathalie bedankte sich, und Camille ließ sie allein. Endlich ein richtiges Badezimmer! Glücklich drehte Nathalie den alten Wasserhahn auf und ließ das Waschbecken damit volllaufen. Camille klopfte noch einmal kurz, um ihr die Handtücher zu geben, dann war sie allein. Nathalie griff zur Seife und schäumte ein bisschen davon auf. Sofort stieg ihr ein herrlicher Lavendelduft in die Nase. Außerdem bemerkte sie, dass die Seife erstaunlich cremig war. Sie wusch sich das Gesicht und die Arme, und dann ließ sie sich in der Badewanne ein kleines Fußbad ein. Ach, das tat gut, endlich die wunden, heißen Füße in das kühle Wasser stellen zu können. Sie überlegte, ob sie vielleicht ein schnelles Bad nehmen sollte, aber erstens hatte sie noch keine Sachen zum Wechseln da, und zweitens wollte sie ihre Gastgeber nicht warten lassen, sondern sich nützlich machen. Also musste diese kleine Katzenwäsche fürs Erste reichen.

Nathalie planschte noch ein bisschen mit ihren Zehen im Wasser herum, ehe sie es schließlich abließ und sich die Füße abtrocknete. In ihrer Handtasche fand sie einen letzten Rest ihrer Handcremeprobe, die sie auf ihre Füße verteilte. Kamille mit Zitrusduft, stand auf der Packung, und sofort breitete sich ein wohliges Gefühl auf ihren Füßen aus, als sie die kühle Creme darauf verteilte. Hoffentlich tat die Kamille ihre heilende Wirkung und würde die Blasen und Druckstellen ein wenig mindern.

7.

»Ich bin wieder da!«, klang eine gedämpfte Stimme aus dem Haus nach draußen auf die Terrasse, auf der Nathalie, Henni und Camille gerade den Tisch für das Abendessen deckten. Quer über den Holztisch lag ein Leinentischläufer, Nathalie hatte weißes einfaches Porzellan, Stoffservietten und Besteck mit geschnitzten Holzgriffen, die eine wunderschöne hellbraune Maserung hatten, aufgedeckt und dazu zartblaue Wassergläser, die dem Ganzen einen kleinen Farbtupfer verliehen. In der Mitte standen ein Wasserkrug und die Weinkaraffe, die in der Wärme beschlagen war. Daneben dampfte die Gemüsetarte, in einer Steingutform stand das Lachsfilet, das Camille eben noch mit einer Handvoll frischen Kräutern bestreut hatte, bereit, und in einer großen Holzschale mischte Nathalie den Salat.

»Camille? Henni? Seid ihr da?«

Im selben Moment erhob sich Gustave, der in der Nähe des Tischs gelegen und das Geschehen interessiert beobachtet hatte, und lief mit wedelndem Schwarz zu den Stufen, die ins Wohnzimmer führten. Er schien den Neuankömmling kaum erwarten zu können. Als der Mann in der Tür erschien, konnte Nathalie kaum glauben, wen sie da sah: Felix, den Traktorfahrer. Ihr Herz vergaß einen Schlag. O nein, und sie hatte ihn bei seiner Familie als komischen Kauz bezeichnet … Gustave bellte zweimal laut, denn er schien sich, anders als Nathalie, über das Wiedersehen zu freuen, wie sein wackelndes Hinterteil deutlich zeigte. Zu Nathalies Überraschung streichelte Felix dem Hund über den Kopf, dann kam er zu ihnen auf die Terrasse.

»Ah, bonsoir, Felix!«, sagte Camille. »Du bist spät. Komm, setz dich, das Essen ist gerade fertig.«

»Ich war noch in den Aprikosenhainen.« Felix küsste Camille und Henni zur Begrüßung zweimal auf die Wange und nahm seinen Platz neben ihnen ein. Nathalie nickte er knapp zu.

»Das ist Nathalie«, sagte Camille. Während der Zubereitung des Abendessens waren sie zum vertrauten Du übergegangen. »Sie ist für ein paar Tage unser Gast.«

»Ich wusste gar nicht, dass wir Landstreicher aufnehmen«, brummte Felix, lächelte aber dabei.

Nathalie wurde sofort rot und sah auf ihre Hände in ihrem Schoß hinab. So ein Blödmann.

Felix nahm sich ein Stück von der Gemüsetarte, ließ sich von Camille ein Lachsfilet auflegen und schaufelte sich dann zwei Löffel Salat auf den Teller.

»Felix, jetzt sei doch nicht so«, sagte Camille, während sie auch Henni und Nathalie ein Stück Fisch gab. »Nathalie hatte heute einen wirklich schlechten Tag. Ihr wurde vermutlich der Geldbeutel geklaut, ihr Wagen ist liegen geblieben, und dann ist sie noch irgendeinem schrägen Typen hier aus dem Ort begegnet.«

Felix warf Nathalie einen Blick zu, und Nathalie wäre am liebsten im Boden versunken.

»Ich werde nicht länger bleiben als nötig«, versprach sie.

»Ach, mach dir darum keine Gedanken.« Camille lächelte ihr aufmunternd zu, und Henni schenkte ihr Wein nach. »Was sollte eigentlich deine Bemerkung eben mit dem Landstreicher, Felix?«

»Felix ist der komische Kauz, der mich am Straßenrand mit dem Traktor aufgesammelt hat«, brachte Nathalie kleinlaut heraus, denn sie wollte nicht, dass sich die Verwicklungen noch weiter zogen.

»Oh …« Camille sah von einem zum anderen und biss sich auf die Lippe, doch dann musste sie so herzhaft lachen, dass auch Henni und Nathalie sich nicht zurückhalten konnten und mit einstimmten. Nur Felix saß da und unterdrückte ein Schmunzeln.

»Na, dann wäre das ja geklärt«, sagte Camille zufrieden. »Ich gehe mal noch etwas Baguette holen.« Damit stand sie auf, nahm den Brotkorb und verschwand im Inneren des Hauses.

Nathalie nahm einen großen Schluck von ihrem Rotwein, aber sie fühlte sich dadurch trotzdem nicht besser. Ihr war die Situation ziemlich peinlich, und sie wusste nicht, ob Felix ihr das Gesagte übel nahm. Andererseits hatte er sie als Landstreicher bezeichnet. Damit waren sie quitt, oder? Es entstand eine kurze Stille, denn Nathalie wusste nicht, was sie sagen sollte. Nur Henni grinste noch immer bis über beide Ohren, sagte jedoch ebenfalls nichts.

»Ach, Felix, kannst du bitte mal nach dem Fenster im Kaminzimmer gucken?«, fragte Camille, als sie mit dem Brotkorb wieder zurückkam. »Es schließt nicht mehr.«

Felix brummte etwas Unverständliches, was in etwa so wie

»Na wunderbar, Arbeit nach Feierabend« klang, aber nachdem er gegessen hatte, nahm er tatsächlich den Werkzeugkasten und verschwand im oberen Stockwerk.

»Er ist wohl nicht begeistert, dass ich hierbleibe, oder?«, fragte Nathalie, als sie zusammen den Tisch abräumten.

Camille lachte. »Mach dir deswegen keine Gedanken. Mein Bruder ist immer ein bisschen mürrisch.«

»Ich werde mal sehen, ob ich dem Jungen zur Hand gehen kann.«

Henni erhob sich, was Gustave ebenfalls dazu veranlasste aufzustehen, aber als er sah, dass Henni die Stufen nach oben ging, entschied er, dass er sich lieber zu den Damen in die Küche begab. Vielleicht fiel dort ja noch etwas für ihn ab, schien er zu hoffen. Wartend legte er sich auf den kühlen Fliesenboden, bettete seinen Kopf auf die Vorderpfoten und beobachtete die beiden Frauen dabei, wie sie das Geschirr spülten.

»Wo kommt der hin?«, fragte Nathalie und hielt einen großen Topf aus Kupfer in die Höhe.

Camille deutete an die Decke über der Kücheninsel, die in der Mitte des Raumes stand. Dort hingen mehrere Pfannen und Henkeltöpfe. Wie gemütlich, dachte Nathalie.

Ein bisschen erinnerte sie die Küche mit ihren alten Schränken im Landhausstil und der großen Kochinsel in der Mitte an eine Szene aus ihrem Märchenbuch aus Kindertagen, als bei Dornröschen der Koch und der Küchenjunge eingeschlafen waren. Auch sonst war alles hier so liebevoll eingerichtet. Die Henkelbecher hingen an Haken von einem Regalbrett, auf dem mehrere Einmachgläser mit Mehl, Reis, Nudeln und anderen Vorräten standen. Sie waren alle von

Hand beschriftet, und die Etiketten blätterten ab, ein Zeichen der Zeit und ein Hinweis darauf, dass sie auch benutzt wurden und nicht nur zur Dekoration dastanden. In einem Apothekerschrank gegenüber gab es Kräuter und Gewürze. Auch dort verrieten handgeschriebene Zettel, was sich in den einzelnen Schubladen verbarg. Die Teller räumte Nathalie in den Oberschrank mit der Glastür, vor dem eine Häkelspitze hing, das Brotmesser kam in die Schublade mit dem fehlenden Knauf, und der Kochlöffel fand seinen Platz neben dem Herd in der blau-weiß getupften Emaillekanne zwischen Schneebesen und anderem Kochbesteck.

»Ça y est – das wäre geschafft!«, verkündete Camille und ließ das Wasser ab. »Hast du Lust auf einen Spaziergang? Der Hund muss doch sicherlich noch einmal raus, und ich könnte dir unseren Hof zeigen, wenn du willst.«

Eigentlich hatte Nathalie sich schon auf ihr Bett gefreut, aber sie wollte Camille ungern vor den Kopf stoßen, und ein kleiner Spaziergang nach dem leckeren Essen schadete schließlich auch nicht.

»Ja, gerne. Komm, Gustave.«

Als der Hund seinen Namen hörte, erhob er sich und begleitete die beiden auf die ungemähte Wiese hinter dem Haus. Es roch nach Sommer, Heu und den Wildblumen, die hier wuchsen. Neben der Terrasse gab es einen kleinen Gemüsegarten, von dem ein Teil bepflanzt war.

»Die Beete hat damals unsere Großmutter angelegt«, sagte Camille. »Und da hinten, hinter dem Nebengebäude, siehst du die Scheune. Da haben wir die Traktoren und Anhänger untergebracht.«

Nathalie nickte, und sie gingen weiter an einigen Olivenbäumen entlang. Der laue Wind ließ die wadenhohen Grashalme leicht tanzen, wodurch die Wiese fast so aussah wie ein Meer mit sanften Wellen. Mittlerweile hatte sich der Himmel von dem Abendrot in ein samtiges Blau gefärbt, und je weiter sie sich von der Terrasse entfernten, desto lauter wurde das Zirpen der Zikaden. In der Ferne flatterte noch ein vereinzelter Vogel am Horizont.

Gustave streunte durch das Gras, und manchmal konnte Nathalie nur noch seinen Schwanz entdecken, der zwischen den sich im Wind wogenden Halmen herumwedelte.

Neben ihnen war ein weiterer Bereich abgeteilt, der früher ebenfalls einmal bepflanzt gewesen sein musste, aber mittlerweile wuchsen hier Kräuter und Blumen wild durcheinander.

»Und was ist das hier?«, fragte Nathalie neugierig.

»Das war der Kräutergarten unserer Großmutter. Hier hat Adeline immer gegärtnert. Er war ihr ganzer Stolz. Als sie damals mit Henni den Hof gekauft hat, haben sie sich mit den Gemüsebeeten und dem Garten hier komplett selbst versorgt. Das da hinten war der Hühnerstall«, Camille deutete auf einen halb verfallenen Holzschuppen, »aber wir nutzen ihn jetzt als Geräteschuppen. Ich würde mich gerne mehr um den Kräutergarten kümmern, aber momentan haben wir einfach nicht die Zeit dazu.« Camille hob bedauernd die Schultern.

Nathalie ließ ihren Blick über die vielen unterschiedlichen Kräuter und Blumen schweifen, die hier wuchsen. Sie verströmten einen ganz eigenen Duft nach Zitronenmelisse, Thymian und Salbei, und ein bisschen roch sie auch die staubige Erde, die über den Tag von den Sonnenstrahlen gewärmt worden war. Sie konnte Camille gut verstehen – dieser Garten war ein Paradies. Aber er brauchte einiges an Pflege, damit man die einzelnen Kräuter in all dem blühenden Durcheinander fand. Es kribbelte sie in den Fingern, den Garten zu beackern und dort für Ordnung zu sorgen. So ein Stückchen Wiese hatte sie sich in Frankfurt immer gewünscht, aber leider hatte sie mit ihrer Bewerbung für einen Schrebergarten nie Glück gehabt. Endlos lange Wartelisten hatten ihrer Hoffnung auf ein bisschen Natur in der Großstadt, auf Gärtnern und Anpflanzen und auf einen Ausgleich zu ihrem stressigen Alltag einen Dämpfer verpasst.

»Eigentlich ist es schade, dass alles so verwildert ist«, sagte Camille. »Aber den Imker hier im Ort freut es. Er hat einige Bienenstöcke bei uns aufgestellt, wobei auch er klagt, dass es früher viel mehr Honig gab. Trotzdem, der Geschmack ist einzigartig. Die Aprikosenblüten geben dem Honig ein fruchtiges Aroma, und die Wiesenkräuter verleihen ihm eine exotische Note. Du solltest ihn unbedingt einmal probieren, er ist wirklich etwas ganz Besonderes.«

Sie liefen noch ein Stückchen weiter und blieben auf der Höhe eines kleinen alten Häuschens stehen. »Und das ist die Werkstatt«, erklärte Camille, als sie an dem Haus angelangt waren. »Felix arbeitet hier oft.«

Nathalie sah sich das Gebäude interessiert an. Es war ein kleines Steinhaus, dessen Farbe abblätterte, wodurch sich kleine Risse wie ein feines Spinnennetz an der Mauer emporzogen, aber sonst war das Gebäude mit seinen Holzfenstern noch gut in Schuss, und die nicht renovierte Fassade tat der Gemütlichkeit des Hauses keinen Abbruch. Im Gegenteil, Nathalie empfand eine eigenartige heimelige Ruhe, die von dem Häuschen ausging, als sei es mit ihr zusammen aus der Zeit gefallen. Man sah, dass sich regelmäßig jemand darum kümmerte, auch wenn auf den Fensterscheiben eine dicke Staubschicht lag. Nathalie vermutete, dass diese bestimmt vom Arbeiten drinnen kam. Sie war neugierig, was Felix dort machte, traute sich jedoch nicht zu fragen. Camille würde ihr Interesse an Felix' Arbeit vielleicht noch als ein erhöhtes Interesse an ihm deuten.

Sie schlugen den Rückweg ein und gingen schweigend nebeneinanderher. Die Luft war vom Zirpen der Zikaden erfüllt, und der laue Abendwind brachte den Geruch von sandiger Erde, Zypressen und wildem Thymian mit sich. Nathalie war überrascht, wie groß das Anwesen des Hofes war. Sie bemerkte es erst jetzt auf ihrem Rückweg, als sie feststellte, dass sie doch weiter gegangen waren, als sie vermutet hatte. Von der Straße aus hatte sie es um einiges kleiner geschätzt. Der Hof selbst, der in der kleinen Talsenke auf halber Höhe zwischen den beiden Hügeln eingebettet war, thronte jetzt friedlich über dem Dorf. Nathalie erkannte ihr Zimmer im oberen Stockwerk, als sie das Haupthaus musterte, das wie ein Schloss hinter dem verwunschenen Garten von Adeline lag. Jetzt zogen sich zur Rechten die Aprikosengärten den Hang hinauf, während links die Bäume auf dem grünen naturbelassenen Hügel schemenhaft in der Dunkelheit verschwanden und die ersten Sterne am dunkelblauen Abendhimmel aufblinkten.

»Da hinten siehst du unsere Aprikosenhaine.«

Camille deutete in eine Richtung, in der sich der Hügel sanft erhob, und man konnte die Bäume gerade noch in der

Dunkelheit erkennen. Der Teil der Plantage, der im Tal begann und terrassenähnlich angelegt war, zog sich den flachen Hang hinauf und genoss am Tag beste Sonnenlage. Jetzt aber sah Nathalie nur noch, dass die Bäume auf den einzelnen Plateaus jeweils die gleiche Größe hatten und in gleichmäßigen Reihen standen. Einige von ihnen waren groß und ausladend, Nathalie schätzte ihre Höhe auf ungefähr zehn Meter, andere waren eher klein und knorrig, vielleicht um die sechs Meter hoch, und hatten einen deutlich dickeren Stamm. Sie konnte schlecht sagen, wie viele es waren.

»Wir haben circa acht Hektar mit ungefähr je zweitausend Bäumen«, sagte Camille. »Früher hatten wir einiges mehr, aber ein Teil der Plantage ist verfallen.«

Nathalie folgte mit dem Blick Camilles Fingerzeig und sah, dass in einigen der Haine abgestorbene, kahle Bäume standen und sich die Natur dieses Stückchen Garten zurückzuerobern schien. Spitz und ohne Blätter ragten die dürren Äste beinahe ein bisschen unheimlich in den immer dunkler werdenden Himmel und strahlten eine bedrückende Hoffnungslosigkeit und Schwere aus. Gras wucherte zwischen den Stämmen, ein Teil der Bäume lag entwurzelt in den Gärten, und darüber wuchs Unkraut, als ob alles in einen Dornröschenschlaf gefallen wäre. Nathalie fragte sich, wieso man sich nicht mehr um diesen Teil der Plantage kümmerte. Vielleicht waren die Bäume alt und krank gewesen, vielleicht fehlte die Zeit, das alles zu bewirtschaften? Sie hatte keine Ahnung.

»Was ist passiert?«, fragte sie neugierig.

»Vor vielen Jahren hat die ganze Region hier von ihren Obstplantagen gelebt, aber das ist mehr als zwanzig Jahre her.

Jetzt ist von alldem nicht mal mehr ein Viertel übrig. Die Preise auf dem Markt sind schlecht, die importierten Früchte viel billiger. Wir Biobauern haben bei diesem harten Preiskampf kaum eine Chance.«

»Aber ihr gebt nicht auf«, stellte Nathalie fest, doch Camille lachte nur.

»Nein, noch nicht. Aber Felix überlegt, den Hof zu verkaufen. Seit Papa vor zehn Jahren gestorben ist, versuchen wir zu dritt, das alles zu erhalten, aber du siehst ja selbst, in welchem Zustand der Hof ist.« Camille hob die Schultern. »Henni und ich versuchen, Felix davon zu überzeugen, dass wir es schaffen können, aber ich bin mir selbst nicht ganz sicher.«

»Das verstehe ich«, sagte Nathalie, und sie spürte plötzlich die Schwere, die auch auf Camille lasten musste, wenn sie die abgestorbenen Aprikosenhaine betrachtete. Wie sollte da noch Hoffnung aufkommen? »Habt ihr denn gar keine Hilfe?«

»Doch, wir haben Erntehelfer und Saisonarbeiter. Sie sind bei uns im Nebenhaus untergebracht.« Camille deutete auf das rechte Steinhaus, das in der Nähe der Aprikosenhaine, unweit vom Hauptgebäude, stand. »Abends sind sie gerne für sich, aber morgens frühstücken wir zusammen, und mittags bringe ich ihnen etwas zu essen in die Haine. Einige von ihnen kommen jedes Jahr, andere nutzen das hier wie einen preiswerten Abenteuerurlaub. Wir stellen die Verpflegung und die Unterkunft, und dafür helfen sie uns bei der Ernte.«

»Das hätte Elias auch gefallen.« Nathalie spürte, wie ihr das Herz bei dem Gedanken an ihn sank. »Er war immer für solche ausgefallenen Urlaubstrips.«

»Und du nicht so?«, fragte Camille schmunzelnd.

Nathalie schüttelte den Kopf. »Das höchste der Gefühle war für mich ein Campingwagen, den wir zusammen gekauft haben. Beziehungsweise ich habe ihn gekauft, und Elias nutzt ihn gerade.« Sie verzog den Mund. »Tja, vielleicht ist es doch ganz gut, dass wir uns getrennt haben.«

»Wie lange wart ihr denn zusammen?«

»Vier Jahre. Aber am Ende haben wir uns schon voneinander entfernt. Ich wollte Sicherheit, er wollte Freiheit … Es hat einfach nicht mehr gepasst.« Nathalie ließ ihren Blick über die Aprikosenhaine schweifen und entdeckte Gustave, der in der Nähe der Scheune herumstromerte. »Schade, ich glaube, das hier wäre tatsächlich etwas für uns beide gewesen.«

»Manche Erfahrungen muss man alleine machen«, sagte Camille mit sanfter Stimme.

★

Felix war nach oben gegangen, um das Fenster im Kaminzimmer zu reparieren oder, besser gesagt: es zu versuchen. Aber egal, wie er es einhängte, jedes Mal wenn er es schließen wollte, spurte es wieder aus.

»Zut alors!« Er warf den Schraubenzieher auf das Fensterbrett und sah nach draußen. Im Garten in der Dämmerung entdeckte er Camille und Nathalie, die durch das kniehohe Gras streiften. Wieso auch musste seine Schwester Nathalie hier aufnehmen? Hatte es im Wirtshaus keinen Platz gegeben? Felix wusste selbst nicht, wieso er so empfindlich reagierte. Eigentlich hatte Nathalie ihm ja nichts getan, aber irgendetwas während der Traktorfahrt war eigenartig gewesen. Es hatte so eine Spannung in der Luft gelegen. Und hatte Maurice vielleicht doch recht, wenn er sagte, dass Felix langsam zu eigenbrötlerisch wurde? Nathalie, das musste er ohne Umschweife zugeben, gefiel ihm sehr gut, und vielleicht war es das, was ihn so irritierte. Denn wenn sie sich die braunen Haare aus dem Gesicht strich, ohne es zu merken, so wie jetzt im Garten mit Camille, oder wenn sie lächelte und dabei strahlte oder ihre Augen blitzten, wenn sie verärgert war, dann konnte er sehen, dass sie etwas Besonderes war. Aber er war nicht an einer neuen Beziehung interessiert. Bei seiner Familie hatte er ja gesehen, wo einen die Liebe hinführte …

»Kommst du voran, mein Junge?«

Felix zuckte zusammen. Er hatte nicht bemerkt, dass Henni eingetreten war. Rasch wendete er den Blick vom Garten und den beiden Frauen ab.

»Nein, es ist zum Verrücktwerden! Jedes Mal wenn ich das Fenster schließen will, spurt es wieder aus.«

»Lass mal sehen …« Henni trat zu ihm und betrachtete den Mechanismus. »Da, die Schraube hier im Rahmen ist das Problem. Sie muss sich gelöst haben und steht jetzt zu weit vor.«

Felix atmete tief durch. Das hätte ihm auch selbst auffallen können. Aber er ließ sich ja viel lieber ablenken. Ohne einen weiteren Kommentar griff er nach dem Schraubenzieher und drehte die Schraube wieder ein.

»Na, na, Felix, das genügt, oder willst du ihr den Hals umdrehen?« Henni sah ihn belustigt an, während Felix das Fenster wieder in die Angeln hob. »Man könnte fast meinen, du hast etwas gegen unseren Besuch. Dabei ist es doch nett, dass endlich wieder Leben im Haus ist.«

»Camille wusste, dass wir erst noch darüber sprechen müssen, ob wir neue Feriengäste aufnehmen können. Schließlich müssten wir die Zimmer erst einmal renovieren, bevor wir sie vermieten!«

»Es war eine Ausnahmesituation, Felix. Nathalie wusste nicht wohin, und wir haben doch reichlich Platz.«

»Ja, aber auf Gäste sind wir nicht eingerichtet. Schon seit ein paar Jahren nicht mehr.«

»Dann wird es allerhöchste Zeit, das zu ändern«, sagte Henni gleichmütig. Er trat an das andere Fenster und blickte hinaus.

»Du weißt, dass das unser Budget gerade nicht hergibt.« Felix wurde ärgerlich. »Wir kommen so schon kaum über die Runden, woher sollen wir das Geld für Renovierungen nehmen?«

»Mit Gästen kann es wieder eine Einnahmequelle geben«, gab Henni zu bedenken.

»Aber in diesem Zustand kann man hier niemanden wohnen lassen. Versteh das doch endlich! Was sollen die Urlauber denn denken?« Aufgebracht fuhr sich Felix mit einer Hand durchs Haar.

»Ich hatte den Eindruck, dass es Nathalie hier sehr gut gefällt«, sagte Henni, und jetzt wurde sein Blick weicher. »Sieht sie nicht ein bisschen aus wie Adeline?«

Felix verdrehte die Augen und schlug das Fenster übertrieben heftig zu. Im selben Moment blickten Camille und Nathalie nach oben, und Felix machte rasch einen Schritt zur Seite, damit sie ihn nicht sahen und dachten, dass er sie beobachtete. Ganz im Gegensatz zu Henni, der grüßend die Hand hob.

»Du bist unmöglich, papi!« Felix griff nach seinem Werkzeug und warf es achtlos in die Werkzeugkiste.

»Was war das eigentlich mit dir und Maurice? Nathalie hat angedeutet, dass er so seltsame Anspielungen gemacht hat.«

»Nichts von Bedeutung. Maurice versucht nur gerne, eine Nachfolgerin für Yvette für mich zu finden. Oder zumindest eine Ablenkung für ein paar Nächte.«

»Ah, die Verkupplungsversuche.« Henni schmunzelte. »Er wäre wohl besser in einer Partneragentur aufgehoben als in einer Autowerkstatt.«

»Wem sagst du das?« Felix seufzte. Es war nicht Maurice' erster Versuch gewesen, Felix mit einer hübschen Frau zusammenzubringen.

»Bon d'accord. Reden wir nicht mehr darüber.« Henni klopfte seinem Enkel auf die Schulter. »Sollen wir eine Partie Boule spielen? Du schuldest mir noch eine Revanche.«

»Na schön, aber glaub ja nicht, dass ich dich dieses Mal gewinnen lasse.«

»Pah, das habe ich gar nicht nötig«, erwiderte Henni.

Felix griff nach dem Werkzeugkasten und folgte seinem Großvater nach unten.

»Oh, da fällt mir ein: Nathalies Koffer ist noch bei Maurice«, sagte Henni, als sie im Flur ankamen. »Sei ein Kavalier und hol ihn für sie ab, Felix, ich poliere so lange schon mal die Boulekugeln. Nathalie soll sich bei uns doch schließlich wohlfühlen.«

Eigentlich hatte Felix noch etwas erwidern wollen, aber er überlegte es sich dann doch anders. Es war sinnlos, Henni von seiner Einstellung abbringen zu wollen, und eigentlich hatte er ja auch recht. Die paar Tage, bis Nathalie abreiste, würden sie sich schon arrangieren können, und dann würden sie sich ohnehin nicht mehr wiedersehen. Außerdem wirkte sie auch nicht wie eine Urlauberin, die ihrem Ärger über eine schlechte Unterkunft im Internet Luft machte. Also, was hatten sie schon zu verlieren?

8.

Am nächsten Morgen erwachte Nathalie aus einem erholsamen Schlaf. Sie blinzelte und reckte sich in dem gemütlichen Bett. So gut hatte sie sich schon lange nicht mehr erholt. Ihr Blick wanderte durch das Gästezimmer, und sie entdeckte Gustave, der auf seiner Decke neben dem Kamin lag. Auch er schien völlig entspannt zu sein. Nathalie stand auf, zog die Vorhänge zur Seite und öffnete das Fenster. Die Terrasse war noch vom Schatten des Hauses bedeckt, aber gegen Nachmittag würde die Sonne über das Dach und die Hügel wandern und eine glühende Sommerhitze auf dem Hof verbreiten. Schon jetzt kündigte die warme Luft an, dass es ein heißer Tag werden würde. Keine Wolke stand am Himmel, der sich in einem strahlenden hellen Blau über die grünen Hügel spannte. Irgendwo in der Ferne zwitscherten Vögel, und beim Blick nach draußen bemerkte Nathalie, dass sich in einem der Aprikosenhaine mehrere Menschen befanden. Das mussten die Arbeiter sein, von denen Camille gestern erzählt hatte, denn nicht weit von ihnen entfernt parkte ein Traktor, der auf seinem Anhänger Holzkisten geladen hatte. Nathalie sah auf die Uhr, es war kurz vor halb neun. Sie fragte sich, seit wann die Leute auf den Beinen waren, denn es herrschte ein reges Treiben in dem Garten, in dem sie arbeiteten. Ob Felix und Camille auch schon auf waren? Bestimmt, denn höchstwahrscheinlich würden sie ihre Arbeiter nicht alleine schuften lassen.

Nathalie nahm eine kurze Dusche und öffnete dann den Koffer. Felix war gestern so nett gewesen und hatte ihn bei Maurice abgeholt. Das hatte Nathalie überrascht, sie hatte ihn gar nicht darum gebeten. Aber als sie nach dem Spaziergang und einem letzten Digestif mit Henni und Camille im Wohnzimmer dann auf ihr Zimmer gegangen war, hatte ihr Koffer neben dem Kleiderschrank gestanden. Wie aufmerksam Felix war!

Sie entschied sich für ein olivgrünes Top mit Kordeln als Träger und einen luftigen weißen Sommerrock. Dann kniete sie sich zu Gustave.

»Na, mein Lieber?« Zärtlich kraulte Nathalie den Hund. »Kommst du mit runter?«

Gustave hob den Kopf und blickte sie aus seinen milchig schwarzen Augen an. Dann gähnte er erst einmal herzhaft.

Nathalie musste lachen. »Ja, das kann ich verstehen. Ich habe hier auch sehr gut geschlafen.«

Sie stand auf, ging zur Tür, und da erhob sich auch Gustave von seiner Decke und schlich ihr langsam hinterher, nicht ohne sich jedoch noch einmal ausgiebig zu strecken.

Aus der Küche hörte Nathalie Geschirr klappern, und als sie den Kopf zur Tür hereinstreckte, entdeckte sie Camille bei der Arbeit. Sie war gerade dabei, das Frühstücksgeschirr abzutrocknen.

»Bonjour, Camille!«

»Ah, bonjour, Nathalie. Na, gut geschlafen?«

»Und wie! Ich kam mir vor wie auf Wolken.«

Camille kicherte und ging zum Kühlschrank. »Setz dich, ich habe das Frühstück schon vorbereitet. Möchtest du einen Café au Lait?«

»Gern.« Nathalie nahm an dem quadratischen Tisch Platz, um den an jeder Seite zwei antike Stühle mit gedrechselten Beinen und champagnerfarbenem Polsterbezug standen. Sie konnte sich gut vorstellen, dass früher einmal das ganze Gut mit so schönen antiken Möbeln ausgestattet gewesen war.

Camille stellte einen Korb mit Croissants vor ihr ab, brachte einen Teller, auf dem in drei Schälchen jeweils Marmelade, Honig und Butter waren, und setzte sich dann mit den beiden Kaffeetassen zu Nathalie an den Tisch. »Zeit für eine Pause«, sagte sie mit einem Lächeln.

Gustave, der es sich unter dem Tisch gemütlich gemacht hatte, reckte die Schnauze in die Luft und schnupperte. Allerdings schien es nichts zu geben, was ihn interessierte, und so ließ er den Kopf auf die Fliesen sinken und starrte mit einem herzzerreißenden Blick auf Nathalies Knie.

»Ich muss dringend Futter für ihn kaufen«, sagte Nathalie, während sie etwas Honig auf das Croissant gab.

»Da wirst du heute schlechte Karten haben, die Läden im Dorf sind alle geschlossen. Allerdings hätte ich noch ein Stückchen Fleisch, das er haben kann.« Camille stand auf und ging zum Kühlschrank. Gustave war sofort aufgesprungen und ihr hinterhergelaufen. Er schien verstanden zu haben, dass die beiden Frauen über sein Frühstück gesprochen hatten. Oder er malte sich bei Camille größere Chancen aus als bei Nathalie.

»Gestern habe ich in der Brasserie Provençal eine furchtbare Wurst bekommen. Aber Gustave hat sie geschmeckt.«

»Die Andouillette, n'est-ce pas?«

»Ja, ich glaube, so hieß sie«, sagte Nathalie. »Sie hat irgendwie eigenartig ausgesehen, fast ein bisschen wie eine grobe Landwurst, aber sie hatte auch so ein interessantes Muster wie Jahresringe bei einem Baumstamm. Und sie hat sehr eigentümlich gerochen.«

»Das war definitiv eine Andouillette.« Camille sah Nathalie mitleidig an. »Du Arme. Die macht Odilie immer samstags. Es ist ihr Leibgericht.«

»Und was genau ist das?«, wollte Nathalie wissen.

»Das ist eine gegrillte Wurst aus allerhand Innereien. Die marmorierte Struktur sind die Därme, aus denen sie sich zusammensetzt.«

Nathalie drehte es beinahe den Magen um. »Du lieber Himmel«, flüsterte sie. »Ein Glück habe ich das nicht gegessen.«

»Oje, ich hoffe, ich habe dir nicht den Appetit verdorben.« Camille sah sie besorgt an.

»Es geht schon wieder«, murmelte Nathalie nach einem großen Schluck Kaffee. »Aber der Rest war sehr lecker, das muss ich zugeben. Übrigens wie der Honig. Ist das einer von dem Imker, von dem du gestern erzählt hast?«

»Ja, es ist alles von hier«, sagte Camille mit leuchtenden Augen.

Nathalie war begeistert. Die zweite Hälfte ihres Croissants bestrich sie dann mit Marmelade, von der sie auch unbedingt probieren wollte. Sie war leuchtend orange, als ob man die Sonne darin eingefangen hätte, und als sie den ersten Bissen nahm, breitete sich ein herrlich fruchtiger Geschmack in ihrem Mund aus. »Mmh, das ist Aprikose, oder?«

Camille nickte. »Aus dem Fallobst mache ich meistens Saft oder Marmelade. Durch die Druckstellen können wir die Früchte nicht verkaufen, und ich fände es schade, sie wegzuwerfen. Manchmal gibt es auch eine Tarte. Nachher, wenn ich den Pflückerinnen und Pflückern ihr Mittagessen gebracht habe, wollte ich die Früchte von heute Morgen verarbeiten.«

»Arbeitet ihr hier eigentlich jeden Sonntag?«, fragte Nathalie neugierig, nachdem sie ihr Frühstück beendet hatte.

»Im Winter nicht«, sagte Camille. »Aber wenn im Sommer die Früchte reif sind, müssen sie geerntet werden. So ist das bei der Hofarbeit, man kann sich nicht immer aussuchen, wann man arbeiten möchte. Wenn etwas anfällt, muss es getan werden.«

»Ich könnte dir in der Küche helfen, wenn du willst«, schlug Nathalie vor.

»Na ja, ich möchte dich hier wirklich nicht als Arbeitskraft einspannen, aber eine zusätzliche Hand können wir natürlich immer gut gebrauchen«, gab Camille zu.

»Ich helfe gern. Dann habe ich nicht so ein schlechtes Gewissen, solange ich auf die Post von meiner Bank warte. Das Notfallpaket habe ich übrigens gestern gleich beantragt.«

»Bon, dann hilf mir. Heute gibt es für alle belegte Baguettes. Du kannst die Brote aufschneiden und schon einmal mit Butter bestreichen.« Camille reichte ihr eine Tüte mit mehreren Broten darin.

Nathalie nahm die Tüte entgegen, suchte in der Schublade nach einem Brotmesser und nahm ein Holzschneidebrett von der Küchenanrichte. Es hatte einen warmen rötlichen Farbton und eine faszinierende Maserung. Das Brett war glatt und aus hartem Holz, die Kanten waren abgerundet, und es fasste sich sehr gut an, ganz anders als die Schneidebretter, die Nathalie von zu Hause kannte. Sie schnitt die Brote der Länge nach auf und klappte die Hälften auseinander. Dann bestrich sie sie mit Butter und belegte einen Teil der Brote nach Camilles Anweisung mit Schinken, einen Teil mit Salami, ein paar mit Scheibenkäse und die restlichen mit Camembert. Je nach Belag verteilte sie dann entweder Gurkenscheiben, Paprika, Salat, Tomaten oder Weintrauben darauf. Anschließend teilte sie die Brote in mehrere Stücke und wickelte sie einzeln in Butterbrotpapier ein.

»In der Speisekammer stehen noch ein paar Flaschen Aprikosensirup«, sagte Camille. »Wir nehmen eine davon mit und einen leichten Weißwein. Und natürlich noch ein paar Flaschen Wasser.«

Nathalie folgte Camille in die Speisekammer, in der auf einfachen Holzregalen unzählige Einmachgläser standen. Das meiste waren eingekochte Aprikosen, Marmelade, Saft in Glasflaschen mit Bügelverschluss oder Dörrobst, aber auch andere Früchte, Mehl, Naschereien und sonstiger Vorrat fand dort seinen Platz. Daneben stand ein Weinregal aus Holz, in dem mehrere Flaschen lagerten. Camille reichte ihr einen geflochtenen Weidenkorb und nahm sich selbst einen Flaschenkorb mit. Gemeinsam verstauten sie die Flaschen und belegten Brote in den Körben, und Nathalie deckte alles mit einem Tuch ab.

»Wo ist eigentlich Gustave?«, fragte sie, als sie sich auf den Weg machten.

»Der ist vorhin zu Henni auf die Terrasse gegangen. Ich glaube, die beiden machen das Gelände unsicher.«

Camille lief auf einem geschotterten Weg entlang, der sich an den Aprikosenhainen vorbei langsam immer höher schlängelte. Er war breit genug, dass ein Traktor darauf fahren konnte. Auf jedem Plateau zweigten dann kleinere Wege ab, die zu den einzelnen Gärten führten.

»Wir ernten jeden Tag einen Hain ab«, erklärte Camille.

Jetzt bemerkte Nathalie auch, dass die Haine, an denen sie vorbeigelaufen waren, bereits abgeerntet waren, während die anderen noch voller gelborange leuchtender Aprikosen hingen. Gestern Abend in der Dämmerung war ihr das gar nicht aufgefallen. Sie erreichten den Garten, in dem die Erntehelfer heute arbeiteten. Nathalie sah nur ihre Beine, die auf den unterschiedlichsten Leitern aus Holz und Aluminium standen. Manche Leitern waren zum Klappen, auf manchen konnte man von beiden Seiten emporklettern, wieder andere mussten an den Stamm eines Baumes gelehnt werden. Nathalie zählte elf Beinpaare.

»Pause de midi!«, rief Camille, und plötzlich kam Leben in die Baumkronen. Die Blätter raschelten, hin und wieder fiel eine reife Aprikose zu Boden, und nach und nach erschien ein Pflücker nach dem anderen aus dem dichten Blattwerk.

Die Frauen und Männer kletterten von den Leitern hinunter, drehten eifrig leere Holzkisten herum, sodass sie darauf sitzen oder diese als Tische nutzen konnten, und halfen Camille mit strahlenden Gesichtern beim Auspacken der Getränke. Nathalie stellte ihren Korb im Gras ab, schlug das Tuch beiseite und reichte die eingewickelten Brote an die hungrigen Arbeiter weiter.

»Oh, sieht das lecker aus!«, freute sich eine Frau in einer weiten Leinenhose, die gerade ihr Baguette auswickelte, während ein bärtiger Mann damit beschäftigt war, den Aprikosensirup auf die Gläser zu verteilen. Ein anderer füllte die Gläser mit Wasser auf und reichte sie an seine Helfer. Sofort entstand ein Stimmengewirr aus mehreren Gesprächen und sogar Sprachen, wenn Nathalie sich nicht irrte. Sie setzte sich auf eine Kiste, die ihr jemand hinschob, und nahm sich ein Glas. Der Weißwein wurde herumgereicht, und ein Mann mit einem Strohhut klagte über die Mittagshitze.

»Wir haben heute schon sechsundachtzig Kisten gepflückt«, erzählte einer der Arbeiter. »Und es hängen noch Früchte an den Bäumen.«

»Ja, diese Plantage ist deutlich besser in Schuss als die anderen«, stimmte eine Frau zu, die Nathalie auf Ende fünfzig schätzte und die einen leichten Akzent hatte.

»Ich weiß«, sagte Camille. »Bei den anderen fehlt die Pflege. Sie müssten dringend wieder neu aufgeforstet werden, aber wir wissen nicht, ob es sich lohnt.«

»Dann haben Sie einen Käufer gefunden?«, fragte ein anderer Erntehelfer.

Camille schüttelte den Kopf. »Mein Bruder hat vor ein paar Tagen eine Anfrage von einem Interessenten erhalten. Er möchte sich die Haine und das Gut demnächst einmal ansehen. Aber ob wir verkaufen, wissen wir noch nicht. Henni und ich würden es gerne behalten.«

Die Arbeiterinnen und Helfer nickten, dann entspann sich das Gespräch in eine andere Richtung. Nachdem alle aufgegessen hatten, gingen sie wieder an die Arbeit. Nathalie und Camille machten sich auf den Weg zurück. In einem anderen Hain bemerkten sie Henni, der unter einem Aprikosenbaum stand und einzelne Früchte aufsammelte.

»Papi, lass das!«, rief Camille. »Das mache ich morgen. Denk an deine Bandscheibe!«

»Morgen sind sie nicht mehr so gut wie heute«, widersprach Henni und legte die Aprikosen in einen geflochtenen Drahtkorb.

Gustave döste im Schatten eines Baumes.

»Na, du Ausreißer?« Nathalie kniete sich zu ihm ins Gras und streichelte ihm über den Rücken. Das schien Gustave zu gefallen, denn er drehte sich auf die Seite und streckte Nathalie bereitwillig seinen Bauch zum Kraulen entgegen.

»Wo ist denn Felix?«, fragte Camille ihren Großvater. »Ich habe hier noch ein Mittagessen für euch beide.«

Henni deutete mit dem Kopf in eine Richtung. Da bemerkte Nathalie die Leiter, die an einem Stamm ein paar Bäume weiter lehnte.

»Felix! Komm essen!«, rief Camille, und endlich kam auch Felix zwischen den Zweigen zum Vorschein. Auf seinem Gesicht lag ein grimmiger Ausdruck. »Was ist los?«, fragte Camille besorgt.

»Wieder ein Baum, der krank ist«, murmelte er und reichte Camille ein gelbes Blatt, das mit kleinen runden Flecken übersät war.

»Schrotschusskrankheit«, stellte diese fest. »Schon wieder.«

»Der Nachbarbaum ist auch betroffen. Ich werde beide ein gutes Stück zurückschneiden müssen.«

»Aber die anderen Bäume tragen ordentlich.«

»Und trotzdem haben wir jedes Jahr mehr Ernteeinbußen.«

»Weil wir die Haine nicht aufforsten«, sagte Camille.

»Fang nicht wieder damit an!«

Nathalie merkte, wie die Stimmung kippte.

Felix griff nach seinem Baguette und kaute schweigend. Auch Henni sagte nichts.

Schließlich knüllte Felix das Butterbrotpapier zusammen und warf es in den Korb. »Ich hole jetzt die Säge.« Er stand auf und marschierte auf direktem Weg zum Hof zurück.

Nathalie sah ihm nach. »Na, der hat ja gute Laune.«

»Er war nicht immer so«, sagte Camille etwas hilflos. »Es setzt ihm zu, dass der Hof so schlecht dasteht.«

»Die Ernte ist dieses Jahr wieder nicht so gut wie erhofft«, erklärte Henni. »Früher haben wir bis zu fünfzehn Kisten Früchte pro Baum geerntet. Jetzt sind es nur noch sieben. Über die Jahre wurden es immer weniger, aber wir wissen nicht wieso.«

»Vielleicht ist der Boden mittlerweile ausgelaugt«, sagte Camille nachdenklich. »Oder unsere Sorten sind nicht resistent genug. Dadurch, dass wir keine chemischen Dünger einsetzen, wachsen die Bäume natürlich auch langsamer.«

»An den Sorten liegt es nicht«, sagte Henni. »Die Bäume hatten wir früher auch, und da haben sie getragen. Es ist etwas anderes.«

Camille seufzte. »Manchmal wünschte ich, Adeline wäre noch hier. Sie hat immer gewusst, was mit den Pflanzen ist.«

»Als ob sie mit ihnen reden konnte …« Henni, der sich ebenfalls zu ihnen gesetzt hatte, begann damit, die herumliegenden Aprikosen in seiner Reichweite einzusammeln und in den Korb zu legen.

»Papi!«, tadelte Camille. »Ich habe doch gesagt, ich mache das morgen.«

»Jetzt lass mich doch.«

»Ich kann dir helfen«, bot Nathalie an, denn sie ging davon aus, dass sich Henni ohnehin nicht davon abbringen lassen würde. »Du sagst mir, wo noch Aprikosen liegen, Henni, und ich hebe sie auf«, schlug sie vor.

Camille schüttelte den Kopf. »Ihr seid unmöglich.«

Nathalie kniete sich ins Gras und hob die Aprikosen auf, die um sie herum verteilt waren.

»Da hinten«, sagte Henni und deutete mit seinem Stock zwischen ein paar Grashalme. »Und dort!«

Nathalie folgte seinen Anweisungen und legte die Früchte zu den anderen in den Korb. »Siehst du, wir sind ein eingespieltes Team.« Sie lächelte Camille aufmunternd zu.

»Ich sehe es. Da kann ich mich gleich wieder in die Küche aufmachen, um die Früchte zu verarbeiten, sonst komme ich gar nicht mehr hinterher.«

»Machst du auch eine Tarte?«, fragte Henni. »Die mag ich nämlich am liebsten«, flüsterte er Nathalie zu, allerdings in einer Lautstärke, dass auch Camille es hörte.

»Eine Tarte mache ich erst morgen. Heute steht Einkochen auf dem Plan!«

Henni zuckte gleichmütig mit den Schultern. »Tarte ist Tarte, egal wann, n'est-ce pas?«, fragte er Nathalie mit einem Zwinkern. Dann zündete er sich seine Pfeife an und lächelte selig.

Auch über Nathalies Gesicht huschte ein Lächeln. Die Familie Legrand mochte zwar ihre Eigenheiten haben, aber sie fühlte sich trotzdem sehr wohl bei ihnen. Es war beinahe ein Glück, dass ihr Auto kaputtgegangen war. Wer weiß, was sie hier noch alles erleben würde …

Aus dem Pflanzen- und Kräutertagebuch
der Adeline Legrand

12. Juni 1955

Die Bäume tragen so viele Früchte, dass wir mit der Ernte kaum hinterherkommen, und auch sonst geht es uns gut. Der Gemüsegarten ernährt uns, und nicht nur uns, auch die Arbeiter, die Henni eingestellt hat und die ihm bei der täglichen Ernte zur Hand gehen. Ich bin so froh, dass ich endlich das Problem mit den Schnecken in den Griff bekommen habe.

Henni überlegt, ob wir nicht noch einen Holzschuppen errichten und uns Hühner anschaffen sollten. Von den Küchenabfällen könnten sie gut leben. Und ich würde hinter der Terrasse gerne einen Kräutergarten anpflanzen, aber momentan fehlt mir dafür die Zeit. Ich muss das Fallobst verarbeiten, damit uns nichts verkommt. Unsere Speisekammer ist schon gut gefüllt mit Kompott und Marmelade, aber heute möchte ich Henni mit einer Aprikosentarte überraschen. Das hier ist das weltbeste Rezept dafür. So habe ich die Tarte schon immer mit meiner Mutter gemacht:

Adelines Aprikosentarte
Für den Teig:
175 g Mehl
1 Prise Salz
1 Ei

75 g Puderzucker
80 g Butter

Die Zutaten von Hand zu einem Teig kneten und im Kühlschrank für 30 Minuten kalt stellen. Den Ofen auf 200° Ober-/Unterhitze vorheizen.

Für die Füllung
500 g reife Aprikosen halbieren und entkernen
2 Eier
2 EL Zucker
eine Prise Vanille
75 g gemahlene Mandeln
100 g Aprikosenmarmelade
eine Handvoll Mandelplättchen
Puderzucker zum Bestäuben

Eier, Zucker und die Vanille ordentlich verrühren, dann die gemahlenen Mandeln hinzufügen.

Den Teig auf einer bemehlten Arbeitsfläche ausrollen, eine runde Tarteform mit Backpapier auslegen und die Form mit dem Teig auskleiden. Mit einer Gabel mehrmals einstechen.

Den Mandelguss darauf verteilen, dann die Aprikosenhälften mit der runden Seite nach oben auf den Guss setzen. Die Aprikosen mit der Marmelade bestreichen.

Für 25 Minuten im Ofen backen, anschließend die Mandelplättchen über der Tarte verteilen und noch weitere 20 Minuten backen.

Die Tarte etwas abkühlen lassen und vor dem Servieren mit Puderzucker bestäuben.

9.

Am nächsten Nachmittag hatte sich Henni für ein Nickerchen in einen Liegestuhl auf der Terrasse im Schatten der Platane gelegt. Das kleine Mittagsschläfchen schien ihm gutzutun, denn mittlerweile schnarchte er leise vor sich hin. Gustave hatte sich dazu entschlossen, ihm Gesellschaft zu leisten. Er lag unter dem Liegestuhl, alle viere von sich gestreckt, und zuckte gelegentlich mit einem Ohr oder dem Schwanz, wenn ihn eine Fliege ärgerte. Auch er schien die Auszeit zu genießen.

Nathalie half währenddessen Camille in der Küche. Sie hatten aus zimmerwarmer Butter, Puderzucker, Mehl, einer Prise Salz und einem Ei schon den Teig für die Tarte geknetet und in den Kühlschrank zum Ruhen gestellt und waren jetzt, wie am Vortag, dabei, die gewaschenen Aprikosen im Emaillesieb zu entsteinen und die fleckigen Druckstellen auszuschneiden. Wenn man aus einer Frucht nur noch ganz kleine Schnitze herausbekam, tat sie Camille in einen separaten Topf, den sie mit reichlich Zucker befüllt hatte und immer wieder umrührte.

»Mon dieu! Das sind wieder so viele, dass ich gleich noch Kompott davon kochen kann!« Camille stellte jetzt die dritte Glasschale beiseite, in der sich die goldgelben Stückchen schon türmten, und holte eine neue. »Henni lässt wirklich keine Frucht verkommen.«

Nathalie lachte. »Wem sagst du das? Ich spüre meinen ganzen Rücken!« Sie hatte gestern den gesamten Nachmittag und den heutigen Vormittag gemeinsam mit Henni die heruntergefallenen Früchte aufgelesen, während Camille in der Küche mit dem Verarbeiten kaum hinterhergekommen war. Deshalb hatte Nathalie entschieden, ihr heute in der Küche zur Hand zu gehen.

»Nachher machst du eine Pause und erholst dich ein bisschen«, entschied Camille. »Nicht dass du später noch sagst, wir wären die reinsten Sklaventreiber.«

Sie schnitten das Obst weiter klein, und später stellte Camille die Bügelgläser auf der Küchenanrichte bereit. Zusammen mit Nathalie schichtete sie das Obst hinein.

»Wie macht ihr das Kompott?«, fragte Nathalie interessiert.

»Normalerweise gebe ich jetzt einfach etwas Wasser und Zucker in die Gläser und koche sie ein«, erklärte Camille.

Nathalie naschte eines von den Fruchtstücken und ließ sich nachdenklich den süßlichen Geschmack auf der Zunge zergehen. »Willst du vielleicht mal etwas Neues ausprobieren?«, fragte sie schließlich.

»Bon.« Camille sah sie gespannt an. »Hast du ein Rezept?«

Nathalie schüttelte den Kopf. »Aber ich kann mir gut vorstellen, dass der süße Fruchtgeschmack mit ein bisschen Zitrone noch besser zur Geltung kommt.«

Camille nahm ebenfalls einen Fruchtschnitz und kostete. »Du hast recht, dann wird es etwas frischer.« Sie holte eine Saftpresse aus dem Schrank und nahm zwei Zitronen aus einem geflochtenen Körbchen.

Nathalie half ihr beim Aufschneiden, und Camille presste die Zitronen. »Soll ich es einfach auf die Gläser verteilen?«, fragte sie.

»Nein, wir kochen einen Fond«, entschied Nathalie. »Wo steht denn der Zucker?«

Camille holte aus einem der Oberschränke eine Schütte heraus und reichte sie Nathalie. Die hatte bereits einen der glänzenden Kupfertöpfe auf den Herd gestellt und ließ jetzt etwas Zucker auf den Boden rieseln. Dazu gab sie ein bisschen Wasser und ließ beides bei starker Hitze kochen, bis sich der Zucker golden verfärbte und es leicht nach Karamell roch.

»Mmh«, schwärmte Camille. »Das riecht ja jetzt schon wunderbar.«

Nathalie lächelte. Mit einem Löffel probierte sie und wiegte nachdenklich den Kopf hin und her. »Warte, ich habe eine Idee. Hast du vielleicht auch noch eine Vanilleschote?«

Camille reichte sie ihr, und Nathalie zerteilte die Schote und kratzte das Mark heraus. Ein lieblicher Duft mischte sich mit dem frischen Zitronenaroma und dem leichten Karamell. Sie löschte den karamellisierten Zucker ab und gab dann das Vanillemark dazu. Das ließ sie dann wieder aufkochen. Schon nach kurzer Zeit schwebte der herrliche Vanilleduft durch die Küche und vermischte sich mit dem fruchtig-frischen Aprikosenaroma. Jetzt probierten sie beide den Fond.

»Ich glaube, ich würde noch einen Hauch Zitrone dazugeben«, sagte Nathalie, und Camille rieb ein bisschen von der Schale, die einen betörenden Duft verströmte und an Süditalien erinnerte, in den Topf. Dann rührte Nathalie noch einmal und probierte. »Ja, so finde ich es perfekt.«

Camille kostete ebenfalls noch einmal und nickte. »Das schmeckt wirklich wunderbar. Das muss ich mir gleich aufschreiben.« Nathalie bedeckte die Aprikosen mit dem Fond, und Camille schloss die Gläser mit dem Bügel. »Und jetzt kommen die Gläser in den Topf zum Einkochen.«

Sie schichteten die Kompottgläser in einen großen Topf und ließen sie aufkochen, bis kleine Bläschen aufstiegen.

»Jetzt müssen sie nur noch ein bisschen garen«, sagte Camille, die sich inzwischen das Rezept in ihrem Kochbuch notiert hatte. »Und was mache ich mit den restlichen Aprikosen, die sich nicht für das Kompott eignen?«

»Marmelade?«, schlug Nathalie spontan vor.

Und schon hatte Camille mit leuchtenden Augen den nächsten Kupfertopf auf den Herd gestellt und die kleinen Fruchtschnitze, die sie vorhin aus den Aprikosen geschnitten hatten, hineingegeben. Der Zucker, den sie über die Früchte gegeben hatte, hatte im Laufe des Mittags den Saft aus den Früchten gezogen, sodass schon eine erste orangegoldene Flüssigkeit den Topfboden bedeckte.

»So hat es Adeline immer gemacht«, erklärte Camille. »Das heißt mazerieren. Dadurch verringert sich die Kochzeit, und außerdem intensiviert sich später der Geschmack der Früchte. Aber das Abschmecken überlasse ich dir. Vielleicht hast du noch einmal so eine tolle Idee.«

Nathalie musste lachen. »Oje, ich habe doch nur improvisiert. Aber warte, mir fällt bestimmt etwas ein.« Sie trat ans Küchenfenster und öffnete auch die andere Seite, sodass jetzt die warme Sommerluft mit all ihren geheimnisvollen Kräuterdüften weit in die alte Landhausküche strömen konnte. Nathalie ließ ihren Blick über den weichen blauen Himmel schweifen, der sich am Horizont in den Baumkronen verlor, die in ihren schimmernden Grüntönen, eine Mischung aus Lindgrün und Smaragdfarben, die Blätter der Sonne entgegenstreckten.

Sie ließ sich den warmen Wind um die Nase wehen, schloss die Augen und sog den heißen Duft nach trockener Erde, nach herbem Rosmarin und nach kräftigen Wildrosen ein. Sie hörte das Summen der Bienen, die über das wogende Lavendelmeer flogen und den Nektar für ihren lieblich aromatischen Lavendelhonig sammelten, der mittlerweile neben der Aprikosenmarmelade zu Nathalies Lieblingsfrühstückaufstrichen gehörte.

»Wir machen es gar nicht so kompliziert und nehmen Thymian und Lavendel«, entschied Nathalie. »Einfach etwas von hier.« Sie ging zu dem alten Apothekerschrank und ließ ihren Blick über die unzähligen Schubladen schweifen. Sie alle waren mit den unterschiedlichsten Dingen in einer schönen, nach rechts gekippten Schreibschrift von Hand beschriftet: »origan«, »fleurs de lavande«, »thym«, »laurier« …

Nathalie ließ den Blick über die Schilder wandern und wählte schließlich die Schublade mit den Lavendelblüten aus. Dann griff sie zu Camilles Küchenkräutern, zupfte einen Stängel Thymian ab und hackte ihn klein. »Damit fangen wir den Sommer ein«, sagte sie an Camille gewandt. »Und mit den lilafarbenen Blüten bekommt die Marmelade später einen Farbtupfer.« Nathalie prüfte mit dem Kochlöffel, ob die Masse schon gelierte, und als die Marmelade langsam anfing, dick zu werden, gab sie zwei Esslöffel von den Blüten und zwei Esslöffel des betörend duftenden Thymians dazu. Sie rührte mit dem Holzkochlöffel die Kräuter unter, die sich mit dem süßlich-fruchtigen Marmeladenduft vermischten und durch die Küche schwebten. Dann griff sie zu einem Kuchenteller, gab etwas von der heißen Marmelade darauf und ließ sie über die kühle Keramikglasur laufen. Schon nach kurzer Zeit wurde die Marmelade immer zähflüssiger und geriet schließlich ins Stocken.

»Sehr gut«, sagte Nathalie zufrieden. »Sie ist fertig.«

Camille griff zu einem Kaffeelöffel und probierte von der leuchtend orangefarbenen Marmelade, die mit den blasslila Blütenköpfchen einen lieblichen Kontrast bekommen hatte.

»Oh, ist das lecker!«, schwärmte sie genießerisch und nahm gleich noch einen Löffel davon.

Auch Nathalie kostete von der Marmelade, und sie schmeckte ganz genau so, wie sie es sich vorgestellt hatte.

»Du bist wirklich eine Meisterköchin«, sagte Camille begeistert. »Arbeitest du in einem Restaurant?«

Nathalie musste lachen. »Nein, ich habe Kommunikationsdesign studiert und bin Grafikerin in einer Marketingagentur. Aber ich liebe es zu kochen! Und auf meinem Balkon ziehe ich selbst ein paar Kräuter. Diesen Sommer hat es bei uns aber so geregnet, dass fast nichts gewachsen ist. Übrigens kann ich dir gerne einen Entwurf für das Marmeladenetikett designen. Mit Schriften und Handlettering kenne ich mich gut aus. Und zusammen mit ein paar frischen Lavendelzweigen, die wir dann mit einem Deckchen über dem Deckel um das Glas binden, würde das bestimmt sehr hübsch aussehen.«

»Ja klar, gerne!« Camille nickte. »Ich glaube, ich habe noch irgendwo einen lilafarbenen Stoff mit weißen Punkten. Den kann ich nachher zuschneiden.«

»Super, dann schaue ich im Garten mal nach den Lavendelzweigen und setze mich nachher gleich an die Entwürfe.«

»Und ich fülle solange die Marmelade in die Gläser«, entschied Camille und griff nach der großen Emaillekelle, um das erste Glas mit der orangegoldenen Marmelade zu befüllen.

Nathalie trat auf die Terrasse und ließ sich für ein paar Sekunden die Sonne ins Gesicht scheinen. Sie ließ den Blick über die Aprikosenhaine wandern, in denen die Arbeiter wieder fleißig am Werk waren, den Traktor mit dem grünen Anhänger unweit von ihnen geparkt. Ob Felix auch bei ihnen war? Sie versuchte, die Arbeiter zu erkennen, aber sie waren zu weit weg. Sie sah lediglich die Menschen mit Strohhüten zwischen den Bäumen die vollen Kisten zum Anhänger tragen, wieder andere standen bis zum Oberkörper verdeckt in den Baumkronen, sodass sie nur die Beine auf den Leitern sehen konnte.

Nathalie hörte Henni laut schnarchen, der noch immer auf seinem Schattenplätzchen unter der Platane lag. Gustave, der sich an dem Geräusch erschreckt hatte, hob den Kopf. Als er jetzt Nathalie sah, die vor ihm in die Knie ging und ihn mit einem leisen schnalzenden Geräusch lockte, erhob er sich träge, streckte sich erst einmal ausgiebig und lief dann freudig auf sie zu.

»Na du?«, wisperte Nathalie, um Henni nicht zu wecken, und kraulte Gustave liebevoll den Kopf. »Hast du Lust auf einen kleinen Spaziergang?«

Während Nathalie mit Gustave über die Olivenfelder spazierte, malte sie sich aus, wie viel diese Bäume mit ihren knorrigen Stämmen schon erlebt haben mussten. Sie waren schon da gewesen, als Henni und Adeline frisch verliebt den Hof gekauft hatten, als sie die Beete und den Kräutergarten anlegten, die ersten Aprikosenhaine aufforsteten und schließlich ihren Sohn und ihre zwei Enkelkinder bekamen … Was sie wohl erzählen würden, wenn sie sprechen könnten? Nathalie sah sich die Bäume ganz genau an. Zwischen den silbergrauen Blättern erkannte sie dicke schwarze Oliven. Sie pflückte eine davon und steckte sie sich in den Mund. Die Olive war saftig, das Fruchtfleisch fest und leicht bitter, aber dennoch säuerlich pikant. Nathalie hatte sofort einen Sommersalat im Kopf, den man damit verzieren konnte. Sie seufzte leicht auf. Es war einfach herrlich hier. Inmitten dieser nahezu unberührten Natur konnte man zur Ruhe kommen und zu sich selbst finden. Wenn da nur nicht immer diese Erinnerungen an Elias wären …

Ein lautes Hämmern riss sie aus ihren Gedanken. Es kam aus der alten Werkstatt, die ein gutes Stück entfernt vom Haupthaus stand. Vermutlich war es Felix, der dort drinnen irgendetwas reparierte, und sie war neugierig, was genau er tat. Sie ging auf das Haus zu und klopfte zaghaft an die Tür, doch ihr Klopfen ging in dem lauten Hämmern unter. Nathalie war sich unsicher, ob sie nicht zu weit ging, aber sie wollte nur zu gern eintreten und sehen, woran Felix arbeitete.

Sie stieg die beiden Stufen nach oben und betrat den dunklen Raum. Wie sie schon am Tag ihrer Ankunft vermutet hatte, ließen die verstaubten Fenster nur wenig Sonnenlicht ins Innere dringen, und sie musste mehrfach blinzeln und brauchte einige Zeit, bis sich ihre Augen an die Lichtverhältnisse gewöhnt hatten. Auf den Lichtbahnen, die von draußen hereinschienen, tanzten Staubkörner, die Luft war angereichert von Abermillionen kleiner Partikel, und als Nathalie Felix vornübergebeugt mit Hammer und Meißel ein Stück Holz bearbeiten sah, wollte sie sich schon wieder heimlich aus dem Schuppen herausschleichen, doch im selben Moment kitzelte sie der Holzstaub so sehr in der Nase, dass sie niesen musste.

Felix hob den Kopf, einen Bleistift im Mundwinkel, und sah sie direkt an.

»Bonjour«, raunte er und wandte sich dann wieder seiner Arbeit zu.

»Oh, ich … äh … wollte nicht stören.« Nathalie hielt sich unsicher am Türrahmen fest. Am liebsten hätte sie auf dem Absatz kehrtgemacht, doch da quetschte sich Gustave an ihren Beinen vorbei und erkundete mit begeistertem Schnuppern die Werkstatt.

»Gustave, halt, bleib hier!« Nathalie lief dem Hund sofort hinterher, um ihn an seinem Halsband nach draußen zu ziehen.

»Lass ihn nur. Vielleicht findet er ja die Ratten, die hier wohnen«, sagte Felix mit einem verschmitzten Lächeln, wischte mit seinem Fingern einige Späne beiseite und hämmerte gleich darauf weiter.

»Ratten?«, fragte Nathalie und blickte sich unsicher um. Sie konnte sich gut vorstellen, dass sich die pelzigen Tiere hier zwischen all dem Chaos sehr wohlfühlen würden, vor allem in dem Holzhaufen, der sich in der einen Ecke gegenüber einer Drechselbank befand und auf dem unterschiedlich große Stücke mit besonders schöner roter Maserung lagerten.

An den Wänden zwischen den Fenstern waren naturbelassene Holzregale angebracht, bei denen man sich mit Sicherheit einen Splitter einfing, wenn man versuchte, sie abzustauben. Sie waren mit allerlei Krimskrams vollgestellt: Schalen, Gefäße mit und ohne Deckel, Brieföffner, Spielzeuge, Haarspangen, Kochlöffel, Schneidebretter, Messergriffe, Kerzenhalter, Serviettenringe, Knöpfe in unterschiedlichen Größen und Formen … Nathalie bemerkte erst nach einer ganzen Weile, dass sie an den Regalen entlanggeschlendert und von den Dingen ganz gefangen genommen war. Wie schön gearbeitet sie waren, und – ganz im Gegensatz zu den Holzbrettern, auf denen sie lagen – wie glatt und perfekt! Mit den Fingern strich sie über das warme rötliche Holz, folgte der gelben Maserung und berührte die dunkelroten Schattierungen.

»Eine Plage, diese Tiere. Vor allem im Winter kommen sie hierher und suchen Schutz vor der Kälte.« Felix pustete über das Stück Holz, das er gerade bearbeitete, und hielt es prüfend gegen das Licht.

Nathalie sah ihn entrüstet an.

»Das war ein Witz«, sagte Felix und schüttelte amüsiert den Kopf. »Hier gibt es weit und breit kein einziges Nagetier. Du darfst nicht immer alles glauben, was du so hörst.«

Nathalie ärgerte sich, dass sie Felix auf den Leim gegangen war, aber dann musste sie doch über sich schmunzeln. Felix hatte einfach zu überzeugend geklungen. »Hast du das alles gemacht?«, fragte sie verwundert, als sie erkannte, dass Felix gerade dabei war, einen Holzknauf zu runden.

»Hm«, kam von ihm nur als Antwort.

»Das ist der fehlende Schubladengriff in der Küche, oder?«, fragte sie interessiert.

»Jap.« Felix nahm sich jetzt Schleifpapier und bearbeitete den Griff.

Nathalie fuhr mit der Fingerspitze über eine Einlegearbeit in einer runden Dose. Sie war makellos, hatte keine Unebenheit und fühlte sich glatt und weich an.

»Die Sachen sind wunderschön«, sagte sie anerkennend. »Das Schneidebrett in der Küche ist auch von dir, oder? Es ist perfekt. Wieso verkaufst du so etwas nicht?«

»Das mache ich manchmal. Beim Markt auf dem Dorfplatz«, antwortete Felix und griff nach einem feineren Schmirgelpapier, um die Fläche noch besser zu glätten. »Was macht dein Auto?«

Nathalie versetzte seine Frage einen dumpfen Schlag. Die leise Verbindung zwischen ihnen, die sich wie einer der Sonnenstrahlen hier langsam durchs Fenster gekämpft hatte, war mit einem Mal wieder verschwunden. Anscheinend konnte Felix es kaum erwarten, sie so bald wie möglich wieder loszuwerden. Irgendwie konnte sie es ja auch verstehen. Für ihn war sie nichts anderes als ein unwillkommener Gast, der einfach so hereingeplatzt war und ihre missliche Lage mitbekam. Andererseits steckte sie ja ebenfalls in einer misslichen Lage und hätte sich daher über ein bisschen Verständnis und Mitgefühl sehr gefreut. Vielleicht hätte das ihr verletztes Herz ein wenig zur Ruhe kommen lassen.

»Maurice meinte heute Morgen, dass ich mit einer Wartezeit von einer Woche rechnen muss.« Nathalie versuchte, ihre Stimme so gelassen wie möglich klingen zu lassen.

»Eine Woche?«, wiederholte Felix, wobei in seinen Augen etwas aufblitzte.

Nathalie hob gleichgültig die Schultern und nickte. »Die

neue Zylinderkopfdichtung hat gerade Lieferschwierigkeiten.«

Sie meinte, Felix so etwas wie: »Dem geb ich Lieferschwierigkeiten«, murmeln zu hören, doch sicher war sie sich nicht.

Im selben Moment schepperte etwas, Gustave wich vor dem fallenden Besen aus und flitzte mit eingezogenem Schwanz an ihr vorbei nach draußen.

»Oh, Entschuldigung!« Nathalie stellte den Besen wieder an die Wand, vergewisserte sich, dass nichts zu Bruch gegangen war, und folgte ihrem Hund dann nach draußen.

Dort hatte sich Gustave einige Meter vom Schuppen ins Gras gelegt und winselte. Als er Nathalie auf sich zukommen sah, hob er leicht den Kopf.

Sie ging vor ihm in die Knie und streichelte ihm sanft über den Rücken.

»Er macht es einem ganz schön schwer, sich hier willkommen zu fühlen, was?«, flüsterte sie, und Gustave bettete seinen Kopf auf ihrem Knie und sah sie aus seinen Knopfaugen winselnd an. »Dabei ist es hier so schön! … Na ja egal, wir bleiben jedenfalls noch ein bisschen. Und solange können wir die Zeit, die wir hier sind, auch genießen, oder was meinst du?« Da Gustave nie widersprach, wenn Nathalie ihn hinter den Ohren kraulte, kam auch jetzt kein Protest. »Komm, wir suchen den Lavendel für Camille. Sie freut sich über unsere Hilfe.«

Nathalie erhob sich wieder und lief über die Wiese durch die silbrigen Olivenhaine, vorbei an den Gemüsebeeten, die mit ihren Tomaten, Zucchini und Bohnen lockten, zurück zum Kräutergarten. Als sie dort entlangschlenderte, fragte sie sich unweigerlich, wie Adelines Garten früher einmal ausgesehen hatte. Ein paar der einzelnen Kräuter ließen noch erahnen, wo die Reihen gewesen waren. Es musste ein herrliches Bild gewesen sein, wenn all die Kräuter in voller Blüte standen und wenn sie dann im Sommer erst ihren betörenden Duft verströmten, die Schmetterlinge und Bienen über ihnen tanzten und man in einem geflochtenen Körbchen die erste Ernte einholen konnte … Nathalie bekam wieder richtig Lust, ein bisschen zu gärtnern. Vielleicht sollte sie Camille fragen, ob sie sich hier im Kräutergarten etwas austoben durfte, auch wenn sie selbst von dem Ergebnis nur wenig haben würde.

Mit mehreren tiefen Atemzügen sog sie die Gerüche der unterschiedlichen Kräuter ein. Da war der Duft von Thymian und den reifen Aprikosen, Salbei und Rosmarin, sie sah feuerrote Mohnblumen inmitten der blassblauen Lavendelblüten, wildes Getreide, das sich wohl durch Zufall hier ausgesamt hatte, gelbe Mimosen, und über allem lag der Gesang der Zikaden, der nur verstummte, wenn sie einen Schritt in das wilde Stückchen Natur tat.

Nathalie bahnte sich langsam einen Weg in dieses blühende, duftende Meer, ihr Rock blieb gelegentlich an einem der Büsche hängen, und der Duft verfing sich in ihrem Rocksaum. Die Erde unter ihren Füßen war staubig, ideale Bedingungen für die einzelnen Kräuter. Sie bemerkte, dass der karge Boden, der ohnehin kaum Wasser hatte, an einigen Stellen zu kleinen Pfaden festgetreten war, und Nathalie erkannte bald ein Muster. Adeline hatte zwischen den einzelnen Parzellen immer wieder Pfade angelegt, um die Kräuter gut ernten zu können. Es war so schade, dass Felix, Henni und Camille keine Zeit hatten, sich darum zu kümmern.

Vielleicht war einfach der Ertrag zu niedrig ausgefallen, und sie hatten den Garten deshalb brachliegen lassen? Was es auch war, Nathalie fand es schade, dieses schöne Fleckchen des Hofes nicht vollständig zu nutzen. Es machte sie fast ein wenig traurig, all die Pflanzen und Kräuter sich selbst überlassen zu sehen, durchzogen von Schlingpflanzen und Brennnesseln. Mit ein bisschen Arbeit und Geschick könnte man hier wieder einen herrlich duftenden Kräutergarten herrichten, der einiges für die Küche bereithielt.

Sie fuhr mit der Hand über einen Strauch Bohnenkraut, eine struppigere Variante, als sie sie von zu Hause her kannte, zupfte ein paar Blätter ab und zerrieb sie zwischen den Fingern. Es duftete intensiv, und das Aroma ließ vor ihrem geistigen Auge gleich Bohnen im Speckmantel entstehen, die man herrlich damit würzen konnte. Dazu vielleicht eine Lammkeule, mariniert mit würzigem Knoblauch und herbem Rosmarin, etwas Rotwein für die Soße, verfeinert mit Möhren, Schalotten und einer kleinen Sellerieknolle und als Beilage geröstete Pommes de terre. Und aus den fleischigen Tomaten, die schwer und dick an den Zweigen hingen, könnte man einen leckeren Salat machen …

Nathalie seufzte leise. Obwohl sie erst knapp drei Tage hier war, hatte sie sich schon ganz in diese südfranzösische, mediterrane Landschaft verliebt, hatte all den Alltagsdruck und Frust vergessen und konnte endlich einmal durchatmen. Nur dieser ziehende Schmerz, den der Gedanke an Elias ihr versetzte, wollte einfach nicht aufhören. Er war wie ein winziger Dorn in ihrem Herzen, der sich tief hineingebohrt hatte, und bei jedem Atemzug verteilte er ein bisschen von seinem Gift. Das musste endlich aufhören!

Entschieden schritt Nathalie durch den verwilderten Kräutergarten und begann damit, zwischen den unzähligen Pflanzen die Lavendelbüsche ausfindig zu machen. Sie wuchsen rund, beinahe in Kugelform, und die einzelnen Stängel waren mit strahlend lilablauen Blüten geschmückt. Nathalie brach die ersten Stängel, hielt sie sich unter die Nase und atmete den süßlich edlen Duft ein, der unverwechselbar mit der Provence verbunden war. Eine Hummel brummte empört davon, als Nathalie weitere Blüten pflückte, und ließ sich ein paar Büsche weiter auf einem sich im Wind wogenden anderen Strauch nieder.

Als sie einen beachtlichen Strauß in der Hand hielt, machte sich Nathalie auf den Weg zurück. Gustave stromerte durch die Wiese und schien nicht wirklich die Absicht zu haben, ihr zu folgen, denn der Abstand zwischen ihnen wurde immer größer, bis schließlich ein Grashüpfer seine Aufmerksamkeit in den Bann zog, den Nathalie beim Laufen aufgeschreckt hatte.

»Na, wieder zurück?«, grüßte Henni sie, als sie die Stufen zur Terrasse heraufkam. Er hatte seinen Mittagsschlaf beendet und saß nun an dem Holztisch unter der Platane, eine Zeitung vor sich ausgebreitet und ein Glas Pastis neben sich, das er gerade mit einem Schluck kalten Wassers aus einem Glaskrug auffüllte. Sofort trübte sich die Flüssigkeit im Glas, und Nathalie nahm den Geruch von Anis wahr. »Auch ein Gläschen?«, fragte Henni und deutete auf sein schlankes Glas.

Nathalie schüttelte dankend den Kopf: »Wenn ich in der Nachmittagshitze trinke, haut es mich um.«

»Alles eine Frage der Gewohnheit«, entgegnete Henni lachend. »Oh, wie ich sehe, warst du in Adelines Kräutergarten«, sagte er, als sein Blick auf Nathalies Lavendelsträußchen fiel.

»Ja, Camille und ich haben Marmelade gekocht, und ich dachte, dass es vielleicht nett aussieht, wenn man einen frischen Zweig an die Gläser bindet.« Nathalie war sich ein wenig unsicher, ob Henni vielleicht etwas dagegen haben könnte, dass sie einfach so durch Adelines Garten hindurchgestreift war und nach Herzenslust Lavendel gepflückt hatte, doch zu ihrer Erleichterung nickte Henni nur.

»Gute Idee! Ihr Frauen habt da einfach ein Händchen für. Adeline war genauso.«

Nathalie lächelte. »Ich wollte auch die Etiketten entwerfen«, sagte sie, zog sich einen Stuhl heran und setzte sich. »Ich dachte an einen schlichten weißen Hintergrund, vielleicht ein paar Holzbretter angedeutet, und darauf steht ein Schneidebrett aus rotbraunem Aprikosenholz. Im Hintergrund leicht schräg steht eine Schale mit Aprikosen, und vorne wird das Bild von den aufgeschnittenen Früchten auf dem Brett in leuchtend Gelb und Orange dominiert, und als kleinen Kontrast die grünen Lavendelzweige mit den zartlila Blüten … Und bei der Schrift dachte ich an eine einfache Federschrift, die sieht ein bisschen aus wie eine Handschrift, und das zeigt dann gleich, dass alles selbst gemacht ist. Vielleicht kann man das Etikett dann noch mit ein paar Schmuckelementen veredeln. Eine dekorative Linie, durchgängig als Rahmen zum Beispiel. Eventuell ein bisschen verspielt mit Blättern oder ganz gerade und dafür mit geschwungenen Ecken, ich weiß noch nicht genau … Es darf nur nicht zu voll werden.« Sie hielt inne und sah in Hennis wettergegerbtes Gesicht, auf dem sich jetzt unzählige Falten gebildet hatten. »Oje, du verstehst kein Wort von dem, was ich sage, oder?«

Er schüttelte den Kopf und lachte aus tiefstem Herzen. »Aber das macht nichts. Das war bei Adeline früher auch immer so, wenn sie mir von ihren Kräutern und Pflanzen berichtet hat.«

»Hat sie viel damit gekocht?«, erkundigte sich Nathalie neugierig. »Mich haben die Kräuter sofort zum Kochen angeregt.«

»Auch«, sagte Henni, und jetzt breitete sich ein anderer Ausdruck auf seinem Gesicht aus, irgendwie glücklich und wehmütig zugleich, und sein Blick glitt in die Ferne, hinüber zu den Gemüsebeeten und dem verwilderten Kräutergarten. »Aber die Kräuter waren früher nicht in erster Linie zum Würzen da. Sie galten als Heilpflanzen. Manchmal glaube ich, ich sehe Adeline noch, wie sie da stundenlang mit ihrem Strohhut auf dem Kopf und den weißen fließenden Kleidern steht und die einzelnen Kräuter schneidet, zurechtbindet und auszupft. Jeden Sommer hing die ganze Scheune voll mit ihren Büscheln zum Trocknen. Es war ein Wirrwarr an Gerüchen, und man konnte kaum laufen, musste sich ständig ducken ...« Ein Lächeln huschte über sein Gesicht, und Nathalie beugte sich nach vorne, um gespannt seinen Worten zu lauschen. »Sie hatte einfach ein Händchen dafür. Später, wenn die Kräuter dann getrocknet waren, hat sie sie abgewogen und in Papiertüten gefüllt. Stundenlang hat sie das gemacht und wurde nicht müde dabei. In einem Holzregal standen dann unzählige davon, darunter ganze Jutesäcke von ihrer ertragreichen Ernte, die sie schonend getrocknet und gelagert hat. Und einige Kräuter hat sie auch destilliert und daraus unterschiedliche Wässer und Öle gemacht, die sie dann alle in Flaschen mit den verschiedensten Beschriftungen abgefüllt hat. Dann hat sie alles in einen Weidenkorb gelegt und ist damit im Dorf und auf dem Wochenmarkt herumgegangen und hat ihre Sachen verkauft. Cremes, Blütenwässer, Tinkturen … Dabei hat sie immer ihr blaues Leinenkleid getragen und darüber die weiße Spitzenschürze.«

»Das klingt schön«, sagte Nathalie mit einem sanften Lächeln. »Ich kann es mir richtig gut vorstellen. Und haben die Leute auch etwas gekauft?«

Henni nickte stolz. »Und wie! Es gab kaum einen Tag, an dem sie nachmittags noch etwas in ihrem Körbchen hatte. Die ätherischen Öle fördern die Wundheilung und desinfizieren. Du hast dich beim Kochen verbrannt? Kein Problem: Zwei Tropfen Öl auf die Stelle, das stillt den Schmerz und lässt die Wunde verschließen. Frag nicht, wie oft sie Camille am Herd verarztet hat, als die noch klein war. Oder Felix: Ständig hatte er Insektenstiche oder eine Schürfwunde am Bein, weil er beim Klettern in den Aprikosenbäumen abgerutscht ist. Und mich hat sie mit dem Lavendelduft auch herumbekommen.« Henni zwinkerte Nathalie zu.

»Ach, das klingt alles so schön, Henni.« Nathalie seufzte tief. »Ich wünschte, ich würde das auch alles wissen. Ich habe in Frankfurt immer nur versucht, das Basilikum vor dem Ertrinken zu retten, damit ich meinen Tomaten-Mozzarella-Salat mit ein paar Kräutern abschmecken kann.« Versonnen spielte sie mit einem Lavendelzweig und atmete den betörenden Duft ein. »Aber hier, hier ist alles viel intensiver, viel direkter. Ich beneide euch, wenn ihr so ganz verbunden mit der Natur lebt, eins mit ihr seid und aus allem schöpfen könnt, dem Garten, dem Kräuterfeld, den Aprikosenhainen. Es ist ein ganz anderes Leben, voller Ruhe und Entspannung, Man ist die ganze Zeit draußen, genießt die Sonne, hat Abwechslung bei der Arbeit und starrt nicht nur stundenlang auf einen flimmernden Computerbildschirm.«

»Oh, lass dich nicht täuschen«, mahnte Henni amüsiert und hob den Zeigefinger. »Das, was du beschreibst, mag zwar stimmen, aber auch das Leben hier kann anstrengend sein. Wenn wir die Haine neu aufforsten müssen zum Beispiel oder das Feld umgegraben werden muss. Wenn die Aprikosenbäume von Schädlingen befallen sind oder es wieder wochenlang nicht geregnet hat … Oder im Winter, wenn die Kälte kein Erbarmen kennt und man vor dem Kamin nur dicht zusammenrücken und an die warmen Sommertage denken kann …«

Nathalie schmunzelte. »Du hast recht. Wahrscheinlich habe ich noch zu sehr den Blick einer verträumten Touristin. Aber ich beneide euch trotzdem«, setzte sie mit einem Lachen hinzu. »Ich stelle mir die Arbeit hier in der Natur so erfüllend vor.«

»Na, wenn du die Arbeit hier so erfüllend findest, kannst du uns morgen ja zur Hand gehen«, sagte da plötzlich eine tiefe Männerstimme hinter ihr.

Nathalie zuckte zusammen, und als sie sich umdrehte, erkannte sie Felix, der unbemerkt auf die Terrasse gekommen war – jedenfalls von ihr unbemerkt, denn Gustave tippelte längst schon wieder in kleinen Schritten um ihn herum, beschnupperte seine Hose und wedelte glücklich mit dem Schwanz.

»Felix, Nathalie ist unser Gast«, mahnte Henni sanft, aber bestimmt. »Ich glaube nicht, dass sie Lust auf so schwere Arbeit hat. Sie hat heute schon Camille in der Küche geholfen.«

Felix zuckte nur mit den Schultern und wollte sich schon wieder zum Gehen wenden, doch da war Nathalies Ehrgeiz geweckt. »Was gibt es denn zu tun?«, fragte sie mutig. »Also, wenn du mir sagst, wo du Unterstützung brauchst, helfe ich gerne.«

Felix musterte sie einige Sekunden, ohne etwas zu sagen, und Nathalie befürchtete schon, dass er dankend ablehnen würde, doch zu ihrer Verwunderung tat er das nicht.

»Bei der Ernte können wir jede Hand gebrauchen«, sagte er sachlich.

Nathalie überlegte, ob es eine Falle sein könnte, doch sie konnte nichts Hinterlistiges oder Gemeines daran erkennen, und sie hatte ja selbst gesehen, wie viele Aprikosenhaine noch abzuernten waren. Konnte die Arbeit dort denn wirklich so schwer sein? Die anderen Erntehelfer, die sie in den letzten beiden Tagen gesehen hatte, waren dieser Arbeit doch auch gewachsen. Warum also sollte sie das nicht schaffen?

»Gut, dann helfe ich morgen bei der Ernte.« Nathalie reckte entschieden das Kinn vor.

»Schön.« Über Felix' Gesicht huschte ein Schmunzeln. »Um sieben Uhr geht's los, wenn du da schon wach bist. Frühstück ist um sechs Uhr dreißig.«

Nathalie hatte Mühe, ihr erschrockenes Gesicht zu verbergen. Das war doch ein schlechter Scherz von ihm! Aber jetzt einen Rückzieher machen konnte sie auch nicht. Also blieb ihr nichts anderes übrig, als gelassen zu reagieren.

»Klar bin ich da schon wach«, entgegnete sie beinahe trotzig. »Ich hoffe, du brauchst nicht so lange im Badezimmer.«

Henni hüstelte amüsiert und trank einen großen Schluck Pastis.

»Ich kann dich ja wecken, wenn ich fertig bin«, bot Felix mit einem überlegenen Lächeln an.

»Tu das, denn wahrscheinlich lege ich mich noch mal hin, wenn du so lange brauchst«, antwortete Nathalie zwinkernd.

10.

Als Felix am Dienstagmorgen die Küche betrat, entdeckte er zu seiner Verwunderung Nathalie, die schon am Frühstückstisch saß und sich die Hände an ihrer Kaffeetasse wärmte. Sie sah zwar noch etwas müde aus, aber sie war immerhin pünktlich. Ihrem Gesichtsausdruck nach zu urteilen, zählte sie jedenfalls definitiv nicht zu den Morgenmenschen.

»Bonjour«, grüßte er, ging zur Küchenanrichte, schenkte sich ebenfalls eine Tasse Kaffee ein, blieb aber stehen. »Gut geschlafen?«

»Umwerfend«, brummte Nathalie. »Nur ein bisschen kurz.«

»Als ich runtergekommen bin, war der Tisch schon gedeckt«, sagte Camille. »Und der Kaffee war auch schon fertig.«

Das überraschte Felix, und er musterte Nathalie mit einem leichten Seitenblick. Sie sah zwar im Moment nicht aus wie das blühende Leben, aber dass sie schon für alle Frühstück gemacht hatte, beeindruckte ihn.

»Gustave musste seine Runde drehen«, tat Nathalie ab. »Da war ich sowieso schon wach.«

Felix bemerkte die frischen Croissants, die in einem geflochtenen Korb lagen und die einen herrlichen Duft verströmten, daneben der Lavendelhonig und eine leuchtend orangefarbene Aprikosenmarmelade mit Lavendelblüten darin. So hatte Camille noch nie Marmelade gemacht. Jetzt zog er sich doch einen Stuhl heran und setzte sich Nathalie gegenüber. Er nahm sich ein Croissant, schnitt sich ein Stück Butter ab, das er auf das Ende seines Croissants legte, und gab einen Tupfen von der Marmelade darauf, die er neugierig probierte.

»Mmh, Camille, woher hast du denn das neue Rezept? Die Marmelade schmeckt herrlich«, schwärmte er, als er den ersten Bissen gegessen hatte.

»Das war eine Idee von Nathalie. Sie wollte die Sonne und den Sommer hier einfangen und hat an unserem Marmeladenrezept ein bisschen herumgefeilt. Sieh mal, das sind übrigens ihre Entwürfe für das Etikett.«

Felix nahm die zwei Blätter mit den Skizzen von Nathalie. Man sah, dass sie großen Wert auf die Natürlichkeit gelegt hatte, um zu zeigen, dass es sich um etwas Handgemachtes handelte, und Felix musste zugeben, dass sie wirklich gut waren.

»Confiture d'abricots«, stand in einer lockeren harmonischen Schreibschrift im Vordergrund.

»Und so sieht das dann fertig aus«, sagte Camille und präsentierte stolz eines der leuchtenden Marmeladengläser. Es trug jetzt ein lilafarbenes Deckchen über dem Deckel, das von einem gezwirbelten Garn, in dem ein Lavendelzweig steckte, zusammengehalten wurde.

Felix konnte sich gut vorstellen, dass Kunden im Laden so etwas ansprach. Er selbst verspürte ja schon das Bedürfnis, das Glas in die Hand zu nehmen und es genauer zu betrachten.

»Schön«, sagte er und trank einen Schluck Kaffee. »Dann kannst du heute ja unter Beweis stellen, ob du beim Ernten auch so ein Talent hast.«

»Hm«, machte Nathalie nur, und sie schien Mühe zu haben, nicht gleich wieder einzuschlafen.

Felix musste zugeben, dass er ihren verschlafenen Anblick auch ein bisschen süß fand, wie sie so dasaß, den Kopf in die Hände gestützt, die ganze Zeit bemüht, die Augen offen zu halten und nicht vornüber einfach einzunicken. Wahrscheinlich hatte sie eine sehr kurze Nacht gehabt, wenn sie noch bis spätabends an den Entwürfen gesessen hatte und jetzt schon wieder auf den Beinen war, und er musste zugeben, dass ihn das beeindruckte.

»Kein Morgenmensch, was?«, sagte er amüsiert, während er sein Croissant aß.

Nathalie schüttelte bloß den Kopf. Trotzdem sah sie tadellos aus. Sie trug eine kurzärmlige Bluse, dazu Jeansshorts und hatte sich die Haare zu einem Zopf geflochten. Felix bemerkte, dass sie auch ein wenig Make-up aufgelegt haben musste, doch es war ganz dezent und unterstrich ihre Schönheit, ohne zu aufdringlich zu wirken. Ganz anders bei Yvette, die mit ihren rot lackierten Fingernägeln überhaupt nichts anfassen konnte …

»Keine Sorge, Felix macht das nicht, um dich zu ärgern«, sagte Camille, die sich jetzt zu ihnen gesetzt hatte. »Je früher wir anfangen, desto besser ist es, denn wenn über Mittag die Hitze kommt, steht keiner mehr gern auf der Leiter. Apropos, Felix, hast du vielleicht noch einen Strohhut für Nathalie? Die Arme verbrennt uns ansonsten noch in der Sonne.«

»Da ist bestimmt noch einer da«, sagte Felix.

Felix fuhr den Traktor, der Nathalie zusammen mit den Saisonarbeitern zu dem Aprikosenhain brachte, den sie heute abernten würden. Es war einer mit jüngeren Bäumen, den sie damals noch aufgeforstet hatten, als Felix das erste Jahr den Hof übernommen hatte. Hier trugen die Bäume noch deutlich besser, und die Früchte hingen schwer an den Zweigen und bogen sie nach unten.

Als Felix den Traktor parkte, sprangen die Erntehelfer von der Ladefläche, reichten sich die Leitern heraus und nahmen die Körbe und Holzkisten entgegen, in die sie die Früchte später pflücken würden. Sie verteilten sich an den einzelnen Bäumen, und auch Nathalie nahm einen Korb und ging unsicher auf einen der Bäume zu.

Felix lief zu ihr und stellte ihr eine Leiter an den Stamm.

»Gibt es etwas Wichtiges zu beachten, Chef?«, fragte sie mit einem Zwinkern. Inzwischen schien sie schon etwas wacher geworden zu sein.

»Zuerst sammeln wir das Fallobst auf, aber das kennst du ja schon«, sagte Felix.

»Allerdings. Henni ist da sehr genau«, sagte Nathalie mit einem Schmunzeln und machte sich an die Arbeit. »Ich spüre immer noch jeden Muskel.« Nachdem sie gemeinsam drei Kisten aufgesammelt und auf den Anhänger des Traktors gebracht hatten, erklärte Felix ihr die eigentliche Arbeit.

»Aprikosen sind die Sonne pur«, sagte er träumerisch und pflückte eine Frucht vom Baum. »Manche sind vielleicht klein und fleckig, aber sie schmecken viel besser als die gezüchteten, makellosen Früchte.« Er zog ein Taschenmesser aus der Hosentasche und schnitt die Aprikose längs vom Stil bis zum Stempelansatz auf. Jetzt war die Frucht in zwei Hälften unterteilt. Die eine reichte er Nathalie. »Riechst du den Sommer?«

Nathalie schnupperte an dem gelborangen Fruchtfleisch und nickte.

»Versuch sie mal. Es gibt nichts Besseres, als sie frisch geerntet vom Baum zu essen.«

Nathalie biss in die Frucht und ließ sich den Geschmack sichtlich auf der Zunge zergehen. »Sie ist ganz frisch und süß und hat eine leicht säuerliche Note«, sagte sie, nachdem sie den unterschiedlichen Geschmacksrichtungen intensiv nachgespürt hatte.

Felix war beeindruckt. Nathalie hatte den Geschmack ganz genau beschrieben.

»Sehr gut.« Er nickte. »Und damit die Aprikosen so schmecken, ist es wichtig, sie genau im richtigen Moment zu ernten, denn sie reifen nicht nach.« Er pflückte eine weitere Frucht vom Baum, ließ seinen Blick über die gelbgoldenen Kugeln zwischen den saftig grünen Blättern schweifen und erntete dann noch eine dritte. »Siehst du, es gibt sie in allen Variationen: rund, eierförmig, oval, klein und groß …« Vorsichtig nahm er Nathalies eine Hand und ließ eine Frucht hineinrollen. Es war eine tieforangefarbene Frucht mit roten Sprenkeln auf der Schale. »Diese hier ist noch nicht ganz reif, obwohl die Schale so aussieht«, sagte Felix. Dann legte er seine Hand um ihre, und Nathalie hob den Blick und sah ihm direkt in die Augen. Ihre Iris war von einem kräftigen Braun. Felix hatte noch immer seine Hand um ihre gelegt und spürte die Wärme, die von Nathalies Hand ausging. Ihre Haut war so weich und glatt wie die der Aprikose, die er ihr eben gegeben hatte, und er hatte Mühe, sich zu konzentrieren. Etwas an Nathalies Gestalt, an ihrem zarten Gesicht und den intensiven dunklen Augen nahm ihn in diesem Moment gefangen.

»Und worauf muss ich dann beim Pflücken achten?«, fragte Nathalie, und Felix brauchte einen Moment, bis er sich wieder gesammelt hatte.

»Darauf, wie sie sich anfühlt«, murmelte er mit rauer Stimme, und für einen Moment wusste er selbst nicht, ob er von Nathalie oder von den Aprikosen sprach. Doch dann schüttelte er leicht den Kopf und fasste sich wieder. »Du darfst dich nicht von der Farbe täuschen lassen. Die Haut und das Aroma sind das Wichtige. Eine reife Aprikose verströmt ein intensives fruchtiges Aroma, und die Haut ist glatt und weich.«

»Pfirsichhaut sozusagen«, entgegnete Nathalie kichernd, doch als sich ihre Blicke jetzt wieder trafen, waren ihre Wangen von einer zarten Röte überzogen wie die Aprikose in ihrer Hand.

Felix ließ ihre Hand los und nickte mit einem Lächeln. »Und wenn sie sich schrumpelig anfühlt, ist es eine ältere Frucht. Wie im richtigen Leben.«

Nathalie versetzte ihm einen sanften Stoß zwischen die Rippen.

»Hey, das war dein Vergleich mit der Pfirsichhaut«, versuchte sich Felix zu verteidigen. Er griff nach einer leuchtend gelben Aprikose, die dicht bei ihnen hing, und prüfte sie vorsichtig. Dann nahm er Nathalies Hand und führte sie an die Frucht. »Hier spürst du bei der leichten Druckprobe, dass die Haut etwas nachgibt«, sagte er, und Nathalie nickte nur. Ihre Blicke hatten sich ineinander verfangen, und um sie herum gab es auf einmal nur noch das sanfte Rascheln der Blätter, wenn der Wind leicht hindurchfuhr.

Doch dann zog Nathalie plötzlich ihre Hand unter seiner weg und wandte den Blick ab. »Okay, ich habe es verstanden: Ich teste an der Frucht, wie sie sich anfühlt. Gibt sie leicht nach, ist sie reif, ansonsten lasse ich sie hängen.«

Felix vergrub die Hände in seinen Jeanstaschen und nickte. »Ja, die haben dann noch ein bisschen Zeit bis zur Ernte.«

Er versuchte, sachlich zu bleiben, doch er fragte sich die ganze Zeit, was da auf einmal zwischen ihnen passiert war. Er hatte sich doch vorgenommen, sich bei Nathalie zurückzuhalten. Sie schien keine Frau für ein paar Nächte zu sein, immerhin war sie auf dem Weg zu ihrem Ex-Freund, und an etwas Festem hatte Felix im Moment kein Interesse. Er hatte andere Sorgen, den Kopf mit wichtigeren Dingen voll, da konnte er sich nicht auch noch auf eine Frau einlassen. Auch wenn es ihm gut passte, dass sie bald wieder weg war … Oder war vielleicht genau das sogar das Problem?

»Gut, also, wenn du keine Fragen mehr hast, dann lasse ich dich jetzt alleine. Ich muss mich um ein kaputtes Rohr im Bewässerungssystem kümmern und sehe dann später noch mal nach euch.« Damit stapfte er davon, geradewegs auf seine Werkstatt zu.

Es war dringend notwendig, dass er etwas Abstand von Nathalie bekam. Wenn er so dicht bei ihr war, schalteten sich auf einmal alle Sinne von ihm aus. Dabei brauchte er doch einen klaren Kopf, vor allem, wenn er in den nächsten Tagen das Treffen mit Jacques Vernet hatte.

Felix suchte sich im Schuppen die Werkzeuge zusammen und machte sich dann zu dem Hain auf, in dem Henni das kaputte Wasserrohr gesehen hatte. Er hatte das Leck schnell gefunden, drehte das Wasser ab und tauschte das defekte Rohrstück aus. Es tat ihm gut, sich auf eine Arbeit zu konzentrieren, die er kannte. Normalerweise machte ihm auch das Ernten Spaß, aber wenn Nathalie so dicht bei ihm war, fiel es ihm schwer, sich zu konzentrieren. Da war diese Arbeit deutlich einfacher für ihn, obwohl er auch da Schwierigkeiten hatte, sich nicht ablenken zu lassen. Gelegentlich trug der Wind sanfte Gesprächsfetzen der Erntehelfer zu ihm. Felix hörte Camilles Stimme und Hennis Lachen und wartete darauf, ob nicht auch Nathalies Worte dabei waren. Er war immer noch überrascht, wie bereitwillig sie schon vom ersten Tag an ihre Hilfe angeboten hatte. Er vermutete, dass es daran lag, dass sie sich verpflichtet fühlte, wo sie doch momentan ohne Geld bei ihnen wohnte. Andererseits hätte sie die Entwürfe für die Marmeladenglas-Etiketten nicht so detailliert zeichnen müssen – und sie waren wirklich gut geworden. Felix war gespannt, wie sich die Gläser verkauften.

Vielleicht war das auch ein Konzept, über das er nachdenken sollte: Ernteferien auf dem Aprikosenhof. Er bekam zwar schon Hilfe auf dem Hof, aber das Konzept ließ sich sicher noch ausbauen, indem er seinen Gästen zum Beispiel mehr über die biologische Landwirtschaft erzählte, sie dadurch für umwelt- und menschenfreundliche Produkte begeisterte und sie für einen ökologischen Anbau und eine nachhaltige Ernte sensibilisierte. Und im Gegensatz zu den Erntehelfern könnten die anderen Gäste ihm vielleicht auch bei anderen Tätigkeiten zur Hand gehen und so wie Nathalie einfach gerade da mit anpacken, wo in diesem Moment jemand fehlte. Eine Auszeit vom hektischen Alltag für

Städter, die Provence genießen, für einige Wochen Teil der Hofgemeinschaft werden, einfach abschalten und dabei auch noch etwas lernen. Nathalie jedenfalls schien das zu gefallen, auch wenn er nicht viel Ahnung hatte, wie ihr Leben in Frankfurt sonst so ablief. Aber durch die aktive Hilfe seiner Arbeitsgäste könnte er ein Bewusstsein für die höheren Preise schaffen, von denen er dann schlussendlich seinen Hof finanzieren könnte. Doch dafür musste er erst einmal eine Möglichkeit finden, den Hof in den nächsten Jahren überhaupt noch zu halten …

Aus der Ferne hörte er Camilles Stimme, die ihm ankündigte, dass es Zeit für das Mittagessen war. Felix räumte seine Werkzeuge zusammen und machte sich auf den Weg zu den anderen zurück. Camille, Henni, Nathalie und die übrigen Erntehelfer saßen bereits auf den Holzkisten oder im Gras und ließen sich das Mittagessen schmecken. Camille hatte eine Lauchtarte gezaubert, nach einem alten Rezept von Adeline. Felix lauschte dem Stimmengewirr der Erntehelfer nur mit halbem Ohr. Sein Blick glitt immer wieder zu Nathalie, die sich mit seiner Schwester gerade über das Rezept austauschte. Nathalie sah ein bisschen erschöpft aus, aber sie ließ sich nichts anmerken. Wahrscheinlich würde sie heute Abend einen ordentlichen Muskelkater haben wie alle Erntehelfer, die nicht an so harte körperliche Arbeit gewöhnt waren. Doch jetzt schien sie die Mittagspause im Schatten der jahrzehntealten Bäume zu genießen, und wie die anderen gönnte sie sich als Nachtisch eine frisch geerntete Aprikose, die Früchte der eigenen Arbeit.

Henni sah auf seine Taschenuhr. »Oh, da hat unsere Mittagspause heute wohl etwas länger gedauert. Bof!« Er zwinkerte Nathalie zu, die Camille dabei half, die Teller zusammenzustellen. Dann wandte sie sich wieder dem Baum zu, bei dem sie heute Morgen schon die ersten Früchte gemeinsam mit Felix geerntet hatte. Als sich die Helfer ebenfalls wieder an die Arbeit gemacht hatten, trat Felix zu ihr.

»Du bist ja schon sehr gut vorangekommen«, sagte er, als er die unteren leeren Äste sah.

»Ja, es ist eine schöne Arbeit, sie macht mir Spaß.« Nathalie schenkte ihm ein leichtes Lächeln. »Auch wenn es sehr anstrengend ist.«

»Warte, ich helfe dir.« Felix stapelte mehrere Holzkisten übereinander, bis der Turm so hoch war, dass Nathalie ihn gut von der Leiter aus erreichen konnte.

»Oh, das ist deutlich besser, als jedes Mal die Sprossen raufund wieder runterzuklettern«, sagte sie dankbar, als sie die nächsten Aprikosen vorsichtig in die Kiste legte.

Immer mehr Früchte kullerten nacheinander in die Holzkiste, füllten zunehmend den Raum und leuchteten in den unterschiedlichsten Farbtönen von Hellgelb bis zu einem kräftigen Orange. Die Kiste wurde immer schwerer, wenn Felix sie verrückte, damit Nathalie besser dran kam. Als sie voll war, stieg Nathalie von der Leiter und wollte die Kiste nehmen, aber Felix, der auf der anderen Seite des kleinen Turms stand, hatte dieselbe Idee, und ihre Hände berührten sich.

»Entschuldige.« Felix rechnete fest damit, dass Nathalie jetzt seinem Blick ausweichen würde und es ihr unangenehm war, dass sie sich berührt hatten, doch stattdessen sah sie ihn mit ihren dunkelbraunen Augen direkt an, ein fester Blick, dem dann ein zaghaftes Lächeln folgte.

Am liebsten hätte Felix sie jetzt einfach an sich gezogen und geküsst. Wie gerne würde er Nathalies weiche Lippen auf seinen spüren, ihre Wangen streicheln, die von der Sonne und der Arbeit gerötet waren, und für einen Moment all seine Sorgen und seine Zweifel vergessen. Doch er wusste, dass er das nicht durfte, dass er sich beherrschen musste. Noch mehr Chaos konnte er nicht gebrauchen. Also erwiderte er Nathalies zaghaftes Lächeln nur und beließ es dabei. Gemeinsam ernteten sie danach schweigend in der drückenden Nachmittagshitze nebeneinander die Früchte. Die routinierte Arbeit tat ihm gut, denn so kam er nicht auf dumme Gedanken oder konnte irgendwelchen Fantasien nachhängen. War die Kiste voll, schleppte er sie zum Hänger, während Nathalie schon dabei war, die nächste zu füllen. Nur hin und wieder kühlte sie ein sanfter, leichter Wind, der geheimnisvoll durch die Baumkronen raschelte.

Die Sonne wanderte über den makellos blauen Himmel und senkte sich schließlich über das Dorf. Es war Zeit, Feierabend zu machen.

»On a fini!«, rief Felix nach einem kurzen Blick auf seine Armbanduhr, und plötzlich kam wieder Leben in die Baumkronen. Sie raschelten und wackelten, ein paar besonders reife Früchte fielen noch zu Boden, und dann stiegen die Arbeiter von den Leitern, sammelten die restlichen Früchte ein, die noch im Gras lagen und trugen ihre Kisten zum Anhänger des Traktors.

Nathalie half ebenfalls dabei, Felix die Kisten auf den Anhänger anzureichen.

»Wie kommt es, dass die Bäume in diesem Hain so viel

mehr Früchte tragen als in manchen anderen?«, fragte sie interessiert.

»Diese Bäume hier sind noch nicht so alt«, erklärte Felix. »Erst nach ungefähr fünfzehn Jahren neigen sie zu Alterserscheinungen. Dann tragen sie schlechter und müssen erneuert werden. Diese Plantage war die erste, die ich damals aufgeforstet habe, nachdem ich den Hof von Henni übernommen hatte. Man kann das ein bisschen hinauszögern, wenn man das Fruchtholz nach und nach erneuert, indem man einen Teil der abgeernteten Zweige auf junge, vitale Seitentriebe einkürzt. Aber irgendwann ist nichts mehr zu holen, da hilft nur eine neue Aufforstung.«

Nathalie nickte und fuhr mit der Hand liebevoll über die rotbraune Rinde des kirschbaumdicken Stammes. »Dann bist du auf diesen Hain bestimmt sehr stolz, oder? Ich glaube, wenn das mein Werk gewesen wäre, würde ich mich mit diesen Bäumen ganz besonders verbunden fühlen.«

Felix sah sie bewundernd an. Er hatte sich noch nie so bewusst Gedanken darüber gemacht, was er empfand, wenn er die Gärten betrat, aber Nathalie hat recht. Er war stolz auf seinen ersten selbst aufgeforsteten Hain. Normalerweise spürte er in den Aprikosengärten nur die Ruhe, die er dort nach einem langen Arbeitstag suchte, und, ja, er mochte seine Arbeit, aber für dieses tiefer gehende Gefühl, das ihn durchströmte, wenn er durch die Haine lief, wenn er sah, wie die Bäume mit jedem Tag wuchsen und mit jedem Jahr mehr Früchte trugen, hatte er noch nie Worte gehabt, so wie er meistens keine Worte für das hatte, was er empfand. Aber das war auch nicht nötig. Zwischen den Bäumen und ihm hatte sich eine Symbiose entwickelt, denn er wusste, dass er sie ganz genau verstand, wenn er nur wachsam hinsah, wenn er aufmerksam war, und er war davon überzeugt, dass dies auch bei Menschen möglich war. Er musste nicht ständig in irgendwelchen Worten erklären, was er empfand, er war davon überzeugt, dass man spüren konnte, wie es dem Gegenüber ging, dass man wahrnahm, was jemand brauchte, was einen anderen Menschen glücklich machte. Und zählten nicht auch Gesten viel mehr als irgendwelche überschwänglichen Worte?

»Du hast recht, Nathalie, diese Plantage liegt mir besonders am Herzen.« Und als sie sich jetzt wieder tief in die Augen sahen, fühlte er sich Nathalie plötzlich sehr nahe.

Ein Ruck ging durch seinen Körper, ehe er noch in sentimentale Eigenarten abrutschte.

»Wir sehen uns nachher beim Abendessen«, sagte er. »Ich bringe die Früchte auf den Hof.«

Und dann ging er davon, ohne sich noch einmal nach ihr umzudrehen, stieg auf seinen Traktor und fuhr mit dem voll beladenen Anhänger zum Hof zurück.

Zum Abendessen kam Felix etwas später, denn er hatte mit den Helfern noch die Kisten abgeladen, die ein Händler am nächsten Morgen abholen und zum Großmarkt bringen würde. Als er sich an den reichlich gedeckten Tisch setzte, freute er sich über die Bouillabaisse, die seine Schwester zubereitet hatte. Während des Essens sah er immer wieder zu Nathalie, doch sie erwiderte seinen Blick nicht.

Vielleicht hatte er sich diesen Moment zwischen ihnen in den Aprikosenhainen doch nur eingebildet, ging es ihm durch den Kopf. Doch er spürte, wie gerne er sie näher kennenlernen wollte. Und da Maurice die Dichtung für ihr Auto ja erst im Laufe der Woche bekam und sie dann auch noch einbauen musste, blieben ihm also noch ein paar Tage. So hätte er genügend Zeit herauszufinden, was da denn nun genau zwischen ihnen gewesen war …

Jedenfalls war Felix fest entschlossen, dass er sich bei Nathalie bedanken wollte. Sie hatte auch heute wieder tolle Arbeit geleistet, und er wusste, dass es nicht selbstverständlich war, dass sie so engagiert mitgeholfen hatte. Also schlenderte er nach dem Essen alleine über die Wiese, vorbei an Adelines Kräutergarten, und überlegte, womit er Nathalie eine Freude machen konnte. Ein Wildblumenstrauß vielleicht … Wobei, das könnte bei ihr vielleicht falsche Erwartungen wecken, und das wollte er keinesfalls.

Er öffnete die Tür zu seiner Werkstatt, setzte sich auf einen Holzklotz und nahm sich ein unbearbeitetes Stück rot meliertes Aprikosenholz, das eine besonders schöne Maserung hatte und im schmalen Splint honiggelb durchzogen war. Mit seinem Schnitzmesser begann er, gedankenverloren das Stück Holz zu bearbeiten.

Was könnte Nathalie gefallen? Es musste doch irgendetwas geben.

Felix sah sich nachdenklich in der Werkstatt um und ließ seinen Blick durch den Raum schweifen. Er erinnerte sich an das kurze Gespräch mit ihr auf der Terrasse, als sie bewundert hatte, wie naturverbunden sie hier arbeiteten. Vielleicht konnte er ihr mit etwas von hier eine Freude machen … Und hatte sie nicht auch seine geschnitzten Stücke aus Aprikosenholz bewundert, als sie gestern kurz in der Werkstatt gewesen war? Felix legte das Holzstück und das Schnitz-

messer beiseite, stand auf und lief an dem Regal mit den geschnitzten Sachen entlang. Was davon könnte Nathalie gefallen? Eine Haarspange vielleicht? Immerhin trug sie ihr Haar
in den letzten zwei Tagen geflochten oder zu einem Zopf
zusammengebunden. Aber irgendwie kam ihm diese kleine
Haarspange mickrig und unscheinbar vor. Ob sie sich über
einen Kerzenhalter oder Brieföffner freute? Aber da fehlte
ihm irgendwie der Bezug zu Nathalie. Vielleicht fände sie
einen Kugelschreiber schön, sie zeichnete doch gerne, oder
einen Kochlöffel? Denn sie hatte ja auch Camille in der Küche geholfen. Oder ein Schneidebrett? Das hatte sie schließlich ebenfalls bewundert und ihm sogar davon erzählt. Nein,
nein, nein. Das war alles nicht das Richtige für Nathalie. Es
sollte etwas Schönes sein, etwas Besonderes!

Felix atmete tief ein und fuhr sich über die Stirn. Wieso machte er sich nur so viele Gedanken? Doch dann gab
er sich selbst die Antwort: weil er wollte, dass Nathalie sich
freute. Also, was war schön und naturverbunden?

Felix trat an ein Fenster und öffnete es. Vielleicht half ihm
die frische, klare Abendluft ein wenig beim Nachdenken.
Er sah hinaus in die Dämmerung, erkannte die Umrisse der
knorrigen Olivenbäume und dahinter das Haupthaus, wo
in mehreren Fenstern inzwischen Licht brannte. Er sog die
noch immer warme Nachtluft ein, die sich mit dem Duft der
Aprikosen und der Kräuter aus Adelines Garten vermischte.
Und dann kam Felix die Idee: Er würde Nathalie ein Stück
Natur von hier schenken.

Aus dem Pflanzen- und Kräutertagebuch der Adeline Legrand

Ich bin todmüde, aber auch unendlich glücklich. Heute habe ich meine ersten Produkte verkauft. Ich habe all meine Cremes, Tinkturen und Heilkräutertees in einen Korb gelegt und bin damit den ganzen Tag über den Markt gelaufen. Anfangs waren die Leute noch ein wenig skeptisch, aber nach und nach haben sich immer mehr dafür interessiert. Eine Frau klagte über sehr trockene Haut, und mir kam die Idee, eine Ringelblumensalbe herzustellen. Bestimmt hilft das ganz wunderbar. Es kribbelt mir schon in den Fingern, aber zuerst möchte ich mich an Badesalzen versuchen. Bei meinem Urlaub mit Henni in Italien am Meer habe ich in einem Gesundheitsbad so viele neue Informationen über Badesalze bekommen, dass ich jetzt auch unbedingt welche herstellen möchte. Zusammen mit meinen Kräutern werden sie ganz bestimmt eine wohltuende Wirkung entfalten.

II.

Nathalie erwachte aus einem tiefen, erholsamen Schlaf, als plötzlich die Matratze neben ihr leicht nachgab. Sie blinzelte und bemerkte Gustave, der es sich auf der anderen Seite des Bettes bequem gemacht hatte. Zwar nur am Fußende, aber mit einem treuherzigen Hundeblick aus großen Augen sah er Nathalie an. »Okay, oder?«, schien er zu sagen.

Nathalie setzte sich auf und zerzauste liebevoll Gustaves Fell. »Natürlich ist das okay«, sagte sie lachend, als sich Gustave erst auf die Seite drehte und dann auf den Rücken, um die Streicheleinheiten noch besser genießen zu können, wobei er dabei fast aus dem Bett gefallen wäre. »Du hast recht«, sagte Nathalie. »Zeit zum Aufstehen. Ich will Camille nicht zu lange warten lassen.«

Sie schwang die Beine aus dem Bett, ging an eines der beiden Fenster, zog erst die Leinenvorhänge mit dem Aprikosenmuster und dann die Chiffonvorhänge zur Seite und öffnete es. Tief atmete sie die frische Morgenluft ein und erkannte auch jetzt wieder die Arbeiter in einem der Haine.

Nathalie musste gähnen und rekelte sich erst einmal ausgiebig an der frischen Luft, doch da spürte sie auch schon jeden einzelnen Muskel. Das Aprikosenpflücken gestern hatte es ganz schön in sich gehabt. Wie gut, dass Camille sie gestern beim Abendessen gebeten hatte, ihr heute noch einmal in der Küche zu helfen. Nathalie beschloss, auch das zweite Fenster zu öffnen, um frische Luft hereinzulassen. Dann lüftete sie ihr Bettzeug am offenen Fenster, schnupperte glücklich an dem üppigen Blumenstrauß aus den zartrosa Duftrosen aus dem Vorgarten, den Camille auf den Tisch gestellt hatte, und suchte sich ihre Kleidung heraus. Nathalie nahm den Morgenmantel, der über dem Armlehnenstuhl hing, und wollte gerade ins Badezimmer gehen, als sie beim Türöffnen beinahe über etwas gestolpert wäre. Im letzten Moment konnte sie verhindern, dass sie mit dem Fuß dagegen stieß.

Das war ja seltsam. Jemand hatte ihr eine Obstschale mit frischen Aprikosen vor die Tür gestellt! Nathalie bückte sich und hob die Schale auf. Sie war aus Holz und fühlte sich wunderbar glatt und weich an, die Ecken waren gerundet, und die Form war so anschmiegsam, dass Nathalie sie gar nicht mehr aus der Hand geben wollte. Wo kam die bloß her?

Nathalie schloss die Tür wieder und trug die Schale in ihr Zimmer. Sie setzte sich aufs Bett, stellte die Schale vor sich ab und zog den Zettel, der zwischen den Früchten steckte, heraus. Als sie das Papier auseinanderfaltete, erwartete sie eine gleichmäßige Männerhandschrift: *Vielen Dank für deine Hilfe. Anbei ein kleiner Gruß aus der Provence. Du magst doch die Natur hier so gerne. Felix.*

Nathalie wurde von einem aufregenden Kribbeln erfasst. Felix hatte ihr dieses schöne Geschenk gemacht? Natürlich, von wem sonst sollte diese Schale sein? Sie sah sich das Holz genauer an. Es hatte eine warme orangerote Farbe und war von dunklen Mustern durchzogen. Was für ein wunderschönes Stück! Nathalie vermutete, dass es ein recht alter

Baum gewesen sein musste, denn sie schätzte den Durchmesser der Schale auf gut zwanzig Zentimeter. Felix hatte mehrere Aprikosen hineingelegt, dazu einen Zweig aus Lavendel, einen aus Thymian und einen aus Rosmarin, bestimmt alle aus Adelines Garten. Jeden einzelnen Kräuterstrauß hatte er mit einer weißen Kordel zusammengebunden.

Ein glückliches Lächeln breitete sich auf Nathalies Gesicht aus, als sie eine der Aprikosen in die Hand nahm, mit dem Daumen über die weiche Haut fuhr und an der Frucht roch. Sofort erinnerte sie sich wieder an das gemeinsame Pflücken gestern mit Felix, an den Blick aus seinen tiefen blaugrünen Augen, an seinen Humor, als sie über die Pfirsichhaut gescherzt hatten, und an seine Berührungen. Obwohl er von seiner täglichen Arbeit recht schwielige Hände hatte, konnten diese auch unendlich sanft sein, wie Nathalie bemerkt hatte, als er seine Hand um ihre gelegt hatte.

Sehnsüchtig seufzte sie auf. So lange schon hatte sie sich nach einer sanften, zärtlichen Berührung gesehnt, hatte sich gewünscht, von Elias endlich wieder so angefasst zu werden, ein sanftes Streicheln, eine kleine Aufmerksamkeit, ein inniger Blick. Aber zwischen ihnen war seit einiger Zeit schon all das verloren gegangen. Fühlte er jetzt so bei Jana …? Dieser Gedanke schmerzte sie, und um sich abzulenken, nahm sie eines der Kräutersträußchen und schnupperte daran. Der frische Duft hatte etwas Tröstliches, so wie dieser Kräutergarten und überhaupt der ganze Hof hier etwas Tröstliches hatte.

Sie fühlte sich geborgen, sicher und endlich so, als ob sie angekommen wäre, dabei wusste sie doch, dass sie nicht mehr lange bleiben würde. Obwohl … Wie es wohl wäre, hier mit

Henni, Camille und Felix zu leben, den Alltag am Wachstum der Aprikosen auszurichten, die Arbeit in den Hainen oder auf dem Hof zu erledigen … Mit Felix gemeinsam öfter diese wunderbar duftenden, sonnengereiften Früchte zu pflücken, seine Nähe zu spüren, ihn zu berühren, irgendwann in seinen starken Armen zu liegen und die Welt zu vergessen …

Halt! Schluss! Wo kamen denn diese Gedanken plötzlich her?

Nathalie legte das Kräutersträußchen zurück in die Schale und erhob sich. Da hatte sie wieder einmal etwas ganz deutlich missverstanden. Felix hatte ihr eine nette Aufmerksamkeit zukommen lassen, und sie verstand dieses Geschenk gleich wieder völlig falsch und interpretierte zu viel hinein, bloß weil sie verletzt von Elias war und sich einsam fühlte. Und nur weil Felix und sie sich in dem Aprikosenhain etwas zu lange in die Augen geblickt hatten, musste das noch lange nicht bedeuten, dass er auch Interesse an ihr hatte. Schließlich war er sonst eher wortkarg und zurückhaltend. Das gestern beim Aprikosenpflücken war nur die Aufmerksamkeit für seine Bäume gewesen, und vielleicht die Anerkennung, weil sie, Nathalie, verstanden hatte, was diese Gärten ihm bedeuteten.

Sie stellte die Schale auf den Tisch und machte sich auf den Weg ins Badezimmer. Es wurde höchste Zeit, dass sie den Tag begann.

»Bonjour, Camille«, grüßte Nathalie, als sie kurze Zeit später die Küche betrat.

»Bonjour, Nathalie!« Camille, die schon wieder am Herd stand und Aprikosen zerkleinerte, wischte sich die Hände an ihrer blau-grün karierten Schürze ab. »Du hast Post bekommen.« Sie ging zu dem alten Küchenschrank und holte einen Brief hervor.

»Ich?« Nathalie war überrascht, doch als sie auf dem Umschlag das Logo der Bank erkannte, fiel es ihr wieder ein: »Ah, das Notfallpaket. Sehr gut, dann kann ich die Rechnung der Werkstatt bezahlen, sobald mein Auto fertig ist.« Doch zu ihrer Verwunderung bereitete ihr der Gedanke, von hier vielleicht schon bald aufbrechen zu müssen, überhaupt keine Erleichterung, im Gegenteil.

Nathalie öffnete den Brief, überflog die Zeilen und legte ihn anschließend beiseite, um zu frühstücken. »Was machst du heute?«, fragte sie Camille, um auf andere Gedanken zu kommen.

»Oh, vielleicht ein Aprikosenchutney. Meinst du, das wäre was? Bisher haben wir überwiegend süße Sachen aus den Aprikosen gemacht, aber ich hätte Lust, auch mal etwas anderes zu versuchen.«

»Das hört sich gut an!« Und schon überlegte Nathalie, womit man das Chutney verfeinern könnte. Vielleicht mit Chilipulver und Weißweinessig oder mit rosa Pfeffer und Limetten.

Nachdem sie gefrühstückt und das Geschirr weggeräumt hatte, half sie Camille in der Küche, und als das Chutney in Gläser abgefüllt war, seufzte Camille zufrieden auf.

»Für heute haben wir alle Früchte verarbeitet. Jetzt mache ich noch einen Aromazucker, und dann fahre ich ins Dorf und erledige die Einkäufe. Brauchst du was?«

Nathalie schüttelte den Kopf. »Aber der Aromazucker würde mich interessieren. Wie machst du den?«

Camille nahm eine Glasschale aus dem alten Küchenschrank, holte aus einem der Oberschränke die Schütte mit dem Zucker und maß auf ihrer alten Küchenwaage mit den Gewichten einhundert Gramm Zucker ab. Diesen ließ sie in die Schale rieseln, zupfte dann bei ihren Kräutertöpfchen eine Handvoll Lavendelblüten ab, zerrieb sie mit einem Mörser und mischte sie sorgsam unter den Zucker.

»So, das muss jetzt noch eine Weile ziehen. Und es schmeckt herrlich! Übrigens ist das auch eine tolle Alternative zu Vanillezucker«, sagte Camille. »Am liebsten verwende ich ihn bei Crêpes mit Aprikosenkompott und Schokoladensoße. Das schmeckt wunderbar!« Camilles grünbraune Augen leuchteten. »Ach, du wirst es nachher dann ja selbst sehen. So, ich muss los. Nimm dir ruhig eine kleine Auszeit, wir waren heute ja schon fleißig.« Sie zwinkerte Nathalie zu, dann wirbelte sie aus der Küche und machte sich auf den Weg.

Nathalie blieb unschlüssig in der Küche stehen. Dann trat sie auf die Terrasse, weil sie hoffte, Henni dort zu finden und ihm vielleicht ein bisschen Gesellschaft leisten zu können, aber der ältere Herr war heute wohl mit den anderen in einen der Haine gegangen. Wahrscheinlich sammelte er wieder Fallobst auf und kontrollierte, dass keine Frucht weggeschmissen wurde. Sie rief nach Gustave, doch auch ihr Hund war weit und breit nicht zu sehen. Vermutlich war er Henni mit in die Aprikosengärten gefolgt, denn seit er herausgefunden hatte, dass er immer ein Leckerchen für ihn in der Tasche hatte und auch beim Abendessen die ein oder andere Scheibe Wurst für ihn abfiel, waren die beiden ganz dicke Freunde geworden.

Nathalie sah nachdenklich zur Werkstatt. Ob Felix dort arbeitete? Aber ihn wollte sie jetzt auch nicht stören, also ging sie wieder in die Küche, um zu sehen, ob sie dort vielleicht noch etwas erledigen konnte. Der Duft von Camilles Lavendelzucker hatte sich in der gesamten Landhausküche verbreitet, und Nathalie atmete glücklich ein, um den wunderbaren Geruch tief in ihre Lungen zu saugen. So sollte es immer riechen, fand sie, nach Sommer, Glück und dem Gefühl von Liebe und Geborgenheit, das dieser ganze Hof ausstrahlte. Ein lautes Hupen, dicht gefolgt vom Rattern eines Motors riss sie aus ihren Gedanken. Vor Schreck stieß Nathalie die Glasschale mit dem Aromazucker um.

»Verdammt!«, murmelte sie und sammelte vorsichtig die Scherben ein. Sie warf sie in die Mülltonne unter dem Spülstein und fand dort auch einen Handfeger und ein Kehrblech, mit dem sie den Zucker und die Blüten aufkehrte und ebenfalls dort im Müll verschwinden ließ. Sie musste unbedingt den Zucker neu machen, Camille wollte doch später damit kochen!

Nathalie suchte in dem Oberschrank nach einer neuen geeigneten Glasschale. Wo war jetzt gleich noch mal der Zucker? Ach ja, in einer der Schütten … Sie nahm ihn heraus und ließ die weißen Kristalle in die Schale rieseln. Einhundert Gramm, hatte Camille gesagt. Und dann noch eine Handvoll frische Lavendelblüten im Mörser zerkleinern und daruntermischen … Hoffentlich zog der Zucker jetzt auch noch gut durch. Nathalie war es sehr unangenehm, dass die Schale zu Bruch gegangen war. Na ja, das Schlimmste hatte sie jetzt ja behoben. Mal sehen, was dieser Lastwagen hier wollte, der jetzt rückwärts vor dem Hof eingeparkt hatte. Sie lief aus dem Haupthaus und durchquerte den Vorgarten mit dem Mandelbaum.

Der Lastwagen hatte auf der Seite die Aufschrift eines Obst- und Gemüsehändlers. Der Fahrer war gerade ausgestiegen, da trat Felix auch schon aus dem Nebengebäude.

»Ah, bonjour, Pierre! Eine halbe Stunde zu spät – comme toujours!«, sagte Felix und ging auf den Mann mit der blauen Schürze und der Schiebermütze zu.

»Du kennst mich doch!« Pierre, der Obsthändler, grinste über das ganze Gesicht, dann umarmten sich die beiden kurz zur Begrüßung. »Also, was hast du für mich?«

»Die Ernte vom Vortag: einhundertachtundzwanzig Kisten.«

»Bon! Bleibt es beim ausgemachten Preis?«

Felix' Miene wurde grimmig. »Du weißt, dass ich damit nicht wirklich einverstanden bin.«

»Ah, Felix, die Preise am Markt sind schlecht. Die Leute kaufen lieber das preiswerte Importobst, das weißt du doch.« Pierre zog sich seine braune Schiebermütze vom Kopf und kratzte sich an der Halbglatze. »Na schön, weil du es bist, komme ich dir fünfzig im Preis entgegen.«

»Einhundert«, sagte Felix mit tonloser Stimme und ohne mit der Wimper zu zucken.

Nathalie hielt den Atem an. Verhandeln schien er zu können, denn Pierre sah ihn jetzt gequält an.

»Du weißt, dass ich dir das gerne zahlen würde, Felix, aber Angebot und Nachfrage …« Er hob bedauernd die Schultern. »Also schön, hör zu, sechzig, weil ich dich mag und deine Früchte eine besonders gute Qualität haben.«

»Die beste!«, widersprach Felix, und er schien sich seiner

Sache ziemlich sicher zu sein. »Achtzig sollte dir das schon wert sein.«

Pierre verzog das Gesicht, als ob er starke Schmerzen hätte. »Du bist ein zäher Knochen, Felix. Wie wäre es mit fünfundsiebzig, und du weißt, dass ich da schon beinahe drauflege.«

Nathalie verkniff sich ein Kichern, und die beiden Männer besiegelten ihren Vertrag schließlich mit Handschlag.

»Aber dafür musst du mir beim Tragen helfen. Die anderen sind schon wieder im Hain und ernten. Wärst du um die Mittagszeit gekommen, hätten sie uns helfen können.«

Pierre folgte Felix ins Nebengebäude, und bald darauf kamen sie mit mehreren aufeinandergestapelten Holzkisten wieder heraus.

»Kann ich helfen?«, fragte Nathalie, die jetzt den Vorgarten durchquert hatte und am Lastwagen angekommen war. »Camille ist ins Dorf gefahren, und ich habe im Moment nichts zu tun.«

»Ja, gut.« Felix deutete mit dem Kopf auf das Nebengebäude. »Die Kisten ganz links sind für Pierre. Die paar, die auf der rechten Seite stehen, sollen getrocknet werden.«

Nathalie nickte und ging zum Nebengebäude, um beim Tragen zu helfen. Als sie den großen Lagerraum betrat, war sie überrascht. Innen war es angenehm kühl, und sie hatte erwartet, ihn, bis auf die Aprikosenkisten, leer vorzufinden oder wenigstens noch andere eingelagerte Aprikosenprodukte dort zu entdecken. Doch stattdessen stand dort allerlei Gerümpel wie auf einem Dachboden, unzählige Tische und Stühle, das meiste verwaiste Einzelstücke, Weinfässer und Truhen, und in der Mitte des Raumes, inmitten zwischen großen Steinquadern, entdeckte sie im Halbdunkel eine alte

Mühle. Nathalie ging staunend darauf zu, fuhr mit den Fingern darüber und blieb andächtig stehen. Sie hatte eine kleine Staubschicht, und oben bei der Spindel erkannte sie ein Spinnennetz. Wahrscheinlich war sie schon seit mehreren Jahren nicht mehr in Benutzung gewesen.

Als Felix den Lagerraum betrat, zuckte sie zusammen.

»Beeindruckend, was?«, fragte er mit einem amüsierten Lächeln, als er Nathalie so staunen sah.

Nathalie nickte. »Wofür ist die gut? Für Mehl?«

»Nein, das ist eine Ölmühle«, sagte Felix. »Früher wurden die Aprikosen hier verwertet und das Öl aus den Steinen gepresst. Aber das rentiert sich schon lange nicht mehr. Und die Mühle ist mittlerweile auch kaputt. Komm, Pierre muss bald weiter.«

Beinahe traurig wandte sich Nathalie von der Mühle ab. Sie dachte darüber nach, ob man sie vielleicht restaurieren könnte. Aber wahrscheinlich hatte Felix recht. Öl in so kleinen Mengen zu produzieren, würde sich vermutlich nicht rechnen, auch wenn es eine hervorragende Qualität hatte.

»Und was geschieht jetzt mit den Früchten?«, fragte Nathalie, als sie die letzten Kisten verladen, Pierre die Ladetüren verschlossen hatte und wieder in das Fahrerhäuschen gestiegen war.

»Pierre verkauft sie für uns auf dem Großmarkt«, sagte Felix.

»Überlasst ihr ihm alle eure Früchte?«, fragte Nathalie interessiert.

Felix schüttelte den Kopf. »Einen Teil liefern wir an Restaurants oder Privatleute hier aus der Region. Camilles Produkte sind auch sehr gefragt, aber der Gewinn könnte dennoch besser sein.« Damit wollte er sich gerade wieder zum Gehen wenden.

»Ach, Felix!«, rief Nathalie, und Felix blieb stehen.

»Ja?«

»Danke noch für die schöne Schale. Ich habe mich sehr darüber gefreut.«

Jetzt legte sich ein Lächeln auf Felix' schön geschwungene Lippen, und er nickte leicht. »Gern geschehen.«

Nathalie sah ihm eine Weile lang hinterher. Wieso war er nur so wortkarg? Und war er heute nicht auch zurückhaltender als gestern noch im Hain? Wahrscheinlich hatte er im Moment den Kopf wirklich mit anderen Dingen voll und machte sich keine Gedanken darüber, wie er auf sie wirkte. Und vermutlich machte er sich auch weit weniger Gedanken über sie als sie über ihn. Für sie war diese wunderschöne Schale mit all ihren Farben der Provence, mit ihren Düften und ihrer Sinnlichkeit ein kostbares Geschenk, und für ihn war es vermutlich einfach nur eine nette kleine Aufmerksamkeit gewesen.

Nathalie seufzte leicht auf. Sie sollte nicht so viel grübeln, das brachte sie auch nicht weiter.

12.

»Hat Pierre die Früchte abgeholt?«, erkundigte sich Camille beim Mittagessen.

Sie aßen heute nur in kleiner Runde auf der Terrasse, denn Camille hatte die Erntehelfer schon vor ihrem Einkauf mit Sandwiches versorgt.

Felix nickte. »Aber dieser Halsabschneider hat schon wieder viel zu wenig bezahlt. Und das obwohl ich ihn wenigstens noch ein bisschen nach oben handeln konnte. Ihr hättet mal sehen müssen, wie leidend er geguckt hat! Als ob ich ihm das letzte Hemd aus der Tasche zöge!«

Henni lachte amüsiert. »Das sind die Obsthändler, Felix. So war es schon, als ich noch im Geschäft war. Nach jeder Verhandlung hatte ich das Gefühl, ich hätte ihnen besser noch ein paar Franc draufgelegt als Dank dafür, dass sie mir die Früchte abnehmen!«

Jetzt mussten auch Camille und Nathalie lachen.

»Aber im Ernst«, sagte Felix. »Ich habe dieses Jahr mit viel höheren Preisen kalkuliert. Die Bäume standen schon früh im Jahr im Saft, und die Spätfröste haben einen Teil der Blüten zerstört und zu Ernteeinbußen geführt.«

Jetzt kippte die Stimmung. Sie sahen sich eine Weile lang betreten an, und keiner traute sich, etwas zu sagen.

»Hoffen wir, dass das Gespräch mit Jacques Vernet nachher besser läuft«, brummte Felix.

»Der Mann, der den Hof kaufen will?«, fragte Henni, und Felix nickte. »Was hat er damit vor? Will er die Aprikosenhaine weiterführen?«

»Ich weiß es nicht«, gab Felix ehrlich zu. »Es kann gut sein. Er hat sich dafür interessiert, wie fruchtbar die Böden sind, wie gut das Land zu beackern ist … Hoffen wir, dass er uns einen guten Preis macht.«

»Wenn du nicht mit deiner eigenen Hände Arbeit und deinem Herzblut dabei bist, liegt jedes Land brach!«, rief Henni aufgebracht. »Ich habe damals mit Adeline aus diesem Stückchen Land alles herausgeholt, was möglich war. Wir haben die wenigen Haine aufgeforstet, haben die Plateaus und neue Aprikosengärten angelegt und so die Ernte verfünffacht! Wir haben Gemüse angepflanzt und Tiere gehalten und konnten davon leben!«

»Henni, bitte!« Felix war laut geworden, obwohl er das gar nicht beabsichtigt hatte. »Ich weiß, ihr habt hier gut gelebt. Aber die Zeiten ändern sich, und im Moment steht der Hof schlecht da. Wir können nicht einen Betrieb erhalten, nur weil wir aus Sentimentalität daran hängen.«

Henni wollte etwas erwidern, doch dann murrte er nur und zündete sich seine Pfeife an.

»Felix«, lenkte jetzt auch Camille ein, und ihre Stimme war wesentlich sanfter. »Was Henni damit sagen will, ist doch nur, dass jeder am Anfang eine Durststrecke hat. Erinnere dich, wie viel er und Adeline damals entbehren mussten, und sie wussten auch nicht, ob es sich rentiert.«

»Doch, wir wussten, wofür wir das tun! Wir wollten

Claude und Anne etwas hinterlassen«, widersprach Henni, aber Camille legte ihm nur sanft die Hand auf den Arm, und so beließ er es erst einmal dabei.

»Die beiden haben so hart gearbeitet, damit es Papa und Maman und später auch wir einmal besser haben. Willst du das alles einfach so aufgeben?«

»Und wo sind sie?«, rief Felix aufgebracht. »Papa ist seit zehn Jahren tot, und Anne hat uns verlassen, als du noch ein Kind warst und ich ein Teenager!« Er schlug mit der Faust auf den Tisch, und Nathalie zuckte zusammen. »Verdammt noch mal, dieser Hof bringt kein Glück!«

»Sag so etwas nicht!«, donnerte Henni mit erboster Stimme. »Ich habe hier die schönsten Stunden meines Lebens verbracht!«

»Du vielleicht, aber nach mir fragst du nicht!«

»Was kann ich dafür, dass eure Mutter euren Vater verlassen hat?«, donnerte Henni. »Was meinst du, wie oft ich sie gebeten habe, wieder zurückzukommen? Denkst du, ich fand es schön, meinen einzigen Sohn so leiden zu sehen?«

»Schnee von gestern«, wich Felix dem Thema aus, denn er hasste es, darüber zu sprechen. Er hatte es seiner Mutter nie verziehen, dass sie die Familie im Stich gelassen hatte.

»Felix, so ist das Leben«, sagte Camille sanft. »Es gibt immer Höhen und Tiefen, aber entscheidend ist, was man daraus macht.«

»Ich weiß, das ist wahrscheinlich gerade nicht hilfreich«, sagte Nathalie jetzt zögernd, doch dann schien sie allen Mut zusammenzunehmen und sprach weiter: »Aber vor ein paar Tagen hat mein Freund auf einer Postkarte mit mir Schluss gemacht. Das hätte ich mir auch nie träumen lassen.«

Felix sah Nathalie nachdenklich an. »Ja, das ist genauso scheiße«, gab er schließlich zu, und dann lachte er.

Das löste die Stimmung, und schließlich atmete Felix tief durch. »Ich werde mir das Angebot von Monsieur Vernet auf jeden Fall anhören, und dann können wir immer noch überlegen, ob wir es annehmen wollen oder nicht.«

»Bon, Zeit für einen Nachtisch«, sagte Camille und stand auf. Nur kurze Zeit später hatte jeder einen Crêpe, gefüllt mit frischem Aprikosenkompott und mit Schokoladensoße verziert, vor sich stehen.

»Der ist aber blass«, wunderte sich Felix, als sich Camille wieder gesetzt hatte.

»Ja, ich weiß auch nicht«, sagte sie schulterzuckend. »Irgendwie ist er heute nicht braun geworden. Der Lavendelzucker wollte einfach nicht karamellisieren.«

»Na, solange es schmeckt!«, sagte Henni.

Er griff zu seinem Besteck, schnitt sich den ersten Streifen ab und schob ihn sich in den Mund, doch als er zu kauen begann, verzog er mit großen Augen das Gesicht.

Felix, der ihn beobachtet hatte, kostete ebenfalls von dem Crêpe, und auch er brachte es nicht fertig, weiterzukauen. »Camille, was hast du getan? Das schmeckt ja scheußlich!«

Jetzt entsorgte auch Nathalie peinlich berührt ihren Bissen in der Serviette, und Camille schob den Crêpe ratlos auf dem Teller hin und her.

»Ich versteh das nicht«, murmelte sie. »Sonst klappt es doch immer wunderbar mit dem Aromazucker. Was ist denn heute nur los? Habe ich vielleicht falsch abgemessen?«

»Äh, Camille?«, begann Nathalie da zögerlich. »Ich glaube, ich bin schuld … Ich habe aus Versehen deinen Zucker heruntergeworfen und ihn schnell ersetzt. Dabei muss ich wohl die beiden Schütten für Salz und Zucker verwechselt haben ...«

Camille schlug die Hände vor der Brust zusammen und lachte so heftig, dass ihr die Tränen kamen. »Oh, ein Glück, und ich dachte schon, ich hätte mich beim Rezept vertan.«

»Also, ihr Lieben, das kann man jedenfalls nicht essen«, sagte Henni enttäuscht.

»Nein, da hast du recht«, stimmte Camille ihm zu. »Ich schmeiße den restlichen Zucker, also das Lavendelsalz besser gleich weg. Damit kann man nichts anfangen.«

»Du könntest es höchstens noch zum Pökeln verwenden«, sagte Felix neckend.

»Oder als Badesalz ...«, stimmte Nathalie zu, und jetzt lachten wieder alle.

»Hey, das ist gar keine so schlechte Idee«, sagte Camille nachdenklich. »Hat Adeline sich nicht mal an so etwas probiert, Henni?«

Henni kratzte sich nachdenklich an seinem weißen Haaransatz. »Doch, doch, sie hatte da mal mehrere Versuche mit Rosenblüten gemacht, glaube ich ...«

»Na, bevor das Salz weggeschmissen wird, würde ich es tatsächlich gerne zum Baden nehmen«, sagte Nathalie.

»Meinetwegen kannst du es gerne haben. In meine Küche kommt es jedenfalls nicht mehr.«

Nachdem das geklärt war, erhob sich Felix. »So, ich ziehe mich mal um, Jacques Vernet kommt in der nächsten Viertelstunde, und da will ich vorbereitet sein.«

Er ließ die anderen auf der Terrasse zurück und ging nach oben, um sich ein frisches Hemd und eine saubere Jeans anzuziehen. Als er aus dem Fenster blickte, sah er den dunklen Sportwagen schon vorfahren, der jetzt seitlich am Straßenrand parkte. Ein groß gewachsener, muskulöser Mann in weißem Anzug und dunkelblauem Hemd stieg aus, setzte seine Sonnenbrille ab und ließ den Blick über den Hof schweifen.

Felix ging die Treppe nach unten, wartete auf das Klingeln und öffnete ihm dann die Tür.

»Hallo, Sie müssen Jacques Vernet sein?«

Der Mann nickte.

»Ich bin Felix Legrand«, stellte sich Felix vor, und die beiden schüttelten sich die Hand.

»Angenehm«, sagte Jacques Vernet.

Da flitzte auf einmal mit lautem Gebell Gustave durch den Flur und geradewegs auf Jacques zu. Er knurrte den Fremden an, und als dieser sichtlich erschrocken zurückwich, nahm Felix ihn an seinem Halsband.

»Au pied!«, tadelte er den Hund. »Entschuldigung, er gehört einem Gast von uns.«

»Hm, besonders gut erzogen ist er ja nicht«, stellte Jacques fest und fuhr sich mit Daumen und Zeigefinger über seinen schwarzen Oberlippenbart.

Als ob Gustave ihn verstanden hätte, hob er plötzlich sein Bein und pinkelte Jacques an die teure Hose und die Wildlederschuhe.

»Merde!«, fluchte dieser, zog sein Einstecktuch aus der Jacketttasche und wischte sich damit dürftig über sein Hosenbein.

Felix spürte, wie ihm das Blut ins Gesicht schoss. Er schob Gustave in die Küche und schloss die Tür hinter ihm. »Da drüben ist das Gäste-WC, wenn Sie sich eben frisch machen wollen.«

Jacques winkte ab. »Bringen wir es lieber rasch hinter uns«, entschied er, und Felix kam seiner Aufforderung nach. Er zeigte Jacques das Haus, doch dieser gab ihm schnell zu verstehen, dass er mehr Interesse an dem Grundstück hatte.

»Ich bin schließlich im weitesten Sinne auch Landwirt«, sagte er.

»Gut, dann zeige ich Ihnen jetzt die Aprikosenhaine.«

Gemeinsam verließen sie das Haus, und Felix führte ihn durch die einzelnen Gärten. Er erzählte von dem Anbau, der Pflege und dass sie, seit Henni den Hof gekauft hatte, hier ohne Spritz- und Düngemittel arbeiteten. »Der Boden ist also nicht belastet.«

Jacques musterte einige Früchte an den Bäumen genauer. »Die Aprikosen sehen krank aus. Einige von ihnen haben kleine braune Macken.«

»Das ist von dem späten Frost«, erklärte Felix. »Einmal hatten wir auch Hagel, da wurde ein Teil der Früchte beschädigt.«

»Hm, solange die Sachen wachsen.«

»Was wollen Sie denn hier anbauen?«, fragte Felix. »Möchten Sie auch Obst produzieren? Der Boden eignet sich hervorragend dafür.«

Jacques winkte ab und ließ seinen Blick über das Anwesen schweifen. »Ich bin auf der Suche nach einem geeigneten Platz für ein Rapsfeld. Hier in der Region sind so viele heruntergekommene Höfe, da kommt einiges zusammen.«

»Dann produzieren Sie Speiseöl?«, fragte Felix interessiert, doch Jacques lachte nur belustigt.

»Von Salatdressing wird man nicht reich«, sagte er. »Ich bin Energielieferant, und in Biosprit steckt die Zukunft.«

Felix klappte beinahe die Kinnlade herunter. Dieser Mann hatte tatsächlich vor, all die Aprikosenhaine abzuholzen und diese wertvolle Nutzfläche für Biosprit zu verschwenden? Das durfte doch nicht wahr sein! Aber natürlich, eigentlich hätte er darauf ja kommen müssen, dass kein Mensch hier in so einem abgeschiedenen Dorf einen Obsthof übernehmen wollte, der sich kaum rechnete.

»Ich weiß, das klingt ungewöhnlich, aber es rentiert sich. Wenn man die Straßen hier noch besser ausbaut, können auch die großen Öllaster hier durchfahren, dann könnte man das Öl gleich hier vor Ort produzieren. Platz für eine Raffinerie gibt es in dieser Einöde ja zur Genüge.« Jacques Vernet fuhr sich durch seine schwarzen zurückgegelten Haare. »Gut, ich denke, ich habe genug gesehen. Ich werde Ihnen in den nächsten Tagen ein Angebot schicken.« Er setzte sich seine Sonnenbrille auf und reichte Felix zum Abschied die Hand. »Vielen Dank, ich hoffe, wir kommen ins Geschäft.«

Aus dem Pflanzen- und Kräutertagebuch der Adeline Legrand

8. Mai 1949

Als ich heute meine Einkäufe in der Stadt gemacht habe, wäre ich fast mit einem jungen Mann zusammengestoßen. Vor Schreck habe ich meine Papiertüte fallen lassen. Sie ist gerissen, und die ganzen Einkäufe sind auf dem Boden gelandet. Die Sahne war natürlich dahin, aber der Mann war sofort zur Stelle und hat mir geholfen, die davonkullernden Kartoffeln einzusammeln. Henni heißt er. Ich weiß nicht wieso, aber er hat so eine besondere Ausstrahlung, und er sah auch ziemlich gut aus in seinem karierten Hemd und der Stoffhose. Seine braunen Haare waren ordentlich gescheitelt, und auf seinen Lippen lag die ganze Zeit ein verschmitztes Lächeln.

Er hat gefragt, ob er mich nach Hause begleiten soll, aber anstatt in die Stadt zurückzugehen und den nächsten Bus zu nehmen, sind wir einfach querfeldein über Wiesen und durch die Lavendelfelder gegangen und haben uns immer von unseren Füßen leiten lassen, während wir ganz in unseren kleinen Plausch vertieft waren. Mutter war entsetzt, weil ich so spät zurückgekommen bin, und wollte wissen, warum mein Kleid so staubig ist. Sie wollte es sofort waschen, aber ich habe abgelehnt, denn der Rocksaum riecht noch immer so herrlich nach Lavendel. Jetzt hängt es am Schrank und hüllt mich in den Duft der Erinnerung, und ich frage mich, wann ich Henni wiedersehe …

13.

»Und?«, fragte Camille, da sie die Stille kaum noch auszuhalten schien.

Zu viert saßen sie auf der Terrasse und ließen den Tag bei einem Glas Weißwein ausklingen.

Nathalie war schon aufgefallen, dass Felix an diesem Abend noch wortkarger war als sonst.

»Was, und?«, fragte er und nahm einen Schluck Wein.

»Na, was hat dieser Monsieur Vernet jetzt gesagt?«, fragte Camille ungeduldig.

»Er schickt ein Angebot.«

Camille atmete tief durch.

»Hat er gesagt, was er mit dem Hof machen will?«, fragte Henni.

»Mhm.«

Nathalie verfolgte das Gespräch mit in Falten gelegter Stirn. Irgendetwas schien hier gehörig schiefzulaufen.

»Ja, und was will er mit dem Hof machen?«, bohrte Henni weiter. »Mon dieu, Felix, jetzt lass dir doch nicht alles aus der Nase ziehen!«

»Wenn du es genau wissen willst, Henni: Jacques Vernet ist in der Energiebranche tätig und plant, hier ein Rapsfeld anzulegen.«

Henni wurde kreidebleich. »Und die Aprikosenhaine?«

»Werden abgeholzt«, sagte Felix nüchtern.

Camille stellte ihr Weinglas mit einem lauten Geräusch zurück auf den Gartentisch und sah ihren Bruder eindringlich an. »Das ist ein schlechter Scherz.«

Felix schüttelte den Kopf und sah in seinen Weißwein, den er durch leichte Drehbewegungen immer wieder in eine sanfte Schwingung versetzte. »Nein. Ich habe ein bisschen im Internet recherchiert, und Monsieur Vernet scheint ziemlich gut im Geschäft zu sein. Ich denke, er wird uns einen ordentlichen Preis machen.«

»Ja, das kann schon sein, aber wir werden trotzdem nicht verkaufen!« Camille sprach deutlich schneller als sonst, gehetzt und fast panisch, wie Nathalie fand. »Felix! So jemandem verkaufen wir doch unseren Hof nicht!«

Felix stellte sein Weinglas jetzt ebenfalls auf dem Gartentisch ab und sah seine Schwester mit einem abweisenden Blick an. »Wenn der Preis stimmt, werde ich es mir gut überlegen. Vielleicht reicht das Geld, um irgendwo noch einmal mit etwas Neuem anzufangen.« Damit stand er auf und warf einen kurzen Blick in die Runde. »Ihr entschuldigt mich? Ich bin müde.« Und dann ging er, ohne ein weiteres Wort.

Nathalie sah ihm hinterher, wie er mit hängenden Schultern die Stufen zur Küche nach oben stieg. Die Last, die er mit sich herumtrug, war ihm deutlich anzusehen, und sie spürte Mitleid mit ihm. Sie konnte seine Lage ja verstehen, aber würde er es wirklich über sich bringen, seine geliebten Aprikosenhaine an einen Großindustriellen zu verkaufen?

»Der Junge macht einen riesengroßen Fehler«, murmelte Henni, als Felix außer Hörweite war. »Er darf nicht verkaufen, egal, wie hoch der Preis ist. An so jemanden verkauft man nicht …«

»Ich weiß«, flüsterte Camille. »Aber was soll ich tun? Mir sind die Hände gebunden.« Sie blickte unglücklich ihren Großvater an. »Felix ist unterschriftsberechtigt. So hat es Papa in seinem Testament verfügt. Ich kann nichts dagegen machen.«

»Dann müssen wir Felix eben davon abhalten. Er darf nicht die größte Dummheit seines Lebens begehen.«

Nathalie spürte, wie gedrückt die Stimmung war. Betreten sah sie in die Kerzenflamme, die bei jedem kleinen Windhauch zuckte, aber ansonsten ruhig in dem handgeschnitzten Aprikosenholzständer von Felix brannte. Sie lauschte dem Zirpen der Zikaden, betrachtete den samtblauen Himmel, an dem sich langsam die ersten Sterne zeigten, und irgendwo in der Ferne rief eine Eule aus dem dunklen Zedernwald. Die Welt schien hier so friedlich zu sein, unberührt und kaum bearbeitet von Menschenhand, aber vielleicht war all das auch nur die berühmte Ruhe vor dem Sturm.

Bedrückt leerte Camille ihr Weinglas mit einem großen Schluck. »Na ja, ich geh auch schlafen. Bonne nuit.« Sie stand auf, räumte Felix' und ihr Glas ab und lächelte zum Abschied noch einmal Henni und Nathalie zu.

»Tja, so sind sie, die jungen Leute.« Henni lehnte sich auf dem Gartenstuhl zurück, zündet sich seine Pfeife an und paffte ein paar kleine Rauchwölkchen in die Luft, ehe der Tabak zu seiner Zufriedenheit brannte und ein Hauch des süßlichen Duftes, vermischt mit einem Kirscharoma, zu Nathalie hinüberwehte.

»Es tut mir so leid um den Hof.« Nathalie seufzte tief. »Wenn ich mir vorstelle, dass das alles auf einmal weg sein soll ... das schöne alte Haus mit seiner Geschichte, die Aprikosenhaine, Adelines verwilderter Kräutergarten, in dem es so herrlich nach all den verschiedenen Kräutern duftet ...« Sie ließ den Blick über die Olivenbäume schweifen und blieb dann wieder an dem Stück Garten hängen, mit dem sie sich schon an ihrem ersten Tag hier auf so eigenartige Weise verbunden gefühlt hatte. »Ich glaube, wenn ich hier wohnen würde, wäre ich wie Adeline den ganzen Tag nur in diesem wunderschönen Kräutergarten und würde mich um die Pflanzen kümmern.«

Henni lachte leicht. Dann musterte er Nathalie mit einem langen, intensiven Blick, und Nathalie strich sich unsicher die Haare über eine Schulter.

»Genau wie Adeline damals«, murmelte er und bedachte Nathalie mit einem sehnsüchtigen, liebevollen Lächeln.

Nathalie fühlte sich geschmeichelt und schlug verlegen den Blick nieder. Henni musste seine Frau sehr geliebt haben, und es zog ihr das Herz zusammen, wenn sie darüber nachdachte, ob sich Menschen in ihrer Generation auch noch so liebten oder ob man einfach schon viel eher das Handtuch warf. Früher hatte man noch zusammengehalten und umeinander, aber auch miteinander gekämpft. Doch mit Elias ... Schnell nahm sie noch einen Schluck von dem honigsüßen Weißwein, der ihre Sinne angenehm berauschte und ihr das Denken schwer machte. Sie wollte nicht mehr über Elias nachdenken, über ihre gescheiterte Beziehung und ihr gebrochenes Herz, das wie Camilles Glasschale in tausend Einzelteilen im Mülleimer lag.

Hennis Blick ruhte noch immer auf ihr, und seine Augen funkelten geheimnisvoll im Kerzenlicht. Dann legte er die Pfeife zur Seite, tastete mit seiner faltigen Hand nach dem Gehstock und stand auf.

»Komm mit«, sagte er mit rauer Stimme zu Nathalie und winkte ihr mit einer raschen Handbewegung. »Na los, komm! Vite, vite!« Er hielt sich mit einer Hand am Türrahmen fest, kletterte die beiden Stufen zur Küche hinauf und durchquerte rasch das Haus.

Verwundert stand Nathalie ebenfalls auf, blies die Kerze aus, nahm die beiden Weingläser und folgte ihm nach drinnen.

Henni erklomm mühsam die Stufen in den zweiten Stock, und Nathalie folgte ihm geduldig. Sie hatte keine Ahnung, was der ältere Herr vorhatte, aber seine geheimnisvolle Art steckte auch sie an und löste ein aufregendes Kribbeln in ihr aus.

Als sie im oberen Stockwerk angekommen waren, blieb Henni in der Mitte des Flurs stehen, nahm seinen Stock über den Kopf und hängte den Knauf in einem Loch in der Decke ein. Er zog daran, und Nathalie erkannte die Falltür, die unter Ächzen und Quietschen langsam nach unten kam. Als Henni sie mit beiden Händen erreichen konnte, stellte er den Stock, an eine Kommode angelehnt, beiseite und zog an der sich ausklappenden Treppe, bis diese sich komplett entfaltet hatte.

»Ah, très bien!«

Er legte beide Hände an das Geländer und erklomm Schritt für Schritt die steilen Stufen, was ihn einiges an Mühe kostete, wie Nathalie aus seinem langsamen Tempo schließen konnte. Als er oben angekommen war, Nathalie mit ein wenig Abstand hinter ihm, legte er die Hände in den Lendenwirbelbereich und streckte seinen Rücken.

»Puh, man wird nicht jünger«, sagte er. Dann drückte er auf einen Lichtschalter, zwinkerte Nathalie zu und schlurfte mit kleinen Schritten über die knarzenden Dielen des Dachbodens.

Nathalie brauchte einen Moment, bis sich ihre Augen an das fahle gelbliche Licht der schwachen Lampe gewöhnt hatten. Hier oben war wohl schon seit Jahren niemand mehr gewesen. Alles war mit einer dicken Staubschicht bedeckt. Sie erkannte Schränke und Kommoden, kaputte Stühle mit Samtbezug auf der Sitzfläche, eine alte Kleiderpuppe, deren Korpus leicht schräg gegen die Schwerkraft kämpfte. Dicke Spinnennetze hingen zwischen den Dachbalken, und Nathalie würde es nicht wundern, wenn irgendwo hier oben auch noch eine Fledermaus lebte. Trotzdem fand sie den Dachboden mit dem ganzen Gerümpel sehr liebenswert. Sofort entstanden Bilder vor ihrem inneren Auge, wie diese Gegenstände einst zu Hennis und Adelines Leben gehört haben mussten. Ob Camille damals wohl mit der lockigen Porzellanpuppe gespielt hatte, die jetzt vergessen auf einem alten Lederkoffer saß? Und wem wohl dieser zottelige Teddy gehörte, der ihr jetzt mit nur noch einem Knopfauge traurig entgegenblickte? Nathalie ließ das weiße Schaukelpferd mit dem Strohschweif auf seinen dunkelgrünen Kufen leicht wippen. Sie konnte sich gut vorstellen, wie es einst unter einem Weihnachtsbaum, der mit Kerzen, Strohsternen und Schleifen geschmückt war, gestanden haben musste. Ob Felix darauf durch seine erdachten Ländereien geritten war und seine Arbeiter anleitete? Nathalie lächelte bei dem Gedanken. Sie hätte gerne noch mehr Dinge erkundet und sich ausgemalt, welche Rolle sie wohl im Leben der Familie Legrand gespielt hatten, doch da winkte Henni sie zu sich.

Er rückte mühsam ein paar Gegenstände zur Seite, die unter lautem Protest über den Boden kratzten und ihren Platz freigaben. Nathalie fürchtete schon, dass sie Felix oder Camille wecken könnten und einer von den beiden gleich im Schlafanzug mit wütendem Blick hier oben auf dem Dachboden erschien, aber es blieb alles still im Haus. Henni tauchte tiefer in der Dachschräge ab und bahnte sich einen Weg zu einer alten Truhe aus rötlichem Holz. Es war trocken und abgesplittert, aber Nathalie erkannte sofort, dass es sich um das Aprikosenholz handeln musste, das sie auch schon bei Felix in der Werkstatt gesehen hatte. Mit ein bisschen Öl und einer liebevollen Hand könnte man sie sicherlich bald wieder auf Vordermann bringen, den fehlenden Eisenbeschlag auf dem Deckel ersetzen und die Griffe erneuern.

Henni drehte den Schlüssel im Schloss, und unter leisem Quietschen öffnete er den Deckel. Er zog sich einen Korbsessel heran, ließ sich auf der knarzenden Sitzfläche nieder und beugte sich vornüber, um den Inhalt der Kiste zu studieren.

»Ah, da ist es ja …«, sagte er nach einer gefühlten Ewigkeit, als er Fotoalben, mit einem dunkelroten Band zusammengebundene Briefe, einige mit edlen Ornamenten verzierte Pappschachteln und ein kleines Nähkästchen beiseitegeräumt hatte, dem einer von zwei Knäufen fehlte. »Et voilà.« Mit einem strahlenden Lächeln reichte er Nathalie ein altes

Buch. Es war deutlich schwerer, als sie vermutet hatte, was wohl an dem dicken Ledereinband und dem groben gelblichen Papier lag, das darin gebunden war, und es hatte fast die Länge ihres Unterarms.

»Was ist das?«, fragte sie, verwundert und überrascht zugleich.

»Ein Pflanzen- und Rezeptbuch«, sagte Henni, der sich jetzt in dem knarzenden Korbsessel zurücklehnte. Man konnte ihm ansehen, dass ihn die Suche deutlich angestrengt hatte. »Adeline hat all ihr Wissen darin aufgeschrieben. Wie man die Pflanzen richtig pflegt, was sie mögen und was nicht, worauf man beim Anbau und der Ernte achten muss … Und manchmal hat sie auch Rezepte darin aufgeschrieben.«

»Kochrezepte?«, fragte Nathalie interessiert, aber Henni schüttelte den Kopf.

»Nicht nur, auch ihr Heilwissen. Sie hat die Kräuter gegen die unterschiedlichsten Beschwerden eingesetzt. Ich hab dir doch erzählt, dass sie ihre Salben und Tinkturen auf dem Markt verkauft hat.«

Nathalie nickte. Ja, sie konnte es noch immer ganz genau vor sich sehen, wie Adeline mit ihrem Korb und ihrem blauen Leinenkleid über den Marktplatz geschlendert sein musste.

»Manchmal hat sie auch Seifen hergestellt. Die Lavendelseife zum Beispiel, das war meine liebste.«

»Eine habe ich noch in meiner Wäschekommode, aber ich fürchte, sie ist mittlerweile schon zu alt.« Jetzt wurde er traurig. »Es ist so schade, dass es niemanden mehr gibt, der sie herstellt. Immer wenn ich mir die Hände damit gewaschen habe und der Duft von Lavendel durchs Badezimmer strömte, fühlte es sich so an, als ob Adeline noch bei mir wäre. Dann erinnerte ich mich an unseren ersten Spaziergang durch die Lavendelfelder, als wir uns kennengelernt haben, und später an unseren ersten Kuss …«

Auch in Nathalie stieg jetzt Wehmut auf. Es musste schlimm sein, einen Menschen, den man so sehr geliebt hatte und mit dem man mehr als sein halbes Leben verbracht hatte, so schmerzlich zu vermissen.

»Komm, lass uns runtergehen, bevor ich noch ganz sentimental werde.« Henni lächelte verschmitzt, stand schwerfällig auf, und Nathalie kam ihm sofort zu Hilfe, um ihn zu stützen. »Merci, ma chére.«

»Darf ich mir das Buch für ein paar Tage ausleihen?«, fragte Nathalie zaghaft. »Ich würde gern ein bisschen darin lesen, wenn du nichts dagegen hast.«

Henni nahm ihre beiden Hände, legte sie auf den kühlen Ledereinband und schloss seine faltigen warmen Finger darum. »Ich schenke es dir«, sagte er mit ernster Stimme.

»Was?« Nathalie sah den alten Mann erstaunt an. »Henni, das geht nicht. Das kannst du mir nicht schenken. Es hat doch Adeline gehört. Bestimmt möchten Felix oder Camille es haben.«

Aber Henni schüttelte nur schwach den Kopf, und dann wurde sein Blick wieder ganz weich, und er legte eine Hand an Nathalies Wange und streichelte sie. »Hier hat niemand mehr Verwendung dafür, Nathalie. Aber bei dir … bei dir ist es gut aufgehoben.«

Nachdem Nathalie es sich in ihrem Bett gemütlich gemacht hatte, nahm sie das Buch, löste das Lederband, das zweimal darum geschlungen war, und klappte es vorsichtig auf. Das Innere bestand aus handgeschöpftem Papier, das mit einer einfachen Fadenbindung zusammengehalten wurde. Nathalie blätterte vorsichtig durch die Seiten, die fast alle dicht von Hand vollgeschrieben waren. Sie erkannte die alte gleichmäßige Schreibschrift, die sie auch schon auf dem Klingelschild der Legrands gesehen hatte, und nur manchmal lockerte sich das Schriftbild durch Zeichnungen von Kräutern, Pflanzen, einem gepressten Blatt oder einer Blüte auf. Zwischen den Seiten fand Nathalie immer wieder einzelne lose Blätter, teilweise handgeschriebene Notizen, eine Einkaufsliste oder ein altes Backrezept, aber auch ein paar Fotos, Postkarten und einige vergilbte Briefe.

Nathalie bemerkte ein dunkelrotes Lesebändchen, nahm es vorsichtig aus den Seiten irgendwo kurz vor der Mitte heraus und schlug das Notizbuch wieder weiter vorne auf. Dort segelte ihr ein Umschlag entgegen, der einen Brief von Adeline enthielt.

7. April 1951

Mein geliebtes Kind, gestern habe ich zum ersten Mal den Aprikosenhof gesehen, von dem Henni mir in den letzten Wochen immer wieder mit leuchtenden Augen vorgeschwärmt hat, und ich muss sagen, er ist so wunderschön, wie er ihn beschrieben hat. Schon als ich ihn von Weitem gesehen habe, wie er da nach der letzten Kurve zwischen den Lavendelfeldern aufgetaucht ist … Es war wie in einem Märchen. Eine verwunschene Prinzessin, die nur darauf wartet, wach geküsst zu werden. Und Henni und ich haben genau das vor. Heute haben wir den Kaufvertrag unterzeichnet und den Schlüssel erhalten.

Schon als ich dieses bezaubernde Landhaus gesehen habe mit seinen türkisgrünen Fensterläden ... und erst der Garten – ich war vom ersten Moment an verliebt!

Henni hat schon große Pläne, wie er das Nebengebäude ausbauen will, es gibt dort eine alte Ölmühle, die noch gut in Schuss ist, und er sagt, dass wir dort unser eigenes Olivenöl pressen könnten. Ein paar Bäume gibt es schon hinter dem Haus, und sie tragen dicke schwarze Früchte. Sobald wir eingezogen sind, werde ich ein paar davon einlegen, für den Winter. Henni will die alten Aprikosenbäume in den Hainen abholzen. Er sagt, sie tragen nicht mehr, und man muss die Gärten neu aufforsten, aber so haben wir fürs Erste jedenfalls Brennholz.

Und auf der großen Wiese hinter dem Haus hat er mir einen Kräutergarten versprochen und natürlich ein Gemüsebeet. Das ist alles noch sehr viel Arbeit, aber wenn ich da neben ihm stehe, während er so den Arm um mich gelegt hat und wir unseren Blick über dieses Fleckchen Land schweifen lassen, dann sehe ich schon alles ganz genau vor mir. Ich weiß, wir haben noch sehr viel zu tun, aber schon bald werden wir auf einer Terrasse unter der großen Platane sitzen, die uns im Sommer Schatten spendet, und du wirst mit deinen Geschwistern – sind es zwei, drei, vier? – über die Wiese tollen und im Garten spielen; vielleicht spielt ihr Fangen, vielleicht irgendein anderes Spiel, das ihr euch selbst ausgedacht habt und dessen Regeln ich nicht kenne ... Ich werde uns ein Abendessen aus der Ernte unseres Gemüsebeetes zaubern und einen Nachtisch aus den Aprikosen, die bald schon rund und schwer an den Bäumen hängen und die Äste durchbiegen. Der Wind trägt die Düfte des Kräutergartens zu uns herüber, und ich weiß, dass uns nichts auf dieser Welt passieren kann, weil wir uns haben und dieses wunderschöne Paradies ...

Nathalie hatte ganz andächtig gelesen und dabei völlig die Zeit vergessen. Sie war so in Adelines lebhafte Worte versunken, dass auch sie sich die junge Familie hinter dem Haus genau vorstellen konnte. Sie nahm das Foto, das zwischen den nächsten Seiten steckte, eine alte Schwarz-Weiß-Fotografie. Nathalie erkannte den Aprikosenhof im Hintergrund, und davor stand ein Paar, Mann und Frau, die den Arm um die Taille des anderen gelegt hatten und glücklich in die Kamera lächelten. Der Mann trug eine dunklere Stoffhose, ein helles Hemd und Hosenträger, die Frau ein Sommerkleid. Wenn man genau hinsah, konnte man den kleinen Bauch erkennen, der sich unter dem Blumenmuster des Kleides abzeichnete. Nathalie drehte das Bild um, und auf der vergilbten Rückseite stand in einer etwas krakeligeren Handschrift *Adeline und Henni vor dem Aprikosenhof.* Nathalie lächelte und blätterte weiter durch das Buch. Ein paar Seiten darauf fand sie eine gepresste blassrosa Rose, deren Blütenblätter sich am Rand zart gelb verfärbt hatten. *Die erste Rose aus unserem Vorgarten,* stand oben auf der Seite. Nathalie schnupperte an der Rose, und es war ihr, als könnte sie tatsächlich noch den leichten blumigen Duft ausmachen, der sie damals auf dem Aprikosenhof empfangen hatte. Sie legte die Blume zurück und entdeckte am unteren Rand des Papiers eine weitere Notiz: *Ein Geschenk von Henni zu unserem fünften Jahrestag.*

Das musste wirklich eine große Liebe gewesen sein, die die beiden miteinander verbunden hatte. Nathalie seufzte berührt auf. Wie gern hätte sie auch so jemanden an ihrer Seite, mit dem sie gemeinsam durchs Leben gehen konnte. Eine Liebe, die so viele Jahrzehnte überdauerte, bis ins hohe Alter ... Es musste traumhaft sein, sich mit jemandem gemeinsam eine Zukunft aufzubauen, die gleichen Ziele zu haben und zusammen an einem Strang zu ziehen. Das war es, was sie bei Elias immer vermisst hatte. Aber vielleicht gab es das auch heute einfach nicht mehr. Vielleicht dachte man heute anders, egoistischer, während man versuchte, sich seine Karriere aufzubauen, selbst im Leben voranzukommen und seine Ziele zu erreichen. Natürlich konnte man sich dabei gegenseitig unterstützen, aber diesen Zusammenhalt, diese Verbundenheit, von der Adeline hier schrieb, das hatte Nathalie so nicht einmal bei ihren Eltern erlebt.

Der Gedanke machte sie traurig und ließ sie wehmütig durch die nächsten Seiten blättern. Da vibrierte ihr Smartphone, und Nathalie zuckte zusammen. Es war Miriam, die anrief.

»Hey, endlich erreiche ich dich mal wieder«, sagte sie gleich, als Nathalie das Gespräch annahm. »Ich hab ja schon eine Ewigkeit nichts mehr von dir gehört! Was gibt's Neues aus der Provence? Funktioniert dein Auto wieder?«

»Nein, leider immer noch nicht«, sagte Nathalie. »Aber das macht nichts. Ich fühle mich hier auf dem Aprikosenhof sehr wohl. Momentan helfe ich hier aus, deshalb habe ich mich auch nicht mehr gemeldet. Abends bin ich völlig fertig und falle todmüde ins Bett ...«

Miriam kicherte. »Du wirst also zum Gärtner!«

»Ja, das kann man fast so sagen. Aber meistens bin ich in der Küche. Wie war denn das Meeting mit dem Umzugs-unternehmen? Hat alles gut geklappt?«

»Das Meeting ist hervorragend verlaufen«, sagte Miriam. »Das Umzugsunternehmen fand deine Entwürfe toll. Die finale Deadline steht.«

»Sehr schön.« Nathalie überlegte, ob sie sich nach Details für den Auftrag erkundigen sollte, doch so wirklich interessierte sie das nicht, wie sie sich selbst eingestehen musste, und ihr Blick wanderte wieder zu dem Pflanzenbuch. »Miriam, ich muss dir etwas zeigen.« Sie öffnete die Kamera-App ihres Handys und machte ein Foto von einer besonders schön gestalteten Seite, auf der Adeline einen blühenden Rosmarinzweig gezeichnet und mit Aquarellfarben zart ausgeschmückt hatte. Daneben hatte sie in ihrer ordentlichen Schrift die Besonderheiten der Pflanze notiert. »Sieh mal, das habe ich heute geschenkt bekommen«, sagte sie, nachdem sie das Foto an Miriam geschickt hatte.

»Das ist ja schön!«, rief ihre Freundin entzückt. »Ist das ein Gartenbuch?«

»Nicht nur das, es gibt auch einige Rezepte für Salben und Tinkturen«, sagte Nathalie. »Momentan bin ich auf der Suche nach einem Rezept für Badesalz. Du wirst es nicht glauben, heute habe ich beim Backen aus Versehen Salz und Zucker verwechselt ...«

Miriam prustete am anderen Ende der Leitung laut los. »Igitt! Wo warst du denn da mit deinen Gedanken? Na, dann störe ich dich nicht weiter. Viel Glück bei der Suche!«

»Danke«, sagte Nathalie und legte auf. Sie wollte eigentlich noch ein wenig durch die schönen Seiten blättern, aber dann merkte sie, dass sie müde war und ihr allmählich die Augen zufielen.

Sie stand auf, legte das Buch auf die Tischplatte neben die Aprikosenschale und fuhr gedankenverloren über den glatten Holzrand. Sie griff nach dem Lavendelsträußchen und roch träumerisch daran. Sofort erinnerte sie sich wieder an die Liebesgeschichte von Adeline und Henni und ihren ersten Spaziergang durchs Lavendelfeld.

Ob Felix auch eine solche Liebe wie Henni und Adeline kannte …?

14.

Als Nathalie am Donnerstagmorgen erwachte, lag Gustave noch immer auf seiner Decke neben dem Kamin und machte keine Anstalten, ihr zu folgen. Nathalie kniete sich zu ihm und nahm seinen Kopf in beide Hände.

»Was ist denn los mit dir?«, fragte sie besorgt. Zur Antwort erhielt sie ein klägliches Winseln. Seltsam, irgendetwas schien mit Gustave nicht zu stimmen. Nathalie sah ihn ratlos an, aber Gustave leckte nur über seinen Bauch und ließ den Kopf dann wieder auf die Decke sinken.

»Komm, wir gehen mal runter und sehen nach, ob es Frühstück gibt«, sagte Nathalie und nahm Adelines Pflanzenbuch vom Tisch.

Gustave erhob sich nur halbherzig und folgte ihr. Als sie im Erdgeschoss angekommen waren, kratzte er an der Tür, und Nathalie ließ ihn raus. Gustave brauchte ungewöhnlich lange, aber schließlich kam er zu ihr zurück, warf ihr einen kläglichen Blick zu und schlich an ihr vorbei in die Küche.

Nathalie brühte sich einen Kaffee auf und machte sich ein kleines Frühstück. Sie würde Camille später fragen, ob sie ihr irgendwie zur Hand gehen könnte. Falls nicht, wollte sie zu den Aprikosenhainen gehen und beim Pflücken helfen.

Nathalie trank einen Schluck Kaffee und blätterte gedankenversunken durch die von Hand beschriebenen Seiten des Buchs. Neben allerlei nützlichen Tipps zum Anbau der Kräuter fand sie auch immer wieder spezielle Rezepte. So entdeckte sie beispielsweise eine Majoransalbe gegen Schnupfen, ein Rosmarinbad gegen Kreislaufbeschwerden oder eine spezielle Teemischung aus Pfefferminze, Melissenblättern und Kamillenblüten, die gegen Übelkeit und Erbrechen half. Nathalie war beeindruckt von dem ganzen Wissen, das Adeline da zusammengetragen hatte. Mit ihren Rezepten hatte sie sicherlich so manchem Apotheker Konkurrenz gemacht. Sie blätterte weiter, überflog die Zutaten für ein Gesichtspeeling und entdeckte dann, einige Seiten danach, eine ausführliche Beschreibung zum Thema Badezusätze.

»Heilende und pflegende Badezusätze für Babys und Kinder«, las Nathalie die erste Unterüberschrift, und weiter: »Tipps für natürliche Heil- und Verwöhnbäder«, und als sie die nächste Seite umblätterte, entdeckte sie, wonach sie gesucht hatte: »Edle Badesalze für Wohlbefinden und Entspannung«. Das war es! Nathalie trank noch einen Schluck Kaffee und überflog dann die Zeilen: »Wärmende Bäder sorgen für Entspannung und eine gelungene Auszeit. Nach anstrengender Arbeit zur Entspannung oder im Winter zum Aufwärmen geeignet. Das Salz zieht Giftstoffe aus der Haut und entschlackt den Körper.« Nathalie hob überrascht die Augenbrauen. Das hatte sie bisher nicht gewusst. Sie hatte sich zwar auch schon öfter ein Totes-Meersalz-Bad nach einem anstrengenden Büroalltag zum Abschalten gegönnt, aber dass sie ihrem Körper gleichzeitig damit etwas Gutes tat, beeindruckte sie. Jetzt folgte das Rezept, das Adeline notiert hatte: »Für das Badesalz zwei Tassen Meersalz abmessen, eine davon mit dem Mörser zerkleinern. Als Nächstes das grobe und das feine Salz miteinander vermischen. Einen Esslöffel Pflanzenöl dazugeben und gut vermischen. Ich nehme sehr gerne Olivenöl aus unserem eigenen Garten«, hatte sie in die nächste Zeile geschrieben, und über Nathalies Lippen huschte ein Lächeln. »Anschließend einige Tropfen ätherische Öle zugeben. Achtung: Es genügen fünfzehn Tropfen. Diese ebenfalls gut vermischen und über Nacht stehen lassen. Anschließend Natron zugeben. Für mehr Duft und damit es noch schöner anzusehen ist, verwende ich ein bis zwei Esslöffel Blüten oder frische Kräuter.«

Das klang denkbar einfach. Nathalie las die Beschreibung noch einmal. Dann bemerkte sie eine Randnotiz, die Adeline mit Bleistift danebengeschrieben hatte: »Am besten eignet sich zum Mischen ein Schraubglas! Die Zutaten zugeben und schütteln, die Blüten und das Natron als Letztes dazugeben.« Darunter folgte eine kleine Tabelle, die genau auflistete, welche Zutaten Adeline wann eingesetzt hatte: »Zitrone, Verbene und Rosmarin wirken anregend und erfrischend, geben Energie und verhelfen zu neuem Tatendrang. Eine Komposition aus Rose, Lavendel und Melisse verspricht Entspannung und Ruhe nach einem langen Tag. Ins Gleichgewicht kommt man mit Orangenschalen, Vanille und Sandelholz. Für eine hervorragende Konzentration oder vor wichtigen Terminen sind Limette, Pfefferminze und Rosmarin zu empfehlen.«

Das klang doch gar nicht so schwer, dachte Nathalie und prüfte noch einmal die Zutatenliste. Lavendel und Salz hatte sie ja bereits gemischt, also fehlten ihr nur noch Rose und

Melisse, und beides wuchs hier auf dem Aprikosenhof. Sie musste also Camille nur noch fragen, ob sie vielleicht ein paar Tropfen ätherisches Öl dahatte, dann könnte sie einen Versuch wagen und den vermeintlichen Aromazucker zu einem verwöhnenden Badesalz umfunktionieren.

Sie hätte gerne noch eine Weile weitergelesen, aber da scharrte Gustave schon wieder mit einem kläglichen Winseln an der Terrassentür. Nathalie stand auf und ließ ihn hinaus. Sie bemerkte Camille im Gemüsebeet und trat an den Rand der Terrasse.

»Bonjour!«, rief sie in ihre Richtung, und als Camille sich jetzt aufrichtete, um zu sehen, wer sie gerufen hatte, winkte Nathalie ihr zu.

»Ah, salut, Nathalie! Warte, ich komme gleich und mache dir Frühstück!«

»Schon erledigt!«, rief Nathalie zurück. »Kannst du mir vielleicht sagen, ob ihr ätherische Öle besitzt? Ich bräuchte eines für ein Rezept von Adeline. Ich möchte Badesalz aus meinem verpatzten Aromazucker machen. Danach kann ich dir gerne im Garten helfen.«

»Bien sûr! In dem Spiegelschrank im Badezimmer oben im ersten Stock stehen einige ätherische Öle. Nimm dir einfach, was du brauchst.«

»Sehr gut! Ich bin dann gleich bei dir!«

»Das hat keine Eile. Ich muss nachher ohnehin noch ins Dorf. Wir können hier heute Nachmittag gemeinsam weitermachen.«

»Alles klar!« Nathalie wartete, ob Gustave wieder hereinkam, doch ihr Hund schlich immer noch um einen Baumstamm herum, duckte sich und lief dann wieder ein paar

Schritte. Seltsam, was hatte er heute nur? Es wirkte fast ein bisschen so, als ob er sich beim Wasserlassen schwertun würde.

Nathalie ging wieder in die Küche und stellte ihm eine Schüssel mit frischem Wasser hin. Vielleicht hatte er einfach nicht genug getrunken, ging es ihr durch den Kopf, und sie beschloss, das Ganze im Auge zu behalten. Sie nahm sich ein leeres Schraubglas aus dem Vorratsraum, zerstieß mit dem Mörser eine Tasse Meersalz und fügte einen Esslöffel Olivenöl dazu, das sie durch Schütteln untermischte. Anschließend lief sie ins Badezimmer im ersten Stock. Im Spiegelschrank fand sie eine kleine Sammlung von ätherischen Ölen, und sie wählte Lavendel aus. Sie träufelte ein paar Tropfen davon in ihr Schraubglas und vermischte es wieder. Dann beugte sie sich noch einmal über Adelines Pflanzenbuch und überflog das Rezept. Jetzt fehlten ihr noch ein paar Blüten und Kräuter, damit das Salz auch schön aussah. Sie entschied sich für eine Handvoll getrocknete Melisse aus dem Apothekerschrank, ging dann in den Vorgarten, um ein paar Blätter von der Duftrose zu zupfen, und gab diese anschließend, zusammen mit etwas Natron, in das Lavendelsalz vom Vortag. Schon jetzt sah das Salz mit seinen grünen und lilafarbenen Kräutern einfach umwerfend aus, und später würden dann sogar Rosenblätter auf der Wasseroberfläche schwimmen. Nathalie stellte das Glas mit dem Öl neben das Lavendelsalz an den Wannenrand, damit es in Ruhe durchziehen konnte.

Sie ging wieder nach unten, um Camille zu helfen, doch da entdeckte sie Gustave, der im Schatten lag und kläglich winselte.

»Was hast du denn nur?«, fragte sie besorgt und streichelte dem Hund zärtlich über den Rücken. Wie immer rollte sich das Tier auf die Seite, doch als Nathalie seinen Bauch berührte, fiepte es kläglich. »Das gibt es doch nicht«, sagte sie und merkte, wie sich Sorge in ihr ausbreitete. Irgendetwas stimmte mit Gustave nicht!

Als er jetzt wieder aufstand, um Wasser zu lassen, viel zu oft, wie Nathalie fand, bemerkte sie, dass nur wenig kam, und dann stellte sie bestürzt fest, dass eine kleine Menge Blut mit in Gustaves Urin war.

»O nein«, murmelte sie erschrocken. »Camille?« Doch Camille antwortete nicht. »Camille!«, rief Nathalie, und ihre Stimme war jetzt deutlich panischer. Wo steckte sie nur? Doch da fiel es Nathalie wieder ein: Camille hatte ja gesagt, dass sie noch ins Dorf wollte. So ein Mist! Aber was sollte sie jetzt tun? Gustave brauchte dringend ihre Hilfe.

Nathalie beugte sich über ihn und begann zu schluchzen. Nein, das half ihr jetzt nichts. Sie musste einen Tierarzt ausfindig machen. Rasch zog sie ihr Smartphone aus der Hosentasche und suchte nach einem Tierarzt in der Nähe. Aber der nächste Arzt war im Nachbardorf, ungefähr sechs Kilometer weit weg. Das würde Gustave niemals schaffen, und ihn das ganze Stück tragen, konnte sie nicht. Aber bestimmt durfte sie sich ein Fahrrad ausleihen und Gustave in eine Kiste setzen, überlegte sie. Sie stand auf und lief zum Nebengebäude, wo Camille ihr Fahrrad immer abstellte.

Als sie die Tür zum Lagerraum aufriss, wäre sie im nächsten Moment beinahe mit Felix zusammengestoßen.

»Hoppla, attention!«, sagte er amüsiert und hielt Nathalie an beiden Oberarmen fest, um einen Zusammenstoß zu verhindern. Doch als er Nathalies tränenfeuchte Augen sah, wurde er ernst. »Was ist los? Was hast du?«

»Gustave geht es nicht gut ...«, stammelte sie. »Er ist schon den ganzen Morgen so komisch ... Er kann nicht richtig Wasser lassen ... Und jetzt hatte er auch noch Blut im Urin!« Sie schluchzte auf. »O Gott, hoffentlich stirbt er nicht.«

»So schnell stirbt hier keiner!«, sagte Felix entschieden. »Los, hol Gustave, ich fahre euch zum Tierarzt.«

»Aber ...«

»Keine Widerrede«, unterbrach Felix sie mit fester Stimme. »Wir sehen uns draußen vor dem Hof.«

Nathalie nickte und schluckte schwer. Dann drehte sie sich um und rannte in den Garten, um Gustave zu holen. Sie hob ihn hoch, auch wenn er recht schwer war, doch sie schaffte es, ihn ums Haus und in den Vorgarten zu tragen. Dort fiel ihr die Kinnlade herunter, als Felix mit dem Traktor vorfuhr.

»Hast du kein Auto?«, fragte sie fassungslos.

»Nein«, antwortete Felix. »Das hat Camille gerade. Du kannst also entweder laufen, oder wir nehmen den Traktor. Du hast die Wahl.«

»Traktor!«, sagte Nathalie entschieden und übergab Felix den Hund.

Er nahm den fiependen Gustave auf seinen Schoß und reichte Nathalie dann die andere Hand, um ihr hochzuhelfen.

»Danke!«, schluchzte Nathalie und bettete Gustave auf ihren Beinen.

Felix trat aufs Gaspedal, und der Traktor fuhr unter lautem Brummen und mit einem schweren Ruck an. »Alles okay bei euch da hinten?«, rief er gegen den Lärm an.

»Ja«, antwortete Nathalie und drückte ihren Hund fest an sich. Hoffentlich konnte der Tierarzt ihm helfen!

Als Felix am Dorfende auf einen Feldweg einbog und nach wenigen Hundert Metern der Asphalt endete und alles in die typische mediterrane Strauchlandschaft überzugehen schien, verlor Nathalie die Nerven.

»Was machst du denn da?«, rief sie panisch. »Der Nachbarort war geradeaus ausgeschildert!«

»Für Autos!«, antwortete Felix. »Glaub mir, so geht es schneller!«

Nathalie schluckte schwer. Es blieb ihr wohl nichts anderes übrig, als Felix zu vertrauen. Auf dem kleinen Notsitz über dem Rad wurde sie ordentlich durchgeschüttelt. Hoffentlich schadete Gustave das Gerüttel nicht.

»Da vorne ist es!« Felix deutete mit ausgestrecktem Arm auf einen Weiler, der gerade mal aus fünf Häusern zu bestehen schien. Felix schaltete einen Gang runter und trat aufs Gas.

Nathalie fragte sich, ob es hier wirklich einen Tierarzt gab, aber sie hoffte, dass Felix recht behalten würde.

Jetzt endlich erreichten sie die kleine Siedlung, und Felix bog schon in der ersten Querstraße ab. Dann bremste er und hielt vor einer Scheune an. Das hier sollte ein Tierarzt sein? Nathalie wurde es ganz flau im Magen. Hoffentlich arbeitete er nicht noch mit glühenden Zangen und ohne Narkose, denn das wollte sie Gustave nun wirklich nicht antun. Er schien auch so schon genügend Schmerzen zu haben. Doch dann erkannte sie neben der Scheunentür das moderne Glasschild, in das »Martin Richard, méd. vét.« eingraviert war. Erleichtert atmete sie durch.

Felix half ihr vom Traktor und hielt ihr anschließend die Tür zur Anmeldung auf. Dort saß eine blonde Frau, etwa in Nathalies Alter, hinter einem Schreibtisch und sah kurz auf. »Bonjour, was kann ich für Sie tun?«

»Sie müssen uns helfen, meinem Hund geht es nicht gut!« Als Nathalie ihr erklärte, was Gustave hatte, überschlugen sich ihre Worte beinahe, so aufgeregt und panisch war sie.

Schließlich nickte die Sprechstundenhilfe, stand auf und öffnete die Tür eines Behandlungszimmers. »Der Doktor kommt gleich«, sagte sie.

Für Nathalie fühlte es sich an wie eine Ewigkeit, bis endlich der Tierarzt eintrat. Auch Felix neben ihr schien angespannt zu sein, denn sein Unterkiefer mahlte.

»Na, dann wollen wir uns den Patienten doch mal genauer ansehen …«, sagte der Arzt, ein untersetzter Mann in den Sechzigern mit Drahtbrille und weiß-grauem abstehendem Haarkranz. Vorsichtig tastete er den Bauch des Hundes ab, griff dann zu seinem Ultraschallgerät, und nachdem er mit zusammengezogenen Augenbrauen das Bild angesehen hatte, nickte er. »Blasensteine. Wir müssen operieren.«

»Was?«, fragte Nathalie entsetzt.

»Es ist gut, dass Sie so schnell reagiert haben. Wir werden Ihren Hund operieren und die Steine entfernen. Wenn Sie wollen, können wir den Eingriff jetzt gleich machen.«

Nathalie nickte beklommen. »Und wie lange dauert das?«

»Na, so zwei, drei Stunden müssen Sie uns schon geben«, sagte Martin Richard. »Carola und ich tun natürlich unser Bestes, damit Sie Ihren kleinen Liebling bald wieder gesund bei sich haben. Und wenn die Operation gut verläuft, können Sie ihn nachher auch schon wieder mit nach Hause nehmen.« Er erklärte das Vorgehen des Eingriffs, aber Nathalie verstand nur die Hälfte. Dann bat er sie nach draußen ins Wartezimmer, wo sie und Felix auf den unbequemen blauen Plastikstühlen Platz nahmen.

»O Gott, ich werde noch ganz wahnsinnig«, flüsterte Nathalie, als sie die ersten zwanzig Minuten schweigend abgewartet hatte.

»Du hast doch gehört, was der Tierarzt gesagt hat«, versuchte Felix, sie zu trösten. »Es war gut, dass du so schnell reagiert hast.«

Nathalie presste die Lippen zusammen. »Ich habe ihn doch noch nicht mal eine Woche … Als ich ihn gefunden habe, saß er so allein und hilflos an der Autobahnraststätte … Und jetzt … Was ist, wenn er …« Sie brach ab und musste schwer schlucken.

Und dann, zu ihrer Verwunderung, legte Felix plötzlich seinen Arm um sie und zog sie an sich. »So etwas darfst du nicht mal denken«, flüsterte er und streichelte beruhigend über ihren Rücken. »Gustave ist ein zäher Knochen. Wer weiß, wie lange er da schon an der Raststätte saß und auf dich gewartet hat.«

Auf dich gewartet, das klang schön in Nathalies Ohren, und sie nickte stumm. Trotzdem konnte sie nicht verhindern, dass sich ihre Augen mit Tränen füllten. Und schon tropfte die erste auf Felix' Jeans, und Nathalies Körper begann, unter den Schluchzern zu zucken.

Felix legte jetzt auch den anderen Arm um sie und drückte sie sanft an sich. »Glaub mir, alles wird gut«, flüsterte er mit sanfter Stimme, und Nathalie schmiegte sich in seine Umarmung, die sich so gut, so sicher und beschützend anfühlte, dass sie davon überzeugt war, dass er ganz bestimmt recht haben musste. Erschöpft schloss sie die Augen, ließ den Kopf an seinen muskulösen Oberkörper sinken und atmete tief durch. Sie nahm Felix' Geruch wahr, sein Aftershave aus Bergamotte und der zarte Duft seiner Aprikosenbäume, unter denen er sich täglich aufhielt. Nathalie konnte sogar die süßlichen Aprikosen riechen, deren Aroma sich daruntergemischt hatte. Und irgendwie vermittelte ihr das alles in diesem Moment ein Gefühl tiefer Geborgenheit.

Seltsam, bei Elias hatte sie in den ganzen vier Jahren ihrer Beziehung nie so etwas Intensives wahrgenommen, und Nathalie spürte, dass sie sich vor dem Moment fürchtete, wenn sie sich wieder aufrichten und Felix sie loslassen musste. Aber jetzt, für diese wenigen Augenblicke, konnte sie sich einfach fallen lassen, sich sicher und beschützt fühlen.

Nathalie bemerkte gar nicht, dass sie fast die kompletten zwei Stunden so an Felix gelehnt dagesessen und gewartet hatte. Und Felix hatte sie auch nicht weggeschoben oder seine Umarmung gelöst. Lediglich sein beruhigendes Streicheln hatte irgendwann abgenommen und war nur noch zu einer kleinen Bewegung seines Daumens geworden, ein zarter Hauch einer Berührung, der Nathalie dennoch tiefen Trost spendete.

Endlich kam Dr. Richard aus dem Behandlungszimmer. Er zog sich den Schutz vom Gesicht, und als er auf sie zutrat, sprang Nathalie mit einem bangen Gefühl auf. Ihre Knie waren weich, und das Blut rauschte ihr in den Ohren.

»Und?«, fragte sie mit klopfendem Herzen.

»Ihrem Gustave geht es gut. Wir konnten alle Blasensteine vollständig entfernen. Wir leiten gerade die Narkose aus, und sobald er wieder wach ist, können Sie ihn mitnehmen. Ich verschreibe Ihnen noch ein paar Schmerzmittel und Antibiotika, die er zweimal täglich nehmen muss, und in ein paar Tagen kommen Sie zur Kontrolle vorbei.«

»Vielen Dank!«, sagte Nathalie glücklich, und als der Arzt wieder gegangen war, konnte sie nicht anders und fiel Felix, der stumm neben ihr gestanden hatte, voller Erleichterung um den Hals. »Hast du gehört? Er hat es geschafft!« Nathalie atmete tief ein, wieder musste sie schluchzen, dieses Mal allerdings vor Freude. Sie spürte, wie ihr ein paar Tränen die Wange hinunterliefen, aber das war egal. Gustave hatte die Operation überstanden.

Da legte auf einmal Felix seine Hand an ihre Wange und wischte mit seinem Daumen zärtlich ihre Tränen weg. Nathalie glaubte für einen Moment, dass die Welt stillstand, als sie jetzt in Felix' blaugrüne Augen blickte. Sie hatten die Farbe des Meers, und sie hatte das Gefühl, dass sie darin versank, so unendlich tief war sein Blick, und trotzdem glaubte sie in diesem Moment, auf den Grund seiner Seele blicken zu können. Nathalie spürte die Wärme, die von seiner Hand ausging, sie blinzelte, genoss die Berührung und wünschte sich, dass Felix sie wieder in seine Arme zog, dass er sie noch einmal so festhielt wie eben. Doch dann ließ er seinen Arm sinken, und der Moment war vorüber.

Carola kam zu ihnen und reichte Nathalie ein Rezept. »Sie können jetzt zu ihm. Er ist noch ein bisschen schwach, aber es spricht nichts dagegen, dass Sie ihn mitnehmen.«

Nathalie nickte und folgte ihr ins Behandlungszimmer. Dort lag Gustave noch immer auf dem OP-Tisch, aber seine Augen waren jetzt deutlich wacher und klarer. Er verfolgte

Nathalie mit seinem Blick, und als sie zu ihm trat, begann er, glücklich mit dem Schwanz zu wedeln. Nathalie wollte ihn streicheln, doch da hob Gustave seinen Kopf und leckte über ihre Hand, so als ob er sich dafür bedanken wollte, dass sie ihn hierhergebracht hatte.

»Ist ja gut, mein Süßer«, flüsterte Nathalie euphorisch und kraulte ihn hinter den Ohren. »Das hast du toll gemacht.« Sie hob ihn vom OP-Tisch und drückte ihn zärtlich an sich.

»Geht's?«, fragte Felix, der jetzt hinter sie getreten war.

Nathalie nickte. Sie wusste, dass Felix ihn ihr abnehmen würde, aber das wollte sie nicht. Sie brauchte jetzt die Wärme dieses Hundekörpers, Gustaves Nähe, um die sie so gebangt hatte.

»Um Himmels willen, da seid ihr ja!« Camille schlug die Hände vor der Brust zusammen und lief mit eiligen Schritten auf sie zu, kaum dass sie auf dem Aprikosenhof angekommen waren. »Ich hab mir solche Sorgen um euch gemacht! Henni sagte, dass ihr ganz plötzlich weggefahren seid. Was ist denn passiert?«

Nathalie erzählte von Gustaves Not-OP und Felix' raschem Handeln und kam erst wieder zur Ruhe, als sie sich in ihr Zimmer zurückgezogen hatte. Dort bettete sie Gustave auf seine Decke, setzte sich im Schneidersitz vor ihn und streichelte ihn so lange, bis er schließlich eingeschlafen war.

Sie griff zu dem flauschigen Bademantel und ihrem Nachthemd und machte sich dann auf den Weg ins Badezimmer. Nach all der Aufregung brauchte sie jetzt erst einmal eine Auszeit. Sie ließ sich ein heißes Bad ein, und auf der Suche nach einem Föhn entdeckte sie in einer Schublade des Waschbeckenunterschranks mehrere Kerzen und Tee-lichte. Nathalie stellte sie an den Wannenrand, zündete sie an und ließ etwas von ihrem Badesalz in die Wanne rie-seln. Dann gab sie das Lavendelsalz mit den übrigen Kräu-tern dazu. In dem warmen Wasser entfaltete sich der Duft der Kräuter gleich noch intensiver, und schon nach weni-gen Minuten roch das kleine Badezimmer wie ein Sommer-nachmittag in Adelines Kräutergarten. Nathalie streifte ihre Kleider ab und ließ ihren Fuß in die Wanne gleiten, aus der dampfend die betörenden Düfte emporstiegen. Das Wasser fühlte sich wunderbar weich und samten an, an der Oberflä-che schwammen die Lavendelblüten und Rosenblätter, und Nathalie kam sich fast vor wie in einem exklusiven Well-nessurlaub, aber das hier war besser.

Sie seufzte wohlig auf und ließ sich mit dem Rücken gegen den Wannenrand gleiten, wobei die Blüten auf der Wasser-oberfläche auf den kleinen Wellen schaukelten. O ja, Adeline hatte so recht gehabt. Dieses Badesalz wirkte entspannend und beruhigend – und das war genau das, was sie jetzt, nach diesem aufregenden Tag, brauchte. Glücklich schloss sie die Augen, atmete die ausgleichenden Düfte der Kräuter ein und dachte an Felix, der so schnell reagiert hatte. Ohne zu zö-gern, war er mit dem Traktor vorgefahren, hatte ihr gehol-fen und zur Seite gestanden. Auf Nathalies Gesicht breitete sich ein Lächeln aus, als sie daran dachte. Und als er sie dann in den Arm genommen hatte, um sie zu trösten … Glück-lich seufzend tauchte sie kurz unter und strich sich dann die Haare aus dem Gesicht. Es hatte sich so gut angefühlt, Felix' Wärme zu spüren, fast wie jetzt das warme Wasser der Bade-wanne, aber nur fast. Nathalie tauchte wieder auf, strich sich mit beiden Händen das Wasser aus dem Gesicht und öffnete die Augen. Dieser Mann brachte sie ganz durcheinander. In einem Moment war er wortkarg und verschlossen, und im nächsten konnte er so einfühlsam und fürsorglich sein, und sie musste sich eingestehen, dass sie sich wünschte, diese fürsorgliche Seite noch einmal zu sehen. Sie sehnte sich regelrecht in seine Umarmung zurück, allerdings nicht mehr, weil sie sich einsam fühlte, sondern weil sie Felix vermisste. Aber durfte sie das denn? Wohin würde das führen? War sie etwa gerade dabei, sich in ihn zu verlieben?

Ach, wenn sie doch nur wüsste, wie es weitergehen sollte ... Hier war sie so glücklich und zufrieden. Aber wenn ihr Auto bald repariert war, würde sie all das, den Hof, diese Ruhe und auch Felix hinter sich lassen müssen und wieder in ihr altes Leben zurückkehren. Natürlich, so war es geplant. Aber die Frage war: Wollte sie das noch?

15.

»Da ist ja unser Sorgenkind«, begrüßte Felix Nathalie und Gustave am nächsten Morgen, als sie zum Frühstücken in die Küche kamen.

»Es geht ihm schon deutlich besser.« Nathalie setzte sich zu ihm und nahm sich ein Pain au chocolat. »Danke noch mal, dass du gestern für uns da warst.«

»Gern.« Felix lächelte und sah sie einen Moment länger an als sonst, aber dann wandte er schnell wieder seinen Blick ab. Seit dem Tierarztbesuch dachte er zwar an nichts anderes mehr als daran, wie er Nathalie im Arm gehalten hatte, aber er wollte ihr keine falschen Hoffnungen machen. Und überhaupt, wie würde es weitergehen, wenn sie bald abfuhr?

»Ich habe gestern übrigens Adelines Badesalz ausprobiert«, sagte Nathalie jetzt an Camille gewandt. »Es ist wunderbar geworden. Ich würde gerne noch mehr Rezepte ausprobieren, wenn ich darf. Ich finde es unglaublich spannend, was Adeline da alles aufgeschrieben hat.«

»Ja, nur zu. Die meisten Sachen sind ja da, man muss sie eben nur im Kräutergarten suchen.«

Nathalie lächelte. »Oh, wenn ihr nichts dagegen habt, würde ich mich sehr gerne um den Garten kümmern.«

»Wirklich?« Felix war ehrlich überrascht. Den Kräutergarten vom Unkraut zu befreien, war so ziemlich das Letzte, was er Nathalie zugetraut hätte. Ja, sie hatte sich bei der Aprikosenernte ganz ordentlich angestellt, aber momentan half sie doch öfter Camille in der Küche. Er hätte nicht gedacht, dass sie sich doch so sehr für Gartenarbeit interessierte.

»Ja.« Nathalie nickte bekräftigend. »Ich will mich auch nicht in eure Angelegenheiten einmischen, aber ich könnte mir gut vorstellen, dass Adelines Rezepte für euch durchaus interessant sein könnten. Wie du schon sagst, Camille, die Zutaten sind fast alle da, und bei uns in Deutschland ist Naturkosmetik sehr gefragt.«

Felix horchte interessiert auf. »Aber meinst du denn, das kauft jemand?«

»Auf jeden Fall«, war Nathalie überzeugt. »Adeline hat komplett auf Zusatzstoffe verzichtet und nur natürliche Zutaten genutzt, so etwas mögen die Leute, und alle ihre Cremes, Lotionen und Tinkturen haben nicht nur eine pflegende, sondern auch eine heilende Wirkung. Das könnte man gut vermarkten.«

Felix war überrascht, wie viele Gedanken sich Nathalie gemacht hatte, und es beeindruckte ihn. Trotzdem blieb er skeptisch. »Das klingt ja alles ganz nett, aber wie sollen wir das zusätzlich noch stemmen? Wir kommen mit der Arbeit so schon kaum hinterher, und dann soll noch jemand Salben zusammenrühren und Kräutersude aufbrauen?«

»Na ja, zuerst müsste man die Rezepte natürlich testen«, sagte Nathalie. »Und dann muss man überlegen, was sich gut eignet, um es in ein eigenes Sortiment aufzunehmen.«

»Und dann? Verkaufen wir drei Cremetiegel und fünf Sprühflaschen? Das reißt den Gewinn nicht raus.« Felix hob zweifelnd eine Augenbraue. »Und eine größere Produktion hier auf dem Hof halte ich nicht für realistisch.«

Nathalie dachte einen Moment nach und nippte an ihrem Kaffee. »Hm, hier auf dem Hof vielleicht nicht. Aber eventuell könnte man sich einen Produzenten mit ins Boot holen ...«

»Und erst mal investieren, bevor es sich rentiert?« Felix schüttelte den Kopf. »Deine Idee in allen Ehren, aber ich denke nicht, dass das rentabel ist.«

»Es war ja auch nur ein Vorschlag«, sagte Nathalie, aber ihrer Stimmlage war deutlich anzuhören, dass sie verletzt war.

»Wie auch immer. Ich muss los, ich habe noch im Dorf zu tun. Odilie hat bei meinem letzten Besuch angekündigt, dass sie Interesse an der Aprikosenmarmelade hat.«

»Schön, dann nimm ihr doch gerne ein paar Gläser zum Probieren mit.« Camille stand auf und ging in die Vorratskammer. Sie nahm mehrere Gläser aus dem Regal und stellte sie in eine kleine Holzkiste. »Und sag ihr schöne Grüße von mir.«

»Mach ich«, brummte Felix und nahm die Kiste.

Als Felix die Werkstatt betrat, lag Maurice gerade auf seiner Rollliege unter einem Wagen, sodass nur seine Beine unter der Karosserie hervorlugten.

»Bonjour, Maurice!«, sagte Felix.

»Ah, bonjour, Felix.« Maurice rollte unter dem Wagen hervor und stand auf, um seinen Freund zu begrüßen. »Was gibt's Neues vom Aprikosenhof?«, fragte er und grinste dabei bis über beide Ohren.

»Falls das eine Frage ist, ob zwischen Nathalie und mir etwas läuft: nein.«

»Ach, Felix, was machst du nur? Da bist du ihr Held in der Not und fährst ihren Hund zum Tierarzt und lässt dir deine Chance einfach so entgehen?«

»Das hat sich also auch schon herumgesprochen?« Felix lehnte sich gegen eine Werkzeugbank und verschränkte die Arme.

»Unser Dorf ist klein, mon ami. Aber nun, die Größe unseres Dorfes ist sicherlich nicht das, worüber du mit mir sprechen willst. Also, warum bist du hier?«

»Ich wollte mal fragen, wie weit Nathalies Wagen ist.«

»Oho!« Maurice hüstelte amüsiert. »Ist es so schlimm mit ihr, dass du sie unbedingt loswerden willst?«

»Nein.« Felix seufzte. »Ich wollte nur mal hören, wie du mit der Reparatur vorankommst.«

»Ach so.«

»Also?«, bohrte Felix nach, da Maurice keine Anstalten machte.

»Na ja, die Zylinderkopfdichtung war heute bei der Post mit dabei.«

»Und meinst du, dass du vielleicht noch ein, zwei Tage länger brauchen könntest mit dem Einbau?« Felix merkte, dass seine Stimme lange nicht so fest klang, wie er gerne wollte, und noch dazu rutschte sie ihm auch eine Oktave höher.

»Ha! Ich hab's doch gewusst!« Maurice schlug mit der flachen Hand auf die Motorhaube des Autos. »Du hast Interesse an ihr!« Er strahlte über das ganze Gesicht.

»Na ja, ich sag mal so: Nathalie hatte heute Morgen eine Idee, die ich ganz spannend finde. Ich fürchte nur, dass sie sie nicht verwirklichen wird, wenn sie bald schon wieder geht.«

Maurice machte eine auffordernde Handbewegung, da Felix nicht weitersprach. »Ich brauche da schon ein paar mehr Details, wenn ich helfen soll …«

Felix seufzte schwer. »Sie will Kosmetikprodukte aus Adelines Hausrezepten herstellen. Als zusätzliche Einnahmequelle für den Hof, meint sie.«

Jetzt hob Maurice interessiert die Brauen. »Klingt nicht schlecht. Und das große Aber?«

»Aber ich fürchte, dass sie das nicht macht, wenn sie in ein paar Tagen schon wieder fährt.«

»Hm.« Maurice kratzte sich am Kinn.

»Weißt du, sie ist so motiviert. Sie geht richtig auf, wenn sie auf dem Hof mithilft und mit Adelines Kräutern experimentiert. Sie strahlt dann so und … Was? Hör auf zu grinsen!«

»Ich grinse nicht, ich freue mich«, korrigierte Maurice ihn. Felix sah ihn abschätzig an.

»So wie du von ihr sprichst, wie du von ihr schwärmst. Oh, Mann, Felix, du bist bis über beide Ohren verliebt!«

»Jetzt mach mal einen Punkt!«, sagte Felix beinahe aufgebracht.

»Bist du das nicht? Zu schade.« Maurice stieß einen gespielt tiefen Seufzer aus. »Dabei habe ich jetzt doch dummerweise das falsche Teil für ihren Wagen bestellt.«

Felix hob überrascht den Blick. »Wirklich?«

»Einfach zu ärgerlich. Dabei war ich mir so sicher, dass das Teil trotzdem passt, weil das andere momentan eine Lieferzeit von ein bis zwei Wochen hat.«

Jetzt hellte sich Felix' Miene deutlich auf. »Du hast was gut bei mir, Maurice.«

Aber Maurice winkte bloß ab. »Schwamm drüber. Als Sylvie und ich unsere Krise hatten, warst du auch für uns da. Komm, ich will dir was zeigen.« Er lief in den hinteren Teil der Werkstatt, in dem ein abgedeckter Wagen stand. »Der ist gestern Abend reingekommen.« Maurice zog die Abdeckplane vom Auto, und zum Vorschein kam ein silberfarbener Citroën DS 19 Cabrio.

Felix stieß einen anerkennenden Pfiff durch die Zähne. »Wo hast du denn den her?«

»Ich habe ihn seit einigen Wochen schon auf einer Internetplattform beobachtet. Déesse, die Göttin … Ist sie nicht zauberhaft?« Maurice' Augen glänzten. »Sie hat fünfundsiebzig PS und erreicht eine Spitzengeschwindigkeit von einhundertvierzig Stundenkilometer. Wenn sie denn mal fährt.«

»Was?«, rief Felix überrascht. »Du kaufst ein Auto, das nicht fährt?«

»Felix, das hier ist kein Auto, c'est l'amour! Avantgardistisches Design, vereint mit einer Fülle von technischen Innovationen. Hier ist das erste zentrale hydraulische System für Federung, Schaltung, Bremsen und Servolenkung verbaut.«

»Ja, aber wenn es nicht fährt, bringt dir das auch nichts.«

»Dieser Oldtimer wird fahren«, sagte Maurice überzeugt. »Vielleicht braucht es eine Weile, bis ich den Fehler finde, aber ich werde es hinbekommen.«

Felix klopfte ihm aufmunternd auf die Schulter. »Natürlich; und sobald er läuft, mache ich die erste Probefahrt damit.«

»Gut, dann halte dir schon mal einen Termin in deinem Erntekalender frei, lange wird es nämlich nicht mehr dauern.«

Felix nickte schmunzelnd. Er wusste, dass Maurice nichts unversucht lassen würde, um diesen Oldtimer wieder auf Vordermann zu bringen, und er konnte ihn gut verstehen. Das Auto war ein Prachtstück, und er musste zugeben, dass er es selbst nur zu gerne einmal fahren würde.

»Na gut, ich muss weiter. Ich habe noch eine Verabredung mit Odilie.«

»Schön, dann bis demnächst. Und halt mich auf dem Laufenden, wie es mit Nathalie … äh, ich meine natürlich mit den Kosmetikprodukten läuft! Ich kann das Auto schließlich nicht ewig hier zur Reparatur haben. Also streng dich mal ein bisschen an.«

»Es geht nur um den Aprikosenhof«, sagte Felix mit Nachdruck.

»Sicher. Und die Erde ist eine Scheibe.«

16.

Nathalie schlenderte durch den Kräutergarten und ließ den Blick prüfend über die Pflanzen schweifen. Hier gab es einiges zu tun. Die angelegten Wege von Adeline waren gut, aber es wäre sicherlich von Vorteil, wenn man diese mit Platten oder wenigstens mit Holzbalken befestigen würde. So käme man deutlich leichter an die Pflanzen zum Ernten. Sie betrachtete die Beete, die mit einzelnen Steinen eingefasst waren, von denen auch einige verwittert oder sogar ganz kaputt waren. Und einen Teil der Pflanzen würde sie ersetzen müssen. Nathalie suchte zwischen der wuchernden Pfefferminze nach der Kamille, die jedoch verdorrt ihren Geist aufgegeben hatte. Dafür dufteten ihre Hände jetzt angenehm nach der marokkanischen Minze, die sich sicherlich auch für Tee und die speziellen Gesichtspeelings eignete, die Adeline aufgeschrieben hatte.

Nathalie lief weiter, und der Rosmarin streifte ihre Beine und den Rocksaum. Sicherlich würden ihre Kleider heute Abend ganz besonders intensiv danach duften. Am Rand des Gartens gab es einige Johannisbeer- und Himbeersträucher, von denen manche sogar Früchte trugen, auch wenn sie dringend wieder gebunden und neue Sträucher gepflanzt werden mussten. Und das Naturfeld mit den Gänseblümchen und den Ringelblumen würde sie erst einmal zu zwei Dritteln vom Löwenzahn befreien müssen. Dieser war zwar auch nützlich, und Nathalie hatte in Adelines Pflanzentagebuch einige Rezepte gefunden, wo er auch verwendet wurde, aber so viel benötigte sie dann doch nicht.

Als sie die Mitte des Gartens erreicht hatte, entdeckte sie zwischen den beinahe brusthohen verwilderten Duftrosen eine Schale, die auf einer Steinsäule stand. Ob das wohl eine Vogeltränke war? Nathalie hatte einige Mühe, die Rosen beiseitezuschieben und sich dabei nicht von den Stacheln zerkratzen zu lassen, doch als sie es geschafft hatte, konnte sie die Schale genauer inspizieren. Sie war aus grauweißem Marmor und, abgesehen von ein bisschen Moosbewuchs, noch tadellos. Als sie sich darüberbeugte, erkannte sie, dass es in der Mitte einen Zulauf gab. Es handelte sich also um einen Springbrunnen.

Nathalie ging das Herz auf, als sie sich ausmalte, wie hier, in der Mitte dieses paradiesischen Gartens ein Springbrunnen plätscherte und sich die bunten Blüten der Kräuter dazu im Wind wiegten. Jetzt erkannte sie auch die Struktur, mit der der Garten angelegt war: Die fünf Hauptwege, die ihn unterteilten, liefen sternförmig alle auf die Mitte hin, in der der Springbrunnen das Zentrum bildete. Nathalie hatte sofort Pläne, dass sie die Duftrosen mit Rosenbögen in Form bekommen wollte, durch die man dann hindurchschreiten und hier zu dem kleinen abgeschiedenen Paradies gelangen konnte. Zwischen die Rosenbögen würde sie Bänke stellen, kleine Steinbänke, passend zum Brunnen, alle rund gebogen, die dann einen Kreis ergaben und zum Verweilen einluden. O ja, sie konnte es sich ganz genau vorstellen, wie sie hier sitzen und ein Buch lesen oder Adelines Kräutertagebuch auf dem Schoß haben würde …

Aber Nathalie wusste, dass sie das in der kurzen Zeit, die sie noch hier war, auf keinen Fall schaffen konnte. Sie musste realistisch bleiben, und fürs Erste würde sie sich mit dem Nötigsten, nämlich dem Unkrautrupfen und dem Pflanzensetzen befassen müssen. Am besten war es, sie erstellte eine Liste, welche Kräuter und Pflanzen am dringendsten ersetzt und neu angelegt werden mussten.

Mit entspannten Schritten und einem ruhigen Gefühl im Herzen ging sie zur Terrasse zurück und setzte sich. Gustave, der bis eben nahe des Baumstamms im Schatten gelegen hatte, blickte auf, erhob sich dann und lief schwanzwedelnd zu Nathalie, um sich nach einer kurzen Streicheleinheit unter ihrem Gartenstuhl zusammenzurollen. Er war noch immer nicht ganz auf der Höhe, aber es ging ihm tatsächlich besser seit gestern. Nathalie zog sich das in Leder gebundene Pflanzen- und Kräutertagebuch von Adeline heran und schlug es auf. Nachdenklich blätterte sie durch die Seiten, um zu sehen, welche Kräuter und Pflanzen Adeline besonders oft nutzte. Als sie bei dem Rezept für das Badesalz angekommen war, musste sie wieder an das Gespräch heute Morgen mit Felix und Camille denken. Es freute sie, dass Camille so begeistert war, aber was war nur mit Felix los?

Gestern, beim Tierarzt, war er so nett gewesen. Er hatte sie in den Arm genommen, sie getröstet, und war da nicht auch dieses Knistern zwischen ihnen gewesen, als er ihr die Tränen von der Wange gewischt hatte? Aber heute … heute war er wieder ganz anders; zurückhaltend und skeptisch. Na ja, vielleicht war sie auch einfach ein bisschen zu weit gegangen, sich da so ungefragt einzumischen. Andererseits, Camille war doch auch sofort Feuer und Flamme gewesen und hatte sie ermutigt, die Rezepte auszuprobieren. Und so eine Kosmetiklinie könnte sicherlich erfolgreich sein, wenn man es richtig aufzog. *Wenn* ... Doch dafür bräuchte sie das Okay von Camille *und* Felix. Und Felix glaubte ganz offensichtlich nicht an ihre Idee. Vielleicht war das ja wirklich nur eine Spinnerei von ihr, und er war einfach realistisch.

Sie seufzte tief.

»So in Gedanken, Mademoiselle?«

Nathalie zuckte zusammen, doch dann sah sie Henni, der sie verschmitzt anlächelte.

»Ach, du bist es.« Sie lächelte ebenfalls. »Ja, ich habe über Adelines Kräuter nachgedacht. Willst du dich zu mir setzen?«

Henni schob sich einen Stuhl zurück und nahm neben Nathalie im Schatten der Platane Platz.

»Ich habe überlegt, ob man den Garten nicht wieder auf Vordermann bringen kann, um dann die Kräuter dort zu ernten. Ich würde gerne mehr von Adelines Rezepten ausprobieren.«

»Ah, wie schön! Camille hat mir schon erzählt, wie wunderbar das Badesalz geworden ist. Wusst ich's doch, dass das Buch bei dir in guten Händen ist.« Er zwinkerte ihr zu.

Hennis Worte freuten sie, und ein versonnenes Lächeln breitete sich auf ihrem Gesicht aus.

»Weißt du, ich habe überlegt, ob man die Rezepte nicht ein bisschen abwandeln kann. Sodass man den Schwerpunkt nicht so sehr auf den Gesundheitsaspekt legt wie Adeline damals, sondern eher auf die Schönheit und die Hautpflege.«

Henni beugte sich gespannt zu ihr nach vorne. »Du hast schon einen Plan, was?«

»Nein, es ist nur so eine Idee. Ich habe überlegt, ob es nicht eine Möglichkeit gibt, den Hof doch irgendwie zu halten. Ich fände es so schade, wenn es das alles hier auf einmal nicht mehr gäbe.« Sie blickte sehnsüchtig über den Garten und die Aprikosenhaine. »Ich weiß, es geht mich eigentlich auch alles nichts an, aber irgendwie würde ich dir, Felix und Camille gerne helfen.«

Jetzt flackerte etwas in Hennis wasserblauen Augen auf, und Nathalie sah ihn unsicher an.

»Du hältst mich für verrückt, oder?«

»Nein, ganz und gar nicht.«

»Weißt du, es ist nur so, dass ich nicht möchte, dass der Aprikosenhof verkauft wird – und schon gar nicht, um ihn für ein Rapsfeld abzureißen.«

»Und was ist mit deinen eigenen Plänen?«, fragte Henni. »Du wolltest doch an die Côte d'Azur.«

Nathalie nickte bedrückt. Aber wollte sie wirklich immer noch Elias aus Zorn und Wut hinterherfahren, sich verbissen an dem Gedanken festhalten, dass es ihr nach diesem Gespräch besser ging? Was würde schon groß dabei herauskommen?

»Ach, die Côte d'Azur kann warten«, sagte sie nach einer Weile. »Das hier ist wichtiger.« Sie dachte einen Moment nach. »Weißt du, ich habe dich und Camille lieb gewonnen. Ihr habt mir, ohne zu fragen, geholfen, als ich nicht mehr weiterwusste. Und irgendwie würde ich euch jetzt gerne etwas davon zurückgeben.«

Henni legte seine faltige Hand auf ihre und drückte sie

leicht. »Du bist ein gutes Mädchen. Anständig und mit einem großen Herzen.« Er lächelte.

»Ach was, nein, das ist doch selbstverständlich, Henni.«

»Nein, das ist es nicht, und das weißt du.«

»Dass ihr mich einfach so bei euch aufgenommen habt, war auch nicht selbstverständlich.«

Henni wiegte den Kopf hin und her. »Manchmal weiß man nicht, wieso sich manche Wege kreuzen.«

»Das klingt, als käme es aus Adelines Pflanzentagebuch«, sagte Nathalie zwinkernd.

»Oh, wer weiß, ich glaube, ich war oftmals die Muse, die die Künstlerin geküsst hat. Aber jetzt erzähl, was hast du mit dem Garten vor?«

»Also, natürlich weiß ich noch nicht, ob das alles so klappt, aber ich bin vorhin durchgelaufen und habe mir die Kräuter und Pflanzen, die da sind, einmal genauer angeguckt. Viele müssen einfach nur vom Unkraut befreit werden, aber bei anderen ist leider nichts mehr zu holen. Manche sind vertrocknet, andere wurden von Schädlingen befallen. Da müsste ich neue Pflanzen kaufen und sie setzen.«

»Gut, gut. Ich werde Felix sagen, dass er dich morgen ins Dorf fahren soll. Samstags findet da immer der große Wochenmarkt statt, und es gibt einen Stand, Le Jardin d'Emilia, wo du genau das bekommst, was du brauchst. Du wirst sie sicherlich leicht erkennen. Eine ältere Dame, etwa in meinem Alter, rundlich, und sie trägt immer Kittelschürzen. Sie kann dich gut beraten. Und Felix soll dir morgen helfen.«

»Wobei soll ich helfen?«, fragte Felix, und Nathalie zuckte wieder zusammen.

Es war wohl seine Eigenart, sich leise wie eine Katze anzuschleichen und dann plötzlich, wie aus dem Nichts, seinen Kommentar abzugeben.

»Nathalie möchte morgen auf dem Markt Kräuter und Pflanzen für den Garten kaufen. Du kannst sie doch sicherlich fahren? Sie wird auch den Anhänger brauchen.«

Felix nickte nachdenklich.

»Ich werde selbstverständlich nichts machen, was ihr nicht gut findet«, versicherte sie schnell. »Ich habe schon ein paar Ideen, wie man den Garten noch schöner anlegen könnte, aber das bespreche ich natürlich vorher alles mit euch.«

»Also von meiner Seite aus hast du freie Hand«, sagte Henni.

»Und wer soll das alles bezahlen? Den Garten wieder auf Vordermann zu bringen, ist schließlich eine größere Sache, und momentan haben wir kein Geld für die nötigen Investitionen.«

Nathalie dachte einen Moment nach. »Wenn ihr damit einverstanden seid, würde ich die Kosten gerne übernehmen – als Dank für die Unterkunft und die Verpflegung, die ich hier auf dem Aprikosenhof von euch erhalten habe. Ich kann heute Abend auch noch ein paar Entwürfe zeichnen«, setzte sie nach kurzem Nachdenken hinzu. »Dann können wir absprechen, welche Idee du besser findest.« Hoffnungsvoll sah sie zu Felix auf, der schließlich nur mit den Schultern zuckte.

»Schön, dann morgen um acht Uhr dreißig Abfahrt zum Wochenmarkt.«

Nathalies Herz schlug einen Purzelbaum. Er hatte zugestimmt!

»Vielen Dank! Du wirst es nicht bereuen!«, sagte sie glücklich und strahlte dabei übers ganze Gesicht. »Ach, wenn wir dann ohnehin schon im Dorf sind, können wir vielleicht auch noch kurz bei Maurice vorbeigucken? Dann kann ich fragen, wie weit mein Auto ist.«

»Den Weg kannst du dir sparen«, brummte Felix. »Ich war vorhin bei ihm. Er hat wohl das falsche Teil bestellt, weil das andere Lieferschwierigkeiten hat. Er dachte, es passt in deinen Wagen, aber da ist leider nichts zu machen.«

»Oh …« Nathalie dachte einen Augenblick nach. Das bedeutete, dass sie wohl noch ein paar Tage länger als geplant hier sein würde. Aber zu ihrer Verwunderung störte sie das überhaupt nicht. »Na gut, dann bleibe ich eben länger«, sagte sie und merkte sofort, wie wieder dieses Gefühl von Ruhe und Glückseligkeit in ihr aufstieg.

17.

Am Samstagmorgen wurde Nathalie von einem Anruf geweckt.

»Hallo, Miriam«, murmelte sie verschlafen.

»Hey, meine Liebe. Ich wollte mal hören, was dein Auto macht.«

Nathalie fuhr sich mit der Hand übers Gesicht und setzte sich auf. »Der Mechaniker hat die falschen Teile bestellt. Ich werde wohl noch eine Weile hierbleiben müssen.«

»Was?«, rief Miriam entsetzt. »Vielleicht solltest du den Auslands-ADAC einschalten und dein Auto abschleppen und in eine deutsche Werkstatt bringen lassen.«

Nathalie sank mit einem Lächeln in die Kissen zurück. Tatsächlich hatte sie kein einziges Mal über diese Möglichkeit nachgedacht. Im Gegenteil, sie freute sich sogar, dass das Schicksal diesen Lauf genommen hatte.

»Nein, ach was, das kostet nur eine Menge Geld«, erwiderte sie. »Ich werde meinen Urlaub einfach hier verbringen. Hier ist es mindestens genauso schön wie an der Côte d'Azur, wenn nicht sogar noch besser: keine überlaufenen Strände, keine anstrengenden Touristen, nur Ruhe und Natur, so weit das Auge reicht, und wie unglaublich gut es hier riecht …«

Nathalie stand auf, trat ans Fenster und öffnete es. Noch war es recht kühl, aber es würde ein heißer Tag werden, das spürte sie schon jetzt in der frischen Morgenluft, die die Düfte von wildem Salbei, Lavendel und der sonnengereiften Aprikosen mit sich trug. Sie machte ein Foto von den Aprikosenhainen und dem Garten und schickte es an Miriam.

»Wow, kein Wunder, dass du nicht mehr wegwillst! Wahrscheinlich hast du den Mechaniker bestochen!«

Gleich darauf hörte sie einen Signalton ihres Smartphones. Miriam hatte ihr ihrerseits ebenfalls ein Bild geschickt. Nathalie öffnete es und sah die katzengraue Frankfurter Zeil.

»Du lieber Himmel, regnet es bei euch noch immer?«, wunderte sich Nathalie.

»Ja, da möchte man doch echt gerne tauschen.«

Nathalie musste schmunzeln. »Vergiss es!«, sagte sie mit einem glücklichen Blick aus dem Fenster. Dann fuhr sie mit ihren Fingerspitzen über den Rand der Holzschale, die Felix ihr geschenkt hatte, und nahm sich die vorletzte Aprikose heraus. »Du, ich muss Schluss machen, ich habe heute noch einiges vor.«

»Klingt spannend«, sagte Miriam, und Nathalie spürte förmlich die Neugierde, die in der Stimme ihrer Freundin mitschwang.

»Ich halte dich auf dem Laufenden«, versprach Nathalie und beendete das Gespräch.

Bevor sie zum Markt fuhren, machten Nathalie und Felix noch einen kurzen Stopp beim Tierarzt. Dieser war sehr zufrieden mit Gustaves Genesung, sodass sie sich beruhigt auf den Weg zum Wochenmarkt machen konnten. Vor mehreren Lieferwagen hatten die Händler ihre Tische aufgestellt. Nathalie hätte so viele unterschiedliche Stände in so einem kleinen Dorf gar nicht erwartet. Es gab Wurst- und Fleischwarenverkäufer, die duftenden Schinken im Rosmarinmantel und Salami mit ganzen Pfefferkörnern anboten, mehrere Obst- und Gemüsestände hatten unter ihren grün-weiß gestreiften Zelten frisches Obst wie Paprika, Tomaten, glänzende Auberginen, Äpfel, Birnen, Salat und Melonen im Angebot. Ein Eiermann balancierte gerade neue Eierpappen, die er zu Türmen in schwindelerregender Höhe gestapelt hatte, und die drei Käsestände trumpften mit unzähligen Sorten wie Ziegenkäse, Camembert, Roquefort oder Brie auf. Die frischen Gerüche der verschiedenen Waren vereinten sich zu einer herrlichen Duftkomposition, und Nathalie bekam große Lust, hier etwas für das Abendessen einzukaufen, aber heute hatte sie andere Pläne.

Sie mischte sich mit Felix unter die vielen Menschen, die überall an den Ständen die Waren prüften oder um die Preise feilschten, und Nathalie hatte große Freude daran, den Einheimischen bei ihren Einkäufen zuzusehen. Da wurden die Zucchini ausgiebig begutachtet, weißer Nougat genascht, der Braten fürs Abendessen sorgfältig ausgewählt, eingelegte Oliven aus den bauchigen Holzfässern probiert und nebenbei noch ein kleines Schwätzchen gehalten, um die aktuellen Neuigkeiten auszutauschen. Eines war sicher, wenn man hier einkaufen wollte, brauchte man Zeit. Hier geschah nichts mit Hektik, hier wurde alles mit Muße betrieben, und Nathalie gefiel das. Einen Moment lang malte sie sich aus, wie es wohl wäre, wenn sie selbst hier einen Marktstand hätte und ihre Kosmetikprodukte verkaufen würde. Sie würde kleine Tester zum Probieren aufstellen, offene Gewürze in Felix' wunderschönen Holzschalen bereithalten, um die Kunden mit den Düften anzulocken, und ihre Produkte hübsch verpackt auf einem mit Kräuterzweigen verzierten Tisch aufstellen. Hach, das wäre herrlich …

»Kommst du?«, fragte Felix in ihre Gedanken hinein.

Sie bahnten sich einen Weg durch das rege Markttreiben, bis sie schließlich den Stand Le Jardin d'Emilia erreichten. Wie Henni vorausgesagt hatte, trug die Besitzerin eine Kittelschürze, dieses Mal mit Streublumenmuster. Ihre weißgrau melierten Haare hatte sie zu einem Dutt am Hinterkopf zusammengedreht.

»Bonjour, Felix, ça va?«

»Danke gut, und selbst?«

»Auch.« Emilia strahlte ihn an. »Schickt dich Henni zu mir?«

»Nein, heute sagt unser Feriengast, was wir brauchen.« Felix deutete auf Nathalie, und diese holte aus ihrer Jeanstasche einen langen Einkaufszettel, den sie Emilia Stück für Stück vorlas.

Die ältere Dame stellte die gewünschten Kräuter in eine Holzkiste, bei den größeren Sträuchern, wie beispielsweise bei den Johannisbeeren, wickelte sie ein Stück Jute um die Wurzeln. Felix trug eine Kiste nach der anderen zu seinem Traktor zurück und verstaute sie auf dem Anhänger.

»Ihr bringt Adelines Kräutergarten auf Vordermann, habe ich recht?«, fragte Emilia mit blitzenden Augen, als Nathalie bezahlte.

»Ja, drücken Sie mir die Daumen, dass alles anwächst.«

»Ach, da habe ich gar keine Bedenken. Momentan ist zunehmender Mond, ideal für das Pflanzen von Kräutern. Nur für die Johannisbeeren ist es heute nicht so günstig, aber wenn Sie auf die richtige Mondphase bei der Ernte achten, haben Sie da gar kein Problem.« Sie zwinkerte Nathalie zu.

»Alles klar, ich werde es mir merken«, versprach sie und verabschiedete sich.

Als Nächstes hielt Felix bei einem Steinmetz etwas außerhalb des Ortes, um die nötigen Randbegrenzungen und Wegplatten zu kaufen. Da entdeckte Nathalie auch die fünf runden Steinbänke, auf denen gerade so zwei Menschen sitzen konnten.

»Was kosten denn die Bänke?«, fragte sie neugierig.

»Ach, die stehen schon eine halbe Ewigkeit hier«, sagte der Steinmetz. »Ich mache Ihnen einen guten Preis dafür.«

Und so luden Felix und er keine zehn Minuten später auch die fünf Bänke auf den Anhänger. Dann fuhren Nathalie und Felix zum Aprikosenhof zurück. Dort wartete einiges an Arbeit auf sie. Zuerst einmal suchten sie die Gartengeräte wie Spaten, Rechen, Schaufel, Hacke und Eimer zusammen. Dann schob Felix die Pflanzen mit einer eisernen Schubkarre heran.

Nathalie hätte am liebsten gejauchzt vor Freude, so glücklich fühlte sie sich in diesem Moment, und dann ging es an die harte Arbeit. Gemeinsam mit Felix spatete sie erst einmal einen Teil des Gartens um, rupfte Unkraut, grub Kräuter aus und stellte sie mit den Wurzeln in Eimer, die bis zur Hälfte mit Wasser gefüllt waren, damit die Pflänzchen nicht litten, bis sie wieder eingegraben wurden.

»Warte mal, Adeline hatte irgendwo einen Korb mit kleineren Werkzeugen«, sagte Felix, als Nathalie damit beginnen

wollte, mit der großen Schaufel die Löcher für die neu ge-
kauften Kräuter zu graben. »Komm mal mit, die müssten irgendwo in der Lagerhalle sein.«

Nathalie folgte Felix in den großen Lagerraum, der angenehm kühl war. Jetzt, in der Mittagszeit, brannte die Sonne
schon erbarmungslos vom Himmel, und nicht nur ihr, sondern auch Felix standen deutlich die Schweißperlen auf der
Stirn. Felix holte eine große Leiter heran, die er dann an den
halb eingezogenen Heuboden lehnte.

»Du musst sie für mich festhalten«, sagte er, als er die ersten
Holzsprossen erklomm. »Sie ist nicht ganz gerade und steht
deshalb sehr wackelig.«

Nathalie nickte und umfasste mit beiden Händen das trockene Holz.

»Ah, da ist er ja!« Felix zog einen flachen ovalen Weidenkorb vom Heuboden und kletterte mit einer Hand die Leiter
wieder herunter. »Hier, bitte.«

»Danke schön.« Nathalie warf einen Blick in den geflochtenen Korb und erkannte darin alles, was sie zum Gärtnern
brauchte. Es gab eine Gartenschere mit Holzgriff, eine kleine Schaufel, eine beigefarbene Garnrolle mit gedrehter Kordel, um Sträucher oder Kräuter zurückbinden zu können,
ein paar grüne Stoffhandschuhe, einen Wurzelstecher und
einige Papiertüten, um Samen für das nächste Jahr zu verpacken.

Gemeinsam gingen sie wieder nach draußen, und Nathalie stellte den Korb neben sich in ihr Kräuterbeet. Sie zog
sich Adelines Handschuhe über, nahm sich die Schaufel und
grub damit mehrere Löcher in einer Reihe, in die sie dann
die Zitronenmelisse einpflanzte. Dann machte sie sich an die

Pfefferminze und dämmte deren Bestand mit dem Wurzelstecher ein. Während sie auch die restlichen Unkräuter, die sich zwischen den anderen Pflanzen ausgebreitet hatten, herauszog, fuhr Felix eine Schubkarre nach der anderen zum Komposthaufen.

Nathalie drückte seufzend den Rücken durch und streckte sich. Sie spürte jeden Muskel in ihrem Körper, und an ihren Fingerballen hatten sich die ersten Schwielen gebildet. Mit dem Unterarm wischte sie sich ein paar Haarsträhnen aus dem Gesicht, die ihr an der Stirn klebten. Die Sonne kannte heute wirklich kein Erbarmen. Da war die Arbeit in den Aprikosenhainen etwas deutlich anderes. Dort spendeten wenigstens die ausladenden Baumkronen ein bisschen Schatten. Camille kam mit einem Korb vorbei, in dem eine gekühlte Wasserflasche und der Aprikosensirup sowie zwei Gläser standen.

»Damit ihr in eurer Pause auch mal was zu trinken habt«, sagte sie.

Nathalie lächelte dankbar und schenkte sich ein Glas Wasser mit Aprikosensirup ein. Erst jetzt merkte sie, dass ihr die Zunge am Gaumen klebte. Ah, das tat gut. Und sie schätzte den Geschmack noch mehr, seit sie Camille vor ein paar Tagen dabei geholfen hatte, die Früchte auszuschneiden und für den Entsafter zu zerkleinern. Nathalie zog ihre Strickjacke aus und legte sie auf eine der Steinbänke, die noch etwas verloren am Rand des Kräutergartens standen und auf ihren Einsatz warteten.

Auch Felix schien ganz schön angestrengt zu sein, denn sein weißes T-Shirt klebte an seinem Oberkörper und zeichnete jede Faser seines Körpers ab.

»Hier.« Nathalie reichte ihm das andere Glas mit Aprikosensirup, das sie ebenfalls eingeschenkt hatte.

»Danke.«

Als Felix es entgegennahm, berührten sich ihre Finger,
und Nathalie wurde von einem kribbelnden Gefühl durch-
zuckt, als hätte sie bei den Brennnesseln nicht aufgepasst.
Hoppla, was war das denn eben? Verwundert musterte sie
Felix, dem seine dunkelblonden Haare ebenfalls an der Stirn
klebten. Mit wenigen Schlucken hatte er das komplette Glas
leer getrunken.

»Wollen wir weitermachen?«, fragte er mit rauer Stimme.
»Ich könnte ein bisschen Hilfe bei den Wegen gut gebrauchen.«

Felix nahm den Spaten und grub die trockene, krustige
Erde um, wo Nathalie in ihrem Plan die Wege eingezeichnet
hatte. Sie hatte sich dabei größtenteils an die bisher angelegten Pfade von Adeline gehalten, aber diese waren so zuge-
wachsen, dass sie hinter Felix auf Knien herrutschen musste,
um die ungeliebten Gräser und Pflanzen zu entfernen. Dann
holte Felix das erste Bündel Steine und setzte die einzelnen
Wegplatten mit einigem Abstand zueinander in den Boden.
So hatte man einzelne Tritte, um die Kräuter gut ernten zu
können, doch der Garten würde weiterhin von der wunderschönen Natur dominiert werden. Das war Nathalie bei der
Gestaltung besonders wichtig gewesen.

Im Anschluss setzten sie die Rosenbögen, und Nathalie
band die üppigen gelben und zartrosa Blüten mit Adelines
Bindfaden daran. Jetzt hatte sie einen Durchgang zu dem
Springbrunnen, für den Felix ein neues Pumpsystem gekauft
hatte.

Nathalie konnte es kaum erwarten, bis der Brunnen sein erstes kühles Nass versprenkeln würde, gerade jetzt, in der heißen Sonne, wäre es sicherlich eine Wohltat, ein bisschen Abkühlung zu haben.

»Attention!«, rief Felix, und plötzlich hörte Nathalie hinter sich das beruhigende Plätschern des Wassers. Drei kleine Fontänen sprudelten aus der Mitte heraus und spalteten sich zum Rand der Schale hin. Die Millionen kleiner Tropfen, die dabei durch die Luft hüpften, sahen aus, als bestünden sie aus purem Sonnenlicht. Nathalie wurde das Herz ganz weit, als sie den plätschernden Brunnen sah.

»Und das Beste ist: Er funktioniert komplett mit Solarenergie!« Felix grinste stolz.

Als sich die Sonne langsam über den Himmel geschoben hatte und sich das makellose Blau in ein zartes Apricot färbte, hatte auch Nathalies neues Beet Gestalt angenommen. Jetzt wuchsen dort Thymian, blühender Rosmarin, Basilikum und Melisse, herrlich duftender Lavendel, Kamille und Pfefferminze. Felix richtete gerade die letzte Bank aus, als sich Nathalie auch schon auf einer der Steinbänke niederließ und dem Plätschern des Brunnens lauschte, während die betörenden Düfte ihrer Kräuter sie davontrugen und ihr geheimnisvolle Geschichten erzählten.

»Ah non!«, rief Felix plötzlich, als er sich neben sie auf die Bank gesetzt hatte. »Deine Haut!«

»Was?« Nathalie sah auf ihre Arme, wanderte mit ihrem Blick hinauf zu den Schultern und bemerkte, dass sie feuerrot war. Sie hatte sich einen heftigen Sonnenbrand zugezogen. Vorsichtig tastete sie ihr Gesicht ab, doch bei der Berührung brannte es wie Feuer. »Ist es sehr schlimm?«, fragte sie mit dünner Stimme, denn ihren glühenden Wangen nach zu urteilen, kannte sie die Antwort bereits.

Felix kicherte amüsiert. »Du bist wohl nicht für die provenzalische Sonne gemacht. Deine Haut ist so rot wie Adelines Strauchtomaten!«

»Ach du Schande, was mache ich denn jetzt?«, fragte Nathalie hilflos.

»Am besten erst einmal kühl duschen und die Haut dann pflegen. Ich glaube, ich habe da etwas, was dir helfen könnte. Ich bringe es dir in ungefähr zwanzig Minuten nach oben.«

»Okay. Dann gehe ich jetzt schnell ins Bad und warte auf dich.«

Nathalie machte sich auf den Weg zurück ins Haus, streifte im Bad ihre Kleider ab und stellte sich unter den lauwarmen Duschstrahl. Das Wasser, das über ihren Körper rann und die Erde und den Schmutz von ihr abwusch, tat ihr gut, doch sie merkte auch, dass ihre Haut spannte und sich nach Feuchtigkeit und Pflege sehnte. Nachdem sie sich abgetrocknet hatte, was eher einem vorsichtigen Tupfen als ihrem sonst so enthusiastischen Rubbeln nahekam, schlüpfte sie in den flauschigen Bademantel, band sich das feuchte Haar im Nacken zusammen und setzte sich auf den gepolsterten Hocker neben der Badewanne.

Wo blieb Felix nur?

Im selben Moment klopfte es. Nathalie stand auf, drehte den Schlüssel herum und öffnete die Tür.

»Ja?«, fragte sie und streckte ihren Kopf durch den Türspalt, denn es war ihr ein wenig unangenehm, dass Felix sie jetzt so leicht bekleidet sah.

»Entschuldige, ich habe ein bisschen länger gebraucht. Ich musste den Balsam erst anrühren.«

»Okay. Du kannst ihn mir geben.« Nathalie streckte eine Hand durch den Türspalt.

»Kann ich«, sagte Felix schmunzelnd. »Aber ich frage mich, wie du das Zeug alleine auf deinen Rücken auftragen willst. Der hat nämlich ordentlich was abbekommen.«

Das stimmte allerdings. Nathalie würde sich ganz schön verrenken müssen, um es überhaupt auf ihren Schulterblättern aufzutragen.

»Wenn du willst, kann ich das übernehmen«, bot er nach kurzem Schweigen an, und dann setzte er zögernd hinzu: »Ich gucke auch ganz bestimmt nicht.«

Nathalie dachte einen Augenblick nach. Große Auswahl hatten sie vermutlich nicht, und irgendwie fand sie Felix' Vorschlag auch ganz reizvoll. »Also schön, komm rein«, sagte sie schließlich, öffnete die Tür vollständig und trat beiseite.

Felix stellte die Keramikschale auf den Wannenrand und rückte den Badezimmerhocker in die Mitte des Raumes. »Setz dich«, sagte er mit sanfter Stimme und deutete auf den Hocker.

Nathalie nahm Platz und strich sich mit einer Hand ein paar lose Haarsträhnen aus dem Nacken.

»Also ein bisschen mehr Haut müsstest du mir schon zeigen.« Felix lächelte amüsiert. »So komme ich gerade mal an deinen Nacken.«

Nathalie verzog den Mund, lockerte dann aber etwas den Gürtel ihres Bademantels und ließ ihn ein Stückchen über ihre Schultern nach unten gleiten. »Besser?«

»Ja.« Felix stellte sich hinter sie und nahm die Keramikschale in die eine Hand. Dann tauchte er seine Fingerspitzen hinein, nahm etwas Balsam und verrieb ihn zwischen seinen Handflächen. »Nicht erschrecken, das ist jetzt gleich ein bisschen kühl.«

»Na, das soll es doch auch sein, oder?«, fragte Nathalie neckend. Sie sah ihn von der Seite her an, und dann lächelten sie sich kurz zu.

Als Felix jetzt seine Hände auf ihre Schultern senkte und der kühle Balsam ihre glühende Haut berührte, seufzte Nathalie wohlig auf.

»Mmh, das tut gut«, flüsterte sie und ließ entspannt den Kopf nach vorne sinken. »Was ist das?«

»Ein Geheimrezept von Adeline.«

»Verrätst du mir trotzdem, was drin ist?«, fragte Nathalie.

»Selbst gemachtes Aloe-vera-Gel, ein Auszug aus Kamillenblüten und etwas Arnikaöl. Das wirkt entzündungshemmend und wundheilend. Hilft übrigens auch gegen Insektenstiche.«

Eine Weile lang spürte sie Felix' Berührungen nach, wie er sanft den Balsam auf ihren nackten Schultern verteilte. Dann arbeitete er sich hinunter zu ihrem Rücken, glitt mit seinen Händen wieder ihre Wirbelsäule hinauf bis zu ihrem Nacken und fuhr dann langsam ihren Hals entlang nach unten, bis seine Fingerspitzen ihre Schlüsselbeine berührten. Nathalie stockte der Atem, als sie seine Hände so dicht an ihrem Dekolleté spürte. Sie wartete, ob Felix weitergehen würde, doch der schien die Situation nicht ausnutzen zu wollen. Er war ganz darauf konzentriert, sie einzucremen, und so entspannte sich Nathalie wieder. Seine Fingerspitzen fuhren jetzt über ihre Oberarme, streichelten ihre Schultern hinauf und kamen wieder an ihrem Hals an. Nie hätte sich Nathalie träumen lassen, dass Hände, die so fest zupacken konnten, gleichzeitig auch so zärtlich waren. Wie sich seine Berührungen wohl an ihrem ganzen Körper anfühlen würden? Jetzt streichelten seine Hände wieder über ihr Dekolleté, dieses Mal jedoch ein ganzes Stückchen tiefer als beim ersten Mal. Nathalie spürte, wie sich in ihrem Unterleib etwas zusammenzog und sich ein süßes Verlangen in ihr ausbreitete. Und sie hoffte, dass Felix noch ein kleines Stückchen weitergehen würde. Um einen leisen Seufzer zu unterdrücken, biss sich Nathalie auf die Unterlippe. Sie ließ sich leicht gegen Felix sinken, doch das schien ihm nichts auszumachen. Ganz gleichmäßig streichelte er über ihre Haut, trug den kühlenden Balsam auf und sorgte mit seinen Berührungen dafür, dass ihr Bademantel noch ein Stückchen weiter nach unten rutschte …

»Du bist so wunderschön«, flüsterte er plötzlich ganz dicht an ihrem Ohr.

Eine Gänsehaut jagte über ihren Rücken, als sie seinen warmen Atem auf ihrer Haut spürte, und Nathalie bemerkte, wie ihr Atem ins Stocken geriet. Sie spürte, wie Felix' Dreitagebart zärtlich über ihre Wange rieb, sie roch seinen Duft, sein Aftershave nach Bergamotte, und am liebsten hätte sie ihren Kopf zu ihm gedreht und ihn geküsst.

»Felix …« Ihre Stimme war rau.

Jetzt hielt Felix kurz in seinen Bewegungen inne, und Nathalie sah ihn von der Seite her an.

»Danke.«

»Wofür?«, fragte er leise.

Nathalie drehte sich zu ihm um, sodass sie ihm jetzt direkt

in seine blaugrünen Augen sehen konnte. »Für das alles hier. Für den Balsam, für deine Hilfe beim Kräutergarten. Auch wenn ich nicht mehr lange da bin, freue ich mich, wie schön er jetzt angelegt ist. Und ich glaube, Henni freut es auch, dass sich nach all den Jahren endlich wieder jemand um den Garten kümmert.«

Felix richtete sich auf und nickte. »Ja, Henni ist sehr glücklich darüber.«

»Ich habe ein bisschen in Adelines Pflanzentagebuch gelesen. Sie hat viel über ihn geschrieben. Er hat sie sehr geliebt, oder?«

Jetzt verhärteten sich Felix' Gesichtszüge mit einem Mal.

»Ja, hat er«, sagte er knapp.

Nathalie fröstelte und zog ihren Bademantel wieder etwas enger um die Schultern.

»Ich muss jetzt gehen.« Damit drehte Felix sich auf dem Absatz um und verließ das Badezimmer.

Nathalie sah ihm völlig perplex hinterher. Was war das denn? Hatte sie etwas Falsches gesagt? Sie hatte sich doch nur bei ihm bedanken und ihm zeigen wollen, wie wichtig ihr das alles war. Warum war er da so plötzlich abgerauscht?

Betrübt ließ sie die Schultern nach vorne sinken, griff nach ihrer Haarbürste auf dem Glasregal unter dem Spiegel und kämmte sich das Haar. Ja, es war wohl wirklich besser, wenn sie bei Felix auf Abstand ging. Sie konnte ihn einfach nicht einschätzen und wusste nicht, was in ihm vorging. Er war auch so still, fast so, als ob er alles mit sich selbst auszumachen schien, ganz anders als Elias, der alles bis ins letzte Detail ausdiskutieren musste. Nathalie schüttelte über sich selbst den Kopf. Was war das nur mit den Männern? Wieso musste das immer so kompliziert sein? Oder hatte sie einfach nur kein Glück und traf immer auf besonders eigenwillige Exemplare? Egal, das eine war vorbei, und das andere … Tja, was war das andere? Hatte das noch gar nicht richtig angefangen, oder hatte sie sich das alles nur eingebildet, und da war überhaupt nichts?

Stopp!, mahnte sie sich selbst. Über so etwas sollte sie sich nicht den Kopf zerbrechen. Jetzt sollte sie sich erst einmal überlegen, was hier die nächsten Schritte waren, um den Aprikosenhof zu retten und Henni und Camille zu unterstützen. Und natürlich auch Felix … sofern er den Hof jetzt nicht doch verkaufte.

In Nathalies Zimmer wartete Gustave schon auf sie. Freudig sprang er auf und lief hechelnd um sie herum mit seinem typischen »Bitte, kraul mich«-Blick. Wie gut, dass er sich so schnell erholte! Sie ließ ihm seine Streicheleinheiten zukommen, dann trat sie ans Fenster und betrachtete die schwarzen Silhouetten der Aprikosenbäume, die sich gegen den dunklen Himmel abzeichneten. Nein, Felix, durfte das alles hier nicht verkaufen. Sie musste das unbedingt verhindern, für Henni und Camille, aber auch für Adeline. Mit einer liebevollen Geste fuhr sie über den weichen Ledereinband des Pflanzen- und Kräutertagebuchs, und ein versonnenes Lächeln legte sich auf ihre Lippen. Dann fanden ihre Hände die Holzschale. Nathalie nahm einen der Kräutersträuße heraus und atmete den lieblichen Duft ein. Sofort fühlte sie sich wieder wie in Adelines Kräutergarten heute Mittag, und die Erinnerung an ihre Arbeit mit Felix tauchte wieder auf.

Sie hatten diesen verwilderten Garten in ein kleines Stück

vom Paradies verwandelt, und wenn morgen wieder das Wasser des Springbrunnens plätscherte und die Hummeln und Schmetterlinge über den duftenden Kräutern flogen, wusste sie, dass es sich gelohnt hatte, auch wenn sie jetzt jeden Muskel im Körper spürte. Sie musste Felix unbedingt davon abbringen, über einen Verkauf nachzudenken, aber dafür bräuchte sie handfeste Argumente. Nathalie nahm sich ihr Skizzenbuch, einen Stift und Adelines Kräutertagebuch, schlüpfte unter die Bettdecke und begann damit, aus den Salben und Rezepten erste Entwürfe für eine Kosmetikreihe zu erstellen. Dabei blätterte sie immer wieder durch die handgeschriebenen Seiten und ließ sich von Adelines Zeichnungen, Skizzen und den Texten inspirieren. Es war berührend, mit wie viel Liebe Adeline dieses Buch gestaltet hatte, und bei jeder Zeile las sie die Liebe heraus, die sie für Henni und später auch für Claude, Anne, Camille und Felix empfunden haben musste. Nathalie war fest entschlossen, dieses Andenken zu bewahren, und dafür war jetzt ihre ganze Kreativität gefragt, denn die Zukunft dieses wunderschönen Hofes hing möglicherweise davon ab.

Aus dem Pflanzen- und Kräutertagebuch
der Adeline Legrand

25. Juni 1994

Henni macht sich große Sorgen um die Bäume und den Hof. Wir hatten im Frühjahr viel Regen und späte Fröste, und ein Großteil der Blütenstände ist erfroren. Jetzt kämpfen wir gegen den Verlust und die Ernteeinbuße, doch Claude sagt, die Preise auf dem Großmarkt sind schlecht. Ach, Claude, wie gut er mit den Pflanzen umgeht. Es tut mir so leid zu sehen, wie schwer ihm Annes Trennung fällt. Wenn ich doch nur etwas für meinen Sohn tun könnte! Aber gegen Liebeskummer ist kein Kraut gewachsen, ich kann ihm nur mit guten Ratschlägen zur Seite stehen und für meine Enkelkinder wie eine liebende Mutter sein. Ach, welch schweres Los hat Felix und Camille da nur getroffen. Ich wünschte, die beiden wären davon verschont geblieben. Aber jetzt zählt es, für sie da zu sein.

Ich werde ihnen gleich noch einen heißen Kakao mit Kardamom und Zimt machen. Das beruhigt ein wenig den Geist und lässt das Herz zur Ruhe kommen …

18.

Am Sonntagmorgen erwachte Nathalie mit einem tierischen Muskelkater. Sie drehte sich auf die Seite, um sich wenigstens beim Aufstehen abstützen zu können, aber es half nichts, jede Faser ihres Körpers schien zu schreien, wenn sie sich nur einen Millimeter bewegte. Allerdings musste sie zugeben, dass ihr Sonnenbrand deutlich zurückgegangen war. Man sah zwar noch, dass ihre Haut leicht gerötet war, und sicher würde es auch noch ein paar Tage dauern, bis sich die Röte in ein zartes Braun verwandelte, aber das brennende Gefühl war verschwunden, und auch sonst spannte ihre Haut nicht mehr so sehr. Nachdem sich Nathalie aufgesetzt hatte, bemerkte sie ihr Notizbuch neben ihrem Kopfkissen. Sie war über ihren Entwürfen eingeschlafen, so müde war sie gestern nach der Arbeit gewesen. Egal, heute würde sie daran weiterarbeiten.

Plötzlich stupste sie etwas Feuchtes an der Wade. Es war Gustave, der mit seinem treuen Hundeblick und wackelndem Hinterteil neben ihrem Bett stand. Seit er bemerkt hatte, dass Nathalie wach war, schien er sehnsüchtig darauf zu warten, dass sie aufstand.

»Ist ja gut, ich komme schon«, sagte Nathalie und streichelte seinen Kopf. Dann schwang sie die Beine aus dem Bett, öffnete die Fenster, um die frische Morgenluft hereinzulassen, und entdeckte Felix, der bereits unten im Kräutergarten war.

Ein Lächeln huschte über Nathalies Gesicht, als sie sah, dass Felix dabei war, eine der Latten des Holzzauns, der den Garten umsäumte, zu ersetzen. Er arbeitete also schon wieder an ihrem gemeinsamen Projekt, und irgendwie freute sie sich darüber. Aber dann kam ihr wieder in den Sinn, wie schnell er sich gestern zurückgezogen hatte, und Nathalie seufzte tief. Sie konnte Felix einfach nicht einschätzen. Tat er das alles hier, weil es ihm tatsächlich wichtig war, einen Versuch zu starten, den Hof zu retten, oder hatte er ihr damit eine Freude machen wollen, wie sie es sich insgeheim ausgemalt hatte? Es half nichts, Nathalie würde mit ihrem Grübeln keine Antwort finden.

Als Gustave sie jetzt erneut in der Kniekehle stupste und mit einem leisen »Wuff!« kundtat, dass er wirklich rausmusste, hatte Nathalie ein Einsehen. Sie zog sich rasch an und ging mit ihm nach unten. Dort rannte Gustave vor Freude beinahe Henni um, der im selben Moment gerade zur Tür hereinkam.

»Das nenne ich mal eine Begrüßung«, sagte er lachend, während der Hund freudig seine Bundfaltenhose beschnupperte. »Aha, und die Leckerchen in meiner Hosentasche hat er auch schon wieder entdeckt.« Er tätschelte Gustave liebevoll die Seite und bahnte sich dann einen Weg in die Küche.

Gustave folgte ihm und ließ sich mit einer Handvoll Leckerchen füttern. Dann bemerkte er, dass die Terrassentür offen stand, und schon setzte er seinen Erkundungsgang draußen fort.

Auch Nathalie trat auf die Terrasse hinaus in den warmen

Sommertag. Sie nahm die Stufen nach unten zur Wiese und schlenderte durch das hohe Gras zu Felix, der gerade dabei war, die Holzlatte mit Nägeln zu befestigen.

»Du bist ja schon richtig weit mit dem Zaun«, stellte sie fest.

»Wenn alles klappt, bin ich gegen Mittag fertig«, sagte Felix. »Und was machst du? Hilfst du heute wieder Camille, oder hast du vor, noch etwas im Garten zu tun?«

»Wenn ihr meine Hilfe nicht dringend braucht, wollte ich heute an dem Konzept für die Kosmetiklinie weiterarbeiten und die Rezepte, die infrage kommen, heraussuchen, damit ich morgen mit den ersten Versuchen anfangen kann.«

Felix nickte und hämmerte den nächsten Nagel in die Latte.

Nathalie presste ärgerlich die Lippen zusammen. Jetzt war er schon wieder so verschlossen.

»Ich habe gestern noch ein bisschen in Adelines Kräutertagebuch geblättert«, wagte sie einen zaghaften Vorstoß, doch es kam keine Antwort von Felix, also fuhr sie fort: »Wusstest du, dass sie auch viel über deinen Vater und euch Kinder geschrieben hat?«

Felix, der sich ein paar Nägel zwischen die Lippen geklemmt hatte, brummte nur. »Kann schon sein«, brachte er nuschelnd hervor.

»Ich fand das sehr bewegend. Hennis geliebte Lavendelseife zum Beispiel hat sie nur kreiert, um sich an ihre erste Begegnung im Lavendelfeld zu erinnern und den Duft, der noch am Abend in ihrem Spitzenkleid hing, festzuhalten. Ist das nicht romantisch? Ich habe überlegt, ob ich für Henni die Seife nicht noch einmal herstellen kann.«

Felix hörte mit dem Hämmern auf und sah Nathalie mit zusammengezogenen Brauen an. »Das ist alles viele Jahre her, und Henni hat Adelines Tod schwer getroffen. Wahrscheinlich ist es besser, wenn du die Sache ruhen lässt.«

Seine Worte waren wie ein Schlag in die Magengrube, und Nathalie blickte ihn irritiert an. »Aber wieso? Meinst du nicht, dass es dann erst recht schön wäre, wenn er jetzt, nach all den Jahren, wieder eine Erinnerung an seine Frau hätte?«

»Nein.« Felix hämmerte entschieden den nächsten Nagel in die Latte.

»Woran ist sie gestorben?«, fragte Nathalie.

»Krebs.«

Nathalie wurde beinahe wahnsinnig bei seinen einsilbigen Antworten. »Meine Güte, Felix. Wieso erzählst du mir nicht einfach, was damals war? Dann kann ich es wenigstens verstehen.«

Felix legte den Hammer beiseite und richtete sich auf. »Du willst wissen, was damals war?«, fragte er, und seine Stimme klang dabei härter als vorher. »Adeline hatte Speiseröhrenkrebs. Eine üble Geschichte. Erst hat es langsam angefangen, dass ihr mal nicht gut war, dann kamen immer häufiger Sodbrennen und Schmerzen dazu. Henni hat sich in den zwei Jahren um sie gekümmert. Er hat sie zum Arzt gefahren, sie zu den Chemos begleitet und ihr jedes Mal wieder Mut gemacht, wenn die Ergebnisse der Blutuntersuchung schlecht ausgefallen waren. Und als es dann gar nicht mehr ging, hat er ihr jeden Tag eine Soupe au Pistou gekocht mit frischen Kräutern aus ihrem Garten, die sie sonst immer für uns sonntags gemacht hat. Aber auch die hat sie irgendwann nicht mehr schlucken können.« Felix sah verbittert an Nathalie vorbei zum Haus. »Lass die Vergangenheit ruhen, Nathalie. Es ist schon Ehre genug, dass du die Erste nach über fünfzehn Jahren bist, die den Garten wieder betreten darf.«

Nathalie wollte etwas erwidern, doch ihr fiel nichts ein. Also schloss sie den Mund und sah Felix mitfühlend an. Natürlich konnte sie jetzt seine Haltung verstehen. Wie traurig es war, dass Henni seine Frau mit solch einer Hingabe gepflegt hatte, nur um sie dann doch gehen lassen zu müssen. Sie war sich sicher, dass er sich über eine kleine Geste, eine winzige Erinnerung an sie gefreut hätte. Aber Nathalie wollte Felix nicht widersprechen. Sie sah den Schmerz, der in sein Gesicht geschrieben stand, und sie hätte ihm so gerne etwas Tröstendes gesagt, aber sie traute sich nicht. Felix hatte sie einen winzigen Blick hinter seine Fassade werfen lassen, und zum ersten Mal hatte sie das Gefühl, dass sein Schutzwall ein klein wenig gebröckelt war. Er musste seine Großmutter sehr gemocht haben, denn die Erinnerung daran schien ihm noch immer sehr wehzutun. Sie würde so gerne mehr über ihn erfahren, wollte wissen, was ihn bewegte, welche Verletzungen dazu geführt hatten, dass er kein Vertrauen mehr in die Welt hatte. Doch sie musste ihm Zeit geben, wenn sie ihn besser kennenlernen wollte. Und diese Zeit hatte sie nicht.

Nathalie hätte am liebsten geflucht, doch das hätte auch nichts gebracht. Also atmete sie bloß tief durch und griff nach dem flachen Weidenkorb mit der Gartenschere, den Felix gestern vom Heuboden geholt hatte.

»Okay, dann probiere ich eben ein paar andere Rezepte«, sagte sie leichthin und ging auf ihrem neu angelegten Weg in den Garten. Dort schnitt sie duftende Kräuter ab, Lavendel, Basilikum und Minze, die sie alle zu kleinen Sträußen zusammenband. Sie erntete mehrere Ringelblumenköpfchen, die sie in eine Papiertüte gab, pflückte Salbei und Rosmarin, Gänseblümchen und Löwenzahn. Im Vorgarten schnitt sie Rosenblüten ab, die sie ebenfalls zu den anderen Zutaten legte, die sie für ihre Versuche am nächsten Tag brauchen würde. Nathalie spürte die Vorfreude in sich aufsteigen, und der wunderbare Duft der Kräuter erfüllte sie wieder mit der Ruhe, die sie auch schon beim Baden in ihrem selbst gemachten Badesalz gespürt hatte. Dann setzte sie sich auf die Terrasse in den Schatten und arbeitete ein Konzept aus, indem sie mehrere Produkte zusammenstellte, sich Namen dafür ausdachte und überlegte, wie sie die Rezepte vielleicht ein bisschen abwandeln konnte.

Am nächsten Morgen nahm sie nur ein kurzes Frühstück ein, denn sie wollte rasch loskommen, um die weiteren Zutaten zu kaufen, die sie für das Ausprobieren der Rezepte benötigte. Sie lieh sich Camilles Fahrrad und fuhr die kurvige Straße zum Dorf entlang. Umgeben von den duftenden Lavendelfeldern, dem Summen der Bienen und den Zypressen, die vereinzelt in der Landschaft standen, breitete sich wieder Nathalies Sehnsucht aus. Alles war so friedlich hier, inmitten der Natur und der wunderschönen Landschaft, die sie mit allen Sinnen erleben konnte. Sie wollte am liebsten gar nicht mehr zurück nach Deutschland.

Sie erreichte das Dorf und bog auf die größere Straße ein, die sie zwischen den hellen, hohen Hauswänden hindurchführte. Hier standen rot blühende Geranien auf den

Fensterbänken, die Läden waren schon zur Seite geklappt, und einige Fußgänger waren ebenfalls auf dem Weg in den Dorfkern. Nathalie fuhr an einem Spirituosenladen vorbei, der vor seinem Geschäft in geflochtenen Körben bauchige Rundflaschen liegen hatte, in denen sich unterschiedliche Flüssigkeiten von Dunkelrot und Braun über Gelbgold bis hin zu durchsichtig befanden. Sie waren alle mit Korken versehen und hatten ein Etikett auf dem runden Bauch kleben.

Nathalie hielt an und betrat den Laden, der innen komplett mit dunklem Holz ausgekleidet war. Das Windspiel über der Tür klingelte leise, und Nathalie ließ ihren Blick über die vielen Regale schweifen, auf denen unzählige Weinflaschen standen, die die regionalen Winzer produziert hatten. Daneben führte das Geschäft eine kaum überschaubare Auswahl an Obstbränden wie Birnen, Kirschen, Pfirsich, Äpfel und Aprikosen, die auf die umliegenden Obstplantagen aus der Region hindeuteten.

Sie entschied sich für zwei Flaschen hochprozentigen Alkohol, den sie nach Adelines Rezept für die Kräuterauszüge brauchte, zahlte und verabschiedete sich. Dann machte sie sich auf den Weg zur Apotheke, ein kleines Häuschen am anderen Ende des Dorfes, das mit seinen Glasregalen und den modernen bunt bedruckten Schachteln im Schaufenster so gar nicht hierherpassen wollte. Lediglich der Eisenschwan, der in das Treppengeländer der Steintreppe eingelassen war und die weißen Pflastersteine vor der Tür, die ein Schwanenmosaik zeigten, machten das Gesamtbild wieder etwas harmonischer.

In der Apotheke musste Nathalie eine Weile warten, bis sie an die Reihe kam. Vor ihr war ein älteres Ehepaar, das gerade dabei war, der Apothekerin seine Tabletten zu beschreiben. Wie Nathalie aus den Gesprächsfetzen heraushörte, schien die Apothekerin die Medikation der beiden jedoch sehr gut zu kennen und hatte schon bald das richtige Mittel aus einem der Regale geholt. Dann war Nathalie an der Reihe.

»Bonjour, ich bräuchte ein paar Zutaten, um Kosmetik herzustellen«, sagte sie.

»Ah, Sie sind bestimmt die Deutsche, die auf dem Aprikosenhof wohnt, nicht wahr?«, fragte die Apothekerin und lächelte. Sie hatte schulterlange dunkelbraune Haare, trug eine dezente Brille, einen Rock und eine leichte Bluse unter ihrem weißen Kittel.

Nathalie sah sie verwundert an. »Ja, woher wissen Sie das?«

»Ich habe Ihren Akzent erkannt und mir meinen Teil zusammengereimt.« Sie zwinkerte Nathalie zu. »Meine Name ist Sylvie, ich bin die Frau von Maurice.«

Jetzt breitete sich auch auf Nathalies Lippen ein Lächeln aus. »Hallo, schön, Sie kennenzulernen.« Sie reichte ihr die Hand über den Tresen. »Sie haben einen wunderschönen Garten. Als ich an meinem ersten Tag hier angekommen bin, habe ich ihre herrlich blühenden Blumenbeete bewundern können.«

»Oh, merci. Zuerst wollte dort überhaupt nichts wachsen, wissen Sie? Aber dann hat mir Adeline ein paar Tipps gegeben, und seitdem blüht und sprießt alles, dass ich manchmal kaum hinterherkomme.«

Nathalie war überrascht, dass Adeline im Dorf wohl auch für ihre Gartentipps bekannt gewesen war. Sie war davon ausgegangen, dass sie die meiste Zeit in ihrem eigenen Garten verbracht hatte. Aber hier schien man sich gut zu kennen, und da blieb es wohl nicht lange geheim, wenn die Gurken nicht richtig wuchsen oder die Brennnesseln das Blumenbeet erobert hatten.

»Sie hat so viel über Pflanzen gewusst.« Sylvie seufzte. »Schade, dass der Krebs sie uns so früh genommen hat. Die Menschen hier im Dorf waren immer sehr dankbar für ihr Wissen. Manchmal fragen wir uns heute noch immer, was Adeline uns wohl geraten hätte, wenn unsere Tomaten kränkeln oder die Bäume nicht richtig tragen. Sie hatte immer einen Rat. Oder wenn mal wieder die eigene Haut so trocken ist. Da wünscht man sich Adelines Ringelblumensalbe zurück, aber ja.« Sie verzog die Lippen zu einem schmalen Strich und zuckte mit den Schultern.

»Vielleicht ist das alles gar nicht verloren«, sagte Nathalie leichthin. »Ich habe ein Buch bekommen, in dem sie viele ihrer Tipps aufgeschrieben hat.«

»Wirklich?«

Nathalie nickte. »Ich möchte ein paar der Rezepte ausprobieren, deswegen habe ich auch den Kräutergarten wieder in Ordnung gebracht.«

»Ach, das ist ja wunderbar. Wenn Sie die ersten Rezepturen getestet haben und sie etwas geworden sind, müssen Sie mir unbedingt was davon vorbeibringen! Mit den Kosmetikprodukten aus dem Supermarkt komme ich nämlich überhaupt nicht zurecht«, klagte die Apothekerin. »Auch mit den teureren Produkten, die ich hier verkaufe, habe ich meine Probleme. Da steht zwar Naturkosmetik drauf, aber meine Haut verträgt sie trotzdem nicht. Ich weiß nicht, was Adeline anders gemacht hat. Ihre Salben waren einfach wahre Alleskönner!«

»Dabei scheinen die Rezepte gar nicht so aufwendig zu sein«, sagte Nathalie.

»Vielleicht liegt genau darin ja das Geheimnis.«

Nathalie schmunzelte. »Das könnte sein.«

»Also, was brauchen Sie?«

Nathalie holte ihre Einkaufsliste aus dem Geldbeutel und kaufte Sheabutter, Vitamin-E-Öl, Kakaobutter, Lanolin, ein Emulgator, damit sich bei den Cremes Fett und Wasser besser vermischten, und einige Salbentiegel und Töpfchen in unterschiedlichen Größen. »Und dann brauche ich noch Bienenwachs.«

»Das holen Sie besser beim Imker. Wenn Sie zurück zum Aprikosenhof fahren, nehmen Sie nicht den ausgeschilderten Weg, sondern biegen am Brunnen die zweite Straße links ab. Die führt Sie direkt zum Imkerhof.«

Nathalie bedankte sich, packte ihre Einkäufe in einen Stoffbeutel und bezahlte.

»Und vergessen Sie ja nicht, dass ich die Cremes unbedingt probieren will!«, rief Sylvie noch, als sie schon an der Tür war.

»Keine Sorge«, sagte Nathalie lachend. »Und Sie können Maurice ausrichten, dass er sich mit meinem Auto ruhig auch noch cin paar Tage länger Zeit lassen kann.«

Sorgsam verstaute Nathalie ihre Einkäufe in dem Lenkerkorb von Camilles Fahrrad und machte sich dann auf den Weg zum Imkerhof. Mit Sylvies Wegbeschreibung fand sie ihn ohne größere Schwierigkeiten und konnte schon von Weitem die vielen Bienenstöcke sehen, die auf der Wiese in einigem Abstand zueinander standen.

Ein rundlicher Mann mit Latzhose und Schiebermütze hantierte gerade an einem der Kästen herum, als Nathalie ihr Fahrrad abstellte und um das kleine Landhaus herumging.

»Bonjour!«, rief sie in seine Richtung, und der Mann sah kurz auf. »Ich bin auf der Suche nach Honig und Bienenwachs.«

»Da sind Sie bei mir richtig«, sagte der Mann und hängte die Wabenplatte wieder in den Kasten zurück. »Wie viel brauchen Sie denn?«

»Vielleicht so fünfhundert Gramm?«

»Honig oder Wachs?«, fragte der Imker.

»Wachs«, antwortete Nathalie entschieden, doch als ihr Gegenüber seine buschigen grauen Brauen fragend zusammenzog, fügte sie hinzu: »Ich möchte Kosmetik herstellen.«

»Hm, ich habe mich schon gewundert, was das für ein sonderbares Urlaubsmitbringsel sein soll.« Er ging zu seinem Landhaus zurück und bedeutete Nathalie, ihm zu folgen.

Das Innere des Landhauses war gemütlich eingerichtet, aber Nathalie hatte kaum Zeit, sich in Ruhe umzusehen, denn der Imker hatte mit wenigen Handgriffen ihren Einkauf in einer Holzkiste zusammengepackt.

»Ist von Ihnen auch der leckere Lavendelhonig?«, fragte Nathalie, als er die Kiste auf der Anrichte abstellte.

Jetzt hellte sich sein Gesicht merklich auf. »Ja, haben Sie ihn probiert?«

Nathalie nickte. »Camille auf dem Aprikosenhof hat ihn mir zum Frühstück serviert. Er schmeckt wunderbar.«

»Wissen Sie, früher hatte ich viel mehr Bienen, und das Honiggeschäft war ertragreicher. Jetzt verdiene ich kaum noch damit.«

»Aber wieso?«, fragte Nathalie verwundert. »Der Honig schmeckt doch wunderbar.«

»Das stimmt, aber es gibt einfach nicht mehr so viele Pflanzen und Blüten hier. Vor ungefähr zwanzig Jahren war das noch ganz anders. Da war hier viel mehr los, aber viele der Obstplantagen haben aufgegeben, nicht mal mehr ein Viertel sind davon noch übrig.«

»Das ist schade. Wieso haben sie aufgehört?«

Der Imker zuckte mit den Schultern. »Es war nicht mehr rentabel genug. Viele sind in größere Städte gezogen und haben dort Arbeit im Tourismus gefunden. Manche Gärten werden neu angelegt – zu Steingärten, die natürlich überhaupt nichts für meine Bienen sind. Es wäre viel besser, wenn sie die Grundstücke einfach brachliegen lassen würden. Hier in der Umgebung gibt es viele Wiesen und Gärten, um die sich seit zehn Jahren niemand mehr gekümmert hat. Die Natur erobert sich dann Stück für Stück das Land zurück, Blumen und Wildkräuter beginnen, wieder zu wachsen. Da finden meine Bienen wieder was.«

»Vielleicht möchten Sie ja auch ein Bienenvolk auf dem Aprikosenhof aufstellen«, überlegte Nathalie laut. »Wir sind dabei, den Kräutergarten wieder neu anzulegen.«

»Das ist gut, da werden sich meine Bienen freuen.« Er lächelte. »Früher hat dort noch viel mehr geblüht«, sagte er, öffnete jetzt einen der Oberschränke und holte ein Honigglas heraus. »Hier, den schenke ich Ihnen.«

»Das ist ja nett. Vielen Dank.« Nathalie zahlte und nahm die Kiste entgegen.

»Und melden Sie sich mal, wenn Sie die erste Kosmetik aus meinem Bienenwachs hergestellt haben.«

»Das mache ich!«, versprach Nathalie und verabschiedete sich. Sie klemmte die Kiste auf den Gepäckträger und radelte zum Aprikosenhof zurück. Dort winkte ihr Camille zu, die sich gerade um den Vorgarten kümmerte.

»Salut, Nathalie, hast du alles bekommen?«

Nathalie nickte. »Jetzt kann ich es kaum noch abwarten, endlich meine ersten Versuche zu starten. Im Dorf habe ich sogar schon einige Interessenten: Sylvie aus der Apotheke, und der Imker hat auch schon danach gefragt.«

»Das klingt doch gut, immer schön die Werbetrommel rühren«, sagte Camille lachend. »Das ist ja dein Beruf. Hast du Lust auf einen Kaffee?«

»Gern.« Nathalie stellte das Fahrrad ab, und Camille half ihr, die Einkäufe reinzutragen.

In der Küche stand Henni, auf seinen Stock gestützt, und brühte gerade frischen Kaffee auf. Es war einfach herrlich hier, alles ging mit einer solchen Leichtigkeit und Ruhe, man nahm sich Zeit, man plauderte, man genoss den Nachmittag zusammen. Und trotzdem erledigte man seine Arbeit, aber mit viel weniger Hektik, als Nathalie es von zu Hause kannte.

Sie half Camille dabei, den Tisch mit dem dunkelblauen Steingutgeschirr zu decken, und setzte sich. Ihr Blick glitt aus dem Fenster zu den Aprikosenhainen, in denen die Arbeiter auch heute wieder die reifen Früchte ernteten. Nathalie bemerkte, dass sie einige Terrassen höher waren als noch bei ihrer Ankunft. Sie kamen mit der Ernte also gut voran. Sie glaubte, unter ihnen Felix ausmachen zu können, und wieder spürte sie dieses eigenartige Gefühl in ihrer Brust, eine Wärme, als ob die Sonne ihr Herz erreichen würde. Doch dann erinnerte sie sich wieder an seine direkte Warnung, die Vergangenheit ruhen zu lassen, und das Gefühl war verschwunden.

»Henni, ich wollte dir noch einmal danken, dass ich Adelines Kräutergarten neu gestalten durfte«, sagte Nathalie, um den unangenehmen Gedanken an die Unterhaltung mit Felix zu verdrängen. »Ich freue mich sehr, dass du mir da so vertraust.«

»Ach, ich freue mich, dass endlich mal wieder jemand darin arbeitet.« Er brachte die Kanne zu ihr und Camille an den Tisch, schenkte den beiden Frauen und sich selbst Kaffee ein und setzte sich.

Seltsam, das klang ganz anders als das, was Felix gesagt hatte. War es vielleicht gar nicht Henni, sondern Felix, der damit ein Problem hatte?

Dieser Gedanke ließ Nathalie nicht los, und sie wollte Henni und Camille nur zu gerne danach fragen. Doch wie sollte sie das anstellen? Nachdenklich legte sie ihre Hand auf den weichen Ledereinband von Adelines Kräutertagebuch.

»Felix geht Adelines Tod sehr nahe, oder?«, fragte Nathalie nach einiger Zeit zögernd.

Camille sah sie überrascht an. »Hat er dir das gesagt?«

»Nein, aber er hat von ihr erzählt. Ich hatte den Eindruck, dass seine Großmutter ihm sehr wichtig gewesen sein muss.«

»Damit liegst du gar nicht so falsch«, sagte Henni. »Adeline war für ihn so etwas wie seine Ersatzmutter.«

Nathalie sah überrascht auf.

»Anne, unsere Mutter, hat uns verlassen, als er dreizehn und ich sechs Jahre alt war«, sagte Camille seufzend. »Claude und sie hatten davor viel gestritten, und als es irgendwann gar nicht mehr ging, haben sie entschieden, sich zu trennen.

Anne wollte wieder nach Deutschland, zurück zu ihrer Familie, aber Felix wollte nicht mit, und ich wollte damals bei meinem Bruder bleiben. Anfangs hat sie noch versucht, den Kontakt zu uns zu halten, aber Felix hat sie eiskalt abblitzen lassen. In seinen Augen war sie an der Trennung schuld. Er war damals der Meinung, dass sie bei uns hätte bleiben müssen, dass die Familie dann noch eine Chance gehabt hätte. Und irgendwann sind ihre Anrufe und Briefe dann immer seltener geworden. Wir haben sie noch zu Weihnachten und an den Geburtstagen gesehen, aber für Felix war das alles nur ein lästiges Pflichtprogramm, und als er dann alt genug war, hat er auch das aufgegeben.«

»Das tut mir sehr leid«, sagte Nathalie betroffen. Jetzt begriff sie, was Felix belasten musste und wieso er oftmals so schweigsam war. Er war schon so früh in seinem Leben enttäuscht worden.

»Es war keine leichte Zeit«, gab Henni zu. »Aber Adeline hat Felix und Camille angenommen, als wären es ihre eignen Kinder. Und dabei hat sie dann noch versucht, Claude zu trösten, doch er ist nie wirklich über die Trennung hinweggekommen. Er hat Anne sehr geliebt.«

»Hat er denn nicht versucht, sie zurückzubekommen?«, fragte Nathalie.

»Doch, natürlich.« Camille lächelte schwach. »Immer wieder, aber es hatte keinen Zweck. Sie konnten nicht miteinander, und sie konnten nicht ohne einander, aber ohne einander war es die bessere Lösung für alle Beteiligten. Trotzdem hat Papa natürlich sehr darunter gelitten. Ich glaube, er hat es nie verwunden, dass sie sich getrennt haben. Und als Felix dann zum Studieren nach Avignon gegangen ist, ist kurz darauf

Adeline an Speiseröhrenkrebs erkrankt und verstorben. Das hat Felix sehr getroffen.«

»Und Claude?«, fragte Nathalie. »Was war mit ihm?«

»Er hat sich immer mehr zurückgezogen und sich nur noch um die Aprikosenhaine gekümmert«, sagte Henni. »Dabei hatte er ein schwaches Herz und hätte sich mehr schonen sollen. Sein Arzt hat gesagt, dass er auf sich achtgeben muss, aber vor zehn Jahren ist er dann an einem Herzinfarkt gestorben. Es war ganz plötzlich, niemand hat damit gerechnet, auch wenn wir wussten, dass er an seine Grenzen gegangen ist.«

»Ausgerechnet an Mamans Geburtstag.« Camille lächelte matt. »Vielleicht ist er auch ein bisschen an gebrochenem Herzen gestorben«, murmelte sie.

Nathalie blickte bedrückt in ihre Kaffeetasse. Diese Familie hatte so viel Leid und Schmerz erfahren. Es tat ihr weh zu sehen, dass sie jetzt auch noch den Hof verlieren könnte, den Sitz ihrer Familie, an dem so viele Erinnerungen hingen.

»Kümmert sich Felix deshalb so sehr um die Aprikosenbäume? Weil es das Vermächtnis seines Vaters ist?«

»Auch«, gab Camille zu. »Anfangs war er fest davon überzeugt, dass wir es schaffen können, doch wir kämpfen mit den fallenden Preisen am Markt, und unsere nachhaltige Produktion ist nicht wirklich rentabel. Vor ein paar Jahren hat Felix eine Frau kennengelernt, in die er alle Hoffnung gesetzt hat. Er war fest davon überzeugt, dass er mit Yvette den Hof retten kann, doch sie hatte kein Interesse daran. Das hat Felix sehr verletzt und ihm endgültig die Hoffnung genommen. Seitdem überlegt er, den Aprikosenhof zu verkaufen.«

»Aber er ist doch euer Zuhause«, sagte Nathalie traurig. »Das könnt ihr doch nicht so einfach aufgeben.«

Henni lächelte bedrückt. »Was denkst du, wie oft ich das dem Jungen schon gesagt habe? Aber er sieht hier keine Zukunft mehr für uns. Vielleicht wäre es etwas anderes mit der richtigen Frau an seiner Seite. Momentan kämpft er nur noch allein, und nach Yvette hat er sich nicht mehr auf etwas Ernstes eingelassen.«

»Also glaubt er nicht mehr an eine glückliche Zukunft«, murmelte Nathalie nachdenklich.

»Vielleicht«, stimmte Camille zu. »Wahrscheinlich hat er auch einfach Angst, genauso verletzt zu werden wie Claude und Henni.«

»Aber man kann sich doch nicht vor allem und jedem zurückziehen, nur um kein Risiko einzugehen! Ich wurde doch auch verletzt. Mein Ex-Freund campt mit seiner neuen Freundin an der Côte d'Azur. Und trotzdem glaube ich, dass ich irgendwann wieder jemanden kennenlerne, mit dem ich glücklich werden kann.«

Henni legte seine faltige Hand auf ihre und lächelte sie an. »Vielleicht braucht Felix genau so jemanden wie dich an seiner Seite, der ihm das klarmacht.«

»Ich weiß nicht«, sagte Nathalie zweifelnd. »Er redet ja kaum mit mir.«

»Oh, Felix war noch nie ein Mann großer Worte«, entgegnete Camille lachend. »Er ist eher ruhiger und in sich gekehrt. Da darfst du nicht zu viel hineininterpretieren.«

Nathalie dachte wieder an die Obstschale, die er ihr geschenkt hatte, und an den Balsam gegen ihren Sonnenbrand. Es stimmte, Felix machte zwar keine großen Worte, aber seine Gesten waren so nett und liebevoll, so bedacht und passend, dass es vielleicht gar nicht so vieler Worte bedurfte. Von Elias kannte sie so etwas nicht. Ja, er hatte sie auch immer mal wieder überrascht, ihr Blumen mitgebracht, aber er hatte immer alles totdiskutieren müssen. Und bei Felix hatte sie allein bei der gemeinsamen Arbeit in Adelines Kräutergarten schon diese Verbundenheit gespürt. Sie hatte einfach den Eindruck gehabt, dass sie gar nichts sagen musste, da sie sich auch so verstanden hatten.

»Ich glaube, man darf ihn nicht aufgeben«, sagte Henni jetzt mit einem verschmitzten Lächeln. »Der Junge hat ein großes Herz, er verbirgt es nur gerne hinter einer harten Schale, um nicht verletzt zu werden.«

Natürlich, das konnte Nathalie verstehen. Bestimmt machte er sich Sorgen, dass sich die Geschichte seiner Eltern bei ihm wiederholen könnte – und dann fiel es ihr wie Schuppen von den Augen. Anne, seine Mutter, war eine Deutsche und sie, Nathalie, ebenfalls. Kein Wunder, dass er bei ihr umso mehr auf Distanz ging und noch vorsichtiger war. Und dann drangen Hennis Worte in ihr Bewusstsein. Hatte er sie etwa eben dazu ermuntert, um Felix zu kämpfen?

Zugegeben, Felix sah schon sehr gut aus, und vorgestern im Kräutergarten hatten sie sich auch ausgezeichnet verstanden, als sie gemeinsam gegärtnert hatten. Und, ja, sie hätte nichts dagegen gehabt, wenn die zärtliche Massage neulich noch etwas weitergegangen wäre … Hatte sie etwa Gefühle für Felix?

Nathalie wurde schwindlig bei dem Gedanken. Eine neue Beziehung war jetzt das Letzte, woran sie gedacht hatte. Sie hatte doch erst einmal Abstand zu Elias bekommen und dann ihr Leben neu sortieren wollen. Und, ja, sie hatte Henni und Camille mit dem Hof helfen wollen ... Und Felix ...

Seufzend sah sie wieder in ihre Kaffeetasse, doch auch da fand sie die Antwort auf ihre Frage nicht.

»Ich weiß nicht, ob ich die Richtige dafür bin, Henni«, sagte sie schließlich ganz offen. »Ich bin ja nur noch ein paar Tage da, und wenn mein Urlaub zu Ende ist, muss ich zurück nach Deutschland. Vorausgesetzt, Maurice bekommt mein Auto irgendwann mal wieder hin. Wobei ich zugeben muss, dass ich im Moment gar nicht traurig darüber bin, dass es so lange dauert. Ich würde nämlich wirklich gerne die Rezepte von Adeline ausprobieren.«

Camille schmunzelte. »Wenn du willst, kann ich dir dabei helfen. Ein bisschen erinnere ich mich noch daran, wie sie damals in der Küche gestanden und die Cremes angerührt hat.«

»Ja, sehr gerne.« Auf Nathalies Gesicht breitete sich ein Lächeln aus. »Ich wollte heute die ersten Tinkturen ansetzen.«

»Ein paar sind noch da, ich habe schon im Frühjahr welche gemacht, aber es schadet sicherlich nicht, wenn wir für Nachschub sorgen. Ich habe auch noch ätherische Öle. Die hat Adeline auch immer bei der Herstellung verwendet.«

»Ich glaube, da mache ich mich lieber aus dem Staub, das ist nichts für mich.« Henni stand auf und stützte sich auf seinen Stock. Sofort hob Gustave, der bis eben unter dem Küchentisch gelegen und gedöst hatte, den Kopf. Als Henni ihm ein Leckerchen gab, folgte er ihm begeistert auf die Terrasse.

»Da haben sich ja zwei gesucht und gefunden«, stellte Camille kopfschüttelnd fest, als sie sich mit Nathalie an die Arbeit machten.

»Wem sagst du das …« Nathalie schlug Adelines Pflanzen-buch auf und suchte nach dem ersten Rezept. »Was hältst du davon, wenn wir diesen Lippenbalsam ausprobieren. Er ist aus Minze und Zitrone, dadurch soll er besonders frisch sein. Ich kann mir gut vorstellen, dass das jetzt für den Sommer etwas ist. Ich habe auch ein Rezept für den Winter gefun-den, mit Honig und Vanille.«

»Für den Sommer lieber etwas Leichteres«, stimmte Ca-mille ihr zu. »Also, was brauchen wir?«

Nathalie überflog halblaut das Rezept: »Sheabutter, Bie-nenwachs, ätherisches Pfefferminzöl und einen Ölauszug aus Zitronen.«

»Etwas Zitrusöl habe ich noch da, aber ich mache vor-sorglich schon mal Neues, wenn das Rezept funktioniert und wir es noch einmal nachmachen wollen.« Camille stell-te einen Glasmessbecher in ein Wasserbad und schnitt ein paar Zitronenscheiben hinein. Dann übergoss sie die Stü-cke mit Olivenöl und erwärmte sie behutsam. »So hat es Adeline immer gemacht. Man muss nur aufpassen, dass es nicht zu warm wird, sonst gehen kostbare Inhaltsstoffe ver-loren.«

Nathalie blätterte in dem Pflanzenbuch. »Adeline hat einen Eintrag über die verschiedenen Öle verfasst. Sie schreibt, dass Olivenöl das beste Öl für einen Kräuterauszug ist. Außerdem wirkt es feuchtigkeitsspendend und hat viele Vitamine und Mineralstoffe, was sehr gut für die Hautpflege ist.«

Während der Ölauszug langsam warm wurde, blätterte Nathalie weiter. »Sieh mal, hier hat sie eine ganze Seite über die Eigenschaften der unterschiedlichen Öle aufgelistet.« Sie schob Camille das Buch zu.

»Das ist ja Wahnsinn!«, wunderte sie sich. »All das Wissen, das sie da gesammelt hat.«

»Schau mal, das finde ich besonders spannend, sie schreibt hier über Aprikosenkernöl. Das wäre doch ideal, wenn wir die Produkte mit Öl von euren Aprikosen herstellen. Beim Backen und Einkochen sind doch einige Kerne angefallen. Oder was macht ihr mit denen?«

»Momentan werfen wir sie weg, weil unsere Ölmühle kaputt ist.«

»Ich weiß, Felix hat mir davon erzählt. Meinst du denn, dass man sie reparieren könnte?«, fragte Nathalie interessiert.

»Keine Ahnung. Henni hat sie damals in Gang gesetzt, als er den Hof gekauft hat. Wenn Adeline dann gebacken oder die Früchte verarbeitet hat, hat er aus den Kernen das Öl hergestellt, und Adeline hat es dann für ihre Cremes und Salben benutzt. Aber das ist viele Jahre her, und als die Mühle kaputtgegangen ist, hat es sich einfach nicht mehr rentiert, sie zu reparieren. Nach Adelines Tod hatten wir ja auch keine Verwendung mehr für das Öl. Wir hätten es nur in Flaschen abfüllen können, aber dafür war der Aufwand zu groß und der Gewinn zu gering.«

»Für die Kosmetikprodukte wäre es natürlich noch mal ein tolles Verkaufsargument, wenn das Öl hier direkt vom Hof kommt«, überlegte Nathalie laut. »Na ja, jetzt muss erst mal die Rezeptur gelingen.«

Camille behielt das Wasserbad im Auge, während Nathalie damit begann, etwas von dem Bienenwachs auf der alten Küchenwaage mit Gewichten abzuwiegen, und dann in einem zweiten Wasserbad zum Schmelzen brachte. Als das Wachs flüssig war, gab sie etwas Zitrusöl dazu und rührte einen Klecks Sheabutter hinein, bis eine glatte, cremige Masse entstand. Wie in Adelines Rezept vermerkt, gab sie ein paar Tropfen von der Masse auf einen kalten Teller, um die Konsistenz zu prüfen. Da sie noch etwas zu flüssig war, gab Nathalie noch ein bisschen Bienenwachs dazu und rührte es unter. Jetzt hatte der Balsam die gewünschte cremige Konsistenz. Nathalie nahm das Glas mit einem Geschirrtuch aus dem Wasserbad und rührte ein paar Tropfen Pfefferminzöl unter. Dann befüllte sie einige der kleinen Glastiegel damit und ließ den Balsam vollständig abkühlen.

»Darf ich den Balsam denn schon probieren?«, fragte Camille neugierig.

»Na klar!« Nathalie hielt ihr einen Salbentiegel hin, und Camille nahm mit einem kleinen Holzspatel ein bisschen von dem Balsam heraus. Auch Nathalie tat sich einen Tupfen davon auf den Finger und cremte sich damit die Lippen ein. Der frische Duft von Pfefferminze und Zitrus belebte sofort ihre Sinne, und die weiche Konsistenz der Sheabutter und des Bienenwachses machten ihre Lippen geschmeidig und zart.

»Oh, das ist umwerfend!«, freute sie sich.

»Ja!« Camille presste immer wieder die Lippen zusammen und verteilte durch leichte Bewegungen den Balsam darauf. »Ich könnte mir auch eine Variante mit Rosenduft vorstellen, die dann besonders pflegend ist.«

Nathalie holte Stift und Papier und schrieb Camilles Vorschlag auf. »Ist notiert. Und das Rezept können wir auf jeden Fall mit aufnehmen. Adeline hat nämlich notiert, dass man das Zitrusöl auch durch Aprikosenkernöl ersetzen kann. Das pflegt trockene Lippen besonders gut und spendet ihnen Feuchtigkeit.«

»Super! Und was probieren wir jetzt?«

Nathalie schlug eine andere Seite des Buchs auf, in die sie sich ein Lesezeichen gelegt hatte. »Was hältst du von einer Handcreme? Die ist ein bisschen komplizierter, da sie sich in eine Wasserphase und eine Fettphase unterteilt, aber ich glaube, wir bekommen das hin.«

»Lies vor!«, bat Camille mit leuchtenden Augen.

»Also, im Unterschied zu den Salben, die Adeline üblicherweise hergestellt hat und die überwiegend aus Fetten bestehen, haben die Cremes durch die Wasserphase mehr Feuchtigkeit und schützen die Haut so vor dem Austrocknen. Außerdem bieten sich hier noch mehr Variationsmöglichkeiten an.« Nathalie blätterte die Seite um. »Für die Handcreme brauchen wir Bienenwachs, Öl und Lanolin, was wir ebenfalls wieder im Wasserbad schmelzen.« Gemeinsam mit Camille wog sie die Zutaten ab und füllte sie in einen neuen, sauberen Glasmessbecher. »Wenn die Mischung flüssig ist, müssen wir das Ganze etwas abkühlen lassen und dann die Sheabutter dazutun.«

Camille rührte vorsichtig die Zutaten, während Nathalie die Sheabutter abmaß. Als die Masse etwas kühler war, gab sie die Butter dazu, die unter ständigem Rühren langsam schmolz.

»Jetzt müssen wir auf der gleichen Temperatur die Zutaten für die Wasserphase erwärmen.« Nathalie gab destilliertes Wasser und eine Lavendelkräutertinktur in ein anderes Glas und wartete, während sich die Flüssigkeit langsam erwärmte. Dann nahm sie den Messbecher aus dem Wasserbad und goss die Flüssigkeit tropfenweise zu den übrigen Bestandteilen. Unter stetigem Rühren bildete sich auch hier eine homogene Masse, und Nathalie rührte so lange weiter, bis sich die Creme auf Handwärme abgekühlt hatte. Je kälter sie wurde, desto fester wurde die Creme auch, und schließlich emulgierte sie und wurde zu einer homogenen, geschmeidigen Masse. Nathalie gab noch etwas Vitamin-E-Öl hinzu, um die Haltbarkeit zu verlängern. Dann füllte sie die Creme in drei etwas größere Tiegel.

Als Camille und sie jetzt mit einem Spatel etwas Creme nahmen und sie auf ihren Händen verteilten, war Nathalie ganz begeistert. Die Handcreme war weich und angenehm, und sie spürte sofort das geschmeidige Hautgefühl, das sie nach dem schnellen Einziehen hinterließ. Zudem duftete sie herrlich nach Lavendel, und Nathalie schloss die Augen und schnupperte an ihren Händen. So musste auch Adelines Haut nach ihrem ersten Treffen mit Henni im Lavendelfeld gerochen haben.

»Wieso hat Adeline mir nie von dieser tollen Handcreme erzählt?«, wunderte sich Camille. »Ich würde sie jedenfalls sofort kaufen!«

»Das ist gut«, sagte Nathalie lachend. »Dann setze ich sie ebenfalls auf unsere Liste. Und ich kann mir vorstellen, dass man auch Aprikosenduft mit einem Ölauszug anstelle des Lavendels nehmen kann.«

Für den nächsten Tag bereiteten sie noch einen Ölauszug mit Gänseblümchen und einen mit Ringelblumen vor, die Nathalie frisch im Garten erntete. Diese wollten sie dann für Gesichtscremes verwenden, und Nathalie entdeckte auch ein Rezept für feste Salben und Badepralinen, für die sie kleine Silikonförmchen kaufen wollte. Und nach dem Abendessen wollte sie noch einmal ihre Entwürfe für das Kosmetiklabel überarbeiten. Jetzt, wo sie die ersten Produkte ausprobiert hatte und den betörenden Duft der Kräuter in ihrer Nase hatte, spürte sie, dass sie voller Inspiration war, und wollte ihre Ideen am liebsten sofort umsetzen.

19.

Als Felix am Dienstagvormittag die Küche betrat, duftete es nach Kräutern, Bienenwachs und Kakaobutter. Wie schon am Vortag standen Camille und Nathalie am Herd und rührten in mehreren Töpfen und Messbechern Cremes und Lotionen an. Gustave, der neben dem Küchentisch gelegen hatte, stand auf und lief auf ihn zu. Felix ging vor ihm auf die Knie und klopfte ihm liebevoll die Seite. »Dass du das bei all den Gerüchen in der Küche aushältst, ist wirklich ein Wunder.«

»Soll das etwa heißen, du findest, dass unsere Pflegeprodukte stinken?«, fragte Camille neckend.

»Nein, das nicht, aber ich wundere mich, dass ihm der Kräuterduft nicht zu intensiv ist.«

»Wieso? Es riecht doch fast ein bisschen so wie in Adelines Garten, findest du nicht?«

Das stimmte, und sofort dachte Felix wieder an den Nachmittag, an dem er mit Nathalie zusammen Adelines Kräutergarten neu angelegt hatte. Ihm wurde eigenartig leicht ums Herz, denn in diesen Stunden hatte er nicht über die Schwierigkeiten, die er mit dem Hof hatte, nachgedacht, sondern war ganz unbeschwert bei der Arbeit gewesen, so wie früher. Er musste zugeben, dass er dieses Gefühl vermisste.

Er hätte gerne noch mehr Zeit mit Nathalie verbracht, denn die liebevolle Art, wie sie mit den Pflanzen umgegangen war, hatte ihn fasziniert, aber jetzt schien sie ihre Leidenschaft hier in der Küche entdeckt zu haben, und beim Salbenanrühren schien Camille eindeutig die bessere Hilfe zu sein.

»Hier, probier mal«, sagte Nathalie und reichte ihm ein quadratisches helles Stückchen, das aussah wie aus weißer Schokolade und oben mit ein paar getrockneten bunten Blüten verziert war.

»Ist das zum Essen?«, fragte Felix vorsichtig, denn irgendwie roch dieses Stückchen nicht nach Schokolade, sondern vielmehr nach Seife.

»Nein.« Nathalie lachte. »Das ist eine Lotion-Bar.«

»Eine *was*?« Felix sah sie irritiert an.

»Eine Lotion ... eine feste Salbe«, erklärte Nathalie. »Sie schmilzt erst bei Hautkontakt und kann so optimal bei der Pflege von bestimmten Hautpartien eingesetzt werden. Ich denke, dass das eher ein Produkt für den Winter wird, aber wer weiß. Vielleicht nennen wir es auch Body-Butter oder feste Bodylotion, mal sehen. Momentan sind wir noch am Ausprobieren, wie wir Adelines Rezepte von den Heilmitteln zu einer Kosmetiklinie umwandeln können.«

Felix strich sich unbeholfen mit dem Salben-Schokoladenstück über die Hand, doch als sich die Salbe verteilte, war er positiv überrascht. Sie war angenehm weich und hinterließ ein glattes, samtiges Hautgefühl mit einem zarten Duft von Rosmarin, Rose und Lavendel.

»Das fühlt sich wirklich toll an«, sagte er überrascht. »Sobald ihr eine Produktlinie für Männer entwerft, sagt mir Bescheid. Das hier ist mir alles ein bisschen zu blumig und lieblich, aber ich kann mir gut vorstellen, dass das bei Frauen gut ankommt.«

Nathalie sah ihn einen Moment lang an und schien sich ehrlich über sein Kompliment zu freuen. »Das ist gar keine schlechte Idee. Wenn wir eine Produktlinie für Männer entwickeln wollen, müssen wir nur die Düfte abstimmen. Die Grundbedürfnisse der Haut sind wahrscheinlich dieselben. Ich könnte mir da etwas mit Sandelholz, Bergamotte, Zeder und Zypresse vorstellen, markant, holzig, frisch.«

Felix sah das Leuchten in ihren Augen, und wieder durchflutete ihn dieses warme Gefühl, das er auch schon draußen im Garten gespürt hatte, als sich ihre Hände berührt hatten.

»Du kannst die Linie ja dann nach mir benennen«, scherzte er.

»Hmm.« Nathalie legte den Kopf schräg. »›Felix – die Linie für den unabhängigen Mann.‹ Na, mal sehen.«

»Hey, so schlecht klingt das doch gar nicht. Wie soll denn die weibliche Linie heißen?«

»Ich bin, ehrlich gesagt, noch an den Entwürfen, aber ich dachte ganz schlicht an ›L'arôme d'abricot‹«, sagte Nathalie. »Das würde nicht nur auf den Grundinhaltsstoff verweisen, sondern auch den Bezug zu eurem Hof herstellen. Ich würde gerne die verwendeten Öle, soweit es geht, durch Aprikosenkernöl ersetzen. Adeline hat sehr genau seine pflegenden Eigenschaften beschrieben und auf die nährstoffreichen Vitamine hingewiesen. Natürlich kann man das dann, je nach Produkt, mit Arnika-, Oliven- oder Mandelöl mischen oder auch mit Sheabutter und Bienenwachs anreichern. Dazu kommen dann die Kräuter wie Lavendel und Rosmarin und was eben noch in Adelines Garten wächst, um die Salben,

Cremes und Seifen mit Duft zu versehen und ihnen weitere pflegende Eigenschaften zu geben. Dafür sind auch die klassischen Heilkräuter wie Kamille, Salbei oder Ringelblumen hervorragend geeignet. Nachher kannst du übrigens eine Gänseblümchencreme probieren, wenn du willst.«

»Ich sehe schon, du bist mittendrin.«

Nathalie nickte. »Das Einzige, was mir jetzt noch fehlt, ist das Aprikosenkernöl. Adeline hat in ihrem Kräuterbuch geschrieben, dass sie das Öl früher hier auf dem Hof hergestellt haben. Das wäre natürlich ideal für die Kosmetiklinie und für die Kunden ein Kaufargument. Produkte mit nachhaltig produziertem Aprikosenkernöl.«

»Vielleicht lässt sich die Mühle reparieren«, sagte Felix nachdenklich. »Soweit ich weiß, ist sie vor allem aus Holz. Wenn mir Henni zur Hand geht und das defekte oder fehlende Teil mit mir sucht, kann ich es vielleicht nachschnitzen.«

»Wirklich?« Nathalie sah ihn aus leuchtenden Augen an. »Das wäre großartig!«

Felix lächelte leicht. Wie sie so vor ihm stand, voller Hoffnung und mit all ihren Träumen und Visionen, wirkte sie auf ihn unheimlich süß und gleichzeitig sehr faszinierend. Sie schien ganz genau zu wissen, was sie wollte.

»Klar, versprechen kann ich natürlich nichts, aber versuchen werde ich es auf jeden Fall. Und schließlich geht es ja um die Rettung des Aprikosenhofs. Da muss ich doch auch meinen Teil dazu beitragen.«

Felix trat nach draußen zu Henni auf die Terrasse, wo dieser gerade ein dickes Gartenbuch wälzte.

»Henni, ich brauche deine Hilfe.«

Henni sah überrascht auf. »Ja, natürlich, worum geht es denn?«

»Ich will die alte Ölmühle im Lager wieder in Gang setzen, damit Nathalie das Aprikosenkernöl für ihre Kosmetikprodukte herstellen kann.«

»Oje, Felix, ich habe keine Ahnung, warum die Mühle nicht mehr geht. Als Adeline noch gelebt hat, sind einige Zähne des Zahnrads zersplittert, aber ich weiß nicht, ob das der einzige Grund ist, wieso sie nicht mehr läuft.«

»Würdest du mir helfen, das herauszufinden?«, fragte Felix. Henni nickte.

In der Lagerhalle musste Felix zuerst einmal das ganze Gerümpel und den alten Hausrat beiseiteräumen. Alles war staubig und mit Spinnweben überzogen. Felix konnte sich noch sehr gut daran erinnern, wie er hier früher mit Camille immer Verstecken gespielt hatte, und später, als sie älter waren, hatten sie zwischen all den alten Möbeln und Gegenständen ihre eigenen Entdeckungstouren unternommen. Manchmal hatte Felix sogar ein Stück repariert oder etwas Neues daraus gebaut, doch das war alles längst Vergangenheit.

In der Halle roch es nach altem Holz und Staub, und Felix musste mehrmals husten, bis er endlich vollständig an die Mühle treten konnte. Dann kletterte er im Halbdunkel über die großen Steinquader nach oben und sah sich das Mühlwerk an.

»Ich finde es faszinierend, dass sie fast komplett aus Holz besteht«, sagte Henni. »Hier gibt es kein einziges Metallzahnrad. Ich weiß noch, wie alles geknarzt und gerattert hat, wenn sie lief.«

»Du musst mir erklären, wie sie funktioniert«, bat Felix. »Anders kann ich die Mechanik nicht verstehen. Was ist das hier? Kommen hier die Steine hinein?«

»Genau, das ist die Walzmühle«, sagte Henni. »Durch ein Rohr werden die Aprikosensteine aus dem Speicher heruntergelassen. Dann zermalmen die schweren Mühlsteine sie, und im Anschluss quetscht diese große Presse hier das Öl heraus.«

Felix kletterte noch ein Stück weiter empor und sah sich das Zahnrad genauer an. »Hier fehlen mehrere Holzzähne«, stellte er fest.

»Ja, man konnte sie ziehen, um die Mühle anzuhalten.« Henni kratzte sich am Kinn. »Aber, wie gesagt, einige sind irgendwann auch kaputtgegangen, das weiß ich noch. Es hat fürchterlich geknackt, als sie zersplittert sind.«

»Das heißt, ich müsste die Holzzähne ersetzen, und dann könnten wir einen Versuch starten?«

Henni wiegte den Kopf hin und her. »Möglich«, sagte er nachdenklich. »Aber sicher bin ich mir nicht.«

»Lass es uns probieren.« Felix rüttelte an einem der Zähne, doch er bewegte sich nicht. »Meine Güte, stecken die fest da drin. Gibt es dafür irgendein Werkzeug?«

»Warte mal, hier irgendwo muss noch der alte Hammer liegen.« Henni sah sich im Halbdunkel des Lagerraums um. »Ah, hier ist er.« Er reichte ihn an Felix.

»Danke.« Felix begann damit, vorsichtig einen der Zähne herauszuschlagen.

»Felix, tust du das für dich oder für sie?«, fragte Henni plötzlich.

Felix hielt einen Moment inne. »Wie meinst du das?«

»Nathalie …« Henni legte eine kurze Pause ein. »Es ist nur sehr schwer zu übersehen, dass du sie nett findest.«

»Du findest sie doch auch nett«, widersprach Felix und konzentrierte sich wieder auf den Holzzahn.

»Aber in einer anderen Weise als du«, sagte Henni mit ruhiger Stimme.

»Ich finde es nur nett, dass sie uns hilft, den Aprikosenhof zu retten, und da würde ich gerne meinen Teil dazu beitragen«, antwortete Felix, doch er spürte, dass da noch mehr war. Er fand Nathalie ausgesprochen sympathisch. Er mochte ihre zupackende Art, ihr Lachen und diese verlegene Geste, wenn sie sich die Haare aus dem Nacken strich. Aber er musste aufpassen, wenn er so weitermachte, war er auf dem besten Weg, sich zu verlieben, und das wollte er nicht. Ja, das mit Nathalie wäre vielleicht eine nette Urlaubsromanze, solange sie auf dem Hof war, aber irgendetwas sagte ihm, dass da mehr war. Sie hatte etwas an sich, was ihn faszinierte, was er bewunderte, und er wusste, dass er sein Herz an sie verlieren könnte. Also musste er jetzt noch mehr aufpassen, dass er keine Dummheiten machte, denn sich zu verlieben, war das Letzte, was er jetzt gebrauchen konnte. Er hatte ja gesehen, wo das bei seiner Familie hingeführt hatte. Henni war seit vielen Jahren alleine und vermisste Adeline an jedem einzelnen Tag, und Claude war schließlich einsam und traurig an einem Herzinfarkt gestorben, nachdem Anne ihn verlassen hatte. Aber Felix wollte nicht so enden wie all die Männer in seiner Familie, er wollte unabhängig bleiben und sich nicht mit einem gebrochenen Herzen herumschlagen, nur weil er es wieder an die falsche Frau verschenkt hatte. Nein, so etwas wie Liebe gab es nicht. Das war ein Trugschluss, eine

Illusion. Mit grimmiger Miene hämmerte er weiter auf den Holzzahn ein.

»Und was ist mit diesem Jacques Vernet? Willst du jetzt doch nicht an ihn verkaufen?«

Felix zuckte mit den Schultern. »Ich weiß es nicht. Momentan warte ich noch auf sein Angebot.« Er hämmerte konzentriert weiter. »Ha! Jetzt habe ich ihn!« Felix nahm den gelockerten Holzzahn und sah ihn sich genauer an. »So kompliziert kann das doch nicht sein, die fehlenden Zähne zu ersetzen. Wir müssen dafür nur stabiles Holz verwenden, aber die Form nachzumachen, stellt keine Schwierigkeit dar, denke ich.«

»Nimm Eichenholz, das ist hart und robust«, sagte Henni, und Felix nickte.

Bis zum Abend war Felix in seiner Werkstatt damit beschäftigt, die fehlenden Zähne zu schnitzen. Mit klopfendem Herzen setzte er schließlich die fertigen Holzzähne ein, und nickte Henni dann zu.

»Bon, starte sie«, sagte er.

Henni schaltete die Mühle ein, und tatsächlich begann sich das Rad, ächzend und knarzend zu drehen.

»Sie funktioniert!«, rief Henni begeistert. »Felix, sie funktioniert!«

Felix spürte, wie sich ein glückliches Lächeln auf seinem Gesicht ausbreitete. Er vergrub die Hände in den Taschen und blickte stolz auf die Mühlsteine, die langsam im Kreis herumwalzten.

Da kamen auch Nathalie und Camille in den Lagerraum.

»Wo kommt denn der Lärm auf einmal her?«, fragte Camille, doch dann unterbrach sie sich und sah auf die drehende Mühle. »Oh …«

»Sie geht wieder!«, freute sich Nathalie, und ohne dass Felix darauf vorbereitet gewesen wäre, fiel sie ihm plötzlich um den Hals.

Vorsichtig legte Felix seine Arme um sie und genoss die Wärme, die von ihrem weichen, sanften Körper ausging. Es war ein schönes Gefühl, Nathalie so nahe zu sein und sie so glücklich zu sehen, und Felix musste zugeben, dass er den Moment, in dem er sie wieder loslassen musste, gerne so lange wie möglich hinauszögern wollte …

Aus dem Pflanzen- und Kräutertagebuch
der Adeline Legrand

19. Mai 1951

Es ist wirklich viel Arbeit, aber ich bin so glücklich! Seit Henni und ich hier auf dem Hof wohnen, sind wir noch ein ganzes Stückchen mehr zusammengewachsen. Allein ist das alles hier nicht zu schaffen, aber gemeinsam können wir so viel erreichen. Henni unterstützt mich, wo er nur kann, und ich helfe ihm, wann immer er mich braucht. Ich hätte nie gedacht, dass mich ein Leben auf dem Land so erfüllen würde. Vielleicht liegt es aber auch an unserer bevorstehenden Hochzeit. Der Antrag, den Henni mir gemacht hat, hätte kaum perfekter sein können. Wir zwei, ganz allein dort oben bei der Ruine ... Ach, es war so romantisch ...

Viel Zeit haben wir ja nicht mehr. Im August wollen wir heiraten, und im September ist schon der Geburtstermin. Momentan suchen wir noch einen Namen für unser Kind. Ich finde ja Claude ganz schön oder Emilie, falls es ein Mädchen wird. Mal sehen, was Henni dazu sagt. Glücklicherweise sind die Dorfbewohner hier alle viel herzlicher als in unserer kleinen Heimatgemeinde. Dort haben die Leute nur auf meinen Bauch gestarrt und mit spitzen Lippen gefragt, wann wir denn endlich heiraten würden. Es ist gut, dass ich von dort weggezogen bin. Hier lächeln mir die Frauen zu und helfen mir, wo es nötig ist. Es ist eine schöne Gemeinschaft, und ich fühle mich schon jetzt, als würde ich dazugehören.

20.

Die beiden kommenden Tage verbrachten Nathalie und Camille ununterbrochen damit, Fallobst zu entsteinen, die Früchte zu Tartes, Saft und Marmeladen zu verarbeiten und die Steine in der Ölmühle pressen zu lassen. Nathalie hatte mehrere Ölauszüge angesetzt, mit denen sie jetzt die Salben, Cremes und Badepralinen herstellte, und auf dem ganzen Hof duftete es mittlerweile nur noch nach Kräutern, Bienenwachs und dem lieblichen Aprikosenduft. Felix bewunderte noch immer Nathalies Elan, mit dem sie unermüdlich eine Creme nach der anderen anrührte. Trotzdem war er sich unsicher, ob so eine kleine Kosmetiklinie das fehlende Geld für den Hof einbringen konnte. Dafür mussten die Produkte ja auch erst einmal bekannt werden, und wie sollten mögliche Käufer darauf aufmerksam werden, wenn es die Cremes nur hier, im hintersten Winkel der Provence, zu kaufen gab?

Felix überlegte, ob es vielleicht möglich war, einen Onlineshop einzurichten, doch auch dafür müsste man erst einmal Kunden gewinnen, und im Netz waren die Produkte nur einige wenige unter Tausenden. Da würde das Alleinstellungsmerkmal, das Regionale und Besondere verloren gehen.

»Felix, hast du einen Moment Zeit für mich?«

Es war Nathalie, die hinter ihn getreten war und ihn aus seinen Gedanken riss.

»Klar.« Er zog einen Stuhl auf der Terrasse zurück und setzte sich unter die Platane, die auch heute wieder angenehm kühlen Schatten spendete.

»Ich habe jetzt die ersten Entwürfe für die Etiketten fertig.« Nathalie holte ihr Notizbuch heraus und schlug es auf. Dann schob sie es zu Felix hinüber.

Er begutachtete die Entwürfe genau. Nathalie hatte mehrere Schriftarten ausprobiert, von klassischen Druckschriften über geschwungene Handschriften bis hin zu modernen Blockschriften. Diese hatte sie in unterschiedliche Rahmen gesetzt, manche waren schlicht gehalten mit nur ein paar einfachen Linien, bei anderen hatte sie die Ecken mit Bögen verziert, bei wieder anderen hatte sie ein verspieltes Design mit einer Blättergirlande skizziert. Manche Entwürfe hatte sie mit Lavendelzweigen, Blüten oder einzelnen Schnörkeln verziert, bei wieder anderen ließ sie eine härtere Schrift ganz ohne Schmuckelemente wirken. Sie hatte wirklich einiges ausprobiert.

»Welches findest du am besten?«, fragte sie, und Felix konnte sehen, dass sie sehr gespannt war.

»Hm, ich glaube, mir gefällt es, wenn es etwas einfacher gehalten ist«, sagte Felix. »Nicht zu verspielt, damit es nicht zu überladen ist und auch das Produkt wirken kann.«

Nathalie nickte nachdenklich und sah wieder auf ihre Entwürfe. »Ich würde sie gerne in zarten Pastelltönen einfärben, Apricot, Fliederfarben, ein zartes Grün … passend zu den Inhaltsstoffen der Produkte.«

»Dann würde ich auf jeden Fall zu etwas Schlichtem raten. Das hier gefällt mir ganz gut.« Felix deutete auf einen der Entwürfe.

»Wirklich?« Nathalie sah ihn ungläubig an. »Den mag ich auch am liebsten.« Ein Lächeln legte sich auf ihre Lippen. »Das ist eine elegante Pinselschrift, die durch die unterschiedliche Strichstärke wirkt. Besonders ist dabei auch der ungewöhnliche Größenunterschied von Groß- und Kleinbuchstaben und dass bei den Versalien die obere Hälfte größer ist und die Form nach unten hin leicht konkav zusammenläuft. Ich finde, das macht das Etikett zu einem echten Blickfang und wirkt gleichzeitig noch immer persönlich gestaltet. Ich glaube, ich würde dazu eine einfache gerade Linie als Umrandung wählen, vielleicht sogar mit nach innen gerundeten Ecken. Das erinnert dann ein bisschen an die nostalgischen Marmeladenetiketten, die es früher mal gegeben hat.«

Felix schmunzelte. Nathalie hatte sich wirklich ausgiebig Gedanken zu diesem Thema gemacht.

»Klingt gut«, sagte er. »Und das ganze jetzt noch farbig illustriert … ›L'arôme d'abricot‹ … Doch, ich glaube, das wird gut.« Er lächelte sie an, und Nathalie erwiderte sein Lächeln.

»Ja?«, fragte sie erfreut, und Felix nickte bestätigend. »Und was mache ich mit den Schmuckelementen? Soll ich vereinzelt mal eine Aprikose oder einen Lavendelzweig hinzufügen?«

Felix schüttelte den Kopf. »Wieso nimmst du dafür keine echten Kräuter wie bei der Marmelade? Wenn sie getrocknet sind und du sie um die Gläser und Tiegel bindest oder sie auf dem Deckel befestigst, duftet es gut im Laden, und es sieht sicher auch ganz hübsch aus.«

Nathalies Augen glänzten. »Felix, das ist genial! Wieso bin ich da nicht selbst draufgekommen.«

»Ach was, das ist mir bloß gerade in den Sinn gekommen, wenn ich an deine Kosmetikherstellung denke. Ich finde es da nur logisch, die Zutaten auch zu nutzen und für sich sprechen zu lassen.«

Nathalie nickte und notierte sich seine Anmerkungen. »Gut, dann gehe ich jetzt noch mal an die Feinheiten der Entwürfe und verpacke dann probehalber eine erste Kiste.«

»Tu das. Ich muss noch zu Odilie. Sie hat einige Gläser Marmelade und mehrere Saftflaschen bestellt. Und einer ihrer Gäste möchte seine Frau mit einem Aprikosenpaket überraschen. Ihr haben unsere Früchte so gut geschmeckt, dass er jetzt sogar ein ganzes Geschenkpaket geordert hat.«

»Das ist doch super!«, freute sich Nathalie. »Soll ich dir etwas fertig machen?«

»Nicht nötig, Camille hat schon etwas hergerichtet. Ich glaube, mit deiner Begeisterung hast du uns alle hier angesteckt.«

»Quatsch!« Nathalie winkte ab. »Das ist die Umgebung hier, die Atmosphäre … Die ist so anregend und mitreißend.«

Felix presste die Lippen zusammen, denn am liebsten hätte er erwidert, dass es nicht die Atmosphäre, sondern Nathalie selbst war, die ihn so positiv stimmte. Aber er wollte sich ja zurückhalten, und so schwieg er.

»Gut, ich mache mich dann wieder an die Arbeit«, sagte Nathalie und schob ihren Stuhl zurück.

Sie ging nach drinnen in die Küche, und Felix hörte, dass

sie gleich darauf wieder mit den Glasmessbechern und Salbentiegeln hantierte. Sie war wirklich nicht zu bremsen.

Er erhob sich ebenfalls und machte ein paar Schritte auf Gustave zu, der ausgestreckt im Schatten auf den kühlen Steinplatten der Terrasse lag und so versuchte, der Nachmittagshitze zu entgehen. Als er vor dem Hund in die Knie ging, hob dieser den Kopf und hechelte erfreut.

»Dein Frauchen hat wohl für uns beide kaum noch Zeit, was?«, murmelte er und kraulte Gustave hinter den Ohren, was diesem sichtlich zu gefallen schien. »Na gut, ich muss jetzt aber auch los.« Felix erhob sich wieder und trug die Kisten mit den Saftflaschen und den Marmeladengläsern zum Anhänger des Traktors. Dann nahm er Camilles Geschenkkorb und stellte ihn auf den Notsitz über dem Rad. Hier würde er besser stehen als oben auf all den Kisten, wo er bei jeder Kurve herunterrutschen konnte.

Felix startete den Motor und machte sich auf den Weg zur Brasserie Provençal. Dort wartete Odilie bereits auf seine Lieferung.

»Ah, bon, Felix, endlich! Ich dachte schon, du kommst heute überhaupt nicht mehr. Raphaël wartet in der Küche schon sehnsüchtig auf dich.«

»Schon gut, schon gut. Schneller ging es nicht, ich hatte noch ein wichtiges Geschäftsgespräch«, sagte Felix. Er dachte wieder an die Unterhaltung mit Nathalie, und sofort durchfloss sein Herz wieder dieses warme Gefühl, wie wenn er im Sommer unter einem seiner Aprikosenbäume saß und die Sonne durch das Baumkronendach ihre Kreise auf seine Haut malte. Er machte sich daran, rasch die Kisten vom Anhänger zu laden. Gemeinsam mit Raphaël und Odilie trug er die Lieferung in den kühlen Lagerraum, der hinter der Küche angeschlossen war. Dann schwang er sich wieder auf den Bock seines Traktors und startete den Motor.

»Felix, halt! Was ist mit dem Geschenkkorb von Camille?«

Felix bremste abrupt ab, und im selben Moment rutschte der Korb vom Sitz, und der Inhalt zersprang klirrend auf dem Boden.

Odilie konnte sich gerade noch mit einem Sprung zur Seite retten.

»Zut alors!«, rief Felix und machte den Motor wieder aus. »Alles in Ordnung bei dir?«

»Bei mir schon«, sagte Odilie, die sich mittlerweile auf die Straße gekniet hatte, um die Scherben aufzusammeln. »Aber der Geschenkkorb ist hin …« Sie hielt eine klebrige Scherbe hoch. Auch der Korb war nicht mehr zu gebrauchen. Bei seinem Sturz musste er wohl mit dem Henkel zuerst aufgekommen sein, denn dieser war jetzt gebrochen und stand schräg vom Korb ab. »Was mache ich denn jetzt?«

»Ich lass mir was einfallen«, brummte Felix. »Wir haben sicherlich bald wieder Nachschub auf dem Hof.«

»Bald?« Odilie sah ihn an, und ihr Gesicht war mit einem Schlag leichenblass. »Ich brauche das Geschenkset heute Abend, Felix! Mein Gast will seine Frau mit einem romantischen Essen mit allerlei Köstlichkeiten vom Aprikosenhof verwöhnen. Raphaël tüftelt schon den ganzen Vormittag an dem Menü. Die beiden haben heute ihren fünfundzwanzigsten Hochzeitstag, und zum Abendessen sollte dann der krönende Abschluss mit einem erneuten Heiratsantrag und dem Geschenkkorb folgen. Ich bin erledigt!«

»So ein Unsinn«, sagte Felix, doch das war auch das Einzige, was ihm im Moment einfiel. »Ich kümmere mich darum. Bestimmt hat Camille eine Idee. Und du hast heute Abend ein neues Geschenk für deinen Gast und seine Frau.«

Odilie nickte bekümmert. »Dein Wort in Gottes Ohr, Felix ...«

»Du hast den Korb fallen lassen?«, fragte Camille entgeistert.

»Herrgott, aus Versehen, Camille! Wie oft soll ich dir das denn noch sagen? Ich habe ihn auf dem Sitz vergessen, und beim Bremsen ist er heruntergerutscht. Dabei sind die Gläser eben zu Bruch gegangen. Kannst du nicht einfach neue nehmen?«

»Neue?« Camille sah ihn fassungslos an. »Und wo soll ich die bis heute Abend hernehmen? Ich habe Odilie unseren kompletten Bestand ausgeliefert! Ich kann doch nicht zaubern!«

Felix fuhr sich mit den Händen übers Gesicht und atmete tief durch. »Schön, dann muss Odilie eben auf den ein oder anderen Saft und ein paar Marmeladengläser verzichten.«

»Das kannst du nicht machen, Felix! Odilie ist eine unserer besten Kunden. Du kannst nicht von ihr verlangen, dass sie für den Schaden aufkommt.«

»Es ist ja nur eine Übergangslösung, oder hast du eine bessere Idee?«

»Nein«, gab Camille zu und setzte sich ratlos auf einen der Küchenstühle. »Das Einmachobst vom letzten Jahr können wir zu so einem Anlass jedenfalls nicht verschenken ...« Sie seufzte tief. »Ich könnte vielleicht eine Aprikosentarte backen«, schlug sie dann nach einiger Zeit vor, aber Felix schüttelte bloß den Kopf.

»Das ist an sich eine gute Idee, aber Raphaël trumpft heute schon mit seinen ganzen Kochkünsten auf. Von der Vorspeise bis zum Nachtisch ist da alles durchgeplant. Da wird deine Tarte leider auch nicht helfen.«

»Tja, dann weiß ich auch nicht weiter«, murmelte Camille und stützte den Kopf in die Hände.

»Entschuldigt, ich will mich nicht einmischen, aber wie wäre es denn, wenn wir einfach ein paar von den Kosmetikprodukten nehmen?«, schlug Nathalie vor. »Die würden doch schön zu dem Aprikosenmenü passen und den Abend abrunden. Und davon haben wir im Moment jede Menge.«

»Und dann lassen wir das Ehepaar als Versuchskaninchen unsere Produkte testen?«, fragte Felix entmutigt. »Ich weiß nicht, ob das eine gute Idee ist.«

»Na ja, sieh es doch mal so: Die beiden sind unvoreingenommen, im Gegensatz zu uns und den Dorfbewohnern. Und wenn sie die Sachen gut finden, spricht sich das bestimmt schnell herum.«

»Hm.« Felix war nicht sehr überzeugt davon. »Und wenn nicht?«

»Tja, dann haben wir wenigstens eine ehrliche Rückmeldung.«

»Das ist ein ziemlich schwacher Trost«, murmelte Felix.

»Aber es ist vermutlich die einzige Möglichkeit, die wir haben«, sagte Camille nachdenklich. »Nathalie hat recht. Wir haben keine große Wahl. Die Kosmetikprodukte sind im Moment das Einzige, was wir liefern können – und es wäre etwas absolut Neues. Das wäre doch ein tolles Alleinstellungsmerkmal für so eine Silberhochzeit. Und wir haben gleich unsere ersten Produkttester und ein bisschen Werbung.«

Felix dachte eine Weile über Camilles Worte nach. So unrecht hatte sie vermutlich nicht, auch wenn ihm immer noch nicht ganz wohl bei der Sache war.

»Also gut«, sagte er schließlich. »Wir versuchen es.«

Nathalie musste lächeln, wurde aber sofort wieder ernst. »Okay, dann müssen wir uns jetzt gut überlegen, wie wir vorgehen. Felix, ich brauche ein großes Brett aus Aprikosenholz von dir, auf dem wir die Sachen anrichten können. Und am besten noch eine kleinere Schale und eine schlanke Vase. In die Schale füllen wir noch ein paar frische Aprikosen, und in die Vase kommt ein bunt gemischter Kräuterstrauß, der die beiden mit ihrem Duft betören wird. Camille, du musst jetzt die Cremes hübsch verpacken. Wickle um die einzelnen Tiegel Satinbänder und Spitzenborte, die wir dann mit einem frischen Kräuterzweig darin zu einer Schleife binden. Vielleicht hast du auch irgendwo noch etwas Chiffonstoff, den wir zum Dekorieren nehmen können. Und wir müssen auf jeden Fall noch einen frischen Aprikosenzweig dazulegen. Ich werde mich in der Zwischenzeit noch einmal an die Entwürfe für die Etiketten setzen. Okay, weiß jeder, was er zu tun hat?«

Felix und Camille nickten, und wieder war Felix von Nathalies rationaler Art begeistert. Sie dachte nicht lange nach oder machte ein Drama daraus, sondern sie überlegte, was zu tun war, und hatte innerhalb von wenigen Minuten einen Plan entwickelt, der sich wirklich gut anhörte.

Er schob seinen Stuhl zurück und ging in die Werkstatt, um ein besonders schönes Holzbrett auszusuchen. Auch die Schale für die Aprikosen und die Vase wählte er mit Bedacht, und er achtete genau darauf, dass die Rottöne des Holzes miteinander harmonierten. Er entschied sich, noch zwei Holzringe dazuzulegen. Das fand er eine besonders schöne Geste für den Hochzeitstag. Prüfend fuhr er über die Ecken, griff zum Schmirgelpapier und polierte noch einmal die Kanten von Brett und Schale, damit sich alles auch wirklich glatt und weich anfühlte. Dann machte er sich auf den Weg in den Aprikosenhain, wählte einige besonders schöne Früchte aus und legte sie in die Holzschale. Er schnitt auch einen Aprikosenzweig ab, wie Nathalie geplant hatte, und machte sich dann auf den Weg zurück zum Hof.

Als er wieder in die Küche kam, standen bereits mehrere Tiegel und Töpfchen fertig verziert auf dem Küchentisch. Camille hatte ganze Arbeit geleistet, wie von Nathalie angewiesen, Schleifen um die Cremetiegel geschlungen und einen Zweig Thymian oder Melisse in die Schleife gebunden. Nathalie hatte währenddessen einen bunten Kräuterstrauß gepflückt, den sie mit Rosen, Ringelblumen und Dahlien zusätzlich geschmückt hatte und den sie jetzt in die Vase von Felix stellte.

»Das sieht doch schon sehr gut aus«, fand sie. »Jetzt fehlen nur noch die Etiketten.«

Sie holte ihren Skizzenblock heraus und zeigte Camille und Felix ihre Entwürfe. Sie hatte die Ideen von ihrem Gespräch heute Mittag eingearbeitet und komplett umgesetzt, und das Ergebnis ließ sich sehen. Felix erblickte einfach gehaltene Schilder, die durch die moderne Pinselschrift eine persönliche Note bekamen, und durch die zarten Pastellfarben im Hintergrund, mit denen Nathalie die Etiketten koloriert hatte, erhielten sie etwas Edles. Nathalie griff zu einer Schere, schnitt die einzelnen Schilder aus und klebte sie anschließend auf die Tiegel. Dann arrangierte sie die Obstschale, die Kosmetikprodukte und den Kräuterstrauß in der Vase auf dem Holzbrett, legte etwas apricotfarbenen Chiffonstoff dazwischen, auf den sie den Aprikosenzweig bettete, und dort in die Mitte band sie mit fliederfarbenem Band und einer üppigen Schleife die beiden Ringe fest. »Fertig«, sagte sie und besah sich zufrieden ihr Werk.

»Oh, Nathalie, es ist umwerfend geworden!« Camille klatschte glücklich in die Hände. »Das ist tausendmal besser als unser Geschenkkorb! Also, wenn den beiden das nicht gefällt, dann weiß ich auch nicht! Oder, Felix?«

Auch Felix musste zugeben, dass das Geschenkbrett grandios aussah. Man erkannte deutlich, dass Nathalie etwas von ihrem Job verstand. Er konnte sich gut vorstellen, dass so ein Arrangement in einem Kosmetikladen einiges kosten würde, noch dazu, weil der Lippenbalsam, die Handcreme, die Körperbutter und das Badesalz aus regionalen Zutaten bestanden und handverarbeitet waren. ·

»Ich trau mich gar nicht, das jetzt zu Odilie zu fahren«, sagte Felix. »Nicht dass etwas verrutscht oder kaputtgeht.«

»Das solltest du aber, sonst wird die Zeit zu knapp«, erwiderte Camille.

In der Brasserie Provençal wurde Felix schon sehnsüchtig von Odilie erwartet.

»Na endlich«, sagte sie, als er das Restaurant betrat. »Ich dachte schon, du kommst nicht mehr.«

»Wir haben ein bisschen länger gebraucht, aber jetzt ist es fertig.« Er übergab das Brett an Odilie, die aus dem Staunen nicht mehr herauskam.

»Das ist ja der Wahnsinn!«, sagte sie begeistert. »Woher hast du die Kosmetikprodukte?«

»Die sind noch in der Testphase«, gestand Felix. »Nathalie probiert gerade einige alte Rezepte von Adeline aus und wandelt sie für eine Kosmetiklinie etwas ab. Wir haben auch die Ölpresse wieder in Gang gesetzt, sodass wir die Produkte aus unserem eigenen Aprikosenkernöl herstellen können.«

»Felix, das ist genial! Habt ihr auch etwas gegen trockene Hände? Jeden Abend, wenn ich das Geschirr gespült habe, sehnt sich meine Haut nach ein bisschen Pflege.«

»Ich werde Nathalie mal fragen«, versprach Felix. »Dir viel Erfolg mit der Feier.«

»Bei dem Geschenkarrangement kann ja nichts mehr schiefgehen«, sagte Odilie. »Meine Gäste werden sich sehr freuen!«

»Und?«, fragte Henni, als Felix zurück auf dem Hof war.

»Also, Odilie war begeistert«, sagte Felix. »Sie hätte die Produkte am liebsten sofort selbst getestet und ist überzeugt, dass es ihren Gästen gefallen wird.«

»Sehr gut! Eine bessere Werbung gibt es für uns wirklich nicht«, sagte Camille.

»Danke noch mal an euch beide, dass ihr mir aus der Patsche geholfen habt.«

»Dank nicht mir, sondern Nathalie. Es war ihre Idee, und ohne sie hätten wir auch keine Cremes und Badezusätze gehabt, die wir hätten verschenken können.«

Als Felix jetzt zu ihr sah, legte sich eine zarte Röte auf Nathalies Wangen wie bei seinen sonnengereiften Aprikosen, und Felix erinnerte sich wieder, wie sie zusammen die

Früchte geerntet hatten und sie sich so nahe gekommen waren.

»Vielen Dank, dass du uns so hilfst«, sagte Felix jetzt mit ernster Stimme. »Ich weiß, dass das nicht selbstverständlich ist.«

Nathalie lächelte leicht. »Du hast mir damals, als ich mit meinem Auto am Straßenrand stand, auch geholfen«, sagte sie. »Also sind wir jetzt quitt.« Sie zwinkerte ihm zu.

»Na ja, das hier ist schon eine Nummer größer, als dich bis ins nächste Dorf mitzunehmen.«

Sie winkte ab. »Darauf kommt es doch nicht an, oder?«, fragte sie, und ihre Augen leuchteten wieder auf diese eindrucksvolle Weise, die Felix ganz gefangen nahm. Er würde sich so gerne bei ihr revanchieren, ihr eine Freude machen und sie am liebsten auch weiterhin so glücklich sehen wie jetzt. Vielleicht gab es ja noch irgendwas, womit er sie überraschen konnte, solange sie noch da war.

Jetzt legte sich wieder ein dunkler Schatten über Felix' Gedanken. Dass Nathalie bald abfahren würde, war unvermeidlich, das wusste er. Er konnte Maurice nicht um noch mehr Aufschub bitten, und schließlich hatte Nathalie ein eigenes Leben. Trotzdem stimmte es ihn traurig, dass sich schon in wenigen Tagen ihre Wege für immer trennen würden, und höchstwahrscheinlich würden sie sich dann nie wiedersehen.

Felix atmete tief durch. Es war besser so, das wusste er selbst. Nathalie war eine tolle Frau, selbstbewusst, herzlich und voller Ideen. Wenn sie tatsächlich hier in der Nähe wäre oder sie auch weiterhin in Kontakt blieben, würde sie sein Leben nur unnötig durcheinanderbringen, und nicht nur das, auch sein Herz, das wieder eigenartig kräftig in seiner Brust klopfte, wenn er ihr, so wie jetzt, einen verlegenen Blick zuwarf.

21.

Nathalie hatte sich einen Wecker gestellt, um besonders früh wach zu sein, denn sie wollte heute mehrere von Adelines Rezepten ausprobieren. Nach einer raschen Dusche zog sie sich an und nahm Gustave an die Leine, um mit ihm seine Runde zu drehen. Auf dem Weg ins Dorf ging sie bei Maurice' Werkstatt vorbei, um sich nach der Reparatur ihres Autos zu erkundigen. Schließlich musste sie spätestens in zwei Tagen zurückfahren, auch wenn es ihr schwerfiel.

»Die Teile sind gestern noch gekommen«, sagte Maurice. »Wenn alles klappt, ist es morgen Nachmittag fertig.«

Nathalie bedankte sich und lief mit Gustave die kurvige Straße zum Dorfkern hinunter, in dem noch nicht sehr viel Leben war. Vereinzelt traf sie auf ein paar Fußgänger, die ihr zunickten oder ihr ein Lächeln schenkten und dann ihren Weg mit einer Zeitung unter dem Arm oder einer Brötchentüte in der Hand fortsetzten.

Nathalie schlenderte durch die stillen Gassen und genoss die klare Morgenluft, in der sie ganz ihren Gedanken nachhängen konnte. Eine Frau war gerade dabei, die Geranien vor ihrem Fenster auszuzupfen, der Postbote bog mit seinem Fahrrad in die nächsten Seitenstraße ab, und aus der Boulangerie wehte ihr der Duft von frisch gebackenem Baguette entgegen. Nathalie entschied sich, für die Erntehelfer Croissants und Brioches fürs Frühstück zu kaufen, und lief dann zum Marktplatz, auf dem das Karussell noch ruhte. Auch sonst war noch nicht viel los, die meisten Dorfbewohner schliefen wohl noch. Lediglich eine Gruppe junger Leute spielte Boule auf dem staubigen, steinigen Platz, auf dem vor ein paar Tagen der kleine wunderschöne Wochenmarkt mit seinen Produkten aus der Region aufgebaut gewesen war. Nathalie erinnerte sich nur zu gut an den Wein und den Käse, die Kräuter, die unwiderstehlich dufteten, das von der Sonne verwöhnte Gemüse und die Frauen, die auf dem Markt für das Essen eingekauft hatten. Von überallher hatten die unterschiedlichen Gerüche sie verzaubert und das Stimmengewirr sie in eine andere Welt davongetragen. Hier, in diesem alten Dorf, mit seinen kleinen Gassen und dem tollen Essen war alles so viel intensiver, die Gerüche, die Eindrücke, ihre Gefühle …

Nathalie lächelte, als sie das Steinbecken mit der Brunnenpumpe sah, an dem sie sich an ihrem ersten Tag hier den Staub und den Schmutz vom Gesicht gewaschen hatte. Sie entdeckte vor der Brasserie Provençal zwei Männer, die Café au Lait tranken und Backgammon spielten, und dann bemerkte sie Odilie, die dabei war, unter Nathalies neu gestalteter Überschrift die heutigen Plats du jour an die Tafel zu schreiben.

»Salut, Odilie!«, grüßte Nathalie, und die Wirtin sah auf und erwiderte ihren Gruß.

»Bonjour, Nathalie, wie gut, dass ich dich sehe!« Sie legte das Stück Kreide beiseite und erhob sich ächzend. »Von meinen Gästen soll ich dir einen herzlichen Dank für das schöne

Geschenk ausrichten. Sie waren begeistert von den Kosmetikprodukten!«

»Danke.« Nathalie lächelte.

»Sie fragen, ob ihr noch mehr davon habt, weil sie gerne für ihre Freunde in England ein paar der Produkte kaufen wollen, aber ich habe ihnen erklärt, dass ihr bisher nur in sehr geringer Stückzahl produziert. Trotzdem, sie wollen unbedingt vorbeikommen und noch ein paar Cremes und Badezusätze kaufen.«

»Oh, das ist ja schön zu hören. Da werden sich Camille und Felix sicherlich freuen, dass unsere Produkte so gut ankommen. Ich wollte heute noch mal etwas Nachschub produzieren. Du kannst sie also gerne vorbeischicken. Und wenn du etwas brauchst, dann bist du natürlich auch herzlich willkommen«, setzte sie dann hinzu. »Ich probiere mich gerade durch Adelines gesamtes Rezeptbuch und könnte durchaus noch ein paar Testerinnen und Tester gebrauchen.«

Odilie zwinkerte. »Da bist du bei mir an der richtigen Stelle. Ich durfte gestern schon die Handcreme ausprobieren, und sie war fabelhaft! Ich würde am liebsten gleich drei davon kaufen!«

»Ist notiert«, sagte Nathalie lachend. »Und die gehen selbstverständlich auf mich.«

»Also gut, aber sobald ihr in Serie produziert, möchte ich meine Zimmer mit euren Produkten ausstatten. Das gefällt den Gästen sicherlich, wenn sie Lotionen, Badezusätze und Seifen hier aus dem Ort benutzen können. Und dann können sie sie bei mir natürlich auch kaufen, wenn ihr damit einverstanden seid.«

Nathalie hob beschwichtigend die Hände. »Die Idee klingt

traumhaft, Odilie, aber erst einmal muss ich sehen, ob ich die Rezepturen überhaupt so hinbekomme, wie Adeline das getan hat. Im Moment sind das alles nur erste Versuche. Aber wenn es klappt, sagen wir dir auf jeden Fall Bescheid. Jetzt muss ich aber weiter. Auf mich wartet heute noch einiges an Arbeit.«

Sie verabschiedeten sich, und Nathalie machte sich auf den Rückweg zum Aprikosenhof. Dort bereitete sie ein Frühstück für die Arbeiter zu, brühte frischen Kaffee auf und stellte Teller, Marmelade und den Brötchenkorb auf den Esstisch.

Nachdem alle versorgt waren und sich die Erntehelfer zum nächsten Aprikosenhain aufmachten, hatte Nathalie in der Küche endlich etwas Ruhe. Sie ging in Adelines Garten und schnitt neue Kräuter für ihre Kosmetiklinie, um sich dann in der Küche an die Arbeit zu machen. Gustave lag in einer Ecke neben dem Esstisch und beobachtete sie, wann immer sie vorbeigewirbelt kam, um ihre Zutaten vom Küchentisch zu nehmen.

Heute wollte sie sich an einem Rezept für Badekugeln probieren. Adelines Eintrag über Sprudelbäder hatte sie auf die Idee gebracht, den Badezusatz zu einer Kugel zu formen. Dafür vermischte sie Natron und Stärke in einer Glasschüssel miteinander, gab anschließend Aprikosenkernöl und einen Teelöffel Wasser hinzu und knetete mit den Händen alles zu einem festen Teig. Jetzt träufelte sie etwas ätherisches Ylang-Ylang-Öl dazu, und ein süßlich-blumiger, holziger Duft breitete sich in der Landhausküche aus. Im Anschluss mischte sie noch Muskatellersalbei und Rose darunter, die ebenfalls betörend dufteten und somit perfekt für ein sinnliches Bad

waren. Nathalie knetete weiter und fügte dann Zitronen-
säure hinzu, die später, zusammen mit dem Natron, für den
Sprudeleffekt in der Badewanne sorgen und die Pflegestoffe
im Wasser verteilen würden. Sie portionierte die Masse in
drei unterschiedlich große Teile und färbte den ersten Teil
in ein zartes Rosa, dem sie getrocknete Rosenblüten beifüg-
te, den zweiten in ein helles Grün, in den sie etwas getrockneten Muskatellersalbei füllte, und den dritten in ein sanftes
Gelb, zu dem sie ein paar Ringelblütenblätter dazugab. Dann
drückte sie die drei Teige nacheinander schön geschichtet in
die Metallformen. Dabei achtete sie darauf, besonders fest
zu drücken, damit die Badekugeln nicht vorzeitig zerfie-
len. Nathalie malte sich schon aus, wie sich jemand ein so
herrliches Sprudelbad nach einem langen Arbeitstag gönnte,
und sie war selbst schon ganz gespannt darauf, wie sich wohl
Adelines Duftkomposition entfalten würde. Sie wiederholte den Vorgang für die andere Hälfte der Metallform, legte
sie übereinander und drückte sie jetzt noch einmal fest zusammen, damit sich die beiden Hälften zu einer Kugel ver-
banden. Sie löste die Kugel vorsichtig aus der Form, legte sie
auf ein Backblech, und als das Blech voll war, stellte sie es in
den Kühlschrank, wo es für mehrere Stunden aushärten und
fest werden konnte. Heute Nachmittag würde sie die Kugeln
dann luftdicht verpacken.

Nathalie räumte die Küche ein wenig auf und machte sich
dann an die Ringelblumensalbe, für die sie gestern den Ölauszug angesetzt hatte. Im Wasserbad löste sie Kakaobutter
und Bienenwachs auf, gab anschließend das Öl dazu und
verrührte alles gut. Sie ließ die Salbe etwas abkühlen und
testete die Konsistenz auf ihrer Haut. Nathalie war sehr zu-

frieden, die Salbe ließ sich wunderbar verreiben. Sie füllte sie in die Glastiegel und nahm sich fest vor, Sylvie unbedingt einen davon vorbeizubringen. Sicherlich würde sie sich sehr freuen, endlich wieder Adelines begehrte Wund- und Heilsalbe zu haben. Vielleicht sollte sie auch Miriam einen davon schicken, schließlich klagte ihre Freundin doch auch häufig über trockene Haut, und Adeline hatte vermerkt, dass die Ringelblumensalbe quasi ein Allheilmittel sei. Die Inhaltsstoffe der Calendulapflanze wirkten schmerz- und krampflindernd, entzündungshemmend und antibakteriell. Außerdem regten sie den Kreislauf an, halfen bei Ekzemen, Quetschungen, Akne und Ausschlägen – ein wahres Wundermittel also. Sicherlich würde sie mit ihren vielseitigen Einsatzgebieten besonders gut im Sortiment ankommen, und wenn man den Ölauszug aus Aprikosenkernöl herstellte, hatte sie auch noch pflegende Eigenschaften und würde die Feuchtigkeit und die Elastizität der Haut noch besser bewahren.

Jetzt nahm Nathalie eine Schraubflasche, in der sie ein erfrischendes Massageöl mischte. Dafür gab sie Aprikosenkernöl und ätherisches Zitronen-, Verbene- und Rosmarinöl hinein, schüttelte alles gut und füllte es dann in kleinere Glasflaschen, die sie mit einem Korken verschloss. Nathalie ließ sich die letzten Tropfen auf die Hand laufen und verrieb das Öl auf ihrem Unterarm, das sofort seinen frischen Duft verströmte und sie daran erinnerte, wie Felix sie mit dem Balsam eingecremt hatte.

Nathalie seufzte leise. Jedes Mal wenn sie Felix sah oder an ihn dachte, zog sich ihr Herz zusammen, und diese wohlige Wärme breitete sich in ihr aus. Und dann kam dieses Kribbeln, das einmal ihren ganzen Körper durchrieselte und die Sehnsucht, in seiner Nähe zu sein, noch verstärkte. Doch wie konnte das sein? Sie kannte Felix doch kaum. Wie konnte er da solche Gefühle in ihr auslösen? Vielleicht lag es daran, dass er ihre Interessen teilte, dass er mit ihr gegärtnert hatte, während Elias sie immer nur belächelt hatte, oder an seiner Fürsorglichkeit Gustave und natürlich auch ihr selbst gegenüber, immerhin hatte er sich sofort um ihren Sonnenbrand gekümmert. Oder war es vielleicht doch der Blick aus seinen blaugrünen Augen, der ihr Herz jedes Mal zum Stolpern brachte? Nathalie vermochte es nicht zu sagen, und bei dem Gedanken an Felix biss sie sich sehnsüchtig auf die Unterlippe. Es war gut, dass sie in ein paar Tagen von hier wegkam, denn wenn sie noch länger blieb, war sie auf dem besten Weg, sich in Felix zu verlieben. Und dann stand sie mit einem gebrochenen Herzen da, denn bestenfalls konnte aus ihnen ja doch nur eine Urlaubsromanze werden. Aber die Vorstellung, dass sie all das hier, die Schönheit des Hofes, Adelines Garten und vor allem Felix verließ, machte sie unsagbar traurig. Wie sollte sie das übers Herz bringen?

Nein, es half alles nichts. Sobald ihr Auto am Wochenende aus der Werkstatt kam, musste sie gehen. Das mit ihr und Felix hatte keine Zukunft, sie wusste ja nicht einmal, ob da überhaupt etwas zwischen ihnen war. Wobei, so wie er sie gestern Abend angesehen hatte ... War da nicht auch das Funkeln in seinen Augen gewesen? Dieser sehnsüchtige Blick, der mehr als nur Dankbarkeit zeigte, weil sie ihm mit dem Geschenkset geholfen hatte. Der vielleicht sogar Liebe war?

Nathalie seufzte tief. Wenn sie doch nur ein bisschen länger bleiben könnte, um all das herauszufinden, aber ihr lief die Zeit davon …

★

»Träumst du?«

Nathalie zuckte furchtbar zusammen, und als sie Felix jetzt im Türrahmen lehnen sah, strich sie sich verlegen eine Haarsträhne hinters Ohr.

»Ich hab nur nachgedacht«, erwiderte sie schnell, zu schnell und mit zitternder Stimme, wie Felix bemerkte.

»Über deine Kosmetikprodukte?«, fragte Felix interessiert.

»Auch.«

»Es duftet jedenfalls mal wieder herrlich hier in der Küche.« Felix drückte sich lässig vom Türrahmen weg und schlenderte einige Schritte zum Esstisch. »Wow, du warst ja schon richtig fleißig. Das ist unglaublich, was du schon alles gemacht hast. Gibt es auch wieder diese lecker aussehenden Schokoladen-Salbenstückchen?«

Nathalie schmunzelte. »Du meinst die Lotion-Bars? Die werden gerade zusammen mit den Badepralinen im Kühlschrank fest.«

»Oh, da muss ich dann ja aufpassen, dass ich nicht aus Versehen hineinbeiße.« Er zwinkerte ihr zu. »Kommst du denn gut voran?«

Nathalie nickte. »Gerade habe ich ein Massageöl hergestellt.«

Sie verstummte und blickte verlegen aus dem Fenster. Ob sie auch an ihren gemeinsamen Moment im Badezimmer vor ein paar Tagen dachte?

Felix jedenfalls ging dieser Augenblick nur schwer aus dem Kopf. Um ein Haar hätte er sie da geküsst, hätte sich dem Zauber und dem Moment des Augenblicks hingegeben, aber dann hatte er sich doch wieder an seine Familiengeschichte erinnert und sich für den Weg der Vernunft entschieden. Wenn es ihm Nathalie bloß nicht so schwer machen würde. Auch jetzt stand sie wieder vor ihm, in einem leichten Sommerrock und einer Bluse, hatte Adelines Spitzenschürze umgebunden, und die Schleife, die sie in ihrem Rücken gebunden hatte, betonte ihre feminine Taille nur umso mehr. Und das bezaubernde Lächeln, das sie trug, wenn sie von ihren Kosmetikprodukten erzählte, und wie ihre Augen leuchteten, wenn sie ihm von ihren neuen Kreationen berichtete, dieses Strahlen, das sich dann auf ihr Gesicht legte … Felix spürte, wie sein Herz schneller schlug.

»Und jetzt?«, fragte er. »Was ist als Nächstes dran?«

Nathalie zögerte. »Seife«, sagte sie schließlich und sah ihn verunsichert an.

Sie schien sich an das Gespräch in Adelines Garten zu erinnern, bei dem er sie so hart angefahren hatte, als sie ihm von der Idee, die Lavendelseife für Henni herzustellen, erzählt hatte. Felix bekam ein schlechtes Gewissen. Es tat ihm leid, dass er so unfreundlich zu ihr gewesen war, sie konnte schließlich nichts für seine Vergangenheit.

»Kann ich dir denn vielleicht helfen?«, bot er deshalb an.

Nathalie blickte ihn aus großen Augen an. »Du?«

»Na ja, was Camille kann, kann ich sicherlich auch. Oder?« Er lächelte verschmitzt, und jetzt huschte auch über Nathalies Gesicht ein Lächeln, das sie unglaublich süß wirken ließ.

»Bestimmt.« Sie nahm Adelines Kräutertagebuch und

schlug eine Seite auf, zwischen der ein getrockneter, gepresster Lavendelzweig lag, der noch immer betörend roch. Nathalie legte ihn behutsam zur Seite neben das Foto, das Adeline auf die andere Seite geklebt hatte. Es zeigte sie und Henni in Schwarz-Weiß, Henni war schick mit Fliege und Strohhut gekleidet, während sie ein luftiges knöchellanges Kleid trug und Henni sie von hinten umarmte.

Felix lächelte, als er das Bild sah. Seine Großeltern mussten dort ungefähr zwanzig gewesen sein und sich gerade erst kennengelernt haben. »Bon, was soll ich machen?«

Nathalie erklärte ihm, wie sie die Seife anrühren würden, und Felix ging ihr dabei zur Hand. Jedes Mal wenn sie neben ihn trat, konnte er das zitronige Öl riechen, das sie auf ihrer Haut getestet hatte und das sich jetzt mit ihrem ganz eigenen Duft vermischte. Felix genoss es, ihr so nahe zu sein. Beinahe berührten sich ihre Unterarme, während sie so dicht am Herd standen. Er spürte sogar die Wärme, die von ihr ausging, und wenn sie sich ein bisschen bewegte, streiften ihre Härchen seine Haut, sodass ein Kribbeln durch seinen Körper ging, wie er es schon lange nicht mehr gespürt hatte.

»Wenn die Zutaten geschmolzen sind, werden sie vom Herd genommen und sollten etwas abkühlen««, las Nathalie aus dem Kräuterbuch vor.

Nach einer kleinen Pause arbeiteten Felix und Nathalie weiter. Sie rührten die übrigen Zutaten unter, und nach einiger Zeit bildete sich eine Spur, die anzeigte, dass der Seifenleim fertig war.

»Kannst du mir bitte die Blüten geben?«, fragte Nathalie, und Felix reichte ihr eine Schale mit Lavendelblüten. Diese streuselte sie in die Formen, die sie auf der Arbeitsplatte bereitgestellt hatte, und goss anschließend die fertige, noch flüssige Seife hinein.

Felix sah ihr dabei gespannt über die Schulter.

»So, jetzt muss alles mit Frischhaltefolie abgedeckt und anschließend in die Handtücher eingewickelt werden.«

Auch dabei ging ihr Felix zur Hand. »Und wann wissen wir, ob die Seife etwas geworden ist?«

»Adeline hat geschrieben, dass es einige Tage braucht, bis die Seife fest ist und aus der Form genommen werden kann.«

»Aber dann können wir sie benutzen?«, fragte er neugierig.

Nathalie schüttelte den Kopf. »Dann beginnt die Reifephase. In Adelines Rezeptbuch steht, dass die Seife vier bis sechs Wochen bei Zimmertemperatur gelagert werden muss, da sonst der pH-Wert für die Haut viel zu hoch ist.«

»So lange?«, rief Felix überrascht.

»Bist du etwa ungeduldig?« Nathalie zwinkerte ihm neckend zu. »Ich muss zugeben, dass ich auch gespannt bin, ob sie etwas wird.«

»Aber wenn die Seife so lange reift, dann bist du doch gar nicht mehr hier, um sie zu auszuprobieren«, stellte Felix fest, und bei diesem Gedanken wurde er seltsam nachdenklich.

Nathalie presste die Lippen aufeinander und hob die Schultern. »Stimmt, aber so ist das manchmal eben.« Sie versuchte zu lächeln, doch Felix erkannte, dass es ihre Augen nicht erreichte. »Na, vielleicht kannst du mir ja ein Stückchen schicken, damit ich es dann in Frankfurt testen kann. Oder gleich alles, wenn es nichts geworden ist.«

Felix lächelte über ihren Witz. Trotzdem versetzte ihm der Gedanke, dass Nathalie bald nicht mehr da war, einen Stich ins Herz. Wie sie jetzt so dicht nebeneinander in der Küche standen, neben ihnen ihre ersten selbst gemachten Seifen und die ganze Küche eingehüllt in den Duft von Citrus und Lavendel, der Felix immer wieder an ihren gemeinsamen Tag im Garten erinnerte.

»Du hast da was«, flüsterte er, trat einen Schritt näher auf sie zu und zog ihr liebevoll eine blassblaue getrocknete Lavendelblüte aus dem Haar, die sich darin verfangen haben musste. Dabei berührten seine Fingerspitzen Nathalies zarte Wange, und er sah, dass sie für einen Moment die Luft anhielt. Nur zu gern hätte er Nathalie jetzt an sich gezogen und geküsst. Es war ihm egal, dass ihnen nur noch wenig Zeit blieb … Was jetzt zählte, war der Moment, doch gerade als er erneut seine Hand hob, um ihr die lose Haarsträhne hinters Ohr zu streichen, klingelte es an der Haustür.

Der Moment war vorüber.

Felix verbiss sich einen Fluch, ging in den Flur und öffnete. Vor ihm stand eine Frau mit silbergrauem Haar und einem sommerlichen Kleid.

»Bonjour, ist das hier der Aprikosenhof?«

Felix nickte zögernd. Er hatte die Dame bisher noch nie gesehen.

»Entschuldigen Sie die Störung. Ich habe ein Zimmer in der Brasserie Provençal unten im Dorf. Dort hat ein Ehepaar gestern so ein herrliches Geschenkset mit Cremes und Pflegeprodukten bekommen, und Madame Odilie sagte mir, dass Sie diese Produkte hergestellt haben.«

»Ja, das ist richtig, aber wir produzieren im Moment noch nicht in Serie«, sagte Felix. Er war völlig überrascht, dass sich ihre Kosmetiklinie so schnell herumgesprochen hatte.

»Oh, das ist sehr schade. Wissen Sie, meine Schwester hat bald Geburtstag, und so ein Geschenk, direkt hier aus der Region, das würde sie sicherlich freuen«, sagte die Frau. »Wissen Sie, wir machen hier gemeinsam Urlaub, und eine Creme oder ein Badezusatz wären das ideale Geschenk und eine schöne Erinnerung an unsere Reise.«

»Hm, ich kann mal nachsehen, was ich für Sie tun kann«, sagte Felix. »Einen Augenblick, bitte.« Er ging wieder in die Küche, in der Nathalie die Messbecher und Töpfe aufräumte. »Nathalie? Vor der Tür steht eine Kundin, die an deinen Kosmetikprodukten interessiert ist. Sie hat in der Brasserie Provençal davon erfahren und würde jetzt gerne ein Geschenkset für ihre Schwester kaufen. Meinst du, da können wir was machen?«

»Ja, na klar«, sagte Nathalie erfreut. »Sag ihr, dass ich ihr morgen etwas vorbeibringen kann. Möchte sie etwas Bestimmtes?«

Felix sah sie Hilfe suchend an, und über Nathalies Lippen huschte ein Lächeln.

»Schon gut, ich mache das.« Sie ging zur Tür und wechselte ein paar Worte mit der Frau. Dann nahm sie sich den Notizblock von der Kommode neben dem Telefon und notierte sich einige Stichpunkte. »Ja, das ist gar kein Problem«, sagte sie mit einem freundlichen Lächeln. »Gleich morgen Vormittag bringe ich Ihnen einen Korb vorbei, natürlich auch mit ein paar schönen Schnitzereien. Wie wäre es mit einer Haarspange? Oder lieber eine Schale?«

Felix lehnte sich gegen den Türrahmen und verschränkte die Arme. Es war überwältigend, mit welcher Professionalität und Leidenschaft Nathalie das Verkaufsgespräch führte. Er glaubte schon, sie hätte ihr ganzes Leben lang nichts anderes getan, als Aprikosenkosmetik zu verkaufen.

Sie verabschiedete sich höflich, und Felix konnte Nathalie nur bewundernd ansehen.

»Wir haben gerade unseren ersten Auftrag bekommen!«, rief sie voller Freude, und dann umarmte sie ihn spontan, wie es eben ihre Art war.

Felix, ein bisschen überrumpelt, legte vorsichtig die Arme um sie und drückte sie zärtlich an sich. »Ja«, sagte er perplex. »Es ist unglaublich …« Er schloss die Augen und genoss den kurzen Moment, in dem er Nathalie so nahe sein konnte, und in diesem Augenblick entschied er, dass er sich bei ihr für alles, was sie für ihn getan hatte, revanchieren wollte. Und er hatte da auch schon eine Idee wie. Dafür musste er nur Maurice mit ins Boot holen. Doch jetzt galt es, den Moment auszukosten, Nathalies Brust an seiner zu spüren, ihren Herzschlag und ihre Wärme, und er verfluchte schon jetzt den Augenblick, in dem er sie wieder loslassen musste.

22.

Maurice hatte Nathalie am Mittag angerufen und ihr gesagt, dass ihr Auto fertig war. Die gelieferten Teile waren nun verbaut, und er hatte die kaputte Zylinderkopfdichtung, die für den weißen Rauch verantwortlich gewesen war, nun reparieren können. Natürlich war Nathalie froh, dass ihr Auto wieder fuhr, gleichzeitig bedeutete das jedoch auch, dass sie jetzt nichts mehr daran hinderte, von hier wegzufahren, und irgendwie machte sie dieser Gedanke traurig. Aber sie hatte sich ja dafür entschieden, zumindest erst morgen zu fahren, und mittlerweile überlegte sie sogar, ob sie nicht noch eine weitere Woche dranhängen sollte.

Gedankenversunken zeichnete sie einen Entwurf für ein neues Schild für die Autowerkstatt. Sie skizzierte einen Mechaniker mit Blaumann und Schirmmütze, der Maurice verblüffend ähnlich sah, mit einem Schraubenschlüssel in der Hand und einem Auto im Hintergrund. Daneben letterte sie mit einer schlichten, robusten Schablonenschrift Maurice' Namen und die Öffnungszeiten, wobei sie darauf achtete, die für Schablonen typischen Durchbrüche in den Buchstaben frei zu lassen.

»Schön!«, stellte Camille fest, als sie sich mit einer Kaffeetasse Nathalie gegenübersetzte. »Das wurde wirklich dringend Zeit, dass Maurice mal ein neues Schild bekommt. Seines hat er damals ganz preiswert machen lassen, als er gerade die Werkstatt eröffnet hat.«

»Ach, das ist nur ein Entwurf.« Nathalie legte den Stift beiseite und nahm einen Schluck von ihrem Kaffee.

»Ich finde, du solltest es ihm trotzdem zeigen«, sagte Felix, der sich jetzt ebenfalls an den Gartentisch gesetzt hatte. »Ich glaube, er würde sich sehr darüber freuen.«

»Okay. Ich wollte nachher sowieso mein Auto abholen, dann nehme ich die Skizze gleich mit.«

»Wenn du willst, kannst du auch mit mir fahren. Ich muss ohnehin noch was im Dorf erledigen«, bot Felix an.

»Ja, gerne, dann kann ich Odilie auch die Gänseblümchenhandcreme mitbringen. Ich habe auch überlegt, ob wir sie ein paar andere Produkte testen lassen sollen. Sie rührt schließlich schon jetzt ordentlich die Werbetrommel.«

»Das ist eine gute Idee«, sagte Camille. »Odilie ist im Dorf und auch außerhalb davon gut vernetzt. Sie kennt unglaublich viele Leute. Da ist es sicherlich gut, wenn sie sich schon mal durch unsere Produkte testen kann.«

Mit gemischten Gefühlen nahm Nathalie wenig später ihren Autoschlüssel von Maurice entgegen.

»Funktioniert wieder einwandfrei«, sagte er. »Das Auto steht auf dem ersten Parkplatz gleich vor der Werkstatt.«

»Danke schön.« Nathalie bezahlte, und dann holte sie ihren Skizzenblock heraus. »Ich habe da noch eine Kleinigkeit als Dankeschön, weil du und Felix mir damals ohne Umschweife geholfen habt.« Sie nahm ihren Entwurf mit dem Werkstattschild heraus und legte es auf den Tresen. »Ich habe ein bisschen herumprobiert. Ich hoffe, es gefällt dir. Sonst können wir es auch gerne noch ändern.«

»Wow! Nein, das ist wirklich gut! Genau so, wie es ist.« Maurice betrachtete eine ganze Weile die Zeichnung. »Der Mechaniker sieht ja aus wie ich.«

»Na ja, er hat ein bisschen mehr Muskeln als du«, zog Felix ihn auf, aber Maurice strafte ihn nur mit einem abfälligen Blick.

»Und das willst du mir wirklich schenken?«

Nathalie nickte.

»Merci!« Maurice war deutlich anzusehen, wie überrascht er von dieser Geste war. »Bei einem Grafiker hätte ich dafür sicherlich mehrere Hundert Euro gezahlt. Wirklich, vielen Dank.«

»Ach, ist schon gut«, wehrte Nathalie ab. »Ich mache das gerne, und das war keine große Sache. Es ist ja nur der Entwurf. Anfertigen lassen musst du es ja trotzdem noch selbst.«

»Das ist kein Problem«, sagte Maurice. »Ich habe einen Bekannten, der Schilder druckt. Wenn ich ihm die Vorlage gebe, kann er das machen, und dann habe ich endlich ein professionelles Werbeschild.«

Sie verabschiedete sich von Maurice und ging mit Felix nach draußen auf den Parkplatz, wo sie ihr Auto erwartete. Doch statt ihres Polos stand dort ein alter Citroën Cabrio. »Wo kommt der denn her?«, fragte Nathalie völlig überrascht. »Und wo ist mein Auto?«

»Falls du damit rechnest, dass er dir gehört, muss ich dich leider enttäuschen«, sagte Felix. »Ich kann es mir nicht leisten, ihn dir zu schenken. Aber ich habe ihn für uns beide für heute gemietet.«

»Im Ernst?« Nathalie war völlig überrumpelt. Felix hatte für sie beide einen Oldtimer gemietet.

Felix nickte. »Ich würde mich gerne bei dir bedanken, für alles, was du für uns und den Aprikosenhof getan hast. Und da dachte ich, dass dir ein Tagesausflug ins Umland vielleicht gefallen könnte.«

»Und wie!« Nathalie schlug begeistert die Hände vor den Mund. Dann lief sie einmal um das Auto herum und schüttelte fassungslos den Kopf. »Das ist wirklich der Wahnsinn. Wie in so einem alten französischen Liebesfilm!«

Als sie das sagte, spürte sie plötzlich Felix' intensiven Blick auf sich ruhen, und als sie sich jetzt in die Augen sahen, lächelte sie. »Okay, dann lass uns aufbrechen.«

Felix lief zur Beifahrerseite und öffnete Nathalie galant die Tür. »Darf ich bitten, Madame?«

Nathalie sah ihn schmunzelnd an. »Das soll wohl ein schlechter Scherz sein.«

»Was? Stehst du etwa nicht auf Kavaliere der alten Schule?«, wunderte sich Felix.

»Doch, schon. Aber wenn ich einmal die Möglichkeit habe, so ein Auto zu fahren, lasse ich mir das doch nicht entgehen!«

Felix verdrehte bloß die Augen, warf ihr dann aber den Schlüssel zu, den Nathalie geschickt auffing. Sie stiegen ein, und Nathalie startete den Motor. »Und hast du auch schon einen Plan, wo es hingeht?«, fragte sie.

»Natürlich«, sagte Felix. »Aber lass dich überraschen.«

Er lotste sie aus dem Dorf hinaus und auf eine Landstraße, von der aus Nathalie einen herrlichen Blick über die duftenden Lavendelfelder hatte. Der Himmel war strahlend blau, und nur zwei kleine Wölkchen ließen sich träge vom heißen Mistralwind davontreiben. Nathalie fuhr durch eine Allee mit buckligen Bäumen und vorbei an schroffen Felsen, dunkelgrünen Wäldern, Schluchten und fruchtbaren Tälern, die sich miteinander abwechselten. In einer charmanten kleinen Stadt im bergigen Stein hielten sie an und schlenderten durch die belebten Gassen, in denen Nathalie überall das südfranzösische Lebensgefühl begegnete. Ein Weidenflechter verkaufte auf einem typisch provenzalischen Bauernmarkt seine Körbe, ein anderer Mann hatte unzählige Lavendelsäckchen auf seinem Tisch liegen, manche waren aus Stoff mit Blumenmuster oder schlicht lila-weiß kariert, wieder andere hatten eine Lavendelblüte aufgestickt und lockten mit ihrem Duft. In den Geschäften der kleinen Stadt priesen die regionalen Winzer und Olivenölproduzenten bei ihren Kunden ihre Ware an.

Nathalie und Felix schlenderten über den Markt, bei dem Nathalie aus dem Staunen kaum herauskam. Überall luden Stände zum Trödeln, Stöbern und Einkaufen ein. Es gab einen Buchhändler, der unzählige alte Bücher in grünen Kisten auf mehreren Tischen gestapelt hatte, eine Frau verkaufte Magazine und Schallplatten, ein anderer Stand bot ein weiß lackiertes Fahrrad an, dessen Lenker mit roten Geranien geschmückt war. Nathalie entdeckte bei einem Antiquitätenhändler eine Schmuckschatulle aus Holz, in deren Innerem Ringe, Medaillons und Gemmen lagen. Am Nachbarstand sah sie sich die schönen Vintagekleider auf der Stange an, doch es war ihr zu heiß, um etwas anzuprobieren. Allerdings verliebte sie sich in ein türkisfarbenes Schultertuch, das Felix ihr kurzerhand schenkte.

»Hast du Lust auf ein Eis?«, fragte er, und als Nathalie nickte, stellte er sich in die Schlange vor einem Straßencafé und überraschte Nathalie kurz darauf mit einer Portion Lavendeleis, Melone und Thymian-Rosmarin. »Das sind die besten Sorten hier«, verriet er Nathalie. »Natürlich alle aus den Zutaten der Region.« Nathalies Eisbecher war mit einer großen Portion Sahne und mehreren Obststücken verziert.

Sie setzten sich unter eine Platane, deren dicker Stamm rundherum mit Bänken umstellt war, und genossen das Eis, während nicht weit von ihnen ein schwarzgoldener Springbrunnen mit mehreren Schwänen vor sich hin plätscherte. Nathalie ließ ihren Blick über den belebten Platz gleiten. In einem halbrunden ovalen Bogen, der in eine Mauer eingelassen war, stand eine Marienstatue, davor brannten mehrere Kerzen, und Blumensträuße schmückten die Statue.

Als sie das Eis aufgegessen hatten, fuhren sie weiter. Dieses Mal übernahm Felix das Steuer, sodass Nathalie in aller Ruhe die Landschaft auf sich wirken lassen konnte. Sie hatte sich das Tuch um den Kopf geschlungen, das sie vor der Sonne und dem Fahrtwind schützte, und der Stoff flatterte gleichmäßig im Wind. Einzelne Haarsträhnen hatten sich dennoch darunter befreit und wehten Nathalie immer wieder ins Gesicht, aber sie störte sich nicht daran. Zum ersten Mal fühlte sich diese Auszeit wie ein richtiger Urlaub an. Da war kein Groll mehr gegen Elias, keine Wut, Verzweiflung oder Enttäuschung. Da war einfach nur noch die Ruhe und die Entspannung, die sie mit jedem Tag auf dem Aprikosenhof ein bisschen mehr empfunden hatte. Und als sie jetzt ihren Kopf wandte und zu Felix blickte, der lässig einen Arm auf der heruntergelassenen Scheibe liegen hatte und mit der anderen Hand entspannt das Steuer des Oldtimers hielt, spürte sie auch wieder dieses aufregend kribbelnde Gefühl, das ihr einen wohligen Schauer über den Rücken jagte.

Felix nahm jetzt seinen Blick von der Straße, sah Nathalie kurz an und lächelte ihr zu, und Nathalie erwiderte sein Lächeln.

»Danke!«, rief sie gegen den Fahrtwind an. »Das ist wirklich einer der besten Tage, die ich je hatte.«

»Keine Ursache«, sagte Felix. »Wusstest du eigentlich, dass ein DS dem französischen Präsidenten Charles de Gaulle einmal das Leben gerettet hat?«

»Nein, wie das?«, fragte Nathalie verwundert.

»Bei einem Attentat auf ihn wurde einer der Hinterreifen zerschossen, aber dank der Hydropneumatik konnte er trotzdem auf drei Rädern weiterfahren.«

Nathalie hob verblüfft die Brauen. »Woher weißt du so etwas?«

»Das hat Maurice mir verraten. Seit Tagen schwärmt er nur noch von *seiner Göttin*.« Felix grinste.

»Na, jedenfalls klingt es vielversprechend, dass wir heute noch zu unserem Ziel kommen, ob nun auf vier Rädern oder auf drei. Wo fahren wir jetzt eigentlich hin?«

»Lass dich überraschen.«

Felix warf ihr einen verschmitzten Blick zu, und Nathalie ahnte schon, dass sie gar nicht weiter zu fragen brauchte. Er hatte seine Überraschung fest geplant, und er würde ihr mit Sicherheit kein Sterbenswort davon verraten.

Also entschied sie sich, die Fahrt zu genießen. Sie lehnte sich in dem Ledersitz zurück, drehte das Radio an und lauschte der Musik. Schließlich bog Felix auf einen geschotterten Weg ein, der sich in mehreren Kurven einen Hang hinaufschlängelte. Dann parkte er den Wagen am Seitenstreifen, und der Motor erstarb.

»Wir sind da«, sagte er.

Nathalie sah sich überrascht um. Hier gab es überhaupt nichts. Sie konnte sich nicht vorstellen, was Felix hier mit ihr vorhatte, aber sie stieg aus dem Wagen, steckte sich die Sonnenbrille ins Haar und sah sich interessiert um. Vor ihr lag ein kleiner Pinienwald, der holzig und harzig duftete, und Felix lief genau darauf zu.

Nathalie folgte ihm und hatte bald zu ihm aufgeholt. Sie gingen einen weichen Waldweg entlang, und der Schatten, den die Bäume spendeten, war angenehm kühl und erholsam. Nathalie wäre am liebsten den ganzen Tag so gewandert, und sie fragte sich, ob sie nicht irgendwann einmal wiederkommen wollte, um hier einen richtigen Urlaub zu machen. Wieder hierher zurück, an den Ort mit dieser Ruhe, wo sie das Gefühl hatte, endlich sich selbst gefunden zu haben, zurück zu neuen Freunden und zurück zu Felix …

Ihr blieb nur noch so wenig Zeit hier. Aber daran durfte sie jetzt nicht denken. Viel lieber wollte sie diese wenigen gemeinsamen Stunden mit Felix genießen, und an seiner Art merkte sie, dass er etwas ganz Besonderes geplant haben musste.

Schließlich lichtete sich der Wald, und vor ihnen erstreckte sich eine karge Strauchlandschaft, die sich einen Hügel hinaufzog. Auf dem trockenen felsigen Boden wuchsen vereinzelt Ginster, Zistrose und Wacholder, und auch wenn die Umgebung nüchtern und einsam wirkte, fühlte sich Nathalie seltsam geborgen. Sie lief neben Felix den Hang hinauf, folgte dem gewundenen Pfad, der sich immer weiter aufwärtsschlängelte, doch plötzlich verlor sie mit ihrer Sandale auf einem losen Stein den Halt, und Nathalie geriet ins Straucheln. Aber da war sofort Felix' Arm, der sie auffing und sie sicher an sich gezogen hielt.

Nathalie blieb für einen Augenblick die Luft weg, doch als sie wieder sein Aftershave wahrnahm, hatte sie den Schockmoment gleich wieder vergessen und verlor sich in Felix' blaugrünen Augen, die tief und geheimnisvoll wie diese unberührte Natur zu sein schienen.

»Alles in Ordnung?«, raunte Felix, und Nathalie konnte nur nicken.

Sie spürte, wie er den Griff um sie wieder lockerte, wie er sie losließ, und in Nathalie stieg Enttäuschung auf. Tatsächlich bemerkte sie, dass sie sich gewünscht hätte, dass Felix sie noch länger hielt. Gemeinsam stiegen sie den steilen Hügel weiter hinauf, und als der Pfad schmaler wurde, bot Felix ihr seine Hand, und Nathalie griff danach. Es fühlte sich gut an, ihre Hand in seine zu legen, fest umschlossen von seinen Fingern, während Felix immer wieder auf sie wartete und ihr half, bis sie einen sicheren Tritt auf dem steinigen Weg fand. Dann plötzlich endete der Pfad, und vor ihr auf der Spitze des Hügels befand sich eine kleine Ruine aus hellem Stein, umgeben von flirrenden Lavendelfeldern, die genau vor ihren Füßen begannen. Nathalie vermutete, dass dies hier früher mal ein Kloster oder eine Burg gewesen sein musste, doch jetzt stand lediglich noch ein halbrunder Turm, der von einigen Zedern umstellt war und Felix und sie kaum überragte.

Felix half ihr, die alten ausgetreten Steinstufen zu erklimmen, und als sie den Turm bestiegen hatten, dessen Rückseite halb verfallen war, hatten sie einen herrlichen Blick über das Tal, die mediterrane Landschaft, das beinahe endlos wirkende Lavendelfeld und den Pinienwald, der sich bis zum Horizont erstreckte, an dem die Sonne jetzt wie eine orangene Aprikose schon die ersten Baumwipfel berührte.

»Es ist wunderschön hier«, flüsterte Nathalie, die von der Natur und der Magie dieses Ortes völlig ergriffen war.

Sie spürte Felix, der dicht hinter sie getreten war und jetzt seine Hände rechts und links neben sie auf die Mauer gelegt hatte und mit ihr gemeinsam das farbenprächtige Naturschauspiel betrachtete. Denn die Sonne färbte den Himmel jetzt in ein leuchtendes Apricot, erste Rottöne zogen wie ein zartes Band am Horizont entlang, und der Lavendel veränderte seine Farbe von Blassviolett in ein kräftiges Dunkellila. Nathalie roch die trockene Erde, den holzig, pfeffrigen Duft der Zedern und Pinien und den würzigen Salbei, der bläulich schimmernd zwischen den von der Sonne gewärmten Steinen wuchs.

»Hier hat Henni Adeline einen Heiratsantrag gemacht«, flüsterte Felix, und Nathalie erschauerte wohlig beim Klang seiner Stimme.

Und dann wagte sie es und lehnte sich sanft gegen seinen warmen, muskulösen Oberkörper, und zu ihrer Verwunderung schlang Felix jetzt die Arme um sie und drückte sie liebevoll an sich. Nathalie schmiegte sich an ihn, und auf einmal spürte sie seine Lippen auf ihrer Wange, wie er langsam mit seiner Nasenspitze bis zu ihrem Ohr fuhr, sein Atem glitt warm über ihre Haut, und schließlich spürte sie einen Kuss hinter ihrem Ohrläppchen, erst nur einen Hauch, doch dann wanderten seine Lippen ihren Hals hinab.

Nathalie schloss die Augen, sie traute sich kaum zu atmen. Felix jetzt so nahe zu sein, hier, an diesem einzigartigen Ort, all ihre Gedanken einfach ziehen zu lassen, nur den Augenblick zu genießen und seine Nähe zu spüren, brachte ihr Herz zum Glühen, und ihr Innerstes sehnte sich danach, Felix noch ein bisschen näher zu sein. Sie drehte sich zu ihm um, schlang die Arme um seinen Nacken und blickte ihm jetzt tief in die blaugrünen Augen.

Sie brauchten keine Worte, es genügte der intensive Blick, und Nathalie hatte das Gefühl, als würden sie sich auch so verstehen, als müsste sie nichts sagen, denn Felix wusste ohnehin, was in ihr vorging. Er streichelte mit der Rückseite seiner Finger über ihre Wange, lächelte sie an, und dann beugte er sich wieder zu ihr und senkte seine Lippen auf die ihren. Nathalie erwiderte den Kuss, und was anfangs noch ein zartes Liebkosen war, wurde schnell leidenschaftlicher, inniger und fordernder. Nathalie fuhr mit den Händen durch Felix' halblanges dunkelblondes Haar, vergrub ihre Finger darin, zog ihn noch näher zu sich heran.

Sie spürte, wie er ihr nur zu gern entgegenkam, wie er sie sanft, aber bestimmt gegen die von der Sonne gewärmte Steinmauer drückte, die sie jetzt in ihrem Rücken spürte. Als er ihr dann mit einer zärtlichen Geste die Haare über eine Schulter legte, seine Lippen kurz ihren Hals hinabglitten, um dann gleich wieder ihren Mund zu finden, schaltete ihr Verstand endgültig aus.

Nathalie lief es heiß und kalt den Rücken hinunter, ihre Sinne waren wie elektrisiert, und ihr ganzer Körper nur noch mit jeder Faser auf Felix ausgerichtet. Sie spürte wieder dieses sehnsüchtige Ziehen, doch dann trennten sie sich voneinander, und Nathalie sah ihm atemlos in die Augen.

Ihr Brustkorb hob und senkte sich schnell, ihr Herz schlug viel zu rasch in ihrer Brust, und sie brauchte eine Weile, bis sie wieder zu Atem kam. Sie musterte Felix' Gesicht, suchte nach irgendeiner Regung, nach einem Hinweis, ob er es bereute, dass sie sich geküsst hatten, doch da war nichts. Sie sah nur die Zärtlichkeit in seinem Blick, mit dem er sie bedachte, das sanfte, verschmitzte Lächeln, das leicht schräg seinen Mund verzog, und dann steckte er ihr liebevoll eine Haarsträhne hinters Ohr und streichelte zärtlich über ihre Wange.

»Hast du Hunger?«, fragte er, und Nathalie bemerkte, dass seine Stimme eine Spur zu rau klang. Auch ihn hatte dieser Kuss also nicht kaltgelassen, und sie hätte für nichts garantieren können, wenn sie an dieser Stelle nicht aufgehört hätten.

»Ja, ein bisschen«, gab sie zu. Über die ganze Nähe zu Felix hatte sie völlig vergessen, dass sie ja irgendwann etwas essen mussten.

»Hier in der Nähe gibt es ein gutes Restaurant. Wir können dort hinfahren, wenn du willst.«

Nathalie nickte. Sie war verunsichert, weil Felix nichts zu dem Kuss sagte, andererseits, was hätte er auch sagen sollen? Es war ein leidenschaftlicher Moment gewesen, und man musste schließlich auch nicht alles bis ins kleinste Detail analysieren oder totdiskutieren, wie Elias es nur zu gern getan hatte. Genau das mochte sie ja so an Felix, die Ruhe, die Beständigkeit, die ihr gerade jetzt Frieden und Sicherheit gab.

Felix nahm sie wieder an der Hand, um ihr beim Abstieg des letzten steilen Stück Wegs zu helfen, bei dem sie vorher ins Rutschen geraten war. Und zu ihrer Überraschung ließ Felix auch danach ihre Hand nicht los. Schweigend liefen sie nebeneinanderher, die Finger ineinander verschränkt, während die Sonne langsam hinter dem Pinienwald unterging und es so aussehen ließ, als stünde im Abendrot der ganze Wald in Flammen. Nathalie musste lächeln, als sie darüber nachdachte, dass sich ihr Herz ganz genauso anfühlte.

Sie waren nicht lange unterwegs, bis ein weiß-schwarzes Ortsschild das nächste kleine Dorf anzeige. Felix fuhr die schmale Straße, bei der es sich wohl um die Hauptstraße handeln musste, bis zum anderen Ende des Ortes entlang und lenkte das Auto schließlich einen Hang hinauf, der voller Weinreben stand.

Nathalie konnte sich gar nicht sattsehen. Hier war alles so ursprünglich, so unberührt. Sie kam sich vor wie in einer anderen Welt. Er parkte den Wagen vor einem gelben Haus mit blauen Fensterläden, ein typisch provenzalisches Steinhaus mit gepflegtem Anwesen, und Nathalie bemerkte schnell, dass es sich hier wohl um ein Weingut handeln musste. Neben dem Eingang stand ein großes Fass, aus dem eine Weinrebe kletterte und sich über den ganzen überdachten Holzvorbau schlängelte.

Sie betraten das Restaurant, das nur einen kleinen Speisesaal mit gerade einmal sechs Tischen hatte, und Felix hob die Hand zum Gruß, als ein rundlicher Mann in einem kurzärmligen Hemd von der Terrasse nach drinnen trat.

»Bonsoir, Felix! Ich habe dich schon erwartet. Wie war dein Ausflug?«

Nathalie sah verwundert zu Felix. Dann hatte er das alles

also auch durchgeplant? Vor Freude machte ihr Herz einen kleinen Satz, denn hier in dem Restaurant war es wirklich schön, und wie sie bemerkte, waren fast alle Tische besetzt. Es musste sich also um einen echten Geheimtipp bei den Einheimischen handeln.

»Sehr gut, François, doch jetzt führt uns der Hunger zu dir.«

»Bien sûr! Danielle ist in der Küche schon fleißig. Kommt, euer Tisch ist draußen auf der Veranda.« François trat mit nach draußen, wo noch einmal vier weitere Tische mit dunkelblauen Tischdecken und gelben Tischläufern standen, farblich passend abgestimmt zum Anstrich des Hauses. Er führte sie zu einem Tisch direkt an der Steinmauer der Terrasse, von wo aus man einen herrlichen Blick über die Weinreben hatte, zündete die Kerze in der Tischmitte an, und Nathalie und Felix nahmen gegenüber voneinander Platz.

»Es ist wunderschön hier«, flüsterte Nathalie.

Das Gut war eingebettet inmitten seiner Reben und Olivenhaine, und im Tal sah Nathalie das winzige Dorf, durch das sie vorhin noch gefahren waren und das jetzt in der Abendsonne versank. Nathalie bemerkte den Gesang der Zikaden, der jetzt in der Dämmerung aufkam. Der Innenhof war bunt bepflanzt und glich einer kleinen Oase. Eine rot getigerte Katze balancierte am anderen Ende über die Steinmauer und sprang schließlich in Richtung Weinreben davon, da wohl irgendetwas ihre Aufmerksamkeit im Gras auf sich gezogen hatte. Pinkfarbener Oleander blühte üppig in riesigen Töpfen, und die hellblauen Hortensien in ihren Kübeln eiferten mit ihm um die Wette. Der vordere Teil der Terrasse, der mit Holz überdacht war, war ebenfalls von Weinreben umrankt, und man musste nur die Hand ausstrecken, um die Trauben zu ernten, die verführerisch in Dunkelblau und Lila leuchteten. Nathalie und Felix saßen im freien Teil, über dem sich schützend das Blätterdach eines knorrigen alten Feigenbaums spannte.

Hier ließ sich der Abend hervorragend in romantischer Zweisamkeit ausklingen, und Nathalie spürte bei diesem Gedanken wieder das aufregende Kribbeln.

Eine Frau mit Schürze um die rundlichen Hüften, Nathalie ging davon aus, dass es sich um Danielle handeln musste, reichte ihnen die Speisekarten, die gerade mal drei Menüs aufgeführt hatten. Nathalie fand, dass das nur für das Restaurant sprach. Sie hatte schon öfter erlebt, dass die einzelnen Gerichte dann aus besonders ausgewählten Zutaten bestanden. Nachdem sie alles einmal überflogen hatte, schlug sie die Karte wieder zu.

»Weißt du schon, was du möchtest?« Felix sah sie verwundert an.

»Nein«, sagte Nathalie gelassen. »Such du für uns aus. Du hast den ganzen Tag so schön geplant, da lasse ich mich gerne auch jetzt von dir überraschen.«

»Na gut.« Felix warf nochmals einen kurzen Blick in die Karte, dann legte er sie ebenfalls beiseite.

Er bestellte bei François Menü Nummer eins, das nicht lange auf sich warten ließ. Als Vorspeise kam eine Tapenade aus Kapern, Oliven und frischen Kräutern. Dazu gab es Radieschen, Tomaten und frisch geschnittenes Baguette.

»Mmh, etwas salzig, aber sehr lecker«, stellte Nathalie fest, als sie das erste Radieschen mit der Creme bestrichen und probiert hatte.

»Das öffnet den Magen«, sagte Felix. »So wie der Pastis.«
Sie stießen mit ihren Gläsern an, und Nathalie nippte an
dem nach Anis schmeckenden Aperitif.

Die andere Creme, die gereicht wurde, schmeckte nach
eingelegten Oliven, Mandeln und Knoblauch.

»Die ist auch gut«, sagte Nathalie. »Hier ist Petersilie und
Basilikum drin, glaube ich.«

»Du bist eine richtige Kräuterexpertin«, stellte Felix lachend fest.

Nathalie schmunzelte. »Meine liebste Kräutermischung
war schon immer Kräuter der Provence«, sagte sie.

»Na, das passt ja.«

»Ich liebe einfach die Kombination von Thymian, Rosmarin und Bohnenkraut. Und dann noch ein bisschen Ma-
joran und Oregano.«

Felix verzog angewidert das Gesicht. »Du Banause! Da gehört doch kein Oregano rein!«

»Was? Doch, natürlich«, widersprach Nathalie. »Alle Her-
steller mischen Oregano in die Kräutermischung.«

»Ja, weil sie alle keine Ahnung haben«, sagte Felix amüsiert.
»Hier wächst normalerweise gar kein Oregano. Der Boden
ist viel zu trocken dafür. Das hat sich irgendein schlauer Fir-
menbesitzer ausgedacht, weil in den Sechzigerjahren das Piz-
zagewürz aus Italien rübergeschwappt ist und ihr Deutschen
total auf diesen Geschmack abfahrt.«

»Pah!« Nathalie verdrehte gespielt die Augen. »Von einem
Aprikosenbauern lasse ich mir doch nichts über Kräuter erzählen!«

»Hey, schön vorsichtig. Der Aprikosenbauer hat mehr Ahnung von Kräutern, als du dir vorstellen kannst.« Die beiden

sahen sich einen Moment lang fest in die Augen, aber Nathalie spürte, dass er sie nur necken wollte.

»Natürlich, deshalb verwechselt er ja auch Lotion-Bars mit Schokoladenstückchen.«

Jetzt mussten sie beide kichern.

»Die sehen aber auch wirklich zum Anbeißen aus«, sagte Felix, und als Nathalie jetzt seinen Blick traf, stellten sich ihre Nackenhärchen auf.

Sie war sich ganz sicher, dass es jetzt nicht mehr um ihre festen Salben ging. Um ihre Unsicherheit zu überspielen, nahm sie einen großen Schluck Pastis. Was für ein Glück, dass in diesem Moment die Hauptspeise gebracht wurde.

»Ratatouille aus frischem Marktgemüse, dazu Joues de porc braisées und ein würziger Ziegenkäse«, erklärte François. »Ich empfehle dazu einen fruchtigen Roséwein von unserem Gut.«

Felix sah sie fragend an, und als Nathalie nach einem kurzen Blick auf das Etikett nickte, gab Felix dem Wirt ein Zeichen. Dieser schenkte ihm einen kleinen Schluck Wein ein, und Felix schwenkte die zartrosa Flüssigkeit im Glas, prüfte den Geruch und nippte schließlich an dem Wein.

Nathalie musste lächeln, mit welcher Hingabe er die Weinprobe zelebrierte.

»Sehr gut, wie immer«, sagte er.

»Natürlich, was hast du denn erwartet?« François zwinkerte, dann schenkte er Nathalie ein Glas ein und füllte das von Felix auf. »Ich wünsche bon appétit.«

Nathalie probierte von dem Ratatouille, und es war fantastisch. Noch dazu war es herrlich anzusehen. Violette Auberginen, gelbe und grüne Zucchini, Fenchel, rote und gelbe

Paprika und aromatische Tomaten hatten die Sonne der Provence eingefangen und schmeckten wunderbar nach Sommer, Urlaub und einem romantischen Abend bei Kerzenschein.

»Das ist wirklich unglaublich. Hier braucht alles nur einen Hauch frische Kräuter und ein wenig Olivenöl, und schon entfaltet es seinen ganzen Geschmack. Ich muss zu Hause immer ewig abwürzen, bis meine Gerichte nach etwas schmecken.«

Felix sah ihr amüsiert dabei zu, wie sie von dem würzigen Ziegenkäse kostete und gleich darauf genießerisch die Augen verdrehte. Auch die geschmorten Schweinsbäckchen waren butterzart und schmeckten hervorragend.

»Es ist wirklich herrlich hier, Felix. Danke, dass du mir diesen Tag geschenkt hast.«

»Nun, er ist doch noch gar nicht zu Ende, oder?«, fragte Felix, nahm sein Weinglas und prostete ihr zu.

»Auf den schönen Abend«, sagte Nathalie.

»Auf uns«, setzte Felix mit einem warmen Lächeln hinzu, und als Nathalie mit ihm anstieß, streiften sich wieder ihre Finger. Sie schlug kurz verlegen den Blick nieder und strich sich eine Haarsträhne hinters Ohr. Dieser Abend war wirklich einmalig. So lange hatte sie sich mit Elias ein solch romantisches Essen gewünscht, aber mit ihm hatte so etwas nie geklappt. Vielleicht war er tatsächlich einfach nicht der Richtige gewesen. Aber das war jetzt auch egal. Jetzt zählte nur der wunderbare Augenblick, der Nathalie unendlich kostbar vorkam. Sie nahm einen Schluck von dem Roséwein, der fruchtig und lieblich schmeckte, ihr die Sinne benebelte und die Zunge löste. Schon bald war sie mit Felix in ein Gespräch über den Aprikosenhof und die Kosmetikprodukte vertieft.

»Also, ich hätte ja wirklich nicht geglaubt, dass du in so kurzer Zeit so viele unterschiedliche Rezepte ausprobierst«, sagte er gerade. »Und dass dann auch gleich Leute daran Interesse haben …«

»Wieso denn nicht? Ich habe wirklich Freude daran, und die Rezepte sind richtig gut. Gärtnern habe ich schon immer gerne gemacht, hier wächst wenigstens mal etwas, nicht so wie in Frankfurt, wo einem der Regen alles ertränkt. Außerdem finde ich es spannend, Adelines Aufzeichnungen auszuprobieren. Das ist fast ein bisschen wie ein kleiner Einblick in die Vergangenheit. Ich mag so etwas, alte Dinge, Traditionen … Ein Erinnerungsstück aus der Kindheit oder ein Erbstück, das einem eine Geschichte erzählen kann. So etwas ist doch was ganz Besonderes, und das sollte man schätzen, finde ich.«

»Es gibt nicht sehr viele Leute in unserem Alter, die so denken«, sagte Felix jetzt etwas ernster.

»Wieso, mit dem Aprikosenhof geht es dir doch genauso, oder etwa nicht?«

Felix sah sie überrascht an, dann nickte er. »Du hast recht, der Hof ist für mich so ähnlich. Es hängen viele Erinnerungen daran.«

»Und genau deshalb finde ich, dass du ihn nicht verkaufen solltest«, sagte Nathalie, jetzt ebenfalls ernster.

»Das sagt sich so leicht.« Felix seufzte und trank seinen Wein leer. »Es ist nicht einfach, den Hof zu führen, und im Moment sieht es durch die schlechten Ernten auch nicht besonders gut aus. Bei Henni und Adeline haben die Bäume viel mehr Früchte getragen, aber seit Adeline gestorben ist, ist es, als ob auch ein Teil der Bäume mit ihr gegangen wäre.« Er legte eine kurze Pause ein. »Entschuldige, das klingt so albern.«

»Tut es gar nicht«, widersprach Nathalie mit fester Stimme. »Das zeigt doch nur, wie wichtig dir das alles ist.«

»Das stimmt. Weißt du, wenn es mir schlecht geht, schlendere ich durch die Aprikosenhaine und sehe mir die Natur und die Bäume mit ihren leuchtenden Früchten an. Und irgendwann schweift mein Blick dann in die Ferne, und ich sehe die Berge am Horizont, die grünen Wälder und die steinige Landschaft. Dann geht es mir meistens wieder besser, und ich denke, dass ich irgendeine Lösung finden werde.«

Nathalie lächelte bewegt. »So etwas habe ich mir in Frankfurt auch immer gewünscht. Ich habe von einem Garten geträumt, in dem ich mich vor dem ganzen Lärm und dem Trubel zurückziehen kann, in dem ich einfach nur meinen Gedanken nachhängen und neue Kraft tanken kann.«

»Und warum ist daraus nichts geworden?«, fragte Felix.

Nathalie zuckte mit den Schultern. »Ich habe mich immer mal wieder für einen Schrebergarten beworben, aber wahrscheinlich ist meine Bewerbung zwischen tausend anderen einfach untergegangen.« Ein Lächeln huschte über ihr Gesicht. »Außerdem ist so ein Aprikosenhain hier in der Provence, zusammen mit einem so toll angelegten Kräutergarten, natürlich noch mal was ganz anderes als eine Parzelle in einem Schrebergartenverein.«

Felix schmunzelte. »Aber es ist doch besser als nichts.«

»Ja, das stimmt auch wieder.«

François räumte die Teller ab und brachte dann den Nachtisch, Crème brûlée à la lavande, die ebenfalls wundervoll schmeckte. Nathalie konnte kaum genug bekommen von der karamellisierten Kruste und der sahnigen Vanillecreme mit dem Hauch von Lavendel.

»Hier würde sich Camilles Lavendelzucker zum Karamellisieren sicherlich gut eignen«, sagte sie, als sie auch das letzte bisschen mit dem Löffel aus ihrer Schale gekratzt hatte.

»Das stimmt. Ich werde François nachher mal fragen, ob er daran auch Interesse hat.«

»Wieso auch?«, fragte Nathalie neugierig.

»Ich habe dir doch erzählt, dass wir einen Teil unserer Aprikosen an Restaurants hier in der Umgebung liefern. François ist einer unserer Kunden.«

»Das ist doch super«, sagte Nathalie. »Sieh mal, Felix, eigentlich seid ihr doch wirklich gut aufgestellt. Ich glaube, das ist momentan einfach nur eine Durststrecke, die ihr überwinden müsst. Aber ich bin sehr zuversichtlich, dass wir das mit den Kosmetikprodukten hinbekommen.«

Felix lächelte.

»Was?«, fragte Nathalie irritiert.

»Du hast *wir* gesagt.«

Erstaunt stellte Nathalie fest, dass das tatsächlich stimmte, und dann musste auch sie wieder lächeln. »Na ja, also natürlich nur, wenn es dir recht ist, dass ich euch helfe.«

»Ja, das ist es«, sagte Felix, und er sah sie einen Moment lang mit festem Blick an. »Willst du noch etwas essen? Eine Käseplatte vielleicht oder etwas anderes?«

»O Gott, nein«, stöhnte Nathalie und fuhr sich über den Bauch. »Wenn ich noch einen Bissen zu mir nehme, platze ich! Aber es war umwerfend lecker.«

»Also schön, aber ein Digestif geht noch.« Felix bestellte noch zwei Espressi, die François kurz darauf an ihren Tisch brachte. Dazu stellte er einen Teller mit Konfekt in die Tischmitte.

»Was ist das?«, fragte Nathalie interessiert und deutete auf die Süßigkeiten, die wie ein kleines Schiffchen geformt waren.

»Das sind Calissons«, sagte Felix. »Ein Konfekt aus der Provence. Ein Koch des Herzogs hat sie im 15. Jahrhundert anlässlich seines Hochzeitstags für die zukünftige Braut hergestellt, weil sie sehr traurig war und er sie damit aufheitern wollte.«

»Das ist aber keine schöne Geschichte«, stellte Nathalie fest.

Felix nickte. »Aber die Calissons sind ein Gedicht.« Er nahm eines davon und bot es Nathalie an.

Nathalie zögerte einen Augenblick, doch dann ließ sie sich von Felix füttern. Sie biss ein Stückchen davon ab, und in ihrem Mund entfaltete sich der Geschmack von Mandeln, kandierter Melone und Orange. »Hmm, das ist wirklich gut«, schwärmte sie und ließ sich auch den zweiten Happen von Felix in den Mund legen. Dabei berührte sie mit ihren Lippen zärtlich seine Fingerkuppe, und ohne dass sie damit gerechnet hatte, beugte sich Felix zu ihr und küsste sie an diesem Abend ein zweites Mal.

Nathalie schwebte wie auf Wolken. Dieser Kuss war so süß, ein Versprechen, wie das Calisson, das sie eben gekostet hatte, und sie spürte, dass sie in diesem Moment dabei war, ihr Herz an Felix zu verschenken. Auf einmal bemerkte Nathalie, dass sie sich nichts sehnlicher wünschte, als hierzubleiben. Sie träumte von einem Leben auf dem Aprikosenhof, mit Felix an ihrer Seite, sie konnte es sich nur zu gut vorstellen, Henni und Camille bei der täglichen Arbeit zur Hand zu gehen, sie sah sich selbst schon in Adelines duftendem Kräutergarten, während die Sonne ihre Haut wärmte und sich jeder neue Tag leicht und unbeschwert anfühlte. Sie hatte noch so viele Ideen für die Kosmetikprodukte – und vielleicht hätten sie damit ja tatsächlich eine Chance, den Hof zu retten. Aber wie sollte sie das anstellen, morgen musste sie schon abfahren. Doch dann kam ihr auf einmal eine Idee …

Aus dem Pflanzen- und Kräutertagebuch der Adeline Legrand

25. *Dezember 1996*

Was für ein trauriges Weihnachtsfest! Anne wollte die Kinder be-
suchen, aber es ist alles so furchtbar schiefgelaufen. Felix hat die
Geschenke von ihr nicht einmal geöffnet. Der Junge ist so trotzig in
seiner – wie heißt das heutzutage? – Teenagerphase. Er hat richtig
rebelliert, hat Anne nicht einmal ordentlich begrüßt. Später haben
sie laut in der Küche gestritten, und ich habe sogar gehört, dass Ge-
schirr zerbrochen ist. Die arme kleine Camille ... Sie hat sich so auf
ihre Maman gefreut, aber dann hat sie Felix' abweisendes Verhal-
ten kopiert und nur eingeschnappt den Kopf weggedreht, als Anne
ihr einen Kuss geben wollte. Oh, ich habe den Schmerz in Annes
Augen gesehen – und den in Claudes ... Es war keine gute Idee,
Weihnachten zusammen zu feiern.

Anne ist jetzt vorzeitig abgereist, und ich sitze hier, mit zer-
brochenem Geschirr und zerbrochenem Herzen. Claude hat sich
zu einem Spaziergang in den Hainen aufgemacht, und Felix ist
mit Trudi im Schuppen verschwunden. Wahrscheinlich schnitzt er
wieder irgendwas, um sich abzureagieren. Ich hoffe so sehr, dass die
beiden mit all den schlechten Erinnerungen jetzt nicht ihr Zuhause
hier verlieren. Hier waren wir doch einmal so glücklich ... Wenigs-
tens konnte ich die kleine Camille ins Bett bringen. Nach vielen
Tränen ist sie endlich eingeschlafen.

Morgen früh will ich für alle meine Petit Fours machen. Vielleicht helfen der süße Marzipangeschmack und die leichte Fruchtnote der Aprikosenmarmelade ein bisschen über den Schmerz hinweg. Bisher hat das ja immer gut geklappt. Aber ich befürchte, dass auf allem noch die traurige Erinnerung lastet, so wie auch der zartbittere Geschmack der dunklen Schokolade meine kleine Nascherei umhüllt …

23.

Felix starrte auf den Brief, der vor ihm auf der Werkzeugbank lag. Es war das Angebot von Jacques, in dem er ihm eine hübsche Summe für den Hof bot, nicht überdurchschnittlich viel, aber angemessen. Mit dem Geld könnte er sich irgendwo noch einmal etwas Kleineres suchen und neu anfangen oder etwas ganz anderes machen. Dennoch zögerte er. Nathalie hatte recht, der Aprikosenhof war sein Leben, hier war er aufgewachsen, hier hingen die Erinnerungen seiner Familie an jedem Stück Holz und an jedem Stein. Er sah es förmlich vor sich, wie Henni ihm einen Reifen in einen der Bäume als Schaukel gehängt hatte, wie er mit Trudi, seiner Hündin, als Kind über die Wiese getobt war ... Konnte er das alles einfach so hinter sich lassen und an jemanden verkaufen, der hier eine Rapsplantage plante?

In diesem Moment klopfte es. Nathalie öffnete die Tür, blieb dann jedoch zögernd im Türrahmen stehen.

»Entschuldige, ich wollte nicht stören.«

»Das tust du nicht.« Felix legte die Holzfigur beiseite, an der er bis eben gearbeitet hatte. »Du willst gleich losfahren, oder?«

Nathalie schüttelte den Kopf. »Ich habe noch mal über gestern nachgedacht ... Also, über unser Gespräch.«

Felix hielt für einen Moment die Luft an. War er zu weit gegangen, als er Nathalie einfach geküsst hatte? Hätte er sich zurückhalten sollen? Er wusste, dass er eine Grenze überschritten hatte, und er bereute es nicht, doch er war sich nicht sicher, wie Nathalie nun damit umging.

»Okay.« Felix sah sie abwartend an.

»Heute Morgen haben wieder ein paar der Dorfbewohner geklingelt und sich nach den Kosmetikprodukten erkundigt. Ich habe das Gefühl, sie werden hier sehr gut angenommen, vielleicht auch, weil einige hier Adeline noch kennen und wissen, dass die Rezepte sehr gut sind. Deshalb habe ich überlegt, ob man nicht einen kleinen Laden hier auf dem Hof einrichten könnte. Und vielleicht sogar einen Onlineshop. Wir könnten die ganze Produktlinie größer aufziehen und ein komplettes Vermarktungskonzept dafür ausarbeiten.«

Felix nickte nachdenklich. »Das klingt alles gut, aber wer soll das bezahlen? Außerdem haben Camille und ich keine Ahnung davon.«

»Ich ... Also, wenn du mir vertraust ...« Nathalie fuhr sich mit einer Hand über den Arm. »Ich habe mit meinem Arbeitgeber gesprochen und kann meinen restlichen Jahresurlaub nehmen. Camille hat mir ja schon bei der Herstellung geholfen. Ich bin sicher, dass sie das später auch alleine gut hinbekommen wird, und während ich da bin, kann ich sie vielleicht noch ein bisschen unterstützen und die Rezepte für unsere Produktlinie anpassen. Ich würde mich natürlich auch um den Onlineshop kümmern und die Texte dafür schreiben. Das ist für mich keine große Sache. Und wenn es gut anläuft, könnte ich das Ganze von zu Hause aus betreuen.«

»Wenn«, sagte Felix zögernd. »Und wenn nicht?«

Nathalie hob nachdenklich die Schultern. »Keine Ahnung, dann haben wir es wenigstens versucht.« Sie schwieg einen Augenblick. »Ich fände es schade, wenn du den Hof einfach so verkaufst, ohne um ihn zu kämpfen.«

Jetzt entfuhr Felix ein Laut, der einem bitteren Lachen gleichkam. »Gerade heute Morgen habe ich das Angebot bekommen.« Er sah Nathalies entsetzten Gesichtsausdruck und fühlte sich dazu verpflichtet, etwas Beschwichtigendes zu sagen. »Aber ich habe noch nicht zugesagt.«

»Und, wirst du?«, fragte sie nervös.

»Ich weiß es nicht«, gab Felix ehrlich zu. »Ich habe keine Ahnung, wie das alles hier weitergehen soll. Bevor du aufgetaucht bist, war ich mir ziemlich sicher, dass es keine andere Möglichkeit für uns gibt. Vielleicht hätte ich einen Teil verkaufen können, um den anderen zu retten. Aber wer kauft schon ein Stück Land mitten im Nirgendwo? Jacques Angebot ist ziemlich gut, wobei es mir natürlich um den Hof leidtut.«

»Dann lass es uns versuchen.«

Als Felix sie jetzt direkt ansah, erkannte er in Nathalies Augen dieses Feuer, das er auch gestern schon bemerkt hatte, als sie über den Hof gesprochen hatten.

»Was hast du zu verlieren?«

»Na ja, ein ziemlich gutes Angebot?«, fragte Felix halbherzig.

Nathalie seufzte. »Wie lange kannst du es dir überlegen?«

»Ein, zwei Wochen, schätze ich.«

»Okay, das reicht mir.« Nathalie machte einige Schritte in die Werkstatt und nahm gegenüber von Felix auf einem großen Holzklotz Platz, den auch er sonst als Hocker benutzte. »Ich mache dir einen Vorschlag: Ich bleibe noch zwei Wochen und kümmere mich um die komplette Kosmetikproduktlinie inklusive der Vermarktung. Und du versuchst dein Möglichstes, um die Erträge auf dem Hof wieder zu verbessern. Hol Angebote ein, was es kostet, die abgestorbenen Haine neu aufzuforsten. Finde heraus, warum manche Bäume krank sind …«

Felix schmunzelte. »Forderst du das jetzt nur, weil du die Aprikosenkerne für das Öl brauchst?«

»Nein.« Nathalie warf ihm einen empörten Blick zu. »Du willst den Hof doch behalten, also musst du auch für ihn kämpfen.«

»Schon gut«, sagte Felix besänftigend. »Ich hab bloß Spaß gemacht. Erzähl weiter.«

»Also, du trägst deinen Teil dazu bei und ich meinen. Ich brauche natürlich noch einige Bretter und Schalen von dir, die ich mit den Kosmetikprodukten befüllen kann, aber das sollte für dich ja kein Problem sein, oder?« Sie sah sich in seiner Werkstatt um. »Was ist das eigentlich?«, fragte sie und deutete auf die Figur, an der er gerade arbeitete.

»Ach, das ist nichts.« Felix wollte sie wegräumen, doch Nathalie legte ihm die Hand auf den Arm.

»Warte.« Sie beugte sich über den Tisch und sah sich die Holzfigur genauer an. »Bin ich das?«, fragte sie überrascht.

»Ja«, gab Felix zögernd zu. »Aber deine Haare wollen noch nicht, wie ich will.«

Nathalie grinste. »Das geht mir fast jeden Morgen so. Sie ist wirklich sehr schön geworden.«

»Sie ist noch nicht ganz fertig, es fehlt noch der Feinschliff«, sagte Felix.

»Wie bei unserem Plan.«

Felix hob überrascht die Brauen. Er bewunderte es, wie Nathalie immer wieder aufs Wesentliche zurückkam.

»Gib mir die zwei Wochen für die Vorbereitungszeit. Und als Abschluss veranstalten wir hier auf dem Hof ein großes Fest, um unser Vorhaben im Dorf bekannt zu machen.«

»Und dann?«

»Dann entscheidest du, ob du verkaufen willst. Ist das Fest erfolgreich, und die Leute kommen, dann verkaufst du nicht und gibst unseren Kosmetikprodukten eine Chance. Und wenn es ein Reinfall ist, dann kannst du immer noch den Vertrag unterschreiben.«

Felix rieb sich nachdenklich das Kinn. Nathalie hatte recht. An sich hatte er nichts zu verlieren, und ihr Vorschlag klang plausibel. Ein rauschendes Fest versprach zwar nicht automatisch eine volle Kasse, aber wenn genügend Leute kamen, könnten die ihren Bekannten und Verwandten davon erzählen, und sie hätten einen guten Start, um mit den Produkten Fuß zu fassen. Und selbst wenn es keinen Erfolg haben sollte, hatte er es immerhin versucht. War das nicht genau das, was er schon vor ein paar Tagen gewollt hatte? Den Hof mit Nathalie gemeinsam führen?

Natürlich führten sie ihn nicht wirklich gemeinsam, aber Nathalie war bereit, ihren restlichen Urlaub hier zu verbringen, um ihr Möglichstes zu tun, den Hof zu retten. Das war mehr, als er von ihr erwarten konnte, und er rechnete ihr das hoch an. Warum also sollte er sich nicht auf einen Versuch einlassen und das Ganze wagen? Viel verlieren konnte er ja nicht. Und auf die zwei Wochen kam es wirklich nicht an. Er würde Jacques informieren, dass sein Angebot eingegangen war und er darüber nachdenken wollte, das stimmte ja schließlich, und gleichzeitig würde er sich um seine Aprikosenbäume kümmern und endlich wieder dem Hof zu seinem früheren Erfolg verhelfen. Und das tat er weitaus lieber, als einem Verkauf zuzustimmen.

»Also gut«, sagte Felix schließlich. »Wir versuchen es.«

Jetzt breitete sich auf Nathalies Gesicht ein glückliches Lächeln aus.

»Danke, Felix«, flüsterte sie und beugte sich zu ihm, um ihm einen Kuss auf die Wange zu geben. »Du ahnst gar nicht, was mir das bedeutet.« Und dann war sie auch schon wieder auf den Beinen. »Ich muss los, ich habe viel zu erledigen. So ein Fest will geplant sein, und ich muss bei Sylvie in der Apotheke noch einige Sachen besorgen, damit wir noch mehr Badezusätze, Cremes und Lotionen machen können. Schließlich sollen die Leute ja auch wissen, was wir anbieten, und die Möglichkeit haben, die Produkte schon vor Ort zu kaufen.« Sie war so voller Eifer, dass Felix nur amüsiert den Kopf schütteln konnte. Und dann war sie auch schon wieder verschwunden und lief mit raschen Schritten zum Haus zurück.

Felix trat ans Fenster, vergrub die Hände in den Taschen und sah ihr nach. Was hatte Nathalie nur mit ihm angestellt? Sie war wie ein Wirbelwind in sein Leben getreten und brachte seitdem alles durcheinander. Aber Felix störte das überhaupt nicht. Im Gegenteil, er war sogar ganz froh darüber. Vielleicht hatte sie mit ihrem Plan ja Erfolg, und er konnte den Hof behalten. Das war ein Gedanke, der zu schön war, um wahr zu sein.

Felix ging zu den Regalen mit seinen Schnitzereien und sah sich die Werke an. Einige Sachen hatte er noch da, die er Nathalie für die Kosmetikprodukte zur Verfügung stellen konnte, aber auch für ihn würden die nächsten Wochen besonders arbeitsreich werden, wenn er neben der täglichen Erntearbeit auch noch Schalen, Bretter, Dosen und andere Dinge schnitzen wollte, die er Nathalie für ihre Geschenksets zur Verfügung stellen konnte. Er entdeckte eine zweibeinige Hundefigur und nahm sie vom Regal. Das war Trudi, seine erste Schnitzerei, die er zusammen mit Henni angefertigt hatte. Felix fuhr über den glatten Kopf und weiter bis zum Hunderücken. Damals war er noch überzeugt gewesen, er würde später einmal erfolgreich den Hof leiten und Hennis und Claudes Werk fortführen. Sein Blick glitt über die gerahmten Bilder an der Wand, die über der Werkbank hingen. Sie zeigten Henni, seine Eltern, Camille und ihn bei der täglichen Arbeit. Mal pflückten sie Aprikosen in den üppig wachsenden Hainen, mal gärtnerten sie in Adelines Kräutergarten. Ein anderes Bild zeigte sie nach getaner Arbeit entspannt auf der Terrasse oder beim Picknick unter den Bäumen sitzend.

Felix wollte sich gerade wieder abwenden, doch dann stutzte er. Da war nicht nur Adelines Kräutergarten, der wild blühte und rankte und unzählige Sorten von Kräutern, Blüten und Sträuchern hatte. Jetzt sah er auch die kniehohen Wiesenstreifen, die zwischen den Aprikosenhainen wuchsen und ebenfalls in einer bunten Farbenpracht blühten. Die ganze Wiese ähnelte mit ihren unterschiedlichen Blütenköpfen einem bunten Teppich. Und dann bemerkte er den Bienenstock, der gerade noch so am Bildrand zu erkennen war. Die Hälfte davon war zwar abgeschnitten, aber Felix erkannte ihn ganz deutlich.

»Das ist es«, murmelte er. Die Blühstreifen waren die Lösung! Adeline hatte sie früher immer gepflegt und spezielle Kräuter dort angepflanzt, die die Bienen und Hummeln angelockt hatten und dann auch bei den Aprikosen für eine gute Bestäubung und später für eine reiche Ernte gesorgt hatten. Aber als Adeline dann gestorben war, war dieses Wissen verloren gegangen, und als dann die anderen Bauern in der Umgebung noch mit dem Sprühen von Pestiziden und Unkrautvernichtern angefangen hatten, waren auch die restlichen Nützlinge und die Kräuterwiese verschwunden.

Nathalie hatte doch das Pflanzen- und Kräutertagebuch. Vielleicht hatte Adeline darin etwas vermerkt, wie sie die Blühstreifen angelegt hatte, und vielleicht könnte er wieder damit beginnen, die Wiesen in den Hainen neu anzulegen, um die Nützlinge wieder zu sich zu holen.

Felix verließ rasch den Schuppen und lief zum Haupthaus zurück.

»Nathalie?«, rief er, als er die Küche betrat, doch da war nur Camille. »Camille, wo ist Nathalie?«, fragte er außer Atem.

Camille sah ihn überrascht an. »Ich glaube, sie ist oben in ihrem Zimmer. Sie wollte nachher noch ins Dorf und etwas erledigen. Sie sagte etwas von einem Aprikosenfest hier auf dem Hof und ...«

Felix hob die Hände, um seine Schwester zu unterbrechen. »Später!«, sagte er knapp.

»Sag mal, könnte mir mal bitte jemand erklären, was hier los ist?« Camille stemmte die Hände in die Hüften und sah Felix perplex hinterher. »Nathalie ist so kurz angebunden, du sprichst kaum ein Wort. Habe ich was verpasst?«

»Auch später!«, rief Felix über seine Schulter und machte

sich, zwei Stufen auf einmal nehmend, zu Nathalie in den ersten Stock auf.

»Nathalie!« Er klopfte fest gegen die Tür. »Nathalie, bist du da?«

»Moment«, kam es gedämpft von drinnen, und gleich darauf ging die Tür auf, und Nathalie stand ihm gegenüber.

»Ich brauche Adelines Pflanzenbuch«, sagte er atemlos.

»Was, aber wofür denn?«, fragte sie verwundert.

»Ich muss etwas nachschlagen. Zu den Bäumen!«

Als Nathalie nickte, drängte er sich sanft an ihr vorbei, setzte sich an den kleinen Tisch und blätterte aufgeregt durch das Buch.

»Wegen der Krankheiten, die die Bäume haben?«, fragte Nathalie interessiert und blickte ihm über die Schulter. »Ich glaube, dazu hat sie weiter hinten etwas vermerkt. Sie hat immer wieder mal davon geschrieben, wie Henni diese oder jene Krankheit in den Sommern behandelt hat.«

Felix schüttelte den Kopf. »Wegen der Blühstreifen dazwischen.«

»Was denn für Blühstreifen?«, fragte sie verwundert.

»Hier, sieh!« Felix blätterte einige Seiten zurück zu einem Foto, das die ganze Familie beim Ernten zeigte. Er und Camille waren da gerade ins Teenageralter gekommen, aber auch auf diesem Bild stand ihnen das Gras bis zu den Knien.

»Da ist ja überall Unkraut zwischen den Stämmen.«

»Und das von einer Kräuterfee wie dir!« Felix sah sie empört an. »Das ist kein Unkraut. Das sind Nutzpflanzen.«

»Nutzpflanzen?« Nathalie sah ihn überrascht an. »Du meinst, Adeline hat sie bewusst gepflanzt?«

»Davon gehe ich aus. Früher hatten wir so viel mehr Ertrag, und überall hat es gesummt und gebrummt … Ich erinnere mich an ein Seminar an meiner Universität, in dem es darum ging, die Schädlinge durch Nützlinge in Schach zu halten. Nachhaltige Landwirtschaft war das. Ich glaube sogar, mich daran zu erinnern, dass ein Gastredner darüber einen Vortrag gehalten hat. Er kam aus dem Landwirtschaftsministerium und hatte schon damals großes Interesse, die Nutzflächen wieder nachhaltiger zu bewirtschaften.«

»Und was ist daraus geworden?«, wollte Nathalie wissen.

»Gute Frage. Ich weiß, dass es gerade wieder zunehmend ins Gespräch kommt, die eigenen Felder und Betriebe so zu führen.«

»Warte mal …« Nathalie nahm ihr Smartphone vom Tisch und öffnete eine Suchmaschine. »Wenn das so bekannt ist, wie du sagst, dann müsste es dazu ja reichlich Informationen im Internet geben. Weißt du noch, wie dieser Gastredner hieß?«

»Aubert …« Felix dachte einen Augenblick nach. »Clément Aubert.«

Nathalie tippte den Namen in ihr Smartphone. »Da ist er«, sagte sie und öffnete eine Internetseite. Sie überflog seinen Lebenslauf und las halblaut die Aufgabengebiete vor, für die er jetzt zuständig war. »Das ist ja spannend. Er hat ein Projekt ins Leben gerufen, das Betriebe fördert und finanziell unterstützt, die auf Nutzfläche verzichten und spezielle Blühstreifen anlegen, um die Artenvielfalt und Biodiversität zu erhalten.« Nathalie sah auf. »Felix, das ist doch genau das, was du jetzt brauchst! Adelines Idee könnte sogar gefördert werden!«

»Lass mal sehen.« Felix nahm das Smartphone entgegen und las den Artikel. Es stimmte, im Großen und Ganzen förderte Clément Aubert genau das, was Adeline schon seit Jahren praktiziert hatte.

»Da musst du dich unbedingt bewerben«, sagte Nathalie.

»Und wenn wir den Zuschuss nicht erhalten?«

»Dann kannst du den Hof mit der nachhaltigen Bepflanzung trotzdem wieder wirtschaftlich machen«, sagte Nathalie überzeugt. »Bei Adeline und Henni hat es doch auch geklappt. Und mit der Kosmetiklinie als zweites Standbein hast du gute Chancen.«

Felix ließ sich den Gedanken durch den Kopf gehen. »Also gut«, sagte er dann. »Lass es uns probieren.«

24.

In den nächsten anderthalb Wochen herrschte reges Treiben auf dem Aprikosenhof. Nathalie arbeitete unermüdlich im Kräutergarten, pflückte Blütenköpfchen für ihre Cremes, schnitt Kräuter, die sie zu Ölauszügen verarbeitete, in Bündeln trocknete oder für Tinkturen ansetzte. Camille half ihr dabei, und wenn die nächsten Badezusätze fertiggestellt waren, kümmerten sie sich um das Fallobst und verarbeiteten die Aprikosen zu Gelees, Saft, Likör oder trockneten sie in der Sonne. Nathalie freute sich sehr über die große Menge, denn so hatte sie auch Nachschub für ihr Öl, das Henni nebenan herstellte. Er bewachte die Ölmühle und räumte gleichzeitig mit ein paar Helfern den Lagerraum auf, denn Camille, Felix und er hatten beschlossen, dass sie das Fest dort stattfinden lassen wollten. Er befreite den Raum von dem alten Gerümpel, putzte und wischte Staub, reparierte einen Großteil der Möbel, die dort herumstanden, und schon bald hatten sie ein buntes Sammelsurium an Bänken, Tischen und Stühlen, die sie in mehreren langen Reihen dort aufstellen wollten. Maurice hatte sogar Bierbänke von einem Freund besorgt, die Felix im Garten aufbauen wollte, damit ein Teil des Fests auch draußen stattfinden konnte.

»Und dann hängen wir Lampions in die Bäume, und wenn

es dunkel wird, leuchtet der ganze Garten geheimnisvoll«, schlug Nathalie vor.

»Ich glaube, auf dem Dachboden sind noch die alten Lichterketten, die wir damals für unsere Jubiläumsfeier benutzt haben«, sagte Henni nachdenklich. »Ich werde nachher gleich mal danach sehen.« Und tatsächlich brachten seine Helfer wenig später mehrere Körbe und Truhen mit den langen Lichterketten herunter.

Felix hatte sich bereit erklärt, die defekten Glühbirnen auszutauschen, damit dann beim Fest alles leuchtete.

Henni reparierte in der Zwischenzeit ein altes Wagenrad, auf das er am nächsten Tag mehrere Kerzenhalter schraubte und dann an die Decke in der Halle anbrachte. So hatten sie bald eine atmosphärische Beleuchtung, und bei der alten Heugabel ersetzte er die fehlenden Zinken, und die Sichel polierte er auf Hochglanz und hängte sie dann an der Wand auf, damit der Raum einen schönen rustikalen Charme bekam. Er hatte auch das große Weinfass in eine Ecke des Raumes gestellt, wo es als Stehtisch dienen sollte.

Camille fand auf dem Dachboden alte Leinentücher, die sie in mehreren Etappen wusch und später als Tischdecken benutzen wollte, und Nathalie schlug vor, dass man apricotfarbene Mitteldecken und Tischläufer darüberlegen könnte, und sie fand auch noch einige Vasen und Einmachgläser, die sie für die Tischdekoration nutzen wollte. An einer Seite der Wand bauten sie mehrere Tische auf, auf denen später dann die Kosmetikprodukte präsentiert werden sollten, daneben plante Camille das Büfett, und Henni zimmerte sich aus Brettern und Dielen sogar eine Bar zusammen, an der er dann Aprikosenschnaps, Likör und Pastis ausschenken wollte.

Wann immer sich Felix und Nathalie sahen, lächelten sie sich verliebt zu, und wenn sie einmal Zeit für eine Pause hatten, stahlen sie sich heimlich in die Werkstatt davon oder suchten sich ein schattiges Plätzchen unter einem der Aprikosenbäume und tauschten zärtliche Küsse. Nathalie war in diesen Tagen so unendlich glücklich. All der Stress, die verletzten Gefühle von Elias und ihre Gedanken, wie es weitergehen sollte, hatten hier, auf dem Aprikosenhof, keine Bedeutung mehr, und auch ihr eintöniges Leben in Frankfurt war völlig in den Hintergrund gerückt.

Sie schickte Miriam häufig Fotos von den Vorbereitungen, und diese war ganz entzückt und auch ein bisschen neidisch, denn bei ihr in der Agentur war es lange nicht so heimelig und gemütlich wie auf dem Hof.

»Du hast wirklich Glück, dass der Chef deinen Urlaub genehmigt hat«, sagte Miriam bei ihrem nächsten Telefonat. »Ich wäre jetzt auch viel lieber in der Provence und würde mir die Sonne auf den Bauch scheinen lassen.«

»Hey, wir arbeiten hier auch«, sagte Nathalie mit gespielter Empörung. »Immerhin geht es um den Erhalt des Aprikosenhofs.«

»Das weiß ich doch«, antwortete Miriam besänftigend. »Und ich bin mir sicher, dass deine Kosmetikprodukte ein voller Erfolg sein werden. Das, was du mir davon erzählt hast, klingt jedenfalls umwerfend, und ich kann es kaum erwarten, endlich die ersten Proben zu testen.«

Nathalie musste lächeln. »Ich hebe dir von jedem unserer Versuche einen Tiegel auf. Aber jetzt muss ich Schluss machen, ich wollte mich mit Camille gleich noch um das Catering kümmern.«

»Alles klar. Und vergiss ja nicht, mir Fotos von allem zu schicken!«, erinnerte sie Miriam. »Und wehe du rufst mich nicht an und erzählst mir, wie das Fest war. Und wie es zwischen dir und Felix weitergeht.«

»Keine Sorge, das mache ich auf jeden Fall«, versprach Nathalie und legte auf.

Nathalie und Camille bestellten bei Odilie ein Büfett, das am Morgen des Aprikosenfests geliefert werden sollte. Um die Tartes und Süßspeisen mit Aprikosen kümmerten sie sich aber selbst. Camille hatte schon eifrig Rezepte herausgesucht, die sie unbedingt für die Feier ausprobieren wollte, und natürlich kamen die meisten von Adeline. Aber es gab auch einige neue Kreationen, die sich Camille ausgedacht hatte.

Währenddessen hatte Nathalie Plakate und Flyer für das Aprikosenfest gestaltet. Sie hatte eine Schale mit leuchtenden Aprikosen gemalt, und darüber hatte sie in einer schmalen, dynamischen Grundschrift, die sich auch für Schilder hervorragend eignete, »Fête de l'abricot« geschrieben, und auf einem Holzschild, das so aussah, als steckte es zwischen den Früchten in der Schale, stand »17. Juli« und die Anschrift des Aprikosenhofs. Diese verteilte sie im Dorf, und die Bewohner waren interessiert und verwundert, dass auf dem Hof wieder etwas los war. Manche freuten sich sehr über so ein großes Fest in ihrem Dorf, andere waren eher skeptisch, noch dazu, weil es von Nathalie, einer Fremden, ausgerichtet wurde.

Als sie einem Mann auf dem Dorfplatz einen ihrer Flyer in die Hand geben wollte, winkte er nur mit verkniffenem

Gesichtsausdruck ab. »An so etwas habe ich kein Interesse«, murrte er. »Fremde bringen nur das ganze Dorf in Unruhe.«

Und da kamen Nathalie zum ersten Mal Zweifel. Was, wenn niemand kam? Wenn hier noch mehr so dachten wie dieser Mann und das ganze Fest ein Reinfall wurde? Hatte sie sich möglicherweise doch verkalkuliert?

An diesem Abend fiel sie todmüde ins Bett, ihre Füße schmerzten vom vielen Herumlaufen, und ihre Kehle war trocken, weil sie den Ladenbesitzern und Passanten immer wieder von dem Fest erzählt hatte. Gustave hatte sich neben ihr zusammengerollt und den Kopf auf ihre schweren Beine gebettet, doch als es jetzt an der Tür klopfte, richtete er sich wieder interessiert auf.

Nathalie legte ihr Skizzenbuch beiseite, in dem sie bis eben am letzten Schliff für die Kosmetikprodukte gearbeitet hatte, und ging zur Tür.

»Störe ich?«, fragte Felix, der ein Tablett in der Hand hatte.

Nathalie schüttelte überrascht den Kopf. »Nein, was ist los?«

»Ich dachte, ich bringe dir eine kleine Stärkung nach deinem anstrengenden Tag. Ein großes Glas Wasser mit Aprikosensirup, damit deine Stimme sich erholen kann, etwas Obst, Käse, Schinken und Baguette gegen den kleinen Hunger und Adelines Fußbalsam, hergestellt von der weltbesten Kräuterfee, das gegen Schwielen und schmerzende Fußballen hilft.«

»Du bist einfach unglaublich!« Nathalie nahm sein Gesicht in ihre Hände und küsste ihn zärtlich. »Na los, komm rein!«

Felix folgte ihr zum Bett und kraulte Gustave, der gierig die Wurstscheiben auf dem Aprikosenbrett beäugte. »Das ist nicht für dich, Großer!«, sagte er, aber dann gab er ihm doch eine Scheibe Schinken.

»Hey!«, protestierte Nathalie. »Das ist mein Abendessen!«

»Keine Sorge, die Fußmassage musst du nicht teilen.«

Nathalie schmunzelte. »Na, das will ich auch hoffen.« Sie setzte sich wieder aufs Bett, und Felix nahm am Fußende Platz. Gemeinsam aßen sie zu Abend, und Nathalie trank von dem köstlichen Aprikosensirup, das orangegolden in ihrem Glas leuchtete und Schluck für Schluck wohlig ihre raue Kehle hinunterrann und die Anstrengung milderte.

»Bist du mit dem Antrag vorangekommen?«, fragte sie.

»Na ja, ich feile noch an einer guten Begründung. Ich will den Zuschuss ja bekommen, da muss alles stimmen.«

»Wenn du willst, kann ich dein Anschreiben gegenlesen. Vielleicht fällt mir noch ein gutes Argument ein.«

Felix lächelte. »Ja, gerne, warum nicht? Und woran arbeitest du?«, fragte er und deutete auf ihr aufgeschlagenes Skizzenbuch. »Sind das die Entwürfe für unsere Kosmetiklinie?«

»Ja.« Nathalie musste lächeln, und ihr Herz klopfte schneller. Felix hatte wieder von ihrem gemeinsamen Projekt gesprochen. »Ich habe noch einmal ein bisschen an den Farben gedreht. Das Orange leuchtet jetzt noch intensiver, dafür sind das zarte Blau und das Violett ein bisschen mehr in den Hintergrund getreten.«

Felix sah sich die verschiedenen Entwürfe genau an. »Das gefällt mir noch besser als der ursprüngliche Entwurf.«

»Wirklich?«, fragte Nathalie glücklich, und Felix nickte.

»Gut, dann gebe ich sie morgen so in Druck.« Sie klappte das Notizbuch zu und legte es auf ihren Nachttisch. »So, genug gearbeitet für heute.«

»Stimmt, jetzt ist das Verwöhnprogramm dran.« Felix bettete erst ihren einen, dann den anderen Fuß auf seinem Schoß und rieb sie mit dem Fußbalsam ein, der nach Salbei und Zitronengras duftete und schon bald das ganze Kaminzimmer mit seinem leichten Geruch erfüllte.

»Ah, das tut gut«, seufzte Nathalie und ließ sich zufrieden in die Kissen zurücksinken.

Felix massierte auch ihren anderen Fuß, doch irgendwann hörte er auf und legte Nathalies Beine behutsam auf die Matratze zurück.

»Oh, das war's schon?«, fragte Nathalie und wackelte mit den Zehen.

»Fürs Erste, ja. Aber ich habe eine Idee, womit ich dich noch verwöhnen könnte …« Er nahm das Holzbrett aus dem Bett und kletterte über Nathalie auf der Matratze zu ihr nach oben. Dann gab er ihr einen langen leidenschaftlichen Kuss.

»Mmh«, murmelte Nathalie. »Da sage ich natürlich nicht Nein.« Sie schmiegte sich in Felix' Arme und genoss seine Liebkosungen.

Zärtlich streichelte er mit seinen Fingerspitzen ihren Arm hinauf, küsste sanft ihre Wange und dann ihren Hals entlang, und Nathalie kuschelte sich noch etwas enger an ihn. Doch sie war so müde von den Vorbereitungen der letzten Tage, dass sie einfach in seinen Armen einschlief.

Am nächsten Morgen, als Nathalie aufwachte, war Felix verschwunden, doch ihr Skizzenbuch lag aufgeschlagen neben ihr, darin eine Notiz von Felix: »Musste leider schon los, auch wenn ich dir gerne noch länger beim Schlafen zugesehen hätte. Freue mich auf unser Fest. Bisous, Felix«

Nathalie lächelte und drehte sich mit einem glücklichen Seufzen wieder auf den Rücken. Warum konnte es nicht immer so schön sein wie jetzt? Hier, mit Felix, das war wie das Paradies. Sie schlug die Decke zurück und stand auf. Es gab noch einiges zu tun, und Nathalie wollte die anderen nicht warten lassen. Sie hatte ohnehin schon viel zu lange geschlafen. Nach einer kurzen Dusche ging sie nach unten und sah Camille in der Küche, die schon wieder eifrig dabei war, Aprikosen zu entsteinen.

»Warte, ich helfe dir«, sagte Nathalie und griff nach einem Messer. Mittlerweile war sie, was das Entsteinen von Aprikosen anging, ja schon geübt. Ein klarer Schnitt an der Naht entlang, die die Frucht in zwei Hälften teilte, aufklappen, den Stein mit der Messerspitze ein wenig anheben, die Frucht geviertelt in die eine Schale, die Aprikosensteine in die andere legen.

»Nein, du musst erst mal etwas frühstücken«, widersprach Camille. Sie nahm zwei Topflappen, holte die nächste Tarte aus dem Ofen und stellte sie zu den anderen drei auf den Küchentisch. Der Duft von Mandeln und Vanille schwebte durch die Küche, und Nathalie bemerkte, dass sie wirklich hungrig war.

»Also so ein Stückchen Tarte würde ich jetzt schon essen«, meinte sie neckend.

»Untersteh dich, die sind für morgen, und ich werde hier beinahe noch ganz verrückt!« Camille strich sich mit dem Handrücken eine Haarsträhne aus dem Gesicht. »Vorhin sind mir schon die Petits Fours angebrannt. Der Biskuitteig ist viel zu dunkel geworden. So kann ich die unmöglich jemandem auf dem Fest präsentieren.«

»Na, dann frühstücke ich eben die«, sagte Nathalie und nahm sich einen von den kleinen Würfeln. »Die schmecken umwerfend!«

»Warte mal, bis du die anderen versucht hast.« Camille reichte ihr eine Platte mit schokoladeüberzogenen Würfeln, und Nathalie probierte auch diese.

Camille hatte den Teig in drei Teile geschnitten und den ersten mit Marzipan gefüllt, den zweiten mit Aprikosenkonfitüre bestrichen und den dritten mit Schokolade überzogen.

»O Gott, sind die lecker!« Nathalie verdrehte schwärmerisch die Augen.

Camille grinste. »Das freut mich, dass sie dir schmecken. Es ist ein altes Familienrezept. Nachher möchte ich noch Aprikosen-Chili-Tartelettes versuchen. Ich dachte an einen Puddingbelag, verfeinert mit Aprikosenstückchen und Chiliflocken.«

»Das klingt auch lecker, aber an diese Petits Fours wird nichts im Leben herankommen!«

Nathalie pikte mit dem Zahnstocher den nächsten Würfel auf und ließ ihn sich zu ihrem Café au Lait schmecken.

»Hat Felix gesagt, wann er zurückkommt?«, fragte sie beiläufig.

»Er holt mit Maurice die Bierbänke für den Garten«, sagte Camille. »Gegen Mittag sollte er wieder hier sein. Wieso, vermisst du ihn schon?« Sie zwinkerte ihr zu.

Nathalie spürte, wie ihr die Röte in die Wangen schoss. »Äh … Nein, ich frage nur wegen der … Schalen … für die Geschenksets.«

Camille lächelte sie verschmitzt an. »Natürlich. Dann habe ich eure kleinen Ausflüge in die Haine und die Werkstatt, bei denen ihr so gekichert habt, ganz bestimmt falsch verstanden.«

»Na ja.« Nathalie biss sich auf die Lippe. Natürlich war das Camille nicht entgangen. Was hatte sie denn gedacht? »Ich mag ihn schon«, gab sie zu.

»Aber?«, fragte Camille. »Bei so einem Satz kommt bestimmt ein Aber.«

Nathalie seufzte. »Ich weiß nicht, wie das alles mit uns weitergehen soll. Ich mache hier Urlaub, helfe euch ein bisschen … Und dann?«

»Das wird man sehen«, sagte Camille leichthin. »Ich habe aufgehört, das Leben zu planen. Es kommt ja sowieso immer etwas dazwischen, mit dem man nicht rechnet.«

Das stimmte. Erst war es eine Postkarte, dann eine Autopanne und jetzt Felix, dachte Nathalie, und dann musste sie wieder lächeln. Jedenfalls war Felix in dieser Aufzählung definitiv etwas Erfreuliches, und Camille hatte recht. Wer wusste schon, wie sich alles entwickelte. Vielleicht sollte sie auch endlich aufhören, alles zu planen und zu durchdenken. Sie hatte nicht damit gerechnet, hier zu stranden, sie hatte nicht mit Felix gerechnet und schon gar nicht mit ihren Gefühlen für ihn, die ganz plötzlich gekommen waren und gegen die sie genauso machtlos war wie gegen einen wütenden Herbststurm. War das nicht auch immer Elias' Kritikpunkt gewesen, dass sie nicht spontan genug sei? Und dann tat sie etwas, was sie bisher noch nie getan hatte: Sie warf alle Bedenken, alle Zweifel, all die quälenden Fragen und Gedanken, was nach ihren Ferien sein würde, einfach über Bord und genoss den Augenblick. Was auch immer kommen wollte, es würde kommen, sie war bereit.

Nathalie, Felix, Henni und Camille schufteten den ganzen Tag, bis der Aprikosenhof am Abend schließlich in seinem vollen Glanz erstrahlte. Die Tische waren mit den weißen und apricotfarbenen Tischtüchern eingedeckt, Teller, Gläser und Besteck standen bereit. Henni hatte die Bar bestückt und mixte probehalber die ersten Drinks, während Nathalie in jede Tischmitte ein Einmachglas mit einem Teelicht stellte, das sie mit Moos, Satinschleifen und kleinen Schmetterlingen dekoriert hatte. Dazwischen kamen Vasen mit Kräutersträußen. Felix hatte auch im Inneren an den alten Holzbalken Lichterketten befestigt, und an der langen Wand hinter dem Büfett hatte er Camilles Wimpelkette aufgehängt, die sie vor vielen Jahren genäht hatte. Er stellte auch eine geschnitzte Spardose auf, die für Spenden für das Büfett und die Getränke gedacht war, die Produkte hatte Nathalie mit kleinen Preisaufklebern versehen. Neben die Bar und in die Ecken der Halle hatte Nathalie alte Emaillekannen und Gießkannen aus Zink gestellt, die sie jetzt als Bodenvase für größere Kräutersträuße nutzte. Überall verteilte sie geschnitzte Obstschalen von Felix, die sie mit Aprikosen, Johannis- und Stachelbeeren aus Adelines Garten füllte, und an der kürzeren Wand gleich neben dem Eingang hatten sie zwei Tische aufgestellt, einen für die Kosmetiklinie, den anderen für ihre selbst gemachten Aprikosenprodukte.

Jetzt kam Henni auf Nathalie zu und reichte ihr ein Sektglas, in dem eine goldene Flüssigkeit perlte. »Zeit, dass wir auf alles, was wir geschafft haben, anstoßen«, sagte er.

Nathalie nahm das Glas entgegen und folgte ihm zu den anderen.

»Auf ein wundervolles Aprikosenfest!«, sagte Camille.

»Und auf einen glänzenden Erfolg für den Hof«, fügte Felix hinzu.

Sie stießen miteinander an, und Nathalie nippte an dem perlenden Sekt, den Henni mit etwas Aprikosensirup aufgegossen hatte. »Mmh, das schmeckt wunderbar«, stellte sie fest. »Das musst du morgen unbedingt ausschenken. Dann werden uns unsere Gäste zu Füßen liegen!«

Jetzt mussten alle lachen.

»Nathalie, ich möchte den Moment nutzen und dir danken«, sagte Felix jetzt. »Du hast so viel für uns getan, und egal, wie das Fest morgen wird, ich weiß, dass wir alle unser Bestes gegeben haben.«

Nathalie lächelte gerührt und küsste Felix zärtlich auf die Wange. »Das habe ich gern gemacht, Felix. Ihr alle seid mir so ans Herz gewachsen, dass ich gar nicht anders konnte, als euch zu helfen. Ihr wart vom ersten Moment an für mich da, und das bedeutet mir so viel, dass ich es nicht in Worte fassen kann.«

»Ach, komm her!« Camille umarmte Nathalie und drückte sie sanft an sich. »Du hast alles hier so hübsch hergerichtet. Der Hof strahlt förmlich!«

Nathalie erschrak. »Das Einzige, was nicht erstrahlen wird, bin ich!«, sagte sie plötzlich. »Ich habe überhaupt kein hübsches Kleid dabei!«

»Hm, vielleicht kann ich dir da helfen«, sagte Henni. Er stellte sein leeres Sektglas auf das Weinfass und bedeutete Nathalie mit einer Handbewegung mitzukommen.

Nathalie folgte Henni in den zweiten Stock des Haupthauses, in dem die Zimmer von Felix, Camille und ihm untergebracht waren. Henni ging nach links und öffnete eine Tür, hinter der sich sein Schlafzimmer verbarg. Die Einrichtung bestand aus alten schweren Holzmöbeln und hatte schon einige Jahre auf dem Rücken, aber das tat der Gemütlichkeit keinen Abbruch. Auch hier hing ein Vorhang mit Streublumen vor dem Fenster, ein Schminktisch mit einer Bürste und einem Handspiegel standen an einer Wand – alles in diesem Zimmer erinnerte an Adeline. Nathalie ließ ihren Blick über die Fotografien in den Holzrahmen an der Wand gleiten. Auf dem Nachttisch lag noch eine Perlenkette von ihr, als ob sie eben erst aus dem Zimmer gegangen wäre, und ihre Seite des Betts war mit einer gesteppten bunten Tagesdecke abgedeckt, als ob sie es heute Morgen erst gemacht hätte.

Nathalie trat fast ein wenig schüchtern zu ihm, als Henni sie zu sich an den dreitürigen Kleiderschrank winkte. Die beiden äußeren Türen waren aus massivem Holz, die mittlere aus Glas, hinter dem ein gehäkelter Vorhang hing, den sicherlich ebenfalls Adeline selbst gemacht hatte. Alles wirkte so gemütlich und strahlte diese Wärme aus, die Nathalie am Aprikosenhof so liebte.

Henni öffnete die Türen und holte einen Holzkleiderbügel aus dem Schrank, über dem ein dunkelblauer Kleidersack hing. »Wenn du willst, kannst du das hier haben«, sagte er. »Ich denke, es könnte dir passen. Adeline hatte eine ähnliche Figur wie du.«

Nathalie sah ihn überrascht an. Dass er ihr eines von Adelines Kleidern anbot, freute sie. Sie öffnete den Reißverschluss, und zum Vorschein kam ein knielanges lindgrünes Baumwollkleid im Stil der Fünfzigerjahre mit einem zarten Blumenmuster.

»Oh, Henni, das ist wunderschön«, flüsterte sie.

»Es war Adelines Lieblingskleid«, sagte Henni mit leuchtenden Augen. »Probier es mal an.«

»Nein, das geht nicht. Das ist viel zu schade.«

»Wieso? Hier hängt es nur im Schrank und wird irgendwann vielleicht von den Motten gefressen. Kleider sind doch dazu da, dass man sie trägt, n'est-ce pas? Und ich bin mir sicher, dass es dir gut stehen würde.«

Nathalie traute sich nicht zu widersprechen. Sie wollte Henni nicht enttäuschen, denn sie wusste, was für eine Anerkennung es sein musste, dass er ihr dieses wunderschöne und bestimmt auch sehr wertvolle Kleid anbot. Nathalie trat hinter den Paravent, der unweit des Schminktischs stand, schlüpfte aus ihren Sachen und zog das Kleid an. Beinahe ehrfürchtig trat sie damit hervor. Es passte fast wie angegossen. Sie hatte für einen Augenblick den Eindruck, als hätte man es nur für sie geschneidert. Mit einem scheuen Blick betrachtete sie sich im Standspiegel neben dem Kleiderschrank. Das recht eng anliegende Kleid zauberte eine atemberaubende Figur, betonte ihre femininen Kurven genau an der richtigen Stelle und ging dann in einen weit schwingenden Tellerrock über.

»Es ist wunderschön«, flüsterte sie.

Henni blinzelte ein paar Tränen weg. »So schön wie bei Adeline.« Er lächelte. »Warte, etwas fehlt noch.« Er ging zu Adelines Nachttisch, nahm die Perlenkette und hielt sie Nathalie an, doch dann schüttelte er den Kopf. »Nein, das passt nicht«, sagte er mit kritischem Blick. Er ging zu Adelines Schminktisch, öffnete eine geschnitzte Schmuckschatulle und entschied sich dann für ein paar Hängeohrringe mit geschliffenen Smaragden. Er trat hinter Nathalie und hielt ihr einen der Ohrringe an. »Ja, das ist besser«, sagte er zufrieden. Er nahm Nathalies Hand, legte die Ohrringe hinein, schloss ihre Finger und legte seine Hände um ihre Faust. »Die möchte ich dir schenken.«

»Was?« Nathalie sah ihn fassungslos an. »Henni, das geht nicht. Du leihst mir schon das Kleid.«

Aber Henni hob einen Zeigefinger, um sie zu unterbrechen, und lächelte sie warm an. »Doch, das geht. Du hast uns so viel geholfen, und das ist meine Art, wie ich dir danken möchte.«

Nathalie wusste nicht, was sie sagen sollte, und so umarmte sie Henni einfach nur und fühlte sich so wohl und glücklich und von der Familie angenommen, dass sie das Gefühl hatte, ihr Herz wäre zu klein für all diese wunderbaren Glücksmomente, die sie in den letzten Wochen hier, und ganz besonders heute, erlebt hatte. Sie löste sich aus Hennis Umarmung und trat an den Schminktisch, um die Ohrringe anzulegen. Dabei fiel ihr Blick auf das Foto, das auf dem Nachttisch stand. Es zeigte Henni und Adeline auf der Bank im Vorgarten des Aprikosenhofs, und Nathalie wurde in diesem Moment noch deutlicher, wie wichtig und wertvoll das alles hier war.

Das Fest musste einfach ein Erfolg werden. Nathalie wünschte sich nichts so sehr – für Henni, für Camille, für Felix –, und auch ein kleines bisschen für sich selbst, denn ihr Herz hatte hier endlich Frieden gefunden, und dieser Hof war für sie mittlerweile so viel mehr als nur ein netter Ferienort. Er war zu ihrem Zuhause geworden.

25.

Den ganzen Morgen schon herrschte reges Treiben auf dem Aprikosenhof. Odilie hatte ein Büfett vorbereitet, das einem das Wasser im Mund zusammenlaufen ließ, Camille hatte ihre Tartes, Petits Fours und eine Aprikosencreme bereitgestellt. Auf dem Verkaufstisch waren die Kosmetikprodukte schön arrangiert, und die Proben standen zwischen blühenden und duftenden Kräutern und verführten einen, die vielen Cremes, Öle und Lotionen auszuprobieren. Es war ein wunderbar sonniger Tag, die ganze Halle war festlich geschmückt und wartete nur noch auf die Gäste.

»Ich bin schon so gespannt, wie viele kommen werden«, sagte Camille. »Wie viel Uhr ist es?«

Henni zog seine silberne Taschenuhr aus seiner Anzughose und ließ den Deckel aufschnappen. »Zwanzig nach zwei.«

»Noch vierzig Minuten also«, sagte Nathalie. Sie trug Adelines wunderschönes Kleid und hatte sich die Haare hochgesteckt, damit die Ohrringe besser zur Geltung kamen. Sie fühlte sich sehr wohl, auch wenn es für sie noch ein bisschen eigenartig war, dieses kostbare Kleid zu tragen. Aber sie empfand es als eine Ehre, und wenn sie in Hennis leuchtende Augen blickte, wusste sie, dass es richtig war. Auch Felix bedachte sie die ganze Zeit mit diesem liebevollen Blick, und Nathalie spürte die Wärme, die darin lag und die durch ihren ganzen Körper floss.

Sie hoffte so sehr, dass die Dorfbewohner zu dem Fest kamen, denn sie wollte Felix mit ihrem Plan nicht enttäuschen. Doch wo blieben sie nur? Noch zwanzig Minuten. Nathalie wurde nervös. Sollten jetzt nicht so langsam die ersten Leute eintreffen? Sie sah auf das üppige Büfett, auf den vollen Tisch mit den liebevoll aufgetürmten Aprikosenprodukten und auf die leere Halle, die dringend mit Leben gefüllt werden musste. Ihr Herz begann, schneller zu schlagen, und sie fühlte sich wie bei einer wichtigen Präsentation vor einem Kunden in der Agentur, und im Grunde war es ja auch nichts anderes – nur dass Felix kein Kunde und ihre Meinung ihm besonders wichtig war.

»Sie werden schon kommen«, sagte er jetzt und legte seinen Arm um ihre Taille. »Komm, wir gehen nach draußen. Das lenkt uns vom Warten ab.«

Nathalie war gerührt von dieser Geste. Denn eigentlich hätte sie die Zuversichtliche sein sollen, die an den Erfolg dieses Festes glaubte. Das hatte sie ja auch bis heute Morgen, doch jetzt drohte sie die Nerven zu verlieren. Wenn sie sich nun doch verkalkuliert hatte und niemand kam? Wenn niemand Interesse an den Kosmetikprodukten hatte und sie den Aprikosenhof nun doch nicht retten konnte? Sie musste schlucken. Nein, daran durfte sie jetzt auf keinen Fall denken. Sie musste optimistisch bleiben. Sie durfte den Glauben an ihr Vorhaben, von dem sie doch so überzeugt gewesen war, nicht verlieren. Schließlich war es ihr Herzensprojekt. Das mussten die Dorfbewohner doch gespürt haben. Sie würden sie doch unterstützen, oder etwa nicht?

Endlich hörte sie die ersten Stimmen, und dann kamen Sylvie und Maurice und winkten ihnen zu. Nathalie fiel ein Stein vom Herzen. Wenigstens jemand, der an sie glaubte. Sie winkte zurück, und als sie bei ihr waren, umarmte sie die beiden wie alte Freunde.

»Es ist so schön, dass ihr gekommen seid«, sagte Nathalie.

»Das ist doch selbstverständlich.« Sylvie lächelte. »Camille hat uns eben schon die Scheune gezeigt. Wie hübsch hier alles geworden ist. Das habt ihr toll gemacht. Und so ein leckeres Büfett.«

»Das ist von Odilie.«

»Ich weiß, sie erzählt seit Tagen allen im Dorf davon. Die Leute sind schon ganz gespannt.«

»Wirklich?« Nathalie sah sie entmutigt an. »Und wo sind dann alle?«

»Ach, die werden schon kommen.«

Ein mattes Lächeln huschte über Nathalies Gesicht, aber dann gab sie sich einen Ruck. Selbst wenn Maurice und Sylvie ihre einzigen Gäste wären, sollten sie sich doch wohlfühlen. »Kommt, setzt euch und bedient euch am Büfett. Camille backt schon seit gestern Morgen ununterbrochen Tartes und Petits Fours.«

Das ließen sich Sylvie und Maurice nicht zweimal sagen. Sie nahmen sich einen Teller und taten sich vom Büfett auf, dann suchten sie sich einen Platz draußen in der Sonne.

Gegen fünfzehn Uhr kamen auch die Erntehelfer, und jetzt entspannte sich Nathalie tatsächlich ein bisschen, da nun in der Halle und draußen auf der Wiese deutlich mehr los war. Ein Pärchen saß einfach nur da und genoss die Sonne, und das war für Nathalie ganz besonders schön anzusehen, denn wenn sie die beiden so beobachtete, hatte sie ein bisschen das Gefühl, als wäre es ein schönes Sommerfest auf dem Hof – und im Grunde war es das ja auch, wenn sie für einen Augenblick ausblendete, was davon abhing.

Um kurz nach drei kam eine weitere Handvoll Besucher. Es waren Dorfbewohner, von denen Nathalie schon einen Teil gesehen hatte, doch einen anderen Teil kannte sie nicht, und sie grüßte sie alle mit einem Lächeln und hieß sie herzlich willkommen. Ein Mann ging sogar interessiert zu den Kosmetikprodukten und sah sich alles genau an, und dann nahm Nathalie ihren Mut zusammen, trat hinter die Tischreihe und nahm die Gänseblümchencreme, die sie zubereitet hatte. »Möchten Sie sie mal ausprobieren?«, bot sie an. »Sie macht seidenweiche Haut und ist für jeden Hauttyp geeignet.«

Der Mann nahm etwas Creme aus dem Tester und verrieb sie auf dem Handrücken. »Oh, die ist ja wirklich ganz wunderbar«, sagte er. »Ich nehme eine davon für meine Frau. Und so ein Badesalz. Das sieht so schön aus mit den Kräutern.«

Nathalie nickte, gab ihm den Tiegel und das Bügelglas, in das sie das Badesalz abgefüllt hatte, und der Mann bezahlte. »Alle Produkte hier wurden von uns selbst gemacht und sind aus hier angebauten Kräutern. Das Besondere an unserer Kosmetiklinie ist das Aprikosenkernöl, das darin verwendet wird. Das pflegt die Haut und schützt sie vor dem Austrocknen. Wir stellen es hier auf dem Hof selbst her. Da hinten sehen Sie die Ölmühle. Henni kann Ihnen genau erklären, wie sie funktioniert.«

»Ah, dann habt ihr sie wieder repariert?«, fragte der Mann interessiert.

»Ja, und sie leistet uns gute Dienste.«

»Das freut mich sehr zu hören. Meine Frau war ein großer Fan von Adelines Cremes. Sie wird sich sicherlich freuen, dass Sie sie nun wieder herstellen.«

»Dann nehmen Sie doch noch eines von unseren Probeangeboten«, sagte Nathalie. »Hier haben wir alle Produkte in einer kleinen Testmenge zusammengestellt, sodass man sie durchprobieren und seine Lieblingscreme finden kann.«

»Ja, dann nehme ich noch eines davon.« Er ließ sich auch diese Tiegel von Nathalie geben und bezahlte.

Als er gegangen war, bemerkte Nathalie, dass tatsächlich noch mehr Gäste gekommen waren, und einige standen sogar bei ihr an den Tischen und sahen sich interessiert die Produkte an. Eine andere Frau hatte das Gespräch mitverfolgt und stellte nun eine Frage zu dem Lippenbalsam. Nathalie erklärte den Besuchern die Produkte, reichte Proben und ließ sie an den unterschiedlichen Kräutern riechen, die sie in den Rezepten verwendet hatte, und die Dorfbewohner waren begeistert und kauften eifrig von den Cremes und Badezusätzen.

Nathalie war so in die Gespräche vertieft gewesen, dass sie gar nicht mitbekommen hatte, wie sich die Halle nach und nach gefüllt hatte. Erst jetzt sah sie, dass mittlerweile gut zwanzig Leute anwesend waren, sich am Büfett bedienten, die Cremes testeten oder angeregt an der Bar in Gespräche vertieft waren, und auch draußen hielten sich einige Leute auf. Camille lief mit einem Tablett herum und reichte Aprikosen-Lavendel-Spritz zum Anstoßen und kleine Häppchen. Nathalie atmete leicht durch. Immerhin, es waren ein paar

Leute gekommen. Vielleicht reichte das ja, um die Produkte bekannt zu machen.

Da hörte sie plötzlich Musik von draußen. Sie sah überrascht auf und erkannte Henni, der auf seiner Ziehharmonika ein Chanson angestimmt hatte, und sofort kam Leben in die Gäste. Die Dorfbewohner plauderten ausgelassener, kauften eine weitere Flasche Wein, und manche begannen sogar zu tanzen. Und es kamen immer neue Leute herbei. Nathalie war überrascht, und es freute sie zu sehen, wie die Halle immer voller wurde und sich auch draußen im Garten die Tische füllten. Und dann sah sie auf einmal Felix mit einer Klarinette, der Henni begleitete. Nathalie durchrieselte es warm, als sie Felix spielen hörte, und einen Moment lang malte sie sich aus, dass er es vielleicht nur für sie tat.

»Komm, mach mal Pause«, sagte Camille und schob sie liebevoll hinter dem Tisch hervor. »Du hast die ganze Zeit noch nichts gegessen, und ein bisschen tanzen tut dir sicherlich auch gut.«

Nathalie nutzte die Auszeit und blickte auf ihr Smartphone. Sie hatte mehrere verpasste Anrufe von Miriam und auch eine Sprachnachricht. Bestimmt wollte ihr ihre Freundin mitteilen, wie schön alles geworden war, und sie zu ihrem Erfolg beglückwünschen, denn Nathalie hatte ihr mehrere Fotos von der Dekoration und dem Fest geschickt. Sie wollte Miriams Nachricht gerade abhören, als Maurice sie abpasste und ihr die Hand hinhielt. »Lust auf einen Tanz?«, fragte er. Da konnte Nathalie schlecht ablehnen.

Sie suchten sich auf der Wiese einen Platz zwischen den anderen Paaren und tanzten zwei, drei Lieder zusammen, während die Stimmung unter den Gästen immer ausgelassener wurde. Die Dorfbewohner lachten und scherzten, Stimmengewirr erfüllte die Halle und die Dämmerung draußen, und zum ersten Mal war der Aprikosenhof so voller Leben, dass es Nathalie ganz warm ums Herz wurde.

»Die Leute mögen dich«, sagte Maurice dicht an ihrem Ohr. »Du erinnerst sie an Adeline.«

Nathalie sah ihn überrascht an. »Wie kommst du darauf?«

»Nun, abgesehen davon, dass auch in meiner Werkstatt immer mal wieder gesprochen wird, sehe ich es an den Reaktionen. So viele Dorfbewohner sind hierherkommen, und das obwohl sie erst skeptisch waren, weil du eine Fremde bist. Aber was für ein tolles Fest ihr gebt, hat sich wie ein Lauffeuer herumgesprochen. Fast das ganze Dorf ist hier. Sieh nur.«

Tatsächlich, als Nathalie ihren Blick schweifen ließ, erkannte sie, dass es an den Tischen kaum noch einen freien Platz gab. Auch das Büfett leerte sich allmählich, und die Vorräte der Kosmetikprodukte und Aprikosenerzeugnisse hatten ebenfalls abgenommen, wie sie schon beim Verkaufen vorhin gemerkt hatte.

»Das hast bestimmt du veranlasst, oder?«, fragte Nathalie.

»Das ist sehr nett, dass du das glaubst, aber das warst du ganz alleine«, erwiderte Maurice. »Ich habe damit tatsächlich nichts zu tun.«

Felix und Henni spielten den Schlussakkord des Liedes, und Felix stellte dann die Klarinette beiseite. »Liebe Gäste, wir machen eine kurze Pause.«

Henni legte eine Schallplatte auf seinem alten Plattenspieler auf, den er ebenfalls vom Dachboden geholt hatte, dann

ging er zu seiner Bar, wo ein paar ältere Herren ihn mit großer Freude begrüßten und ihm auf die Schulter klopften. Sie
schenkten ihm ein Glas Rotwein ein und verwickelten ihn
gleich in ein Gespräch. Gustave war von dem regen Treiben
ganz begeistert. Er schnüffelte sich durch die vielen aufregenden Gerüche, wurde hier gestreichelt, bekam da ein Häppchen und wurde nicht müde, die Gäste immer weiter zu er-
kunden.

Felix kam auf Nathalie und Maurice zu und legte seinem
Freund eine Hand auf die Schulter. »Darf ich?«, fragte er, und
als Maurice zurücktrat, nahm er Nathalies Hand.

Das nächste Lied auf der Schallplatte war »Hymne à
l'amour« von Édith Piaf, und Nathalie schmiegte sich wieder
dicht an Felix, während sie so zusammen tanzten. Mittlerweile war es dunkel draußen, aber dabei noch angenehm warm,
und der Mond leuchtete hell vom Himmel und strahlte mit
den Sternen um die Wette. Nathalie nahm die intensiven Gerüche nach roter und dunkler Erde wahr, das leicht fruchtige
Aroma der Aprikosen und den Duft des würzigen Kräutergartens, die ein lauer Wind zu ihnen herübertrug. Auf den
Tischen brannten die Teelichte in den von Nathalie dekorier-
ten Einmachgläsern und Laternen, und um die Tische und
die Tanzfläche herum sowie auf dem Weg zur Halle hatte jemand Fackeln in den Boden gesteckt, und das warme Licht
legte sich sanft auf ihre Gesichter und zeichnete ihre Kon-
turen noch weicher, während sie sich verliebt anlächelten.

»Ich möchte mich bei dir noch für das rauschende Fest bedanken«, sagte Felix.

»Aber du wusstest doch gar nicht, wie viele Leute kommen und ob das Fest wirklich ein Erfolg wird.«

»Das hast du geplant, wie sollte es da kein Erfolg werden?«

Nathalie musste lächeln. Wieder verfingen sich ihre Blicke ineinander, und sie spürte, wie ihr Herz schneller zu schlagen begann. Felix hatte die ganze Zeit an sie geglaubt. Das bedeutete ihr sehr viel, und es war so ein schönes Gefühl, dass sie sich jetzt einfach zu ihm beugte und ihn küsste.

»Ich liebe dich«, flüsterte sie.

»Ich dich auch.« Felix küsste sie zärtlich. Dann legte er den Arm um ihre Taille und zog sie zärtlich noch etwas dichter an sich, und Nathalie ließ ihren Kopf gegen seine Schulter sinken und genoss die Wärme und sein sanftes Streicheln auf ihrem Rücken. Sie fühlte sich so unsagbar glücklich, während sie hier unter freiem Himmel mit Felix tanzte. Der leichte Wind rauschte durch die Baumkronen, und immer wenn sich die Blätter sanft bewegten, funkelten die Sterne wie Abertausende Diamanten in der samtig schwarzen Nacht. Am liebsten hätte Nathalie die Zeit angehalten.

Felix hauchte ihr einen Kuss ins Haar. »Du duftest nach Lavendel«, raunte er ihr ins Ohr, und Nathalie kicherte.

»Das kommt von Adelines Rezepten. Wusstest du, dass Lavendel als Verführer-, Zauber- und Heilpflanze bekannt ist? Und sein Duft ist Balsam für die Seele und hilft auch gegen Liebeskummer.«

»Hast du Liebeskummer?«, fragte Felix ernst.

»Nein«, sagte Nathalie entschieden und schmiegte sich wieder an ihn. »Nein, im Moment bin ich restlos glücklich.« Sie seufzte leicht. »Es ist so wunderschön hier.« Sie ließ den Blick über den Hof wandern, der komplett in das orangerote Licht der Fackeln getaucht war. »Am liebsten würde ich für immer dableiben.«

»Dann tu es doch«, sagte Felix mit funkelnden Augen.

»Wie meinst du das?«

»Bleib bei mir auf dem Aprikosenhof.«

Nathalie öffnete den Mund, um etwas zu sagen, doch sie war so überrascht von diesem Vorschlag, dass sie keine Worte fand. Konnte sie das? Einfach so hierbleiben und ihr altes Leben hinter sich lassen?

»Nathalie«, raunte Felix, und Nathalie durchrieselte ein seltsames Kribbeln, als er ihren Namen mit französischem Akzent aussprach, bei dem er die letzte Silbe betonte. Zärtlich streichelte er über ihre Wange und steckte ihr eine Haarsträhne hinters Ohr, die sich aus ihrer Hochsteckfrisur gelöst hatte.

»Ja?«, fragte sie angespannt.

»Bleib bei mir«, flüsterte Felix. »Bleib hier. Wenn du willst, übertrage ich dir die komplette Verantwortung für die Kosmetiklinie, und du kannst die Produkte nach Herzenslust weiterentwickeln.«

Nathalie sah ihn überrascht an. »Das geht nicht.«

»Warum nicht?«, fragte Felix amüsiert. »Du hattest die Idee, und du warst diejenige, die für den Erhalt des Aprikosenhofs gekämpft hat. Ich bin bereit, den Kaufvertrag von Jacques nicht zu unterschreiben, und würde den Hof gerne mit dir zusammen führen.«

Nathalie wusste nicht, was sie darauf antworten sollte, doch im selben Moment wurde sie auch einer Antwort enthoben. Camille kam nämlich aufgeregt auf sie zu und berührte sie am Arm.

»Nathalie, da ist ein Mann, der dich unbedingt sprechen möchte. Er sagt, es sei dringend.«

Irritiert sah Nathalie kurz zu Felix, dann wieder zu Camille. Vielleicht hatte jemand eine Frage zu den Kosmetikprodukten oder wollte eine Bestellung in Auftrag geben. Sie folgte Camille zur Scheune, doch als sie den Mann sah, der neben dem Tor auf sie wartete, blieb ihr beinahe das Herz stehen: Elias!

★

»Was machst du denn hier?«, fragte sie entsetzt.

»Nathalie …« Elias machte einen Schritt auf sie zu, blieb dann aber verunsichert stehen, als er sah, dass Nathalie ihm nicht entgegenkam. »Es ist so schön, dich zu sehen.«

»Ach ja?«, war alles, was sie herausbekam. Wütend verschränkte sie die Arme.

»Ich … Können wir reden?«

Nathalie sah ihn verärgert an. »Wir reden doch«, sagte sie knapp.

»Ja, aber ich meine irgendwo anders … in Ruhe.« Elias sah sich suchend um, dann nahm er sie an der Hand und zog sie zielsicher vom Fest weg.

Nathalie stolperte hinter ihm her. Sie wollte nicht, dass sich Felix und Elias begegneten, und zu ihrer Erleichterung bemerkte sie, dass Elias jetzt den Weg zu den Aprikosenhainen einschlug.

»Also, was ist?«, fragte sie herausfordernd, als sie den ersten Garten erreicht hatten. Ihr Herz klopfte viel zu aufgeregt in ihrer Brust, und sie musste sich beherrschen, um es unter Kontrolle zu behalten. Von der anderen Seite der Wiese hörte man das Stimmengewirr aus der Halle, man sah die

Menschen, die davor tanzten oder sich in kleineren Gruppen an den Tischen zusammengefunden hatten. Die Lichterketten in den Bäumen sendeten fahl das Licht zu ihnen herüber, und Nathalie fand, dass es alles ein bisschen wie in einer Märchenwelt aussah, irgendwie unwirklich und kaum greifbar, obwohl sie doch noch vor Kurzem ein Teil dieses schönen Fests gewesen war. Doch jetzt stand sie hier mit Elias, was sich noch viel befremdlicher anfühlte.

Elias seufzte, und ihm war deutlich anzusehen, wie viel Überwindung ihn die folgenden Worte kosteten. Aber das störte Nathalie kein bisschen. Ihretwegen konnte er ruhig für das geradestehen, was er ihr angetan hatte. Das war nur gerecht.

»Ich würde dir gerne erklären, was die letzten Wochen mit mir los war. Ich habe viele Fehler gemacht, das ist mir jetzt klar geworden, und ich weiß inzwischen, dass ich dich ziemlich schlecht behandelt habe.«

Nathalie hob überrascht die Brauen. »Wenn das eine Entschuldigung dafür ist, dass du auf einer Postkarte mit mir Schluss gemacht hast, ist das ziemlich dürftig.«

»Ich … Nein …« Elias verzog den Mund. »Ich weiß, das war eine wirklich blöde Aktion von mir. Und ich hab da auch überhaupt nicht nachgedacht. Aber damals habe ich geglaubt, dass ich das Richtige tue. Ich habe den Abstand einfach gebraucht, um mir darüber klar zu werden, was ich eigentlich will, und jetzt ist mir klar geworden, dass das du bist.«

»Spar dir das«, sagte Nathalie knapp. Zum ersten Mal bemerkte sie, wie sehr ihr Elias' Gelaber auf die Nerven ging. Schon früher hatte er sie immer mit wortreichen Erklärungen überschüttet, war um keine Ausrede verlegen gewesen oder hatte ihr mit großen Worten seine Liebe beteuern wollen, von denen wohl nicht mal ein Bruchteil ernst gemeint war. Ihr Blick wanderte wieder zum Fest, zu den Menschen, zwischen denen sich Felix irgendwo befand, umgeben von dem Meer aus unzähligen kleinen Lichtern.

»Nein, bitte, Nathalie, das ist mir wirklich wichtig. Es geht schließlich um uns … Um unsere Zukunft.«

»Elias, wir haben keine Zukunft mehr«, sagte Nathalie direkt. »Dafür hast du vor vier Wochen mit deiner Postkarte gesorgt.«

»Ach, komm schon, jetzt sei mal nicht so melodramatisch.«

»Ich bin melodramatisch?« Sie stieß empört die Luft aus. »Das wird ja immer besser.«

»Na, wer ist mir denn bitte an die Côte d'Azur hinterhergefahren beziehungsweise hat es versucht und ist dann hier in diesem Kaff gestrandet?«

»Ich bin dir hinterhergefahren, weil ich dir sagen wollte, was für ein Scheißkerl du bist, Elias.«

»Mensch, Nathalie, wir wissen doch beide, dass das nicht stimmt. Du hast noch Gefühle für mich, und das ist auch vollkommen okay. Denn, weißt du, ich habe auch noch welche für dich, und deshalb dachte ich, dass wir es doch einfach noch mal miteinander versuchen könnten.«

»Ich will es nicht noch einmal versuchen, Elias.«

In diesem Moment rauschte Gustave bellend auf sie zu. Vor Elias blieb er stehen, baute sich auf und knurrte ihn an.

»Wow, nimm dieses Vieh hier weg!«, rief Elias panisch und trat einen Schritt zurück. »Der zerfleischt mich!«

Nathalie nahm Gustave sanft an seinem Halsband und zog

ihn liebevoll beiseite. »Ist schon gut. Er bleibt nicht lange«, flüsterte sie dem Hund zu, jedoch laut genug, dass Elias es hören konnte.

Gustave grummelte, als Nathalie ihn streichelte, setzte sich an ihre Füße und ließ Elias nicht aus den Augen.

»Gehört der zum Hof?«, fragte Elias.

»Nein, das ist meiner.«

»Deiner?« Elias sah sie ungläubig an. »Du hast dir einen Hund gekauft? Aber, Nathalie, in unserer Wohnung in Frankfurt ist doch überhaupt kein Platz für einen Hund.«

»Ich habe ihn nicht gekauft, ich habe ihn gefunden. Ihn hat auch irgendjemand nicht mehr haben wollen. Und jetzt hör auf, mich wie ein Kind zu behandeln, ich bin alt genug, um so etwas selbst zu entscheiden.«

Elias trat einen Schritt auf sie zu und wollte ihr über den Arm streicheln, aber Nathalie wich ihm aus.

»Okay, hör zu, lass uns morgen Abend in Ruhe reden. Ich bin in dieser provenzalischen Brasserie untergebracht, irgend so eine Dorfkneipe; hier gibt es ja kein Hotel.«

Nathalie atmete tief durch. »Für mich ist das Thema ehrlich gesagt durch.«

»Aber für mich nicht, Nathalie. Wir hatten vier wunderbare gemeinsame Jahre. Die wirst du doch nicht einfach so wegwerfen, oder? Bitte, ich habe mich wie ein Idiot benommen. Gib mir die Chance, dir wenigstens alles in Ruhe zu erklären – und das nicht zwischen Tür und Angel, okay?«

Als sie jetzt in seine Augen sah, in denen sie regelrecht sein Flehen erkannte, gab sie sich einen Ruck. Vielleicht war es gut, wenn sie endlich einen sauberen Schlussstrich zog, und anders, als Elias es getan hatte, wollte sie ihn nicht einfach so abservieren. Jeder hatte ein faires Gespräch verdient, und das war sie ihm jetzt nun mal schuldig. Außerdem könnten sie dann eine Vereinbarung treffen, wie es weiterging mit der Wohnung und den gemeinsamen Möbeln, und der Rest würde sich schon ergeben.

»Also schön.«

»Um zwanzig Uhr dann in dem Gasthof?«

»Ja, gut«, willigte Nathalie ein und machte sich auf den Weg zurück zum Hof. Das taunasse Gras kitzelte sie an ihren Waden, als sie zurücklief, und irgendwo in der Ferne schlug eine Kirchturmuhr.

26.

Die Vögel erwachten mit dem Sonnenaufgang, und die milde Morgenluft drang durch das geöffnete Fenster ins Kaminzimmer hinein. Nathalie blinzelte gegen das Sonnenlicht und streckte sich. Sie spürte leichte Kopfschmerzen.
Nach dem Gespräch mit Elias hatte sie sich auf ihr Zimmer zurückgezogen, denn sie war nach seiner Ankunft so
aufgewühlt gewesen, dass sie erst einmal Zeit für sich gebraucht hatte. Auch Felix' Angebot, hierzubleiben und auf
dem Aprikosenhof mitzuarbeiten, hatte sie völlig aus dem
Konzept gebracht. Sie hatte den Stimmen und dem Treiben
des Fests nur noch aus der Ferne gelauscht, bis sie schließlich
über ihren wild durcheinanderwirbelnden Gedanken eingeschlafen war.

Nun stieg Nathalie aus dem Bett, und sofort war Gustave
auf den Beinen und lief zu ihrer Zimmertür.

»Ist ja gut, mein Großer«, sagte sie und klopfte ihm liebevoll die Flanke. »Geh schon mal runter, ich komme gleich
nach.«

Sie öffnete die Tür und ließ Gustave nach unten, während
sie sich ein ausgiebiges Bad in ihrem selbst gemachten Rosenbadesalz gönnte. Sie genoss die Minuten der Ruhe und
Entspannung. Und sie merkte, wie sich ihre Anspannung

jetzt ein wenig löste. Gestern war es doch ziemlich anstrengend gewesen, nicht nur Felix und Elias hatten sie durcheinandergebracht, auch das Stimmengewirr und die vielen Menschen, aber es hatte ihr große Freude bereitet, so viele Kosmetikprodukte zu verkaufen und zu sehen, wie gut das Fest von den Dorfbewohnern angenommen worden war. Aber jetzt musste sie sich überlegen, wie sie weitermachen sollte. Konnte sie wirklich einfach hierbleiben? Noch vor ein paar Tagen hatte sie gemerkt, wie sich dieser Wunsch heimlich immer tiefer in ihrem Herzen festgesetzt hatte, und jetzt, wo die Chance zum Greifen nahe war, zögerte sie.

Nathalie seufzte, als sie an ihren gemeinsamen Tanz mit Felix dachte, und tauchte für einen Moment in dem warmen Badewasser unter. Sie hatte alles um sich herum vergessen, hatte in diesem Augenblick nur ihn wahrgenommen, und es war wunderschön gewesen. Seine zärtlichen Berührungen, ihr Kuss ... Noch immer brannten ihre Lippen, wenn sie daran dachte. Und dieses flatternde Gefühl in ihrem Bauch wie die Flügelschläge von Abertausenden Schmetterlingen zauberten ihr nach wie vor ein Lächeln ins Gesicht. Aber reichte das, um einfach alles hinter sich zu lassen und ein komplettes Leben aufzugeben? Sie hatte Freunde in Frankfurt, Familie, einen gut bezahlten Job, ein geregeltes Leben – während sie hier nur das Ungewisse erwartete. Sie erinnerte sich an das Gespräch mit Elias gestern Abend, und da merkte sie, wie das Unbehagen in ihr wuchs. Am liebsten würde sie Elias absagen, aber sie wusste, dass sie das nicht machen konnte. Es war besser, das jetzt ein für alle Mal zu klären und einen Schlussstrich zu ziehen.

Nathalie hüllte sich in ein flauschiges Duschtuch und zog

sich an. Als sie hinunterging, traf sie als Erstes auf Camille, die in der Küche die Spuren des Fests beseitigte. Unzählige Teller stapelten sich auf dem Küchentisch, und sie selbst hatte schon wieder die Hände im Spülwasser, um dem nächsten Berg Herr zu werden.

»Da bist du ja!«, sagte Camille erfreut. »Bonjour. Ich hab dich gestern Abend gar nicht mehr auf dem Fest gesehen.«

»Ich ähm … ich habe ein bisschen Zeit für mich gebraucht«, versuchte sich Nathalie an einer Erklärung.

»Was war denn los?«, fragte Camille vorsichtig.

Nathalie biss sich auf die Unterlippe.

»Oh, ich verstehe. Möchtest du einen Kaffee?«

»Ja, gern.«

Nathalie half ihr dabei, draußen den Tisch zu decken, und da kamen auch Henni und Felix, die bereits in den Aprikosenhainen gewesen waren, und setzten sich zu ihnen. Felix' Haar war zerzaust, und das Hemd trug er heute lässig über der Jeans. Doch als Nathalie ihm einen verstohlenen Blick zuwarf, zwinkerte er ihr verschwörerisch zu, und schon wieder hatte Nathalie Mühe, sich auf das Gespräch zu konzentrieren. Was sollte sie ihm bloß antworten? Er rechnete anscheinend fest damit, dass sie blieb.

Henni und Camille berichteten gerade ausführlich, wie alle noch eine Partie Boule gespielt hatten und wie ausgelassen das Fest schließlich mitten in der Nacht zu Ende gegangen war.

»Die Dorfbewohner schwärmen immer noch davon«, sagte Camille. »Als ich heute Morgen in der Boulangerie war, um Croissants zu kaufen, waren sie ganz aus dem Häuschen. So ein schönes Fest hat es hier schon lange nicht mehr gegeben, sagen sie, und sie sind der Meinung, dass wir das jetzt jedes Jahr veranstalten sollten.«

»Ha! Das ist doch perfekt!«, freute sich Henni. »Da können wir dann gleich unsere neuen Produkte vorstellen und die gute Ernte feiern. Und wenn alles so läuft, wie wir uns das vorstellen, ist der Aprikosenhof gerettet. Dank Nathalie!« Er sah sie mit einem herzlichen Lächeln an, hob dann seine Kaffeetasse in die Höhe und sprach einen Toast aus: »Auf den besten Urlaubsgast, den wir je hatten!«

Nathalie fühlte sich unbehaglich, das ging ihr jetzt doch ein bisschen zu schnell. Und dann war da ja noch Felix' Angebot. Ja, sie wollte ihm helfen, und die Idee war schön, hier ein völlig neues Leben zu beginnen. Aber war es nicht riskant, ja geradezu leichtsinnig, sich so überstürzt darauf einzulassen? War es nicht besser, erst einmal nach Frankfurt zurückzukehren und in Ruhe das Für und Wider abzuwägen?

Felix warf ihr einen Blick zu, umfing sie mit diesem liebevollen Lächeln, aber Nathalie kam sich wie eine Verräterin vor. Sie musste sich das alles erst einmal in Ruhe durch den Kopf gehen lassen. Ja, sie spürte die Sehnsucht nach ihm, sie hatte sich in Felix verliebt, mit jeder Faser ihres Herzens hatte sie sich, ohne es zu wollen, Hals über Kopf in ein neues Abenteuer gestürzt. Aber hatte sie das wirklich für sich getan, oder wollte sie damit bloß Elias etwas beweisen? Wie konnte es sein, dass sein Auftauchen sie plötzlich so verunsicherte? Sie war davor doch so überzeugt gewesen, was das Richtige für sie war – und jetzt?

»Wie es aussieht, besteht eine gute Möglichkeit, den Hof halten zu können«, sagte Felix jetzt und riss Nathalie damit aus ihren Grübeleien. »Die Leute waren begeistert von der nachhaltigen Landwirtschaft, unseren Bioprodukten und der neuen Kosmetiklinie. Ich glaube, dass wir mit diesen Ideen den Hof durchaus wieder rentabel machen können. Und deshalb habe ich Nathalie angeboten hierzubleiben.« Er lächelte ihr zu. »Nathalie, ich würde mich sehr freuen, wenn du bei unserem Vorhaben mit an Bord wärst.«

Nathalie sah ihn erschrocken an. Wieso hatte Felix das jetzt schon vor der ganzen Familie verkündet? Sie war sich doch gar nicht sicher, wie es weiterging, und jetzt war sie plötzlich unter Zugzwang. Wie konnte sie jetzt reagieren, ohne Henni und Camille vor den Kopf zu stoßen?

»Aber, ich bin doch gar nicht Teil der Familie«, sagte sie unsicher.

»Doch«, widersprach Felix sanft, und wieder ruhte dieser liebevolle Blick auf ihr. »Für mich bist du das.« Er lächelte sie an. »Ich kann mir nichts Schöneres vorstellen, als wenn du hier bei mir, bei *uns* auf dem Aprikosenhof bleiben würdest.«

Nathalie sah gequält in seine Richtung. »Felix, das ist wirklich sehr nett, aber ich muss mir das in Ruhe überlegen.«

Sie bemerkte, wie sich Felix' Gesichtszüge verhärteten.

»Weißt du, das ist so eine große Entscheidung, die kann ich nicht einfach so von heute auf morgen treffen. Ich habe einen gut bezahlten Job, Freunde und ein Leben in Frankfurt …« Sie seufzte. »Bitte, versteh mich nicht falsch. Es ist wunderschön hier, aber …« Sie suchte nach den richtigen Worten. »Ich würde mein komplettes Leben dafür aufgeben.«

»Das heißt dann also Nein?«

»Nein!«, widersprach Nathalie sofort, und sie spürte, wie sich ihr Herz zusammenzog, als sie Felix so enttäuscht sah. »Ich muss jetzt erst einmal meine Gedanken sortieren und zur Ruhe kommen. Elias ist gestern überraschend hier aufgetaucht, und dann noch dein unerwartetes Angebot ... Das ist alles ein bisschen viel für mich gerade. Bitte, gib mir Bedenkzeit, okay?«

Felix nickte knapp. »Bon, ich habe es verstanden.« Und dann stand er ohne ein weiteres Wort auf und verließ die Terrasse.

Camille und Henni sahen ihm betreten hinterher, und auch Nathalie spürte, wie gedrückt die Stimmung plötzlich war. Sie blickte auf ihre Hände und presste die Lippen fest aufeinander. Sie hatte Felix nicht verletzen wollen, aber wie hätte sie sonst reagieren können, wenn er sie so überrumpelte?

Nachdem sie das bedrückende Frühstück dann recht rasch beendet hatten, ging Nathalie wieder nach oben in ihr Zimmer. Sie brauchte Zeit zum Nachdenken. Immer wieder ging ihr im Kopf herum, dass sie heute Abend mit Elias sprechen musste. Und dann war da ja noch Felix' Angebot, auf das er eine Antwort erwartete.

Nathalie wusste überhaupt nicht, was sie jetzt machen sollte. Das war alles ziemlich viel auf einmal.

Der Abend kam, und es wurde Zeit, sich fertig zu machen. Nathalie entschied sich für ein schlichtes Sommerkleid und flache Schuhe. Sie ordnete ihr Haar mit ein paar Handgriffen und legte ein leichtes Make-up auf. Elias sollte keinesfalls denken, dass sie sich für ihn schön gemacht hatte, aber wie eine Vogelscheuche wollte sie ihm auch nicht gegenübertreten. Schließlich wollte sie ihm zeigen, dass ihr Selbstbewusstsein unter seiner Trennung nicht gelitten hatte, auch wenn das am Anfang natürlich noch ganz anders ausgesehen hatte, aber das brauchte er ja nicht zu wissen.

Jetzt also war es so weit, dachte Nathalie und wappnete sich für das Schlimmste. Dann machte sie sich auf den Weg zur Brasserie Provençal.

Aus dem Pflanzen- und Kräutertagebuch
der Adeline Legrand

1. Oktober 2001

Ich kann nicht mehr so, wie ich gerne möchte. Der Krebs nimmt immer mehr überhand, und meine müden Knochen machen auch nicht mehr richtig mit. Es ist schrecklich, nur noch hier liegen zu können und zu warten … Henni kocht mir jeden Tag eine Soupe au Pistou mit frischen Kräutern aus dem Garten, und Felix kommt, so oft es geht, am Wochenende nach Hause, um nach mir und Henni zu sehen. Dabei muss er sich doch auf sein Studium konzentrieren.

Henni überlegt, ihm den Hof zu überschreiben, aber er zögert noch, da er sich nicht sicher ist, ob Felix dem Ganzen allein schon gewachsen ist. Doch ich bin mir sicher, dass der Junge seine Sache gut machen wird. Er hängt an dem Hof, und ich habe Vertrauen in ihn. Bei ihm ist der Aprikosenhof, unser Familienerbe, in den besten Händen. Er wird ihn wertschätzen und mit einer liebevollen Frau an seiner Seite in die Zukunft führen. Davon bin ich fest überzeugt.

Es ist so schade, dass ich sie nicht mehr kennenlernen werde, aber meine Zeit hier läuft ab, das spüre ich. So bleibt mir nichts anderes, als zu vertrauen; in Henni, in Felix und natürlich auch in Camille … Sie werden es schon richten. Meine Familie …

27.

»Lust auf ein Gläschen Wein?« Felix hob mit fragendem Blick eine Flasche Rotwein in die Höhe, als Maurice ihm öffnete.

»Äh, bonsoir erst mal, komm rein.« Er trat beiseite und ließ Felix eintreten. »Gibt's was zu feiern?«

»Nein.« Felix setzte sich auf das Sofa im Wohnzimmer und griff nach dem Korkenzieher.

»Dann trinken wir aus Frust?«, hakte Maurice nach, während er zwei Gläser aus dem Wohnzimmerschrank nahm.

»So ungefähr.«

»Willst du mir nicht einfach sagen, was los ist? Ich bin furchtbar schlecht im Raten und du im Tipps geben.«

Felix seufzte, schenkte den Wein ein und reichte eines davon Maurice. »Ich habe Nathalie das Angebot gemacht, bei uns auf dem Hof in die Aprikosenkosmetik mit einzusteigen, also ganz offiziell.«

»Okay, aber das ist doch eine schöne Sache.«

Felix nickte. »Ja, das schon.« Er nahm einen großen Schluck Wein und schenkte sich noch einmal nach.

Maurice schien zu warten, ob noch etwas kam, aber Felix starrte nur in sein Weinglas und schien nicht die Absicht zu haben weiterzusprechen.

»Dann ist es wegen diesem Typen, der so plötzlich aufgetaucht ist?«

Felix schnitt eine Grimasse und wollte sein Glas mit einem Schluck leeren, aber Maurice legte ihm seine Hand auf den Arm.

»Felix, der Wein muss atmen. Dem musst du ein bisschen mehr Zeit lassen.«

»Ach, für mich tut es das auch so. Momentan ist eh alles Essig.«

»Und jetzt reden wir nicht mehr von dem Wein«, stellte Maurice fest.

»Nein«, gab Felix zu.

»Okay, also, noch mal von vorne. Ihr hattet ein tolles Fest auf dem Aprikosenhof, die Dorfbewohner haben Nathalies Cremes und all das begeistert angenommen, für euch zwei hing der Himmel voller Geigen, und jetzt ist es Samstagabend, und du sitzt bei deinem alten Freund auf dem Sofa und betrinkst dich, weil dieser Kerl aufgetaucht und Nathalie kurz darauf so plötzlich von dem Fest verschwunden ist.«

»Dieser Kerl ist Nathalies Ex-Freund«, sagte Felix. »Und, ehrlich gesagt, dachte ich, die Sache mit ihm sei durch. Aber als ich sie heute Morgen noch einmal gefragt habe, ob sie bei uns auf dem Hof bleiben will, ist sie mir ausgewichen. Anscheinend braucht sie Zeit, um in Ruhe darüber nachzudenken.«

»Oje.« Jetzt war es Maurice, der die Weinflasche nahm und Felix nachschenkte. »Und du meinst, Nathalie liegt diesem Typen jetzt wieder zu Füßen?«

»Ja. Nein … Ach, ich weiß es doch auch nicht. Sie war einfach so eigenartig heute Vormittag. Und sie haben sich für …« – er blickte auf seine Armbanduhr – »in zehn Minuten bei Odilie verabredet, um sich auszusprechen.«

»Ja, schön. Dann klären sie das alles, und die Sache ist vom Tisch.«

Felix seufzte tief. »So einfach ist das vermutlich nicht.«

»Wieso?« Maurice sah ihn überrascht an. »Sie liebt dich, du liebst sie … Was soll da groß passieren?«

»Maurice, wir kennen uns gerade mal vier Wochen«, sagte Felix ernst. »Wir hatten eine schöne Zeit zusammen, und jetzt steht ihr Freund wieder vor ihrer Tür und will sie vermutlich zurück. Du glaubst doch nicht wirklich, dass ich da eine Chance habe.«

»Ach, jetzt warte es doch erst mal ab.«

»Und wieso hat sie dann gezögert, als ich ihr angeboten habe, auf dem Hof mit einzusteigen?«

»Na, weil das eine große Entscheidung ist. Sieh mal, was sie in Deutschland alles zurücklassen muss. Freunde, Familie, Beruf. Wahrscheinlich überlegt sie gerade, ob das für sie machbar ist.« Er trank einen Schluck Wein. »Oder hast du erwartet, dass sie das jetzt alles einfach so hinschmeißt?« Er sah Felix mit einem prüfenden Blick an, und als dieser nicht weitersprach, sog er scharf die Luft ein. »Felix, du weißt aber schon, dass das ziemlich blauäugig ist, oder?«

»Ja, verdammt. Wahrscheinlich bin ich gerade deshalb so sauer auf mich.« Er fuhr sich mit den Händen übers Gesicht und atmete tief durch.

»Du hast dich verliebt«, stellte Maurice fest, doch Felix antwortete nicht. Das brauchte er auch gar nicht, denn Maurice' Satz war anscheinend keine Frage, sondern eine Aussage gewesen. »Oh, Felix, und jetzt wiederholt sich alles für dich, weil du denkst, dass Nathalie genauso wie Yvette den Hof nicht mit dir gemeinsam führen will.«

Felix leerte sein nächstes Weinglas in einem Zug, als Sylvie das Wohnzimmer betrat.

»Was ist denn mit euch Trauerklößen los?«, fragte sie überrascht. »Ist jemand gestorben?«

»Felix' Traum von einer gemeinsamen Zukunft mit Nathalie auf dem Aprikosenhof«, antwortete Maurice, doch als er von seiner Frau nur einen fragenden Blick erhielt, fasste er ihr knapp zusammen, wo das Problem lag.

Sylvie nahm sich ebenfalls ein Weinglas, setzte sich zu ihnen und schenkte sich einen Schluck ein. »Ich würde das nicht so negativ sehen«, sagte sie. »Und ich glaube auch, wenn Nathalie sich auf jemanden einlässt, ist es ihr ernst.«

»Na ja, das werde ich sehen«, sagte Felix. »Aber besser ich weiß es jetzt gleich als in zehn oder zwölf Jahren.«

»Ach, Felix, jetzt vergleich doch nicht ständig dein eigenes Leben mit dem deiner Eltern. Ja, die Trennung von Claude und Anne war schlimm, aber nur, weil sich die beiden geschieden haben, muss das nicht bedeuten, dass du auch kein Glück in der Liebe hast. Das ist doch jetzt nichts, was man vererbt oder so.«

»Und was ist mit Henni und Adeline?«

Sylvie seufzte leicht. »Das ist Schicksal oder eben das Leben – nenn es, wie du willst.«

»Beides ziemlich bescheuert«, meinte Felix und trank einen Schluck Wein.

»Ja. Aber beides hat nichts mit dir zu tun.« Sylvie sah ihn einen Augenblick lang an. »Nathalie kommt mir nicht so vor, als ob ihr das mit dir nichts bedeutet. Sie ist ganz verliebt in den Aprikosenhof – und auch in dich«, fügte sie dann hinzu. »Sie hat so voller Eifer für das Fest geworben und sich die vielen neuen Produkte ausgedacht. Das würde sie nicht tun, wenn ihr daran nichts läge.«

»Das kann schon sein, aber reicht das, um sich für mich zu entscheiden? Ich glaube einfach, dass das Thema mit ihrem Ex-Freund noch nicht durch ist. Warum sonst sollte man jemandem hinterherfahren, der einen verlässt.«

»Ja, das war schon ziemlich krass. Aber wahrscheinlich wollte sie einfach in Ruhe mit ihm reden. Und die Gelegenheit bekommt sie jetzt. Das ist doch gut, dann kann sie damit abschließen. Abgesehen davon, wenn sie ihm nicht hinterhergefahren wäre, hättet ihr beide euch nie kennengelernt.«

»Ein gutes Argument«, stimmte Maurice seiner Frau zu.

Felix verdrehte bloß die Augen. »Ach, da fällt mir ein, bei uns zu Hause stehen noch zwei extragroße Tiegel Ringelblumensalbe für dich. Nathalie hat sie extra zur Seite gestellt.«

»Oh, das ist ja toll, da freue ich mich.«

»Und Camille schickt dir eines von den Probepaketen. Sie wollte sich bei euch beiden noch mal für eure Hilfe auf dem Fest bedanken.«

»Das haben wir doch gern gemacht«, sagte Maurice.

Sylvie nahm das geschnitzte Holzbrett entgegen, auf dem in unterschiedlichen Tiegeln und Töpfchen die einzelnen Produkte waren, alles hübsch verpackt in apricotfarbenen Organzastoff und mit einem Lavendelzweig in der Schleife zusammengebunden.

»Das sieht wirklich so süß aus! Ich finde, ihr solltet das alles viel größer aufziehen. Wenn ihr wollt, kann ich eure Sachen auch bei mir in der Apotheke anbieten. Ursprünglich sind die Rezepte ja mal als Heilsalben entwickelt worden, und mit den Kräutern kommt das sicherlich gut an.«

»Mach mal auf«, sagte Maurice. »Ich möchte gerne das Massageöl testen.«

Sylvie löste die Schleife und faltete den Stoff auseinander. Sie schraubte einzelne Tiegel auf und schnupperte daran, während sie interessiert die Schilder las. »Das ist alles so schön gestaltet. Also ein Händchen hat Nathalie dafür wirklich, das muss man ihr lassen.«

»Und die passenden Rezepte hat sie auch«, stellte Maurice fest, während er sich etwas von dem Öl auf dem Handrücken verteilte. »Da kannst du mich heute Abend gleich mal mit einer Rückenmassage verwöhnen«, meinte er grinsend.

»Wie bitte?« Sylvie stieß ihn in die Seite.

»Ja, gut, oder ich dich«, brummte Maurice und gab ihr einen schnellen Kuss.

Sylvie schien besänftigt zu sein, denn sie war jetzt ganz vertieft in das Rosenbadesalz, an dem sie gerade schnupperte. »Weißt du, ich habe da eine Idee. Was haltet ihr davon, wenn ich das Probepaket einem Vertreter zeige? In den nächsten Tagen möchte jemand von einer Ökobiokosmetikfirma vorbeikommen, um mir sein neues Sortiment vorzustellen. Die Firma ist noch recht klein, aber ich kann mir vorstellen, dass sie durchaus noch auf der Suche nach ein paar neuen Produkten sind.«

Felix blickte überrascht auf. »Das würdest du tun?«

»Ja klar. Warum denn nicht? Eure Sachen sind wirklich gut, und dadurch, dass ihr auf dem Hof produziert und das meiste auch selbst anbaut, könntet ihr für die Firma durchaus interessant sein. Vielleicht lässt sich da ja etwas machen, und ihr könnt über eine Zusammenarbeit nachdenken.«

»Hm, dafür bräuchte ich erst einmal die Zusage der Herstellerin«, sagte Felix mit einem nicht gerade erfreuten Gesichtsausdruck.

»Und damit schließt sich der Kreis«, setzte Maurice hinzu.

»Meine Güte, wenn man euch Männern so zuhört, könnte man meinen, die Welt geht unter, bloß weil sich eine Frau mal mit einem anderen Mann trifft.«

»Es ist ja nicht bloß ein anderer Mann, sondern ihr Ex-Freund«, gab Maurice zu bedenken.

»Eben, du sagst es. Es ist ihr Ex-Freund.« Sie nahm ihm das Massageöl aus der Hand, schraubte den Deckel wieder darauf und stellte es zu den anderen Sachen auf das Holzbrett. Dann stand sie auf und nahm das Brett vom Tisch.

»Hey«, protestierte Maurice. »Wo bringst du die Sachen denn jetzt hin? Ich wollte gerade diese Handcreme mal testen.«

»Du hast jetzt erst mal genug probiert«, sagte Sylvie entschieden. »Den Rest nehme ich mit, und jetzt gönne ich mir erst mal ein entspannendes Rosenbad. Euch beiden Trauerklößen kann man ja nicht zuhören.«

»Meinst du, ich übertreibe?«, fragte Felix verunsichert, als Sylvie nach oben gegangen war.

Maurice zuckte mit den Schultern und schenkte noch einmal die Weingläser voll. »Keine Ahnung, aber ich glaube, ich würde mich genauso fühlen, wenn Sylvie sich mit jemand anderem treffen würde. Trotzdem, sie hat schon recht. Wenn du Nathalie wirklich liebst, dann musst du ihr vertrauen. Anders kann eine Beziehung sonst niemals funktionieren.«

»Ich weiß«, murmelte Felix. »Wenn es nur nicht so verdammt schwer wäre. Dafür ist in meinem Leben einfach schon zu viel passiert.«

»Das kann schon sein, aber ohne Vertrauen funktioniert eine Beziehung nicht. Und wenn Nathalie dich wirklich liebt, wird sie sich auch für dich entscheiden.«

Felix seufzte tief, dann nahm er das Glas und prostete seinem Freund zu. »Auf die Liebe«, sagte er, doch er konnte nicht verhindern, dass es beinahe ein bisschen sarkastisch klang.

»Und die Frauen!«, setzte Maurice amüsiert hinzu, und dann tranken sie beide einen großen Schluck.

»Soll ich noch eine Flasche holen?«, fragte Maurice, als er den letzten Tropfen eingeschenkt hatte.

Felix sah auf die Uhr. Er fragte sich, wie lange Nathalie wohl bleiben würde, gleichzeitig wollte er ihr auch nicht hinterherspionieren. »Ja, mach noch eine Flasche auf«, sagte er. »Ich glaube, ansonsten fällt mir noch die Decke auf den Kopf.«

»Geduld war noch nie so deine Stärke«, sagte Maurice neckend und holte dann eine neue Flasche Wein aus der Küche.

»Ich erinnere dich bei deinem nächsten Ehekrach mit Sylvie daran, wenn du darauf wartest, dass sie nicht mehr sauer auf dich ist.«

Maurice boxte ihm freundschaftlich in die Seite. »Na, wenigstens weiß ich jetzt, was ich ihr anstatt Blumen und Pralinen schenken kann, wenn ich es mal wieder gehörig vergeigt habe. Eure Kosmetikprodukte scheint sie ja zu lieben.«

»Ich hoffe, dass das den anderen auch so geht«, sagte Felix. »Ich mache mir wirklich Gedanken, ob es richtig ist, mich darauf einzulassen.«

»Na ja, gestern warst du noch ziemlich überzeugt davon, also warte doch jetzt einfach mal ab, was bei Nathalies Gespräch herauskommt. Und dann kannst du ja immer noch entscheiden, wie du weitermachen willst.«

Felix nickte nachdenklich. Das klang nach einem Plan, und genau genommen war das auch der einzige, den er im Moment hatte.

28.

Nathalie hatte entschieden, den Spaziergang zu Elias ins Dorf mit Gustaves abendlicher Gassirunde zu verbinden, denn die Anwesenheit ihres Hundes gab ihr das nötige Selbstvertrauen, das sie für das bevorstehende Gespräch brauchte. Sie hatten in dieser Zeit schon so viel zusammen durchgemacht, da würden sie das Treffen mit Elias auch noch hinter sich bringen. Nathalie spürte, wie ihr Herz heftig schlug, doch es war wohl eher vor Wut als vor Aufregung. Sie war froh, wenn sie das alles endlich hinter sich gebracht hatte und dann einen dicken, großen Schlussstrich ziehen konnte.

Als sie das Dorf erreichte, bemerkte sie wieder, wie schön es hier war, und sie ertappte sich dabei, wie sie sich ausmalte, was für ein Leben sie wohl hier führen würde. Was wäre, wenn sie wirklich zu Felix auf den Aprikosenhof ziehen würde? Oder sollte sie fürs Erste lieber nur als PR-Beauftragte für die Kosmetiklinie zusagen? Aber dann erinnerte sie sich, dass Felix ihr versichert hatte, dass sie für ihn ein Teil der Familie geworden war, und als sie sich seine Worte ins Gedächtnis rief, musste sie unwillkürlich lächeln, und dieses herrliche warme Gefühl breitete sich wieder in ihrem Herzen aus und durchfloss von dort aus ihren ganzen Körper. Die Vorstellung, einfach hierzubleiben, war wirklich zu schön, wenn da nur nicht auch all ihre Ängste und Sorgen wären ...

Nathalie überquerte den Dorfplatz, der jetzt, in den Abendstunden von den Bewohnern gut besucht war. Nur die Tore zur Kirche waren geschlossen, das Karussell mit einzelnen Holzplatten abgedeckt, und der Platz, an dem üblicherweise der Leierkastenspieler stand, war leer. Vor Odilies Gasthaus allerdings waren einige Tische besetzt.

Nathalie band Gustave am Treppengeländer fest und sah in seine dunklen Knopfaugen. »Keine Sorge, ich bleibe nicht lange«, versprach sie ihm, dann ging sie ins Wirtshaus. Sie trat an den Tresen und erkundigte sich bei Odilie nach Elias' Zimmernummer. Es war Zimmer Nummer acht im ersten Stock, und Nathalie stieg die knarzende Holztreppe nach oben und erreichte die Tür. Sie drückte ihren Rücken durch und klopfte.

»Moment«, kam es gedämpft durch die Tür, und erst nach ein paar Sekunden, die sich für Nathalie quälend lange anfühlten, öffnete Elias die Tür. »Hey, schön, dass du da bist.«

Nathalie machte zwei Schritte in den Raum, und ihr blieb beinahe das Herz stehen. Der Tisch, der am Fenster stand, war für zwei gedeckt, in der Mitte stand eine Kerze, und darum lagen mehrere Rosenblätter. Auch auf dem Regal hatte Elias mehrere Kerzen und Blütenköpfe arrangiert, und das Bett war ebenfalls mit einem Herz aus Rosen verziert.

»Äh, Elias, was soll das?«

»Überraschung«, sagte er lächelnd und wollte ihr einen Kuss geben, doch Nathalie reagierte schnell genug, drehte den Kopf beiseite, und so landeten seine feuchten Lippen nur auf ihrer Wange.

»Lass das!«, rief sie und drückte ihn von sich weg. »Habe ich mich gestern Abend nicht klar genug ausgedrückt? Das mit uns ist vorbei!«

»Nathalie, jetzt beruhige dich doch mal. Du hast dir doch immer eine romantische Reise in die Provence gewünscht – und hier ist sie.«

»Nein, Elias.« Nathalie schüttelte fassungslos den Kopf. Das war alles ganz falsch. Hier lief ein Film ab, in dem sie auf keinen Fall die Hauptrolle spielen wollte. »Ich hatte bereits einen wunderschönen Urlaub in der Provence.«

»Ach, komm, Nathalie. Auf dem ollen Hof? Wir bleiben hier eine Nacht, und dann machen wir uns auf nach Avignon und fahren dann weiter, wohin du willst. Ich habe unseren Camper dabei, und wir können überall bleiben, wo auch immer es dir gefällt.«

»Es gefällt mir hier, wo ich bin«, sagte sie eisern.

»Auf diesem schäbigen Obsthof?«

»Ganz genau, auf dem Aprikosenhof. Und ich finde es eine Unverschämtheit, wie du über ihn sprichst. Ich fühle mich dort wohl, ich fühle mich zu Hause. Ich helfe gerne dort aus und unterstütze die Besitzer.«

»Nathalie, du machst nur Urlaub hier, aber wenn du dich ein bisschen ausprobieren willst, dann ist das doch okay. Meinetwegen können wir uns gleich morgen dort ein Zimmer mieten. Oder bieten sie dieses Wohnen-für-Hilfe-Konzept an? Ich könnte einen Artikel darüber schreiben, und wir nutzen unsere letzten Urlaubstage hier, und nächstes Jahr machen wir genau das, was du willst.«

»Elias, du hast es anscheinend immer noch nicht verstanden. Ich mache bereits genau das, was ich will.«

»Jetzt mach es mir doch nicht so schwer. Mach es *uns* nicht so schwer. Komm, setz dich erst mal, wir essen was und reden in Ruhe. Ich habe extra dein Lieblingsgericht bestellt.«

»Ich verstehe deinen Sinneswandel nicht, Elias.« Nathalie verschränkte die Arme. »Du betrügst mich mit Jana und erklärst mir, wie wundervoll alles mit ihr ist, und jetzt tauchst du hier auf und ziehst alle Register, um mich zurückzugewinnen. War es doch nicht so großartig mit ihr, oder was soll das jetzt?«

Elias verzog gequält das Gesicht. »Also, zuerst einmal habe ich dich nicht mit ihr betrogen.«

Nathalie sah ihn abfällig an.

»Na gut, okay, wir haben vielleicht abends mal länger telefoniert. Und ja, vielleicht habe ich sie das ein oder andere Mal geküsst. Aber doch nur, weil zwischen uns ja sowieso nichts mehr gelaufen ist.«

»Ach, jetzt machst du mich für deinen Seitensprung verantwortlich? Das wird ja immer besser.«

»Nein, nein! So war das nicht gemeint«, sagte Elias schnell. »Was ich damit sagen will, ist: Ich war blind und dumm. Ich dachte, das mit uns sei vorbei, weil wir uns immer mehr gestritten haben, und irgendwie haben wir uns auch auseinandergelebt, und ich wusste dann auf einmal selbst nicht mehr, wer ich bin. Deshalb habe ich ja diese Auszeit gebraucht und unseren Camper genommen. Ich musste einfach zu mir selbst finden, damit ich zu dir zurückfinden kann. Dass Jana mitkommt, war gar nicht geplant … Also, jedenfalls am Anfang nicht«, setzte er hinzu, als er Nathalies missbilligenden Blick sah. »Und dann habe ich mich natürlich auch ein bisschen gefreut, dass ich nicht alleine reisen muss. Und mit meinem Blog und ihren Reisefotos – das hat einfach gepasst. Aber nur das.«

Nathalie verbiss sich eine zynische Bemerkung.

»Ich habe dann ziemlich schnell gemerkt, dass ich mir etwas vorgemacht habe. Wahrscheinlich sollte sie einfach nur die Lücke füllen, die du hinterlassen hast. Aber ich war zu dumm, um mir das einzugestehen. Ich dachte wirklich, sie ist die Richtige, und ich hätte mich in sie verliebt. Aber ich habe schnell gemerkt, dass uns eigentlich gar nichts verbindet und dass du diejenige bist, nach der ich mich sehne.«

Nathalie atmete tief durch. »Weißt du, Elias, das sind alles ganz wunderbare Worte. Aber ich kann keinem einzigen davon trauen. Seit ich dich kenne, schwingst du nur große Reden, diskutierst alles bis ins kleinste Detail und hast es immer wieder geschafft, dass ich auf deine Lügen und Versprechungen hereingefallen bin. Aber das ist jetzt vorbei. Ich habe gesehen, dass es auch anders geht, und ich brauche all das große Tamtam nicht mehr. Mir ist klar geworden, dass eine Geste viel mehr sagen kann als tausend Worte.«

Elias sah sie völlig perplex an, öffnete den Mund, um etwas zu erwidern, doch da ihm nichts einzufallen schien, schloss er ihn wieder. »Und das Candle-Light-Dinner?«, fragte er nach einer kurzen Pause. »Ist das nichts? Und dass ich dir jetzt extra hinterhergefahren bin?«

»Elias.« Nathalie sprach seinen Namen sanft aus und völlig ohne Groll, was sie selbst überraschte. »Das kommt alles ziemlich spät. Du hättest dir das vor deiner blöden Postkarte überlegen sollen. Ich habe wirklich geglaubt, dass du mich vermisst, dass du in deiner Auszeit an mich denkst, und dann ziehst du so eine Nummer ab.«

Elias nickte bedrückt. »Ich weiß. Ich hab es damals einfach für das Beste gehalten.«

»Und ich halte es für das Beste, es jetzt endgültig zu beenden«, sagte Nathalie mit fester Stimme.

»Was? Komm schon, Nathalie, das kannst du nicht machen. Gib uns noch eine Chance!« Flehend sah er sie an. »Ich weiß, dass ich riesengroßen Mist gebaut habe, aber deshalb wirst du doch nicht einfach so die vier Jahre unserer Beziehung wegwerfen, als sei das alles nichts.« Seine Stimme wurde zunehmend verzweifelter. »Okay, hör zu, ich mach dir einen Vorschlag: Bleib hier, solange du willst, und sammel dich. Ich habe das doch auch gebraucht. Ich reise morgen ab, und wenn du dir darüber klar geworden bist, wie es mit uns weitergeht, dann reden wir noch einmal in Ruhe zu Hause in Frankfurt.«

Nathalie sah ihn stumm an, doch dann schüttelte sie langsam den Kopf. »Das brauche ich nicht, Elias«, sagte sie mit ruhiger Stimme. »Ich bleibe hier.«

Elias sah sie irritiert an. »Wie meinst du das? Du bleibst hier?«

»Ich bleibe hier. Ich werde ab sofort hier leben und arbeiten.«

»Auf diesem Aprikosenhof?«, fragte Elias abfällig, doch als Nathalie jetzt nickte, musste er schlucken. »Das ist doch ein schlechter Scherz.«

»Nein, ist es nicht. Ich habe ein Angebot bekommen, das mich sehr reizt. Ich kann mit dabei sein, wenn eine neue Kosmetiklinie auf den Markt gebracht wird, die aus natürlichen Zutaten und Kräutern besteht, die wir auf dem Aprikosenhof selbst anbauen. Ich mache nicht nur das Marketing, sondern stelle auch die Produkte selbst her.«

Elias verdrehte die Augen. »Mein Gott, jetzt geht diese Gärtnereisache wieder los. Nathalie, wenn dir wirklich so viel daran liegt, dann suchen wir uns einen Schrebergarten, und dann kannst du am Wochenende ein bisschen gärtnern und Unkraut jäten, wenn du das als Ausgleich zu deinem Bürojob brauchst. Aber jetzt sei doch nicht so dumm und gib dein ganzes Leben und deine Karriere auf. Du glaubst doch nicht, dass man von so etwas tatsächlich leben kann. Das ist ein Floh, den dir da jemand ins Ohr gesetzt hat. So etwas klingt immer gut, wenn man im Urlaub ist, aber wenn man dann tatsächlich dort arbeitet, ist es ein Knochenjob.«

Nathalie zuckte nur gelangweilt mit den Schultern. »Das werden wir ja sehen«, sagte sie gelassen. »Aktuell kommen meine Produkte sehr gut bei den Dorfbewohnern an. Und wer weiß, was sich daraus noch ergibt.«

»Ach, komm schon, das ist doch eine Schnapsidee. Überleg dir gut, ob du das wirklich willst. Das passt doch gar nicht zu dir, einfach alles Hals über Kopf hinzuwerfen und ein komplett neues Leben anzufangen.«

»Das brauche ich mir nicht zu überlegen, mein Entschluss steht fest.« Und als sie das aussprach, wusste Nathalie, dass es stimmte, was sie sagte. Sie hatte sich entschieden: Sie würde hierbleiben, in diesem kleinen Dorf, auf dem Aprikosenhof, aber vor allem bei Felix. Es war riskant, es war vielleicht leichtsinnig, aber es gab nichts, was sie sich sehnlicher wünschte. »Du hast mir die ganze Zeit in unserer Beziehung vorgeworfen, dass ich nicht spontan genug bin. Nun, jetzt bin ich es, und mein Entschluss steht fest: Ich bleibe. Ich werde meinen Job kündigen und in nächster Zeit meine Sachen aus der Wohnung holen. Den Camper werde ich verkaufen, denn ich brauche ihn nicht mehr. Und dann bekomme ich auch endlich das Geld wieder, was ich dir für die Anschaffung vorgestreckt habe.«

»Nathalie …« Elias rang verzweifelt die Hände. »Du machst den größten Fehler deines Lebens.«

»Und wenn schon«, sagte sie gelassen. »Für mich fühlt es sich goldrichtig an.« Damit drehte sie sich um und ging auf die Tür zu.

»Nathalie! Warte!«, rief Elias, aber sie hörte nicht auf ihn. Unbeirrt ging sie weiter, legte die Hand auf die Klinke und verließ das Zimmer. »Wenn du jetzt gehst, dann gehst du für immer!«

Auf ihrem Gesicht breitete sich ein mattes Lächeln aus. Sie wusste, dass das von Elias nur ein verzweifelter Versuch war, sie zu halten, doch das würde nicht mehr funktionieren.

»Nathalie, bitte! Ich liebe dich doch!« Er rannte ihr hinterher und packte sie am Arm.

Nathalie blieb stehen und drehte sich noch einmal zu ihm um. Sie sah die Tränen in seinen Augen, sie sah seinen Schmerz, aber sie empfand nichts mehr für ihn. Da war nur noch Mitleid mit einem Menschen, für den die Einsicht völlig zu spät gekommen war.

»Hör zu, ich mach dir ein Angebot: Du kannst noch einmal über alles in Ruhe nachdenken, und ich bleibe noch bis morgen hier. Vielleicht habe ich dich mit all dem jetzt überrumpelt, aber ich bin mir sicher, dass du bald erkennen wirst, dass du einen Fehler machst. Ich werde heute Nacht hier auf dich warten. Morgen nach dem Frühstück reise ich ab. Wenn du bis dahin nicht gekommen bist, weiß ich, dass es vorbei ist. Aber wenn du es dir doch noch anders überlegst, dann bin ich hier. Okay?«

Nathalie schüttelte den Kopf. »Mach es gut, Elias«, sagte sie entschieden, umarmte ihn kurz und verließ dann den Gasthof.

Nathalie spazierte mit Gustave den Hügel zum Aprikosenhof hinauf, bis der Asphalt irgendwann endete und in Schotter überging. Mit jedem Schritt, den sie näher zum Hof kam, fühlte sie sich seltsam erleichtert und befreit. Es war gut, dass sie sich mit Elias ausgesprochen hatte, und es war gut, dass sie es endlich ein für alle Mal beendet hatte. Jetzt stand ihrer Zukunft mit Felix nichts mehr im Weg.

Felix … Als sie an ihn dachte, breitete sich wieder dieses wundervolle Gefühl von hunderttausend Schmetterlingen in ihr aus. Sie überlegte, ob sie direkt zum Hof zurückkehren und sich in seine Arme fallen lassen sollte, entschied sich dann aber dagegen. Nein, das war zu früh. Jetzt wollte sie erst einmal Abstand bekommen und darüber nachdenken, dass sie nun so einen bedeutsamen Schritt in ihrem Leben gehen würde. Nathalie entschied sich, durch die Aprikosenhaine zu schlendern. Felix hatte ihr gesagt, dass er dort zur Ruhe kam, wenn er Abstand brauchte oder sich über etwas klar werden musste, und Nathalie fand, dass das jetzt auch genau der richtige Ort für sie war. Sie brauchte ein wenig Zeit für sich, ehe sie ihr neues Leben begann. Die Dämmerung brach gerade herein, doch es war noch hell genug, dass sie problemlos den Weg vor sich erkennen konnte. Als sie die Terrassen langsam nach oben stieg, erinnerte sie sich wieder daran, wie sie hier zusammen mit Felix Aprikosen geerntet hatte, und ein glückliches Lächeln legte sich auf ihre Lippen. Nathalie bog in einen Hain ab und setzte sich auf die Steinmauer, die die Erde vor dem Wegrutschen hielt. Sie machte Gustave von der Leine ab, und ihr Hund schnupperte sich durch das Gras und an der nächsten Mauer entlang. Ihr Hund ... Nathalie musste schmunzeln. Dieser Urlaub hatte sie ganz schön verändert, aber sie musste zugeben, dass sie das gar nicht so schlecht fand. Im Gegenteil, es gefiel ihr sogar sehr gut, dass sie endlich tat, wonach ihr der Sinn stand.

In dem fahlen Licht der Dämmerung erkannte sie Adelines Kräutergarten – ihren Kräutergarten, den sie gemeinsam mit Felix angelegt hatte, und wenn sie ganz genau hinhörte, konnte sie sogar das Plätschern des Brunnens ausmachen, das der Wind sanft zu ihr herübertrug, und vor dem leuchtenden Abendhimmel, der sich mittlerweile in ein flammendes Rot und Apricot gefärbt hatte, sah sie die dunklen Umrisse des Aprikosenhofs – ihres neuen Zuhauses. Nathalie wurde von einem unsagbaren Glücksgefühl ergriffen. Ja, dieses Fleckchen Erde war wirklich etwas Besonderes, hier wollte sie bleiben. Und wenn sie jetzt noch darüber nachdachte, dass Felix ihr gesagt hatte, dass sie für ihn ein Teil der Familie war, hätte sie am liebsten vor lauter Glück geweint. So lange hatte sie sich schon nach etwas Festem, etwas Beständigem gesehnt, und jetzt, in diesem Moment, hatte sie zum ersten Mal seit Langem das Gefühl, es hier auf dem Aprikosenhof – und ganz besonders in Felix' Armen – gefunden zu haben. Mit ihm konnte sie sich einfach alles vorstellen, ganz anders als mit Elias, der irgendwie nie so richtig in ihre Vorstellungen einer Zukunft hineingepasst hatte.

Nathalie schloss für einen Moment die Augen, lauschte dem Zirpen der Zikaden und dem letzten Gesang der Vögel, die sich jetzt nach und nach auf den Weg in ihre Nester machten. Sie atmete den fruchtigen Duft der Aprikosen ein, der sich wieder mit dem herrlichen Aroma des Kräutergartens gemischt hatte. Für einen Moment überlegte sie, ob sie jetzt zurück zu Felix gehen sollte, ob sie ihm von all dem erzählen sollte, davon, dass sie ihr ganzes Leben mit einem Schlag umgekrempelt hatte, aber sie entschied sich dagegen. Sie wollte das morgen in Ruhe machen. Jetzt brauchte sie erst einmal noch ein bisschen Zeit für sich – und auf diesen Abend kam es doch auch nicht mehr an, schließlich hatten Felix und sie bald ein ganzes Leben vor sich. Sie stieß sich von der Steinmauer ab, sprang in das wadenhohe Gras und pflückte einen Lavendelhalm, der neben dem Stamm des Aprikosenbaums wuchs, ein letztes Überbleibsel von Adelines Blühstreifen. Sie war noch immer überall. Nathalie schnupperte an der lilafarbenen Blüte, und der Duft des Lavendels hüllte ihr Herz in eine wohlige Ruhe. Sie erinnerte sich an die Kräutersträußchen, die Felix ihr in die Obstschale gelegt hatte, an ihre gemeinsame Zeit im Garten, in der sie Adelines kleines Paradies wieder in Ordnung gebracht hatten, und an Adelines Worte in ihrem Kräutertagebuch, und ein zartes Lächeln legte sich auf ihre Lippen.

Wie erleichtert sie war, dass Felix endlich eine Lösung für die zurückgehende Ernte gefunden hatte. Mit Adelines Blühstreifen würden sie im nächsten Jahr sicherlich viel mehr Ertrag haben, aber dafür mussten sie zuerst die Haine aufforsten. Sie würden einen gemütlichen Winter im Aprikosenhof verbringen, aneinandergekuschelt unter einer Decke, vor dem knisternden Kamin gemeinsam ein Buch lesen, den Schneeflocken zusehen, die langsam vor ihrem Fenster heruntersegelten, und dann, wenn die ersten Sonnenstrahlen die Erde wieder aufheizten, würden sie mit der Arbeit beginnen.

Nathalie konnte alles schon ganz genau vor sich sehen, wie sie gemeinsam die Kräuter und Blumen aussäten, wie sie die Haine aufforsteten und Felix die Aprikosen beschnitt und richtig zusammenband. Sie würde noch so viel lernen müssen, aber sie konnte es kaum erwarten, denn zum ersten Mal, so fiel ihr in diesem Moment auf, freute sie sich auf die Zukunft.

»Gustave!« Nathalie pfiff durch die Finger, und der Hund hob den Kopf und rannte zu ihr.

Dann liefen sie gemeinsam nebeneinanderher zurück zum Aprikosenhof. Dort legte sich Nathalie in ihr Bett, schloss die Augen und freute sich schon jetzt auf den nächsten Tag, der erste Tag ihres neuen Lebens, gemeinsam mit Felix. Und während sie darüber nachdachte, fiel sie in einen erholsamen, traumlosen Schlaf.

29.

Felix kam erst spät am Abend nach Hause. Bei Maurice war er tatsächlich etwas zur Ruhe gekommen, trotzdem war seine Anspannung sofort wieder da, als er den Aprikosenhof betrat. Er lauschte ins Haus, wartete darauf, ob Gustave vielleicht um die Ecke geflitzt kam, um ihn zu begrüßen, aber da war niemand. Felix ging in die Küche, doch auch hier war alles verlassen. Es standen noch ein paar leere Cremetiegel auf dem Tisch, einige Kräutersträußchen hingen verkehrt herum von den Oberschränken. Es war Nathalie gewesen, die sie dort befestigt hatte, das wusste er, aber ansonsten fehlte jede Spur von ihr. Da bemerkte Felix, dass jemand draußen auf der Terrasse saß und ein Buch las. Ob das Nathalie war, die auf ihn gewartet hatte? Er ging hinaus, doch es war nur Camille, die den Kopf hob und ihn mit einem prüfenden Blick ansah.

»Alles in Ordnung bei dir?«, fragte sie.

»Ist Nathalie schon zurück?«

Camille legte ihr Lesezeichen in das Buch und klappte es zu. »Ich habe sie jedenfalls nicht gesehen. Vielleicht ist sie noch bei ihrem Ex-Freund.«

»Hat sie gesagt, wann sie zurück sein will?«

»Nein, aber die beiden werden sicher einiges miteinander zu klären haben.«

»Ja, das befürchte ich auch«, brummte Felix. »Hat sie dir gesagt, was sie mit ihm besprechen will, bevor sie gegangen ist? Ich meine, ihr beide versteht euch doch ganz gut mittlerweile.«

Camille schmunzelte. »Felix, Nathalie wird dir schon sagen, wie das Treffen mit ihrem Ex-Freund gelaufen ist. Gib ihr ein bisschen Zeit. Vielleicht muss sie sich selbst erst mal über einige Dinge klar werden. Das war alles ganz schön viel für sie in den letzten Wochen. Sie hat bestimmt nicht damit gerechnet, dass er so plötzlich hier auftaucht.«

»Damit hat niemand gerechnet«, murrte Felix.

»Du bist eifersüchtig«, stellte Camille amüsiert fest.

Felix verschränkte die Arme und lehnte sich gegen den Türrahmen. »Und wenn schon.«

Camille lächelte ihren Bruder an. »Sie hat dir dein Herz gestohlen.«

»Hör doch mal auf mit diesem sentimentalen Quatsch.«

»Na ja, dafür warst du ja noch nie der Typ. Du bietest ihr lieber ein neues Leben hier auf dem Aprikosenhof an. Ist übrigens eine sehr süße Idee von dir.«

»Süß«, wiederholte Felix beinahe angewidert.

»Ach, jetzt sei nicht so. Ich bin mir sicher, Nathalie sieht das ganz genauso. Jetzt warte doch einfach mal, wie das Gespräch zwischen ihr und ihrem Ex-Freund verlaufen ist, und dann wird man schon sehen.«

»Ich wüsste nicht, was man seinem Ex so lange erzählen soll. Dass das Thema durch ist, hat man doch schnell geklärt. Wieso ist sie dann noch nicht zurück?«

»Seit wann bist du denn so ein Kontrollfreak geworden? Das ist ja schrecklich!« Camille schüttelte leicht den Kopf.

»Ich würde da nicht so viel rein interpretieren. Die beiden waren lange zusammen, da kann sich schon einiges anstauen.«

»Ja, oder es bedeutet, dass das Treffen besonders gut verlaufen ist.«

»Möglich«, sagte Camille. »Vielleicht ist das ja von Vorteil.«

»Was sollte daran von Vorteil sein?«, brummte Felix.

»Wenn sie lange diskutieren, können sie vielleicht auch endlich alles klären und abschließen.«

Felix dachte über Camilles Worte nach. Ja, das war es vermutlich, und je länger er darüber nachdachte, desto weniger gefiel ihm der Gedanke. »Ich gehe in die Werkstatt.«

»Tu das, vielleicht bringt dich das auf andere Gedanken.«

Felix lief über die Wiese und schloss sich in seiner Werkstatt ein. Er wollte auf keinen Fall gestört werden, hätte es jetzt aber auch nicht ertragen können, sich einfach so ins Bett zu legen und nichts zu tun. Nervös tigerte er durch den Raum, warf immer wieder einen Blick aus dem Fenster zum Hof und wartete darauf, dass in Nathalies Zimmer das Licht anging. Aber alles blieb dunkel.

Was hatte sie nur so lange mit diesem Typen zu bereden? Wenn es wirklich vorbei war zwischen ihnen, dann war das doch ziemlich schnell klar. Viele Worte brauchte man dafür nicht. Was hatte Camille gesagt? Sie könnten jetzt vielleicht endlich alles klären? Der Gedanke versetzte ihm einen Stich ins Herz. Das würde ja bedeuten, dass sie sich mit ihrem Ex-Freund wieder verstand. Und dann würde sie auch vielleicht wieder mit ihm zurück nach Deutschland gehen.

Möglicherweise war das die Erklärung, wieso sie sein Angebot, hierzubleiben und gemeinsam den Hof zu führen, nicht angenommen hatte. Sie war sich unsicher, ob das mit

Elias wirklich vorbei war, und vielleicht hoffte sie ja auch, dass sie noch einmal eine Chance hatten. Vier Jahre Beziehung waren eine lange Zeit. Man hatte gemeinsame Freunde, eine Wohnung, eine Vergangenheit, die man miteinander teilte, und vielleicht sogar einen gemeinsamen Plan für die Zukunft.

Und was hatte er ihr im Gegensatz zu bieten? Einen unsicheren Job auf einem momentan noch nicht wirtschaftlichen Aprikosenhof. In Deutschland hatte sie immerhin einen gut bezahlten Job, Freunde und ihre Familie in der Nähe. Und da hoffte er tatsächlich, eine Chance zu haben?

Felix schüttelte kaum merklich den Kopf. Er wusste selbst, wie absurd das alles klang. Er wusste, wie lächerlich das war. Aus einem der Schränke holte er eine Flasche selbst gebrannten Aprikosenschnaps und schenkte sich etwas davon ein. Er musste sich beruhigen. Wenn er sich da in etwas reinsteigerte, hatte er nichts gewonnen.

Felix seufzte tief, als er wieder einen Blick zum Aprikosenhof warf, aber Nathalies Fenster war noch immer dunkel. Wo blieb sie nur? O Gott, was, wenn sie mit diesem Elias vielleicht sogar noch einmal eine Nacht verbrachte? Gequält schenkte sich Felix das nächste Glas ein, wobei er wusste, dass er nicht so viel trinken sollte. Schließlich hatte er mit Maurice schon zwei Flaschen Wein geleert. Aber der Gedanke, Nathalie in den Armen eines anderen zu wissen – und das vielleicht sogar jetzt gerade, in diesem Moment –, war unerträglich. Er trank den zweiten Schnaps, der in seiner Kehle brannte. Wenigstens ein Schmerz, den er zuordnen konnte. Das andere war alles zu gefühlvoll, zu kompliziert zu greifen.

Wieso war diese verfluchte Liebe auch so schwer zu

durchschauen? Wie machten das andere Menschen, die einfach bei einer Person ihr Glück fanden, und damit war es in Ordnung? Warum hatte er kein Glück in solchen Dingen? In seiner ganzen Familie kannte er, was Liebe anging, nur Leid und Schmerz. Wahrscheinlich war es ihnen einfach nicht vergönnt, glücklich zu sein.

»Wir sind verflucht«, murmelte er. »Die ganze Familie ist in Liebesdingen vom Pech verfolgt ...« Und in geschäftlichen Dingen auch, dachte er jetzt wieder ernst, als sein Blick auf den Kaufvertrag von Jacques fiel.

Eine Unterschrift würde das alles hier beenden. Das verfluchte Warten, ob er vielleicht doch einen Funken Glück hatte, die Ungewissheit, wie es mit dem Hof weiterging, die roten Zahlen, die sie seit zwei Jahren geschrieben hatten.

Er sah hinaus auf die Aprikosenhaine, die friedlich in der Dunkelheit lagen, und durch das helle Mondlicht konnte er in den Schatten die einzelnen Silhouetten der Bäume erahnen. Mit Nathalie hatte er davon geträumt, die Haine wieder aufzuforsten, neue Bäume zu pflanzen, sich zu freuen, wenn sie anwuchsen, und die Erträge durch die Blühstreifen wieder zu verbessern. Es hatte alles so einfach geklungen, so plausibel – und jetzt zerplatzte alles wie eine riesengroße Seifenblase und löste sich in nichts auf.

Eine Unterschrift, und das alles würde der Vergangenheit angehören.

Die ganzen Träume mit Nathalie wären hinfällig, aber vielleicht waren sie das im Moment sowieso, während sie einen anderen küsste.

Felix schluckte und schob den Gedanken beiseite. Selbstmitleid passte nicht zu ihm. Er hatte gewusst, dass das mit

Nathalie nichts Ernstes werden konnte. Ihm war von Anfang an klar gewesen, dass sie nicht lange bleiben würde. Maurice hatte das ja ganz geschickt eingefädelt, sodass es dann doch ein paar Tage mehr geworden waren. Aber was hatte er erwartet? Dass aus einer Urlaubsromanze die ganz große Liebe werden würde? Deshalb hatte er Nathalie ja so abweisend behandelt und sein Herz vor ihr verschlossen. Aber sie hatte das alles nicht interessiert, sie war einfach in sein Leben getreten und hatte alles einmal gründlich auf den Kopf gestellt.

Felix lächelte matt, als er sich daran erinnerte, wie sie zusammen gegärtnert hatten. Wie sie schweigend nebeneinander das Unkraut gejätet, die Beete angelegt und sich für eine gemeinsame Sache eingesetzt hatten. Und was für einen Sonnenbrand Nathalie am Abend gehabt hatte. Ein Glück hatte Adelines Balsam so gut geholfen. Die Arme hätte sonst die nächsten Tage krebsrot und mit einem glühenden Rücken verbracht. Der Balsam … Felix seufzte. An diesem Abend war er Nathalie so nahe gewesen. Schon da hatte er sich überlegt, sie zu küssen, und dann war er doch stark genug gewesen und hatte verzichten können. Aber Nathalie hatte ihn mit ihrem Charme und ihrer Begeisterung für den Hof ganz und gar für sich eingenommen. Sie hatte gesehen, wie wichtig ihm das alles hier war, und dann hatte sie ihm völlig selbstlos ihre Hilfe angeboten.

Felix griff nach der kleinen Hundefigur, die er damals als Kind geschnitzt hatte. Trudie … Und jetzt war Gustave hier, Gustave, der einen Narren an ihm gefressen hatte, der sich beinahe vor Freude überschlug, wenn er ihn sah, und der sich genauso wie Nathalie kein bisschen darum kümmerte, was eigentlich in ihm, Felix, vorging. Sie waren beide einfach in sein Leben gestürmt und hatten es auf den Kopf gestellt. Und jetzt sah es so aus, als ob sie auch genauso schnell wieder verschwinden konnten.

Diesen Gedanken hielt Felix nicht aus. Er hasste es, so abhängig zu sein, er hasste es, in der Luft zu schweben und nicht zu wissen, wie es weiterging. Was sollte er auch groß tun, als zu warten?

Wieder überschlug er, wie groß seine Chancen waren, dass sich Nathalie für ihn entschied. Diese Möglichkeit war so verschwindend gering. Felix nahm den Vertrag in die Hand und blätterte ihn bis zur letzten Seite durch. Eine einzige Unterschrift würde das alles hier beenden. Seine Grübeleien, seinen Schmerz, aber auch seine Träume von einer gemeinsamen Zukunft mit Nathalie. Alleine würde er es nicht schaffen, und für sie gab es keinen Grund mehr hierzubleiben. Ihr Leben war in Deutschland, ihr Platz an der Seite von Elias, der Traum von einem gemeinsamen Aprikosenhof zu Ende.

Felix griff zum Kugelschreiber, der vor ihm auf der Werkbank lag, spannte das Papier zwischen Daumen und Zeigefinger und setzte dann seine Unterschrift unter den Vertrag.

30.

Als Nathalie erwachte, bemerkte sie etwas Warmes neben sich. Es war Gustave, der sich eng an sie gekuschelt hatte. Wieder spürte sie, wie erleichtert sie war. Sie hatte endgültig mit Elias Schluss gemacht und all das hinter sich gelassen, was sie belastete. Endlich konnte sie wieder frei durchatmen und sich auf etwas Neues einlassen. Etwas Neues, das bedeutete, ein Leben mit Felix. Nathalie seufzte lächelnd. Sie wusste, dass sie das Richtige tat. Sie spürte, wie sehr sie sich nach Felix sehnte und danach, dass ihre gemeinsame Zeit endlich anfing. Jetzt musste sie nur noch zu ihm gehen und ihm ihren Entschluss mitteilen.

Nathalie schmiegte sich noch einmal kurz an Gustave, dann schlug sie die Decke zur Seite, stand auf und zog sich an. Ihr Weg führte sie als Erstes nach unten in die Küche, weil sie vermutete, dass Camille dort vielleicht das Mittagessen für die Erntehelfer zubereitete, doch dort war niemand. Auch auf der Terrasse fand sie keinen. Vielleicht war sie im Dorf Brötchen holen, überlegte Nathalie, und Felix war bestimmt auch schon wieder bei der Arbeit. Sie ließ ihren Blick über die Aprikosenhaine wandern und war sich fast sicher, Felix unter den Arbeitern nicht ausmachen zu können. Auch in der Halle fand sie ihn nicht, dort stand nur die Ölmühle, die auf ihren nächsten Einsatz wartete. Nathalie machte sich auf den Weg zur Werkstatt. Vielleicht arbeitete Felix dort an einer neuen Schale, die sie für die Kosmetikprodukte brauchte. Sie klopfte an die Tür, doch als nach Kurzem niemand antwortete, drückte sie die Türklinke hinunter und betrat die Werkstatt.

»Felix?«, fragte sie unsicher, aber es kam keine Antwort.

Sie tat ein paar Schritte in den Raum und sah sich um. Die Regalreihen hatten sich seit dem Fest deutlich geleert, und Felix würde einige neue Stücke schnitzen können, die sie dann zu ihren schönen Geschenkpaketen verpacken würde. Vielleicht war er ja irgendwo auf dem Hof und suchte Holz dafür.

Nathalie wollte gerade wieder gehen, als sie auf der Werkbank ihre kleine Figur bemerkte. Sie nahm sie in die Hand und sah sie genauer an. Felix hatte sie wohl fertiggestellt, denn die Haare fielen jetzt in großzügigen Wellen über ihren Rücken. Nathalie lächelte, denn sie bemerkte, mit welcher Hingabe und welcher Geduld er gearbeitet haben musste. Es gab keine Ecken oder Kanten, und Nathalie war überrascht, wie ähnlich ihr diese kleine Figur sah. Das war so ein schöner Liebesbeweis, den Felix da gemacht hatte. Als Nathalie die Figur wieder auf den Tisch zurückstellte, entdeckte sie ein Bündel Papier, auf dem in fetten Buchstaben »CONTRAT DE VENTE« stand. Ein Kaufvertrag. Ohne groß darüber nachzudenken, hob sie die Papiere auf und blätterte durch die Seiten. Das war der Vertrag von Jacques, den sie da gefunden hatte. Nathalie war überrascht. Felix hatte doch zugestimmt, den Hof jetzt nicht zu verkaufen. Vielleicht war er einfach noch nicht dazu gekommen, den Vertrag zu entsorgen, das Fest lag ja gerade mal anderthalb Tage zurück. Sie wollte ihn gerade zurücklegen, als sie auf der letzten Seite angekommen war – doch dann blieb ihr auf einmal das Herz stehen: Da war Felix' Unterschrift. Er hatte den Vertrag unterzeichnet!

Nathalie glaubte, den Boden unter den Füßen zu verlieren. Wie konnte das sein? Auf dem Fest und auch gestern Morgen hatte er ihr noch angeboten, mit den Kosmetikprodukten bei ihm auf dem Hof einzusteigen, und jetzt hatte er den Vertrag unterzeichnet? Wie kam er dazu? Hatte er ihr das alles etwa nur vorgespielt? Bedeutete ihm ihr gemeinsames Projekt doch nichts, oder glaubte er nicht an ihren Erfolg? Er hatte doch gesehen, dass die Produkte gut ankamen. Hatte ihm das trotz allem nicht gereicht? Und wieso hatte er dann nichts gesagt? Egal, was es war, sie war auf Felix hereingefallen! Wie hatte sie nur so blöd sein können! Mit Tränen in den Augen ließ sie den Vertrag auf die Werkbank gleiten, wandte sich hastig ab und stieß dabei an die Holzfigur von ihr, die krachend zu Boden fiel und zerbrach.

Nathalie schluchzte auf. Auch ihr Herz fühlte sich an, als wäre es in tausend Teile zerfallen, und sie konnte keinen klaren Gedanken mehr fassen. Sie presste sich die Hand auf den Mund, um sich zu beruhigen, aber es half nichts. Sie wurde nur von immer mehr Schluchzern erfasst, die ihren Körper schüttelten. Hier, in dieser Werkstatt, hatte sie ihm das Angebot gemacht, gemeinsam einen Versuch zu wagen, den Aprikosenhof zu retten – und genau hier hatte Felix mit dieser einen Unterschrift auch seinen Untergang besiegelt, und das, ohne mit ihr darüber zu sprechen. Er hatte ihr sogar ins Gesicht gelogen und ihr vorgespielt, dass er Gefühle für sie hatte. Doch mit welchem Zweck, wenn er ohnehin verkaufen wollte? Nathalie musste der bitteren Wahrheit ins Gesicht sehen, und die Einsicht verletzte sie mehr, als sie sich jemals hätte vorstellen können: Felix hatte bloß mit ihr gespielt! Für ihn war sie nichts weiter als eine nette Ferienromanze gewesen, die er geschickt um den Finger gewickelt hatte, um sie jetzt eiskalt abzuservieren und sein eigenes Leben zu führen, während sie ihres gerade komplett für ihn aufgegeben hatte. Das durfte doch alles nicht wahr sein! Aber eines war ganz sicher: Hier würde sie keine Sekunde länger bleiben.

Mit raschen Schritten verließ Nathalie die Werkstatt und rannte zurück zum Haupthaus. Weg, bloß weg von hier!, schoss es ihr immer wieder durch den Kopf. Das war das Einzige, was sie im Moment noch wollte. Keine Sekunde länger würde sie hierbleiben. Sie lief die Treppe nach oben in ihr Zimmer, wuchtete ihren Koffer aufs Bett und warf achtlos ihre Sachen hinein. Gustave sah sie aus großen Augen an. Er schien nicht zu verstehen, was plötzlich mit ihr los war, und als Nathalie jetzt in seine treuen Augen blickte und sich an den Moment erinnerte, als sie Felix um den Hals gefallen war, weil Gustave die OP gut überstanden hatte, wurde sie von neuen heftigen Schluchzern ergriffen. Aber sie durfte sich jetzt nicht gehen lassen. Sie musste weitermachen und stark sein, denn wenn sie sich jetzt einen Moment zur Ruhe setzte, würde sie zusammenbrechen und käme nicht mehr vom Bett hoch.

»Komm, Gustave«, flüsterte sie.

Sie knallte den Koffer zu, hievte ihn vom Bett und schleppte ihn die Treppe nach unten. So schwungvoll, dass sie auf den letzten Stufen ausrutschte und der Koffer knallend auf dem Boden landete.

»Nathalie?«, hörte sie Camilles bestürzte Stimme. »Ist alles in Ordnung?«

Im nächsten Moment tauchte Camille im Türrahmen auf, und als sie Nathalie auf den Holzstufen sitzen und weinen sah, lief sie auf sie zu und nahm sie in die Arme.

»Hast du dir wehgetan?«, fragte sie besorgt.

Nathalie schüttelte den Kopf. Wobei ihr Herz ganz schrecklich schmerzte. Mit jedem Schlag hatte sie das Gefühl, dass es sich immer fester zusammenzog.

»Was ist denn passiert?«, fragte Camille. »Und wozu der Koffer?«

»Ich reise ab«, schluchzte Nathalie.

»Was? Aber wieso denn?« Camille sah sie verwundert an.

Nathalie wischte sich mit dem Handrücken die Tränen von den Wagen. »Ich habe hier nichts mehr zu suchen.«

»Was? So ein Unsinn. Wie kommst du denn darauf?«

»Felix hat den Vertrag unterschrieben!«, wimmerte Nathalie. »Der Hof wird verkauft.«

Camille wurde plötzlich leichenblass. »Nein, das glaube ich nicht. Er hat dir doch sogar ein Angebot gemacht, dass du hierbleiben sollst und ihr gemeinsam den Hof führt. Wieso sollte er da verkaufen?«

»Ich weiß es nicht.« Nathalie schniefte. »Vielleicht habe ich mich in ihm getäuscht. Wahrscheinlich glaubt er nicht an unsere Kosmetikprodukte. Er hat sie ja von Anfang an belächelt. Da ist es doch kein Wunder, dass er sich jetzt lieber für den Verkauf entscheidet.«

»Nathalie, jetzt warte doch mal. Das ist doch alles nicht

wahr. Bestimmt gibt es dafür eine ganz plausible Erklärung. Vielleicht hat er den Vertrag schon vor einiger Zeit unterschrieben, und jetzt hast du ihn eben zufällig gefunden.«

Nathalie schüttelte den Kopf. »Felix und ich hatten ausgemacht, dass er den Vertrag nur unterzeichnet, wenn das Fest nicht erfolgreich ist. Aber das war es doch! Jedenfalls für mich. Ich dachte, dass die Dorfbewohner von unseren Produkten so begeistert sind, reicht aus, um ihn zu überzeugen. Tja, da habe ich mich wohl getäuscht.«

»Ich glaube schon, dass Felix das genauso sieht«, widersprach Camille. »Wie gesagt, ich habe keine Ahnung, wieso er den Vertrag trotzdem unterschrieben hat, aber ich bin mir sicher, dass es einen ganz plausiblen Grund gibt. Rede doch noch mal mit ihm.«

Mit zusammengepressten Lippen schüttelte Nathalie den Kopf. Nein, Felix gegenüberzutreten, nach dieser Enttäuschung, das kam nicht infrage. Sie wollte bloß noch weg, weg von alldem, weg von den unerfüllten Träumen, von dieser Illusion, in die sie sich da hineingesteigert hatte und die jetzt doch wie eine Seifenblase zerplatzt war.

Felix hatte sich gegen sie entschieden, oder er hatte sie von Anfang an nur als eine Affäre gesehen, und ihn jetzt zur Rede zu stellen, um sich noch eine weitere Enttäuschung einzuholen, das hielt sie nicht aus. Sie hatte genug.

»Nein, Camille, ich gehe. Hier gibt es keinen Platz für mich, und ich kann hier nicht mehr länger bleiben. Es tut einfach zu weh.« Sie blinzelte die neu aufsteigenden Tränen weg. »Ich wünsche dir und Henni alles, alles Gute.« Zum Abschied umarmte sie Camille, dann nahm sie ihren Koffer und Gustaves Leine und ging zu ihrem Auto, das neben der Hofeinfahrt stand. Sie verstaute ihr Gepäck im Kofferraum, ließ Gustave auf der Beifahrerseite einsteigen und setzte sich selbst hinters Lenkrad. Sie warf noch einen letzten Blick in den Rückspiegel und sah Camille im Türrahmen stehen, vor ihr der verwunschene Vorgarten, und vor Nathalies Augen verschwamm der märchenhafte Aprikosenhof in einem Schleier aus Tränen. Hier hatte sie geglaubt, das Glück zu finden, hatte für einen Moment gedacht, ihrer großen Liebe begegnet zu sein, und war dann doch nur bitter enttäuscht worden. Und bevor der Schmerz noch tiefer in ihr Herz schneiden konnte, trat sie das Gaspedal durch und fuhr los.

★

Der viele Alkohol vom Vortag machte sich bemerkbar, und um seine Kopfschmerzen etwas zu lindern, hatte Felix sich für einen Spaziergang durchs Dorf entschieden. Die Bewegung und die frische Luft taten ihm gut, und nach einem Pain au chocolat und einem starken Café crème wäre er vielleicht auch wieder zu einem klaren Gedanken fähig. Er hätte gestern mit Maurice nicht so viel trinken sollen, aber der Gedanke, Nathalie bei einem anderen zu wissen, hatte ihn beinahe verrückt gemacht. Und als er dann die ganze Nacht auf sie gewartet hatte … Er schob den unangenehmen Gedanken beiseite. Es war Nathalies Angelegenheit, mit wem sie sich traf und wo sie ihre Nacht verbrachte. Vielleicht hatte sie ja wirklich nur sehr lange mit Elias geredet, und so, wie es aussah, war die Sache zwischen ihnen wohl doch noch nicht abgeschlossen. Wie auch? Vier Jahre Beziehung, beendet auf einer Postkarte. Natürlich waren noch Gefühle da. Genauso wie die gemeinsamen Erinnerungen, die Träume, die man miteinander verband.

Felix spürte, dass ihn dieser Gedanke quälte. Er hätte wissen müssen, dass sie nicht einfach ihr komplettes Leben für ihn aufgab, um hier mit ihm neu anzufangen.

Er betrat die Boulangerie, in der ein paar Gäste saßen und frühstückten.

»Bonjour, Felix«, grüßte ihn die Verkäuferin. »Wie schön, dich zu sehen. Ich wollte dir noch einmal sagen, was für ein tolles Fest ihr auf dem Aprikosenhof hattet. Es war wirklich wundervoll.«

Felix rang sich ein Lächeln ab. »Danke.«

»Gibt es denn schon wieder neue Cremes? Leider war die Lavendel-Aprikosen-Körperlotion schon ausverkauft, als ich danach gefragt habe. Aber Nathalie sagte, dass sie wieder neue herstellen will.«

Bei ihrem Namen krampfte sich in Felix' Innerem etwas zusammen. »Ich weiß es nicht«, sagte er ehrlich.

»O nein, dann ist an den Gerüchten also doch etwas dran?«, fragte die Verkäuferin.

»An welchen Gerüchten?«

»Na ja, einige Dorfbewohner haben behauptet, dass Nathalie gestern einen Gast in der Brasserie Provençal besucht hat – einen Deutschen.«

»Ja, das kann schon sein«, sagte Felix und versuchte, dabei so gleichgültig wie möglich zu klingen.

»Manche sagen, dass sie ein Candle-Light-Dinner auf dem Zimmer gehabt haben, sie hätten nachts noch die Kerzen brennen sehen. Andere behaupten, dass Nathalie schon nach kurzer Zeit wieder gegangen ist. Na, du weißt ja, wie die Leute reden.« Sie wischte ein paar Krümel von der Theke. »Also, was darf es sein?«

»Einen Café crème und ein Pain au chocolat«, bestellte Felix, aber seine Gedanken waren plötzlich ganz woanders. Vielleicht konnte er ja doch noch hoffen, dass Nathalie sich nicht für Elias entschieden hatte, sondern nach einem kurzen Gespräch schon wieder gegangen war. Ohne dass er es wollte, beschleunigte sich sein Herzschlag.

»Hier, bitte«, sagte die Verkäuferin und reichte ihm das Croissant und einen Becher.

Felix nahm seine Bestellung entgegen und zahlte. »Dieser Deutsche«, setzte er dann vorsichtig an. »Ist er noch da?«

Die Frau hinter der Theke schüttelte den Kopf. »Der ist heute Morgen abgereist. Mit einem Camper, das weiß ich.«

»Und … war Nathalie auch bei ihm?«

»Ich glaube nicht«, sagte sie nachdenklich.

Jetzt keimte tatsächlich so etwas wie Hoffnung in Felix auf. Möglicherweise war Nathalie noch hier. Vielleicht hatte sie nach all dem emotionalen Auf und Ab mit ihm und Elias einfach ein wenig Ruhe gebraucht, um sich darüber klar zu werden, was sie wollte. Das wäre doch auch eine denkbare Option. Oder war er jetzt ein Narr, der blind vor Liebe einfach alles zu hoffen wagte?

»Danke!«, sagte Felix knapp und verließ daraufhin die Boulangerie. So schnell er konnte, lief er zum Aprikosenhof zurück.

Felix erreichte gerade noch den Hof, bevor ein heftiger Regenguss loslegte. Als er den leeren Platz vor dem Haupthaus sah, auf dem heute Morgen noch Nathalies Auto geparkt hatte, stieß er einen Fluch aus. Er hatte sie verpasst!

Mit hängenden Schultern schleppte sich Felix ins Haus. Er wollte jetzt allein sein, wollte seine zerschlagene Hoffnung endgültig begraben und dieses Kapitel ein für alle Mal hinter sich lassen, doch da traf er auf Camille, die ihn wütend anfunkelte.

»Du schuldest mir eine Erklärung!«, sagte sie mit strenger Stimme und verschränkte die Arme.

»Wofür?«, fragte Felix irritiert und stellte sein Frühstück auf dem Küchentisch ab.

»Für dein Verhalten.«

Felix sah sie verständnislos an. Er begriff noch immer nicht, worauf sie hinauswollte.

»Wieso hast du den Vertrag unterschrieben?«

Felix atmete tief durch. »Weil Nathalie sich nicht dafür interessiert, was mit dem Hof passiert.«

»Wer sagt das?«, fragte Camille mit drohender Stimme.

»Sie selbst. Sie hat doch gezögert, als ich ihr den Vorschlag gemacht habe.«

»Weil sich dadurch ihr ganzes Leben verändert! Da würdest du doch auch noch mal kurz in dich gehen und dir überlegen, ob du das wirklich willst!«

»Keine Sorge, das Thema hat sich sowieso erledigt.« Felix wollte an ihr vorbei auf die Terrasse treten. Er hatte vor, sich in seine Werkstatt zurückzuziehen und zu warten, bis er dort eine Idee hatte, wie er weitermachen wollte.

»Was soll das heißen: Das Thema hat sich erledigt?«

»Camille, Nathalie hat sich mit Elias getroffen und sich mit ihm ausgesprochen. Und so lange, wie sie dafür gebraucht hat, ist die Sache zwischen den beiden noch immer nicht ab-geschlossen. Sie hat sich also dafür entschieden, wieder mit ihm zurück nach Deutschland zu gehen. Sie ist sogar schon abgereist und hat sich nicht mal von mir verabschiedet.«

»Du bist so ein Idiot, Felix!« Camille schüttelte bloß den Kopf. »Nathalie ist vorhin mit Tränen in den Augen von hier weggefahren, weil sie deinen unterzeichneten Vertrag gefunden hat. Sie war so enttäuscht und verletzt, ich konnte sie nicht aufhalten.«

»Was?« Felix sah seine Schwester irritiert an.

»Wahrscheinlich wollte sie dir sagen, dass die Sache zwi-schen Elias und ihr endgültig beendet ist. Aber du musst dir ja wieder irgendetwas zusammenreimen, weil du glaubst, dass in unserer Familie niemand sein Glück in der Liebe fin-den kann. Lieber versinkst du in Selbstmitleid und interpre-tierst irgendeinen Schwachsinn in etwas hinein, von dem du keine Ahnung hast!«

Das hatte gesessen. Felix blickte zur Seite und sah aus dem Fenster, vor dem sich ein grauer Regenschleier gebildet hat-te. »Du sagst, Nathalie ist vorhin erst abgefahren?«

Camille nickte. »Und sie war in Tränen aufgelöst.«

»Wann war das?«

»Vor ungefähr zwanzig Minuten, schätze ich.«

Felix schlug mit der Faust gegen den Türrahmen. »Ich muss ihr hinterher. Vielleicht kann ich sie aufhalten!«

»Felix, jetzt warte doch mal!«, rief Camille. »Du bist doch im Moment viel zu aufgewühlt. So kannst du keinen klaren Gedanken fassen.«

»Camille, glaub mir, das ist der vernünftigste Gedanke, den ich in meinem ganzen Leben jemals hatte!« Er machte auf dem Absatz kehrt und rannte nach draußen. Dort stieg er auf seinen Traktor und brauste, so schnell er konnte, zu Maurice.

★

Nathalie lenkte den Wagen aus dem Dorf hinaus und auf die Landstraße.

Felix glaubte nicht an sie. Er glaubte nicht an ihre gemeinsame Zukunft! Dieser Gedanke tat so unfassbar weh, dass Nathalie das Gefühl hatte, jemand hätte ihr das Herz aus der Brust gerissen. Sie brauste an den Birnenhainen vorbei, dem herrlich blühenden Lavendel und den kleinen Steinhäusern, die immer mal wieder einsam in der Landschaft standen. Es war so wunderschön hier, aber für sie hielt dieses Fleckchen Erde kein Glück bereit. Es hätte so perfekt sein können, und Felix hatte alles kaputt gemacht!

Nathalie schniefte und schaltete die Scheinwerfer ein. Es war mit einem Mal dunkel geworden, denn der Himmel war von grauen Regenwolken verhangen, die sich vor die Sonne geschoben hatten. Wenigstens das Wetter passte zu ihrer Stimmung, dachte sie verbittert. Und tatsächlich, jetzt fielen sogar die ersten Tropfen auf ihre Windschutzscheibe. Nathalie schaltete den Scheibenwischer ein und umfasste das Lenkrad fester, als der Regen immer stärker wurde und auf sie herunterprasselte. Sie hatte Mühe, sich in dem grauen Wasserschleier auf die Straße zu konzentrieren, denn innerhalb von kürzester Zeit hatte sich die Fahrbahn in eine spiegelnde Oberfläche verwandelt, unter der mehrere Wasserpfützen lauerten. Nathalie überlegte, ob sie anhalten sollte, entschied sich aber dagegen. Sie wollte nicht noch mehr Zeit verlieren, sie wollte bloß weg. Vermutlich war dieses Sommergewitter schnell vorbei, also könnte sie auch einfach weiterfahren und abwarten, bis der Regen wieder schwächer wurde.

Doch so, wie es im Moment aussah, wurde der Regen nicht schwächer, im Gegenteil. Nathalie musste den Scheibenwischer auf die höchste Stufe stellen und das Tempo ihres Wagens drosseln. Angespannt saß sie auf ihrem Sitz und konzentrierte sich auf den Fahrbahnrand, damit sie nicht von der Straße abkam, und dann zuckte plötzlich der erste Blitz durch den dunkelgrauen Himmel. Kurz darauf hörte man ein beängstigendes Krachen. Bei diesem Wetter wollte man wirklich nicht unterwegs sein. Egal, je schneller sie auf der Autobahn war, desto eher würde sie vielleicht auch dem Gewitter entkommen. Wenn sie Glück hatte, würde sie in die entgegengesetzte Richtung fahren, wobei Nathalie bezweifelte, dass sie momentan das Glück auf ihrer Seite suchen sollte.

Und wenn sie ehrlich war, wusste sie auch nicht, wo sie überhaupt hinfuhr. Natürlich, zurück nach Frankfurt. Und dann? Sollte sie zu Elias in die Wohnung ziehen und neben ihm her leben, bis einer von ihnen seine Kisten gepackt hatte und auszog? Oder sollte sie sich jetzt erst mal ein Hotel mieten? Wobei das natürlich auch albern war. Am besten, sie fuhr einfach zu Miriam. Ja, bei ihrer Freundin konnte sie bestimmt ein paar Nächte unterkommen.

Der nächste Blitz krachte vom Himmel, dicht gefolgt von einem Donnerschlag, und Nathalie zuckte zusammen. Sie wünschte sich jetzt an einen warmen, heimeligen Ort, am liebsten zurück in ihr Kaminzimmer auf dem Aprikosenhof, doch da gab es jetzt ja nichts mehr für sie. Da waren nur noch Enttäuschung, Schmerz und eine bittere Realität. Nathalie wischte sich eine Träne von der Wange, als sie wieder an den Vertrag dachte, den sie vorhin gefunden hatte, und begann erneut zu schluchzen. Gustave sah sie mit in Falten gelegter Stirn an und begann zu fiepen.

Und dann plötzlich verloren die Reifen den Bodenkontakt. Nathalie spürte, dass ihr Auto ins Schlingern geriet. O nein, sie musste wohl eine Pfütze übersehen haben. Sofort spannten sich ihre Muskeln an, sie umfasste das Lenkrad so fest, dass ihre Fingerknöchel weiß hervortraten, und aus einem Reflex nahm sie die Füße von den Pedalen. Aber das Auto fing sich nicht mehr und steuerte geradewegs auf den Straßengraben zu. Nathalie riss impulsiv das Lenkrad herum, spürte, wie es ihr Auto nach links zog, es sich seitlich wegdrehte und sie aus der Kurve raste. Und dann prallte sie frontal gegen einen Baum, und ihre Fahrt war beendet.

Für einen Moment saß sie stocksteif da, bis sie begriff, was passiert war. Vorsichtig nahm sie die Finger vom Lenkrad, sah durch den prasselnden Regen, der in kleinen Bächen über ihre Scheibe lief, und erkannte, dass die Motorhaube von Luise wie eine Ziehharmonika aussah. Jetzt steckte sie schon wieder auf dieser verdammten Landstraße fest. Das durfte doch nicht wahr sein.

»So eine verdammte Scheiße!«, fluchte Nathalie und schlug mit der Hand aufs Lenkrad.

Gustave zuckte neben ihr zusammen, und Nathalie wurde von einem neuen Heulkrampf ergriffen. O Gott, Gustave! Sofort schnallte sie sich los und beugte sich zu ihrem Hund.

»Ist dir was passiert, mein Kleiner?«, fragte sie besorgt, während sie seinen Kopf in beide Hände nahm und sich über ihn beugte.

Gustave winselte nur, doch dann kletterte er auf den Beifahrersitz und stapfte vorsichtig auf ihren Schoß. Er schien wohl zu merken, dass es ihr nicht gut ging. Nathalie legte die Arme um seinen Bauch, vergrub ihren Kopf in seinem zottigen Teddyfell und begann dann, bitterlich zu weinen.

★

»Maurice, ich brauche das schnellste Fahrzeug, das du hast!«, rief Felix seinem Freund zu, als er in die Werkstatt stürmte.

»Was ist denn passiert?«

»Nathalie!«, rief Felix. »Ich muss sie aufhalten!«

Maurice zögerte keine Sekunde und warf seinem Freund einen Schlüsselbund zu. »Nimm das Motorrad«, sagte er und reichte ihm einen Helm.

»Danke, du bist wirklich ein Freund!« Er klopfte ihm auf die Schulter, dann rannte er auf den Parkplatz vor der Werkstatt, setzte sich den Helm auf und startete die Maschine. Er drehte das Gas voll auf und fuhr mit quietschenden Reifen auf die Landstraße. Dort warf er mehrfach einen kurzen Blick auf den Tacho. Er wusste, dass er viel zu schnell fuhr, und das Blut rauschte in seinen Ohren, aber er musste alles tun, um Nathalie aufzuhalten. Er hatte nur diese eine Chance, um sie zu kämpfen, und die durfte er jetzt nicht vergeuden. Felix wich mehreren Pfützen aus und legte sich in die nächste Kurve. Wieso musste es jetzt auch ausgerechnet so schütten?

Da bemerkte er ein silberfarbenes Auto, das im Straßengraben stand und frontal gegen einen Baum gerast war. Felix gefror das Blut in den Adern. Das war Nathalies Polo. Er fuhr das Motorrad an den Straßenrand, klappte das Visier nach oben und riss die Fahrertür auf.

»Nathalie?«, rief er bestürzt, aber das Innere des Wagens war leer. O Gott, hoffentlich stand sie nicht so sehr unter Schock, dass sie einfach ausgestiegen und losgelaufen war. Er sah sich hilflos um. In welche Richtung war sie wohl gegangen? War sie auf der Straße geblieben und dort entlanggelaufen, oder hatte sie sich verletzt querfeldein geschleppt? Felix mochte gar nicht daran denken. Doch er sah niemanden zwischen den Feldern und Obstplantagen, und weit und breit gab es auch kein Haus, bei dem sie Unterschlupf hätte finden können. Also entschied er sich weiterzufahren.

Er startete die Maschine wieder, ließ das Gas aufheulen und fuhr weiter. Da vorne, da lief doch jemand!

»Nathalie!«, brüllte er gegen den Fahrtwind an, doch natürlich konnte sie ihn nicht hören. »Nathalie, warte!«

Endlich hatte er sie erreicht, und als er das Motorrad vor ihr zum Stehen brachte, zuckte Nathalie erschrocken zusammen.

»Was machst du denn hier?«, rief sie.

»Dich suchen!«, rief Felix zurück und zog sich den Helm vom Kopf.

Nathalie atmete abfällig aus und lief weiter. »Das kannst du dir sparen.«

Felix trat ihr in den Weg und wollte sie an den Schultern festhalten, aber Nathalie wich ihm aus.

»Lass mich in Ruhe!«

»Nathalie, du hattest einen Unfall. Du stehst unter Schock!«

Nathalie verdrehte die Augen. »Unter Schock stehe ich, weil du mich von vorne bis hinten nur verarscht hast! Du hättest mir von Anfang an sagen können, dass du kein Interesse an meiner Hilfe hast, dann hätte ich mir die ganze Mühe sparen können.«

»Ich habe kein Interesse an deiner Hilfe?«, fragte Felix gekränkt. »Das ist ja lächerlich. Du hattest kein Interesse an mir und an einem Leben hier auf dem Hof, sonst hättest du doch wohl zugestimmt hierzubleiben!«

»Das wird ja immer besser!« Nathalie verschränkte die Arme, und Felix sah, wie sich Regentropfen in ihren Haarsträhnen verfingen und von ihren Haarspitzen tropften. »Ich habe mir die Nächte um die Ohren geschlagen und mir überlegt, wie wir das alles hier am besten aufziehen, wie wir die Kräuter schön präsentieren und eine Verbindung zum Hof herstellen, und du wirfst mir vor, dass ich mir erst darüber klar werden muss, ob ich bereit bin, mein komplettes Leben hinter mir zu lassen?«

»Erzähl du mir nicht, was es heißt, sich die Nächte um die Ohren zu schlagen. Ich habe gestern die halbe Nacht darauf gewartet, dass du zurückkommst!«

»Dann spionierst du mir jetzt auch noch hinterher? Ich fasse es nicht!«

»Ich habe auf dich gewartet, Nathalie! Ich habe gehofft, dass du kommst, aber du bist nicht gekommen. Also musste ich wohl davon ausgehen, dass das zwischen Elias und dir noch nicht vorbei ist.«

Nathalie holte Luft, um etwas zu sagen, doch sie zögerte. »Was geht dich das an, was mit Elias und mir ist?«, fragte sie tonlos, dann drückte sie sich an ihm vorbei und wollte weiter die Straße entlanggehen.

Felix packte sie am Handgelenk, sodass sie stehen bleiben musste. »Das geht mich sehr wohl etwas an. Oder bedeutet dir das alles hier mit uns etwa nichts?«, fragte er dann mit deutlich sanfterer Stimme.

Jetzt sah er ihren gequälten Gesichtsausdruck, und Nathalie wandte sich wieder von ihm ab. »Lass mich einfach in Ruhe …«

»Nein.« Felix trat ihr wieder in den Weg. »Ich lasse dich nicht in Ruhe, Nathalie. Weil ich dich liebe. Und ich werde erst aufhören, um dich zu kämpfen, wenn du mir gesagt hast, dass wir keine Zukunft zusammen haben. Ich war so blöd und bin einfach davon ausgegangen, dass dir das alles mit mir nichts bedeutet, weil du einfach so, ohne ein Wort, abgefahren bist. Diesen Fehler mache ich jetzt nicht noch einmal. Also, sag mir ins Gesicht, dass du mich nicht liebst und dass wir keine Zukunft zusammen haben, und dann lasse ich dich gehen.«

Nathalie presste die Lippen aufeinander, um ein Schluchzen zu unterdrücken. »Du hast mich doch die ganze Zeit nur verarscht, Felix. Du hast mir etwas vorgemacht, dir eine nette Urlaubsromanze mit mir gegönnt, und dann war ich dir auf einmal völlig egal, als es ernst zwischen uns wurde.«

Felix seufzte. »Ich weiß, ich bin nicht gut in Beziehungen«, begann er zögernd. »Ich habe enorme Angst, verletzt zu werden.«

»Aber wenn man liebt, muss man dieses Risiko nun mal eingehen …« Sie blickte an ihm vorbei. »Glaub mir, das habe ich auch schon mehrfach durchgemacht.«

Felix wollte ihr jetzt am liebsten über die Wange streicheln, denn er sah, dass sich zwischen den Regentropfen auch eine Träne den Weg über ihre Wange bahnte. Doch er traute sich nicht, denn er wollte Nathalie nicht bedrängen. »Es tut mir so leid, dass das passiert ist. Bitte, gib uns noch eine Chance.«

»Ich weiß nicht …« Nathalie musste schlucken. »Ich weiß nicht, ob ich das kann.«

Felix nickte bedrückt. »Nathalie, bitte, komm mit mir zurück auf den Hof. Hier, irgendwo auf der Landstraße und mitten im Regen können wir nicht bleiben. Du wirst dich noch erkälten. Komm mit zurück, wärm dich auf, und dann reden wir noch einmal ganz in Ruhe, einverstanden?«

Er sah, dass Nathalie zögerte.

»Bitte«, murmelte Felix. »Gustave hole ich gleich danach hier ab. Und wenn du dich dann doch dagegen entscheidest, weil du merkst, dass du das alles nicht kannst, dann fahre ich dich meinetwegen auch zum nächsten Bahnhof.«

Nathalie schniefte. »Okay«, willigte sie schließlich ein.

Felix fiel ein Stein vom Herzen. Er zog seine Lederjacke aus und reichte sie ihr. »Hier, nimm, dir ist sicherlich kalt.«

Nachdem Nathalie Gustaves Leine an einen Baum gebunden hatte, nahm sie wortlos die Jacke, zog sie an, und als er ihr auch den Helm reichte, schien sie sich geschlagen zu geben. Sie stieg hinter ihm auf das Motorrad und legte ihre Arme um seinen Bauch, und als Felix sie jetzt wieder so dicht bei sich spürte, durchströmte ihn ein warmes, friedvolles Gefühl. Da konnte er nicht anders, als sich zu ihr umzudrehen. Er klappte das Visier nach oben, zog ihr den Helm wieder aus und sah sie an. Nathalies Augen waren gerötet, sie hatte eindeutig geweint, doch als er jetzt ihren Blick auffing, lag darin eine solche Sehnsucht, dass er sich nicht länger zurückhalten konnte. Zärtlich legte er seine Arme um sie, streichelte ihr über den Rücken und hielt sie einfach nur fest, und da begann Nathalie, bitterlich zu schluchzen, und weinte, bis sie keine Tränen mehr hatte. Felix streichelte ihr behutsam immer wieder über den Rücken, drückte sie sanft an sich und wiegte sie in seinen Armen.

»Ich liebe dich«, flüsterte er dicht an Nathalies Ohr, und dann hauchte er ihr einen Kuss ins nasse Haar. »Ich liebe dich so sehr, Nathalie, dass ich es kaum in Worte fassen kann.«

Nathalie hob ihren Blick, und wieder mischten sich Tränen und Regentropfen, als sie ihm jetzt direkt in die Augen blickte. »Wirklich?«, fragte sie mit zitternder Stimme, und als Felix jetzt nickte, schmiegte sie sich an ihn und seufzte.

Ganz vorsichtig legte Felix seine Hand unter ihr Kinn und hob ihr Gesicht langsam zu sich empor, und dann legte er zärtlich seine Lippen auf Nathalies und gab ihr einen sanften, liebevollen Kuss. Er spürte, wie Nathalies Lippen bebten, doch dann wurden sie weicher, und Nathalie begann, seinen Kuss zu erwidern.

»Lass mich nie wieder los«, flüsterte Nathalie unter Tränen, und Felix schüttelte den Kopf.

»Bestimmt nicht«, erwiderte er ebenso leise und küsste sie gleich noch einmal. Dann legte er wieder seine Arme um sie und hielt sie einfach nur fest, bis sie sich wieder beruhigt hatte. »Sollen wir fahren?«, fragte er schließlich.

»Wohin?«, flüsterte Nathalie.

»Wie wäre es mit nach Hause?«, schlug Felix vor, und da huschte ein Lächeln über ihr Gesicht, und sie nickte leicht.

31.

Nathalie erwachte in Felix' Armen. Er hatte in dieser Nacht bei ihr im Zimmer geschlafen, ihr davor noch ein wärmendes Bad mit Thymian und Lavendel eingelassen und dann den Kamin angezündet, damit sie ihren vom Regen ausgekühlten Körper wieder aufwärmen konnte. Er hatte um sie gekämpft, hatte sie davon abgehalten zu fahren und hatte ihr seine Liebe geschworen. Und jetzt waren sie hier zusammen auf dem Aprikosenhof, in diesem wunderschönen Zimmer, in dem Nathalie sich so wohlfühlte. Sie würde nicht mehr wegfahren, sie würde hierbleiben auf dem Aprikosenhof, bei Henni, bei Camille – aber vor allem bei Felix.

Zärtlich streichelte Nathalie mit ihren Fingerspitzen über seine Wange, und da schlug Felix die Augen auf, sah sie einen Moment lang prüfend an, und dann legte sich ein Lächeln auf seine Lippen.

»Bonjour«, flüsterte er. »Gut geschlafen?«

Nathalie nickte. »Und du?«

»Mit dir in meinen Armen könnte es nicht besser sein«, raunte er, zog sie wieder an sich und verwickelte sie in einen immer leidenschaftlicher werdenden Kuss.

Nathalie kicherte. »Felix«, murmelte sie. »Dafür haben wir jetzt keine Zeit.«

»Dafür sollte immer Zeit sein«, widersprach Felix und küsste sie gleich noch einmal.

»Nein, im Ernst.« Nathalie setzte sich auf. »Wir müssen überlegen, wie wir weitermachen.«

Felix rollte sich auf die Seite, stützte seinen Kopf auf eine Hand und sah sie mit ernstem Blick an. »Dann willst du also doch nicht bleiben?«

»Was? Doch, natürlich. Wie kommst du denn darauf?«

Felix zog sie wieder in seine Arme und seufzte erleichtert. »Es klang eben so, als ob du einen Entschluss gefasst hättest.«

»Na ja, das habe ich auch. Immerhin hast du einen Kaufvertrag unterschrieben, den wir rückgängig machen müssen.«

»Müssen wir nicht«, murmelte Felix und spielte mit einer ihrer Haarsträhnen.

»Dann willst du den Hof also wirklich an Jacques verkaufen?«

Felix lachte amüsiert. »Natürlich nicht. Aber da ich den Kaufvertrag noch nicht abgeschickt habe, reicht es, wenn wir ihn zerreißen.«

Nathalie schlug die Decke beiseite und sprang aus dem Bett. »Na los, worauf wartest du denn dann noch?«, fragte sie ungeduldig. »Jetzt komm schon!«

Aber Felix verschränkte nur seine Finger mit ihren und zog sie wieder zu sich ins Bett. »Es besteht kein Grund zur Eile, ma chére.« Felix streichelte ihre Taille hinab und glitt mit seiner Hand auf ihren Rücken.

»Wie kannst du so etwas sagen? So ein furchtbares Dokument sollte keine Minute länger mehr hier auf dem Aprikosenhof sein!«

»Das tut es auch nicht«, sagte Felix sanft und zog sie jetzt auf sich. »Ich habe nämlich gestern den Kamin damit angeheizt.«

»Du hast was?« Nathalie sah ihn entgeistert an, und als sie jetzt Felix' verschmitztes Grinsen sah, wusste sie, dass er die Wahrheit sagte. »Oh, du bist wirklich unmöglich!« Sie beugte sich über ihn und gab ihm einen langen leidenschaftlichen Kuss, und Felix ließ es mit einem wohligen Seufzen geschehen, während seine Hände über ihre Hüften streichelten.

»Ich finde, das sollten wir angemessen feiern«, murmelte er, während er Nathalies Hals entlangküsste, doch gerade, als er ihr das Seidennachthemd abstreifen wollte, klingelte es an der Haustür.

»Jemand sollte aufstehen und nachsehen, wer es ist«, sagte Nathalie, die in der Bewegung innegehalten hatte.

»Das kann Camille tun«, raunte Felix mit rauer Stimme, doch als es jetzt erneut klingelte, zweimal direkt hintereinander, ließ er sich mit einem Seufzen in die Kissen zurücksinken.

Nathalie stand auf, schlüpfte in den flauschigen Bademantel und tappte barfuß die Holztreppe hinunter. Durch die Glaselemente der Haustür erkannte sie Sylvie, die jetzt mit einer Hand auf einen Brief deutete, den sie mit der anderen Hand aufgeregt hin und her schwang. Nathalie öffnete ihr und begrüßte sie.

»Was ist denn los?«, fragte sie verwundert. »Ist etwas passiert?«

»Allerdings«, sagte Sylvie außer Atem. »Hier ist ein Schreiben gekommen. Für euch.«

Felix, der hinter Nathalie getreten war und jetzt einen

Arm um sie legte, sah sie nachdenklich an. »Zeig mal her«, sagte er. Dann las er laut vor: »Sehr geehrter Herr Legrand, gerne möchten wir Ihnen mitteilen, dass wir Interesse an Ihren Kosmetikprodukten haben. Bitte senden Sie uns hierzu ein Probepaket an die nachstehende Adresse. … Wir melden uns dann umgehend bei Ihnen. …« Überrascht blickte er auf.

»Zeig mal.« Nathalie überflog nun ebenfalls das Schreiben. »Wo kommt das her? War von der Firma jemand auf dem Aprikosenfest?«

Sylvie schüttelte den Kopf. »Nein, ich habe mit dem Vertreter telefoniert und ihm von euch erzählt, und er war so begeistert, dass er eure Produkte unbedingt Nature Pure, einem Ökokosmetikhersteller, vorstellen wollte. Ist das nicht toll?«

Nathalie sah überrascht zu Felix. »Aber das würde ja bedeuten, dass wir die Möglichkeit hätten, unsere Linie überregional zu verkaufen, wenn dieser Nature Pure Interesse hätte.«

»Ja, der Wahnsinn, oder?« Sylvie klatschte erfreut in die Hände.

»Los, darauf müssen wir anstoßen«, entschied Nathalie.

Sie holte Sektgläser aus einem der Küchenschränke und schenkte fünf Aprikosen-Spritz nach Hennis Rezept ein. Dann rief sie Camille und Henni auf die Terrasse.

»Es gibt etwas zu feiern«, sagte sie. »Kommt doch bitte alle mal.« Nervös räusperte sie sich. »Also, zuerst einmal möchte ich euch sagen, dass ich mich dazu entschieden habe hierzubleiben.«

»Wie schön!«, freute sich Henni.

»Und Felix und ich möchten versuchen, neben dem Hauptgeschäft mit den Aprikosen auch die Kosmetikprodukte zu vertreiben. Und gerade hat uns Sylvie mitgeteilt, dass es da einen Ökohersteller gibt, der Interesse hat, unsere Produkte kennenzulernen.«

»Das ist ja fabelhaft!«, rief Camille aus und nahm Nathalie in die Arme. »Herzlichen Glückwunsch.«

Gustave lief aufgeregt um sie herum und beruhigte sich erst wieder, als Camille ihm ein paar Streicheleinheiten zukommen ließ. Felix legte zärtlich einen Arm um Nathalies Taille und sah ihr verliebt in die Augen. »Ich bin so stolz auf dich«, flüsterte er. »Und so glücklich.«

»Und ich erst«, flüsterte Nathalie zurück und gab ihm einen weiteren zärtlichen Kuss.

»Das hast du toll gemacht, Mädchen«, lobte auch Henni und hob anerkennend sein Glas. »Auf euch!«

»Auf uns alle«, sagte Felix und hob jetzt ebenfalls sein Glas. »Und auf die Zukunft des Aprikosenhofs!«

EPILOG

Ein Jahr später …

»Ist die Lieferung für Nature Pure fertig?«, fragte Felix, als er aus der Halle kam, in der die Ölmühle vor sich hin ratterte und neues Aprikosenkernöl herstellte.

»Gleich!«, rief Nathalie und band gerade die Schleife um den Organzastoff ihres Geschenkpaketes. »Ich habe nur schnell noch eine kleine Aufmerksamkeit als Dankeschön für den Chef des Hauses zusammengepackt.«

»Sehr gut.« Felix, heute im Anzug, gab ihr einen flüchtigen Kuss. »Und jetzt komm, wir müssen los.« Er verlud den letzten Karton im Kofferraum.

»Habt ihr alles?«, fragte Henni.

»Ja, sieben Kisten Ringelblumensalbe, fünf Kisten Gänseblümchencreme, acht Kisten Aromabadesalz und drei Kisten Körperlotion.«

»Die Seife!«, rief Nathalie.

»Was denn für eine Seife?«, fragte Felix irritiert.

»Na, die Lavendelseife.«

Henni und Felix sahen sich ratlos an.

Nathalie rannte ins Haus zurück, öffnete eine Schachtel und holte zwei Stücke Seife heraus, die mit einem fliederfarbenen Satinband umschlungen war und herrlich nach Sommer duftete.

»Ich wollte sie für einen ganz besonderen Anlass aufheben«, sagte Nathalie, als sie zurückgekehrt war.

»Ist das die, die wir zusammen gemacht haben?«, fragte Felix, und Nathalie nickte. Sie griff durch eine Öffnung in ihr Geschenkpaket und drapierte die Seife zwischen den anderen Cremes und Tiegeln auf dem Aprikosenbrett von Felix. »Und die hier ist für dich«, sagte Nathalie und reichte das andere Stück an Henni.

Henni sah sie verwundert an. Dann schnupperte er daran und schloss die Augen. »Adelines Lavendelseife«, flüsterte er gerührt. »Oh, Nathalie, du ahnst gar nicht, wie glücklich mich das macht. Das ist, als ob Adeline wieder auf den Hof zurückgekehrt wäre. Die hebe ich mir gut auf«, sagte er mit einem verschmitzten Lächeln.

»Ach was, benutz sie lieber«, sagte Felix. »Wir haben noch eine ganze Kiste davon.«

Nathalie schmunzelte. »Zufällig weiß ich auch, wie man sie herstellt, also musst du dir keine Gedanken um den Nachschub machen.«

»Hervorragend!«, sagte Henni begeistert.

»Los, los, los«, trieb Camille die beiden lachend aus dem Haus, und Gustave bellte aufgeregt, da er die Aufbruchsstimmung merkte. »Sonst kommt ihr wirklich noch zu spät.«

Nathalie und Felix stiegen in das Auto, ließen die Fenster herunter und winkten ihnen zu. »Und sobald wir von der Auslieferung zurück sind, wird bei François gefeiert!«, rief Felix und hupte zweimal kurz zum Abschied.

Sie fuhren die kurvige Straße zum Dorf hinunter.

»Hat sich Miriam schon gemeldet, ob sie den Flug bekommen hat?«, erkundigte sich Felix.

»Ja, alles gut. Wir können sie nachher wie geplant abholen.«

»Sehr schön.« Felix warf ihr einen kurzen Blick zu und lächelte sie an.

»Oh, kannst du hier kurz halten?«, fragte Nathalie und deutete auf den Briefkasten. »Ich hab noch eine Postkarte, die ich wegschicken möchte.«

»An wen hast du denn geschrieben?«, fragte Felix.

Nathalie stupste ihm auf die Nasenspitze. »Sei nicht so neugierig«, sagte sie neckend. Dann stieg sie aus und hob mit ihrer linken Hand, an der ein diamantbesetzter Ring funkelte, die Klappe des Briefkastens an und warf eine Postkarte mit blühenden Lavendelsträuchern der Provence ein.

»So, wir können«, sagte sie, als sie wieder eingestiegen war.

Felix startete den Wagen und fuhr weiter.

»Und wer bekommt jetzt diese Postkarte von dir?«, fragte er noch einmal, als sie das Dorf hinter sich ließen.

»Elias«, sagte Nathalie gleichgültig und sah zufrieden aus dem Fenster.

★

Keine zwei Tage später fischte Elias eine Postkarte aus der Provence aus dem Briefkasten, auf die jemand mit verschlungenen Buchstaben »Save the Date« geschrieben hatte. Verwundert drehte er sie um und blickte auf Nathalies geschwungene Handschrift:

Lieber Elias,

ich bin dir so dankbar, dass du mich letztes Jahr verlassen hast. Mir hätte tatsächlich nichts Besseres passieren können.

Ach übrigens, wenn du am 22. Juli noch nichts vorhast: Felix und ich werden da heiraten. Es wird ein herrliches Fest auf dem Aprikosenhof, vielleicht willst du ja mit Jana vorbeikommen? Falls nicht, kein Problem. Ich denke nicht, dass wir dich groß vermissen werden. Es grüßt dich herzlich

Nathalie

Lesen Sie weiter >>

LESEPROBE

Wenn das Leben dir Himbeeren schenkt,
dann mach Eis draus!

Wie jeden Sommer zaubert Pauline im Eiscafé ihrer fränkischen
Heimat herrliche Kreationen für ihre Gäste. Ob sinnliche
Sorten oder liebevoll dekorierte Eisbecher – Eis ist Paulines
Leidenschaft. Und es könnte alles so schön sein, wären da nicht
Paulines Geldsorgen und ihr gebrochenes Herz. Um sich
abzulenken, streift Pauline oft durch den Antiquitätenladen ihrer
Ersatzgroßmutter Anna und versteckt dort heimlich Zettel mit
ihren Wünschen. Eines Tages findet sie dabei die Nachricht eines
Unbekannten und fühlt sich sofort zu ihm hingezogen. Ganz im
Gegensatz zu Annas arrogantem Enkel Christian, der plötzlich
ständig in Paulines Laden auftaucht …

I.

Hinter dem morschen Holzzaun, der das kleine Mehrfamilienhaus in der Nähe von Bamberg umgab, wiegte sich ein Meer aus weißen und gelben Osterglocken im Wind. Es war der erste richtige Frühlingstag in diesem Jahr, die Luft war noch kühl, aber ein Sonnenstrahl kitzelte Pauline bereits an der Nasenspitze, als sie vor die Tür trat und den Vorgarten durchquerte. Sie schloss ihr Fahrrad ab und schwang sich auf den Sattel. Der Fahrtwind wehte ihr durchs Haar und spielte mit ihrem Rocksaum, während sie durch die Straßen der fränkischen Kleinstadt radelte, die langsam zum Leben erwachte. Dieser Morgen fühlte sich wunderbar leicht und unbeschwert an. Pauline war auf dem Weg zu ihrem Eiscafé, denn nach jenem schicksalshaften Abend auf der Terrasse hatte sie die Entscheidung getroffen, sich selbstständig zu machen und ein eigenes Café zu eröffnen. Nun, ein paar Jahre später, war sie die stolze Besitzerin von »Paulines Eishimmel«, und vor ein paar Tagen hatte sie mit Florence, ihrer besten Freundin und Mitarbeiterin, beschlossen, dass dieser Tag perfekt wäre, um den Laden für die Sommersaison wieder zu öffnen. Bestimmt konnten es die Leute kaum mehr erwarten, sich das erste Eis des Jahres zu gönnen.

Pauline bog in den Stadtpark ein und entdeckte die neu

bepflanzten Blumenbeete, die in verschiedenen Farben miteinander um die Wette leuchteten. Als sie die Allee am Ende des Parks erreichte, kam bereits ihr Eiscafé in Sicht. Es lag in einer Reihe mit anderen kleinen Geschäften, einem Buchladen, einer Gärtnerei und einem Antiquitätengeschäft, nicht weit vom Stadtpark entfernt. Pauline verlangsamte ihr Tempo, und ihre Vorfreude wuchs.

An ihrem Café angekommen, stieg sie von ihrem Rad und schob es in den Fahrradständer, den sie sich gemeinsam mit Anna Bergmann, der Besitzerin des Antiquitätenladens nebenan, teilte. Sie sah kurz durch Annas Schaufenster, aber drinnen war noch alles dunkel. Kein Wunder, es war ja auch noch ziemlich früh am Morgen, und Pauline war immer eine der Ersten, die ihren Laden öffnete. Sie drehte den Schlüssel im Schloss, und mit einem leisen Knacken sprang die Tür auf.

Früher hatte sich im Erdgeschoss des Hauses eine Apotheke befunden. Es war ihre Großmutter Toni gewesen, der die leer stehenden Räume damals aufgefallen waren, und schon bei ihrer ersten Besichtigung war Pauline von dem Charme der ehemaligen Ladeneinrichtung verzaubert gewesen. Die gelben achteckigen Fliesen, deren Zwischenräume mit dunklen Quadraten aus Keramik ausgelegt waren, die hohe Stuckdecke und die alten Apothekerschränke aus Eichenholz, die von einer längst vergangenen Zeit erzählten, strahlten genau das Ambiente aus, was sie gesucht hatte. Gemeinsam mit ihrem Vater hatte sie den Laden renoviert und dabei, so viel wie möglich von der ursprünglichen Ausstattung bewahrt.

Paulines Schritte hallten leise auf dem Fliesenboden, als sie jetzt zwischen den fünf Tischgruppen hindurchging, deren

Holzstühle gut mit den deckenhohen Apothekerschränken an der hinteren Wand harmonierten, die sie jetzt für ihre eigenen Zwecke nutzte. Damals hatte Pauline direkt gewusst, dass auf diese Seite des Schranks die Orangenschalen kämen, daneben der Holunderblütensirup, und gemeinsam mit Toni hatte sie später beim Einräumen die perfekten Plätze für all die anderen Gewürze und Soßen ausgetüftelt, sodass alles griffbereit stand und gut zu erreichen war. Die übrigen Wände des Cafés hatte Pauline weiß gelassen, damit der Raum hell und freundlich blieb und die Kunstdrucke von Edgar Degas' Balletttänzerinnen besonders schön zur Geltung kamen. Pauline lief auf den alten Tresen zu, in den ihre Eisvitrine eingelassen war, und atmete den Duft von Zimt und Schokolade ein, der sich auf die Chiffonvorhänge und die puderfarbenen Polster der Sitzgruppen gelegt hatte. So wunderbar roch es immer im Café, wenn sie frisches Eis gemacht hatte.

An der Theke angekommen, fiel ihr Blick auf das Foto ihrer Großmutter, die ihr aus einem ovalen Bilderrahmen freundlich entgegenlächelte. Diese Aufnahme war die letzte, die sie von Toni gemacht hatte. Sie war draußen vor dem Eishimmel entstanden, als sie sich an einem warmen Juliabend nach getaner Arbeit einen Granatsplitter-Becher gegönnt hatten. Mit ihrer Großmutter hatte sie so viele schöne Stunden hier verbracht, nebeneinander hatten sie im Eislabor gestanden, Toni an der Rührschüssel und Pauline an der Eismaschine, während sie Vanilleeis und Apfelstrudel für ihre Gäste zubereiteten und Pauline ihrer Oma dabei ihr Herz ausschüttete. Auch heute noch fühlte sie sich Toni in ihrem Eiscafé besonders nahe. Es war fast ein bisschen so, als ob ihre

Großmutter dort einen ganz eigenen Zauber zurückgelassen hatte. Pauline bemerkte, dass sich bei ihren Gedanken ein sanftes Lächeln auf ihren Lippen ausbreitete. Im Eishimmel fühlte sie sich wohl, hier war sie glücklich.

Gedankenversunken strich sie mit der Hand über die weiße Marmorplatte hinter der verglasten Eisauslage. Sie mochte die angenehme Kühle der Oberfläche, vor allem im Sommer, wenn sie die Eisbecher dort anrichtete. Ihre Finger folgten den glitzernden gold-grauen Spuren, die sich durch das makellose Weiß zogen. Die Maserung erinnerte sie an ihre Orangen-Joghurt-Eiskreation aus dem letzten Sommer, und sofort bekam sie Lust, sich ein neues Rezept auszudenken. Aber zuerst wollte sie noch etwas Nachschub der Sorten zubereiten, die bei den Gästen am beliebtesten waren, und dazu zählten zweifelsfrei Schokolade und Vanille, Haselnuss und Stracciatella.

Ein Motorrattern riss Pauline aus ihren Gedanken. Sie drehte sich um und sah, dass draußen gerade ein himmelblauer Lieferwagen vor ihrem Eiscafé auf dem Gehweg zum Stehen kam. Florence, wie immer praktisch in Jeans und Baumwollbluse gekleidet und die kastanienbraunen Haare zu einem Pferdeschwanz zusammengebunden, sprang aus dem Fahrerhäuschen, winkte kurz in ihre Richtung und verschwand dann hinter dem Lieferwagen.

Pauline verließ das Café, um ihrer Freundin beim Ausladen der Einkäufe zu helfen.

»Guten Morgen«, begrüßte sie Florence und umarmte sie herzlich.

»Bonjour, ma chère.« Florence drückte Pauline zwei Wangenküsschen auf.

»Du bist aber früh dran. Ich habe erst um neun mit dir gerechnet.«

»Nicolas braucht nachher noch den Wagen, um die Lebensmittel für sein Restaurant zu besorgen. Deshalb bin ich jetzt schon da. Ich war auch schon auf dem Wochenmarkt und beim Biobauern und habe Sahne, Zucker und Früchte für das Eis gekauft. Und in der Gärtnerei hatten sie so schöne Frühlingsblumen, dass ich unbedingt welche kaufen musste. Ich soll dir von der Besitzerin übrigens schöne Grüße bestellen. Bist du damit einverstanden, wenn ich nachher die Blumenkästen bepflanze?«

»Na klar.« Pauline ließ Florence bei der Gestaltung des Eishimmels freie Hand, denn wenn es darum ging, das Café in eine Wohlfühloase zu verwandeln, war ihre Freundin genau die Richtige.

Florence war inzwischen in den Laderaum gestiegen und reichte ihrer Freundin eine Holzkiste mit Frühlingsblumen. Beim Anblick der Stiefmütterchen, Tulpen und Osterglocken ging Pauline das Herz auf.

Gemeinsam luden sie den Lieferwagen aus und brachten die Einkäufe hinein. Pauline naschte von den Erdbeeren, die so verführerisch dufteten, dass sie einfach nicht widerstehen konnte, und auch die Zitronen, Orangen und der Rhabarber sahen zum Anbeißen aus. Auf Florence war einfach Verlass. Sie achtete beim Einkaufen auf gute Bioqualität, und das schmeckte man später auch beim Eis.

Während Florence sich auf den Weg machte, um ihrem Mann den Lieferwagen zurückzubringen, begann Pauline mit dem Eismachen. Sie zog sich ihre blütenweiße Kochbluse und die schwarz-weiß karierte Hose an, steckte ihr

Haar zu einem Dutt fest und ging in die Küche, das Herzstück des Eishimmels. Hier, im Eislabor, konnte Pauline ganz für sich sein und ungestört arbeiten. Natürlich machte es ihr auch Spaß, Eisbecher für ihre Kunden zuzubereiten, doch die Arbeit im Eislabor war für sie etwas ganz Besonderes. Es fühlte sich beinahe magisch an, wenn sie es wieder einmal geschafft hatte, die Zutaten für eine neue Sorte bis ins kleinste Detail perfekt aufeinander abzustimmen, und sich die einzelnen Nuancen der neuen Kreation zu einem besonderen Geschmackserlebnis zusammenfügten.

Pauline spürte unfassbare Vorfreude in sich aufsteigen, als sie jetzt eine Schürze aus dem Schrank nahm und sich umband. Durch die große Fensterfront fiel Tageslicht, das die blank geputzte Einrichtung aus Edelstahl glänzen ließ, und die beiden Kühlschränke gegenüber der Eismaschinen surrten erwartungsvoll. Sie nahm einen Ordner vom Regal über ihrer Arbeitsfläche und suchte das Stracciatellarezept heraus. Auf dem hellen Linoleumboden hörte man ihre Schritte fast gar nicht, als sie jetzt die Zutaten, die sie für das Eis benötigte, zusammentrug. Pauline gab Milch und Sahne in den Pasteurisierer, startete das Programm, und die Maschine begann vertraut zu brummen. Dann wog sie die angegebene Menge ihres selbst hergestellten Eispulvers für Milcheis ab, das später beim fertigen Eis für die richtige Konsistenz sorgte, ließ Zucker in einen Messbecher rieseln und gab eine Prise Salz dazu.

Während sie alle Zutaten mit einem Schneebesen vermischte, musste sie daran denken, wie sie früher als Kind bei Toni in der Küche gesessen und ihr beim Backen zugesehen hatte. Sie hatte das Bild noch ganz genau vor sich: die Eckbank aus Holz mit ihren rot-weiß gewürfelten Kissenbezügen, auf der sie sitzen durfte, die handgestickte Tischdecke und den Feldblumenstrauß in der grauen Steingutkanne auf dem Tisch und Toni, die neben dem Herd stand und Zwetschgen entsteinte. Für Pauline waren die gemeinsamen Stunden mit ihrer Großmutter die schönste Zeit in ihrer Kindheit gewesen. Nie hatte sie sich so geborgen gefühlt, wie wenn sie gemeinsam mit ihr am warmen Ofen gebacken hatte. Das war auch der Grund gewesen, warum sie sich nach ihrem Abitur entschieden hatte, nach Frankreich zu gehen und Patissière zu werden. Sie wollte genauso werden wie Toni, die mit ihren Kuchen und Backwaren eine ganze Stadt verzaubern konnte. Aber dann war alles doch ganz anders gekommen …

»Ich bin wieder da«, hörte sie Florence rufen. »Kann ich dir beim Eismachen helfen?«

»Wenn du Lust hast, gerne.«

»Was für eine Sorte machst du denn gerade?«

»Stracciatella.« Pauline gab den Inhalt ihrer Schüssel zu dem Sahne-Milch-Gemisch in den Pasteurisierer und stellte die gewünschte Temperatur ein, dann reichte sie ihrer Freundin einen Block Zartbitterschokolade, und Florence hackte diesen mit einem Messer in kleine Stücke, die Pauline später erwärmen und unter das Eis mischen würde. Der betörende Kakaoduft stieg ihr in die Nase, und sie konnte nicht widerstehen und naschte ein Eckchen Schokolade.

»Hey! So hast du nachher nur Milcheis!«

»Was denn? Ich muss doch die Zutaten prüfen.« Pauline zwinkerte ihr zu und räumte das benutzte Geschirr in die Spülmaschine. Bis der Eismix fertig war, hatte sie noch etwas Zeit. Deshalb entschied sie, jetzt eine Variegato zuzubereiten, eine Mischung aus Fruchtsoße und Konfitüre. Diese eignete sich hervorragend, um Joghurteis zu marmorieren oder Eisbecher kunstvoll zu dekorieren.

Pauline wusch die Erdbeeren und zerteilte sie in kleine Stücke, die sie zusammen mit Zucker, einem Spritzer Zitronensaft für die Frische und etwas Wasser auf dem Herd aufkochte. Dabei seufzte sie leise.

»Was ist los?«, wollte Florence wissen.

»Ich musste gerade an meine Oma denken. Wir waren einmal bei Anna im Garten Erdbeeren pflücken. Sie hatte ein riesiges Feld davon hinter ihrem Antiquitätenladen, und Toni und Anna sind mit ihren Strohhüten auf dem Kopf den ganzen Tag in der sengenden Sonne auf Knien herumgerutscht und haben die Früchte für mich zusammengesammelt. Toni ist daraufhin drei Wochen lang zu einem Orthopäden gehumpelt, weil sie Probleme mit ihrer Bandscheibe bekommen hat, aber sie hätte es sich um nichts in der Welt nehmen lassen, bei der Ernte zu helfen.«

»Das sieht ihr ähnlich«, sagte Florence amüsiert.

»Stimmt. Aber es hat sich gelohnt. Im Sommer haben wir dann zu dritt im Schatten unter dem Kirschbaum gesessen und das Eis genossen, bis Anna irgendwann über ihren wuchernden Basilikum geschimpft hat. Da ist Toni auf die Idee gekommen, dass man auch daraus Eis machen könnte.«

»Dann hat sie dich also zu deinem legendären Basilikumeis inspiriert?«

Pauline nickte. »Bis heute ist es Annas Lieblingssorte – und das nicht nur, weil es eine besonders schöne Form des Unkrautvernichtens ist, wie sie immer sagt. Ich glaube, sie mag es auch so gerne, weil es sie an ihre Freundin erinnert.«

»Das kann ich mir gut vorstellen, die beiden waren ja unzertrennlich.« Florence lächelte.

»Ja, das stimmt.« Pauline füllte die Variegato in Einmachgläser, und Florence ging wieder nach vorne ins Café, um die letzten Vorbereitungen für die Eröffnung zu treffen.

Als das grüne Lämpchen am Pasteurisierer blinkte und dieser mit einem regelmäßigen Piepen ankündigte, dass er fertig war, gab Pauline den Eismix in das Reifegerät. Dort würde er jetzt mehrere Stunden quellen und immer wieder gerührt werden, sodass sich alles zu einer glatten Masse verband. Erst danach konnte sie damit weiterarbeiten und die Schokolade daruntermischen. Sie nahm den Eismix für Schokoladeneis, den sie schon vorbereitet hatte, und prüfte mit einem Kochlöffel die Konsistenz. Zufrieden füllte sie den Mix in die Eismaschine, stellte die gewünschte Temperatur ein und drückte den Startknopf. In wenigen Minuten würde das Eis fertig sein. Bis es so weit war, wog sie die Zutaten für die nächste Sorte ab. Jetzt war Haselnuss an der Reihe.

Pauline war so ins Eismachen vertieft, dass sie gar nicht bemerkte, wie schnell die Zeit verging. Erst als Florence wieder den Kopf zur Tür hereinstreckte, stellte sie fest, dass der Eishimmel bereits geöffnet haben müsste.

»Pauline, draußen ist unser erster Gast. Gibt es schon Eis?«

»Ja, natürlich.« Pauline ging zu dem großen Gefrierschrank und öffnete ihn. »Die Auswahl ist zwar noch überschaubar, aber einige Sorten sind schon fertig. Ich bringe sie gleich nach vorne.« Sie nahm eine Edelstahlwanne mit Vanilleeis heraus, und das silberne Metall beschlug auf dem Weg zur Eisvitrine sofort in der Wärme. »Ich bin gleich für Sie da!«, rief Pauline der Frau am Fenster zu, schob die Glastür der Vitrine zur Seite und setzte die Wanne in die Halterung ein. Sie nahm den Deckel ab, und darunter kam ein helles, cremiges Eis zum Vorschein. Wie Wellen auf dem offenen Meer türmten sich kleine Gipfel, in denen immer wieder schwarze Punkte von echter Vanille zu finden waren. Pauline dekorierte die Schale mit zwei Vanilleschoten und einer weißen Blüte und brachte dann eine Schale Schokoladeneis heraus, das mit einem Gitter aus Zartbitterschokolade garniert war. Auf dem Haselnusseis lockten ganze Nüsse und Krokant die Gäste zum Probieren. Pauline steckte die von Hand beschrifteten Schilder in die Eiswellen und betrachtete zufrieden ihr Werk.

»Das sieht ja fabelhaft lecker aus«, stellte eine ältere Dame fest, und Pauline erkannte sie sofort an der Stimme.

»Anna! Wie schön, dich zu sehen! Wie geht es dir?«

Anna war von ihrem Tisch am Fenster aufgestanden, um die ersten Eissorten in der Vitrine persönlich zu bestaunen.

»Sehr gut, meine Liebe, und wie geht es dir? Du bist ja schon wieder richtig fleißig, wie ich sehe.«

»Ja, endlich ist wieder Frühling! Der Winter hat viel zu lange gedauert, und meine Gäste mussten sich ganz schön in Geduld üben.«

»Aber das Warten hat sich gelohnt«, stellte Anna anerkennend fest. »Darf ich mal probieren, was du da gezaubert hast?«

»Natürlich.« Pauline nahm einen gekühlten Eisbecher aus der Gefriertruhe unter dem Tresen und öffnete die Vitrine. Mit einem Eisportionierer formte sie drei gleichmäßige Kugeln, die sie nacheinander in den Becher gab. »Möchtest du Sahne dazu?«

»Ja gerne, ein bisschen.« Anna setzte sich wieder ans Fenster, vor dem inzwischen mehrere Balkonkästen mit Frühlingsblumen standen. Florence hatte auch die übrige Dekoration fertiggestellt, denn auf jedem der Tische befand sich nun ein buntes Gesteck in einem Keramiktopf oder ein duftender Strauß in einer schlanken Vase.

Pauline nahm die frisch geschlagene Sahne aus dem Kühlschrank, füllte sie in einen Spritzbeutel und zauberte eine kleine Sahnerose auf das Eis. In einem Schubladenschrank mit Jugendstilschnitzerei, der ebenfalls zur ursprünglichen Apothekeneinrichtung gehörte, hatte sie Besteck, Kekse und andere Kleinigkeiten untergebracht. Sie holte Löffel und Servietten für Anna und sich heraus und drehte sich zu einem Regal, in dem sich mehrere schlanke Flaschen befanden. Darin waren unterschiedliche Öle und Wässer mit besonderen Geschmacksrichtungen abgefüllt, die Pauline bei der Eisherstellung für ihre ausgefalleneren Sorten benutzte. Sie nahm eine Flasche mit der Aufschrift »Schokoladensoße« aus dem Regal und träufelte etwas davon auf die Sahnehaube von Annas Eisbecher. In den eckigen Keramikdosen und braunen Rundschulterflaschen in der Optik der alten Apothekeneinrichtung, die danebenstanden, bewahrte sie verschiedene Gewürze, Kräuter, getrocknete Früchte und andere Leckereien zum Garnieren der Eisbecher auf. Die Etiketten hatte sie noch zusammen mit Toni alle von Hand beschriftet, was der Caféeinrichtung eine persönliche Note verlieh.

Pauline nahm die Keramikdose mit den Schokoladenstreuseln vom Regal und ließ ein paar davon über Annas Eisbecher rieseln. Zum Schluss garnierte sie die Sahnehaube

mit frischen Erdbeerstückchen und steckte zwei Waffelröll-
chen von Florence in ihr Kunstwerk.

»Mmh, das sieht ja hinreißend aus!«, freute sich Anna, als
Pauline ihr den Eisbecher überreichte.

»Es sind leider nur die Standardsorten. Zu mehr bin ich
bisher noch nicht gekommen.«

»Das macht gar nichts. Dein Basilikumeis vermisse ich
zwar schon besonders lange, aber ich bin auch eine große
Freundin deiner übrigen Eiskreationen.« Anna nahm den
langstieligen Löffel vom Silbertablett, kostete das Eis und verdrehte genießerisch die Augen. »Himmlisch!«, schwärmte sie.
»Einfach himmlisch. Pauline, du machst das beste Eis auf der
ganzen Welt.«

»Ach was.« Pauline musste lächeln, als Anna sich auch den
zweiten Löffel genauso schmecken ließ. »Das kannst du doch
gar nicht wissen, schließlich hast du bestimmt noch nicht in
jeder Eisdiele auf der ganzen Welt ein Eis gegessen.«

»Das nicht«, gab Anna zu. »Aber das brauche ich auch
nicht, denn ich habe das beste Eiscafé zum Glück gleich
neben meinem Laden.«

»Wie läuft es denn bei dir?«, erkundigte sich Pauline.

»Ganz gut. Vor ein paar Tagen habe ich bei einer Haus-
haltsauflösung wieder viele schöne Stücke ankaufen können.
Ende der Woche kommt die Lieferung. Bis dahin möchte
ich noch ein bisschen umräumen. Mal sehen, wie das klappt.
Im hinteren Teil des Ladens bei den Möbeln ist noch etwas
Platz, wenn man sie geschickter arrangiert. Nur die alten
Knochen wollen im Moment nicht so mitspielen.« Sie ver-
zog das Gesicht.

»Wenn du willst, können wir das zusammen machen«, bot

Pauline sofort an. Sie wusste, dass Anna seit einiger Zeit Probleme mit dem Rücken hatte und nicht mehr so schwer tragen konnte. Es war deshalb schon öfter vorgekommen, dass sie der älteren Dame beim Umräumen im Laden geholfen hatte.

»Hast du dafür denn überhaupt Zeit?«

»Natürlich. Ich kann ja in den nächsten Tagen in der Mittagspause oder nach Feierabend einfach mal bei dir vorbeischauen.«

»Sehr gern.« Anna lächelte Pauline an. »Du bist wirklich ein Engel.«

2.

An diesem Mittag war nicht sehr viel los im Eishimmel, lediglich zwei Frauen tranken nach einem Stadtbummel, darauf ließen zumindest ihre Tüten und Taschen schließen, einen Kaffee, und ein Geschäftsmann war mit seinem Smartphone beschäftigt. Pauline warf einen Blick auf die Uhr. Vielleicht würden in einer guten halben Stunde ein paar Schulkinder auf ihrem Nachhauseweg eine Kugel Eis kaufen, aber bis dahin war nicht mit großem Andrang zu rechnen, sodass sie Florence im Eishimmel eine Weile allein lassen und wie versprochen im Antiquitätenladen vorbeischauen konnte.

»Ich bin kurz mal drüben bei Anna«, sagte sie und faltete ihre Schürze zusammen.

»Ist gut.« Florence stellte die Kaffeetassen auf zwei Silbertabletts und legte jeweils einen ihrer selbst gebackenen Butterkekse auf die Untertassen. »Grüß sie von mir.«

»Mache ich.« Pauline nickte ihren Gästen im Vorbeigehen zu und verließ das Café. Draußen war es frisch, und an den vier Sitzgruppen, die vor dem Eishimmel standen, saß niemand, was Pauline nicht sonderlich verwunderte. Sie zog ihre Strickjacke enger um sich und sah nach oben. Dunkle Wolken hingen am Himmel, sicherlich würde es heute noch Regen geben. Ein ungemütlicher Wind fuhr durch ihr honigblondes Haar und ließ das Schild des Antiquitätenladens leise quietschend hin und her schwingen. »Bergmann Antiquitäten« stand verschlungen darauf, daneben war ein gemütlicher Sessel abgebildet.

Pauline öffnete die schwere Glastür des Antiquitätengeschäfts und trat ein. Unzählige Vitrinen aus Nussbaum und Mahagoni beherbergten Schätze wie Broschen, Schmuck, Postkarten und Silberbesteck. Daneben fügten sich die unterschiedlichsten Tische mit den dazugehörigen Stühlen oder verwaisten Einzelstücken zu einem unübersichtlich wirkenden Labyrinth zusammen. Pauline musste sich regelrecht hindurchschlängeln, um in den Nachbarraum mit dem wuchtigen Schreibtisch aus dem 19. Jahrhundert zu gelangen, hinter dem Anna in ihrem Ohrensessel mit moosgrünem Samtbezug saß und gerade einen Pokal aus Bronze polierte. Auch in diesem Zimmer wusste sie nicht, wohin sie zuerst blicken sollte. In verschiedenen Schränken und Vitrinen fanden sich Porzellanservice in allen möglichen Ausführungen, auf einem Regal drängte sich eine Armee von Milchkännchen und Blumenvasen eng aneinander, und auf einer Anrichte standen goldene Sammeltassen mit Barockmotiven, die aussahen, als ob sie zu einer Teezeremonie bei *Alice im Wunderland* einluden. An der Wand über dem Schreibtisch und neben den Schränken waren Bilder von Wildblumensträußen, hübschen Mädchen, Landschaften, Herren in Uniform und Heiligen aufgehängt, allesamt dunkel gehalten und in Öl gemalt. Pauline hatte das Gefühl, von Hunderten Augenpaaren angestarrt zu werden. Sogar der röhrende Hirsch auf seinem grünen Hügel schien sie fest im Blick zu haben, als sie jetzt einige Schritte in den Raum machte. Sie blieb mit ihrer Strickjacke an einer Sammlung von Spazierstöcken hängen, die sich in einem schmiedeeisernen Ständer dicht zusammendrängten. Vorsichtig befreite sie den Stoff aus dem Silberbeschlag eines Schirms, der mit weißer Spitze bespannt war und in einem vergangenen Jahrhundert bestimmt einmal eine Komtess vor einem Sonnenstich bewahrt hatte.

»Hallo, meine Liebe«, begrüßte Anna sie, stellte den Pokal beiseite und stand mit einem Ächzen aus ihrem Sessel auf. »Was machst du denn hier?«

»Ich habe im Moment nicht so viel zu tun und dachte, ich schaue mal, ob ich dir vielleicht ein bisschen helfen kann.«

Auf Annas Gesicht breitete sich ein warmes Lächeln aus. »Das ist aber lieb von dir. Komm, ich möchte dir etwas zeigen.« Sie winkte Pauline zu sich und nahm eine geschnitzte Holzkiste von einem Regal. »Ist die nicht toll?«

Pauline stimmte nickend zu und fuhr mit ihren Fingerspitzen über die kostbare Einlegearbeit.

»Mach sie mal auf«, ermutigte Anna sie.

Vorsichtig öffnete Pauline den Deckel, woraufhin leise klassische Musik erklang und sich eine Ballerina, kaum größer als ein Fingerhut, aufrichtete und sich vor einem ovalen Spiegel um sich selbst drehte. Das Innere der Kiste war mit dunkelblauem Samt ausgeschlagen. Sicherlich war sie früher einmal für die Aufbewahrung von Schmuck oder anderen Geheimnissen eines jungen Mädchens gedacht gewesen.

»Sie ist wunderschön«, flüsterte Pauline und lauschte andächtig, bis sich die Ballerina immer langsamer drehte und die Musik schließlich verstummte.

»Unter ihr befindet sich ein Aufziehmechanismus«, sagte

Anna. »Eine knifflige Mechanik, es hat mich einiges an Arbeit gekostet, bis ich ihn reparieren konnte.«

»Ich finde es bewundernswert, dass du so viel Geduld dafür hast«, gab Pauline zu.

»Mit solchen Dingen ist es wie mit den Menschen. Manchmal denkt man, dass man gar nicht an sie herankommt, aber dann, auf einmal, entdeckt man etwas Besonderes, etwas Einzigartiges, und das ist dann der Schlüssel zu ihrem Herzen. In diesem Moment geben sie ihre ganze Schönheit und ihr wahres Inneres preis.«

Pauline klappte die Spieldose zu und seufzte tief. »Ich wünschte, ich hätte bei Pascal früher den Schlüssel zu seinem Herzen gefunden, dann wäre die Enttäuschung nicht so groß gewesen.«

Pascal war Paulines erste große Liebe gewesen – bis sie ihn vergangenes Jahr mit ihrer Freundin Lena im eigenen Bett erwischt hatte. Pauline hatte lange gebraucht, bis sie sich von ihrem gebrochenen Herzen erholt hatte, und anschließend hatte sie sich geschworen, nie wieder auf einen Mann hereinzufallen. Männer zum Verlieben gab es nur in Romanen und schnulzigen Filmen, davon war sie überzeugt.

»Na, na.« Anna tätschelte ihre Hand. »Noch immer Liebeskummer?«

Pauline schüttelte den Kopf. »Das nicht, aber ich mache mir immer noch Vorwürfe, wie ich auf jemanden wie ihn hereinfallen konnte.«

»Liebes, das passiert jedem von uns einmal. Wir alle machen Fehler. Daraus lernen wir, dass wir es morgen besser machen können. Ich bin mir sicher, dass auch auf dich das Glück wartet. So, und jetzt komm, lass uns ein bisschen umräumen, das lenkt von den Sorgen ab, schließlich bist du bestimmt nicht gekommen, um dir von einer alten Dame Ratschläge fürs Leben erteilen zu lassen. Du wirst deinen Weg schon gehen, da bin ich mir sicher.«

Pauline erwiderte Annas Lächeln. Wie sehr wünschte sie sich, dass die alte Dame recht hatte. Seit ihrer Trennung von Pascal hatte sie zwar ein paar Männer kennengelernt, doch keiner hatte es geschafft, ihr Herz für sich zu gewinnen. Benjamin hatte sie nach vier Dates sitzen lassen, und Timo war so gähnend langweilig gewesen, dass sie sich mit einer Ausrede noch vor dem Dessert davongeschlichen hatte, obwohl es ein Apfel-Calvados-Rahmeis gegeben hatte, das sie nur zu gern probiert hätte. Nur mit Oliver hätte sie sich etwas Ernsteres vorstellen können, aber dazu war es dann doch nicht gekommen. Pauline war zu misstrauisch, hatte ihm ihr Herz nicht vollständig öffnen können, und Oliver hatte für ihr Verhalten kein Verständnis gehabt. So war es bei ein paar Dates und einer aufregenden Nacht geblieben. Seitdem hatte sich Pauline vorgenommen, sich nicht mehr leichtsinnig zu verlieben. Es gab andere Dinge, wichtigere Dinge, wie ihre Freundschaft zu Anna oder Florence, und natürlich den Eishimmel, der ihre ganze Aufmerksamkeit verlangte. Trotzdem träumte sie manchmal davon, jemanden an ihrer Seite zu haben, dem sie vertrauen konnte, der sie blind verstand und dem sie nichts erklären musste. Eine Schulter zum Anlehnen, sodass sie die Welt einen Augenblick lang vergessen konnte …